HET HUIS MET GEHEIMEN

Ook verschenen van Lucy Diamond bij Xander Uitgevers

Liefde in het strandcafé (2022)

LUCY DIAMOND

Het huis met geheimen

XANDER

Uitgegeven door Xander Uitgevers
www.xanderuitgevers.nl

Oorspronkelijke titel: *The Promise*
Oorspronkelijke uitgever: Macmillan
Vertaling: Kyra Ivens
Omslagontwerp: Studio Jan de Boer
Omslagbeeld: © Miguel Sobreira | Arcangel Images
Zetwerk: Michiel Niesen, ZetProducties

Tweede druk, 2025

ISBN 978 94 0162 467 1 | NUR 302

Voor Martin,
Degene van wie ik het meest hou

PROLOOG

Het was bijna middernacht. De Theems kabbelde voort, zwart als teer, rimpelend onder de sterrenhemel. De woonboten waren niet meer dan schaduwen op hun ligplaatsen terwijl de vorst een ijzige laag glitter over de daken spreidde en elke trillende grasspriet zilver kleurde. Hoog aan de hemel glansde een halve maan, haar gloed zo zacht als satijn.

Een man strompelde langs de rivier, zijn handen diep in zijn zakken gestoken en zijn hoofd voorovergebogen. Zijn wereld leek plotsklaps op zijn kop te staan en hij wist niet zeker hoe hij het weer recht kon zetten. Eerst dat ademloze telefoontje van die middag – 'ik moet je iets vertellen' – waardoor hij het akelige gevoel kreeg dat zijn geluk hem door de vingers glipte, dat de charme waarop hij altijd had vertrouwd dit keer niet genoeg zou zijn om hem uit de brand te helpen. Daarna had hij zich zo erg in het nauw gedreven gevoeld dat hij onnodig uithaalde en de mensen van wie hij hield kwetste met zijn harde woorden. En nu restte hem alleen nog een steeds overweldigender gevoel van angst dat hij niet van zich af kon schudden.

Hoe moest hij dit oplossen? Had hij alles verknald?

Een akelige wind gleed over de rivier en in zijn gezicht.

Ergens in de verte krijste een vos, zo hoog en verontrustend als het geschreeuw van een kind. De man dook nog wat verder weg in zijn jas. Hij wilde dat hij al thuis was, warm en veilig in bed, met de voordeur op slot en het zachte klikken en kraken van de afkoelende verwarmingsbuizen op de achtergrond. Maar kon hij het maken om naar huis te gaan, na wat hij had gedaan?

Plotseling klonken er schuifelende voetstappen achter hem. Een schreeuw. 'Hé! Maat.'

Hij draaide zich om en…

1

Het was niet alsof Dean Zoë opzettelijk probeerde te vermijden sinds de begrafenis. En toch, toen hij Zoë en Bea aan het eind van het gangpad in de supermarkt zag, moest hij zich ervan weerhouden om niet meteen rechtsomkeert te maken en zich te verstoppen. Het zweet kriebelde tussen zijn schouderbladen. Adrenaline schoot door zijn bloed. Elk instinct dat hij bezat, zei dat hij zich uit de voeten moest maken, en snel ook, maar dan stelde hij zichzelf zich verschuilend achter het stuur van zijn auto voor, vluchtend als een of andere crimineel, en hij wist dat hij zich dan nog meer een klootzak zou voelen dan hij nu al deed. En dat zei nogal wat.

Veilig van achter een kopstelling met kantoorartikelen liet hij zijn blik op Bea vallen en hij voelde zijn maag pijnlijk samentrekken. Ze droeg een smoezelige eenhoornonesie waarvan de als een regenboog gestreepte hoorn op de capuchon zielig over haar voorhoofd hing terwijl ze achter Zoë aan liep, die het winkelwagentje duwde. Waren dat tranen op de bolle wangen van zijn nichtje? Bea was normaal gesproken een dolgelukkige inwoner van haar eigen magische droomwereld. Dean herinnerde zich dat ze op haar zesde verjaardag na het uitblazen van de kaarsjes op haar taart wenste dat ze later een echte eenhoorn kon worden. Beatrice Rose Sheppard was altijd ieders hartendief geweest, de oogappel van haar vader, een echt spring-in-'t-veld met kuiltjes in haar wangen. Maar vandaag blijkbaar niet.

Kom op, Dean. Wees niet zo'n lafaard. Het minste wat je kunt doen is even hallo zeggen.

Hij versnelde zijn pas om ze in te halen. 'Zoë. Hoi.'

Schaamte overspoelde hem toen hij zag hoe dun en bleek ze was, hoe afwezig haar blik was. Zoë had altijd een gezonde gloed om haar heen gehad, met haar gouden haar en roze wangen, maar nu droeg ze de doffe huid en de levenloze gezichtsuitdrukking van iemand die zich net een weg had gebaand door de ergste weken van zijn leven. 'Hoi, Bea,' voegde Dean er zwakjes aan toe toen Zoë niet meteen antwoordde.

'Hallo,' mompelde Bea, haar ogen vochtig. Toen stak ze een trillende onderlip uit en stampte ze met een voet, weer terug in haar driftbui. 'Maar waarom niet, mama?' zeurde ze.

Zoë negeerde haar en wierp Dean een onvriendelijke blik toe. 'Ik dacht dat je in Zuid-Amerika was,' zei ze kortaf.

Dean liet zijn hoofd hangen. 'Ik ben niet gegaan,' antwoordde hij. Zijn koffer lag nog halfvol op de vloer van zijn slaapkamer. Het was hem nog niet gelukt om de nette stapels nieuwe shorts, T-shirts en wandelsokken op te bergen. Gelukkig was hij er wel in geslaagd om het grootste deel van het geld van de vluchten terug te krijgen. Het leek nu een verre droom, de reis die hij samen met Tiggy had gepland: de bergen die hij wilde beklimmen, de tempels, het oerwoud en de stranden die hij dacht te gaan bezoeken, de vollemaanfeesten waar Tiggy zo naar uit had gekeken. Deans grote avontuur waarmee hij de wereld ging laten zien dat hij meer in zich had dan spreadsheets en wiskundige berekeningen. Maar hij had de luchthaven niet eens gehaald. Typisch. Drie maanden vrij van zijn werk en de enige plekken waar hij was geweest waren het kantoor van de lijkschouwer, het crematorium en zijn eigen ellendige huis. Hij slikte, zich bewust van de ongemakkelijke stilte die zich tussen hem en zijn schoonzus had gevormd. 'Dus, hoe gaat het met jullie?'

Stomme, stomme vraag. De meest stomme vraag die hij had kunnen stellen. Hoe gáát het met ze? Patrick was drie weken geleden overleden. Het ging waarschijnlijk net zo verschrikkelijk met hen als met Dean zelf. Misschien nog wel erger. Hij had ze op de begrafenis voor het laatst gezien, waar hij na afloop zowel Zoë's stille verwijt (dit gebeurde onder jouw toezicht) als de luidere, schelle versie van zijn moeder ('Ik begrijp het niet. Waarom liet je Patrick zomaar weglopen? Vanwege een domme ruzie? Dat kun je niet menen, Dean!') voor zijn rekening had genomen. Hij had herhaaldelijk 'Sorry,' en 'Hij was al weg voordat ik hem kon stoppen,' gezegd voordat hij zijn toevlucht zocht in wanhopige zelfverdediging: 'Jullie weten hoe Patrick was, hij ging te ver, oké? Ik was boos!' Maar dit werd ontvangen door getuite lippen en veroordelende blikken die op de een of andere manier nog erger waren dan geschreeuwde beschuldigingen. Ja, en nu is hij dood, zei de stilte van zijn moeder. Dood. En het is jouw schuld.

'O, je weet wel,' antwoordde Zoë emotieloos. 'Je moet wat, hè? Bea, hou daar nu mee op, kom op,' voegde ze eraan toe, toen het kleine meisje niet leek te gaan stoppen met haar driftbui.

'Maar ik wil het echt,' zeurde Bea, leunend tegen een rek met tijdschriften. Een ervan had gratis plastic elfenvleugels waar ze aan bleef plukken. 'Ik wil het zóóó graag, mama. Alsjeblieeeft?'

'Nee,' snauwde Zoë. 'Ik had al nee gezegd en daar blijft het bij. Haal je handen eraf voordat je de pagina's kreukt. Je krijgt het niet. En nou is het genoeg geweest met dat gejammer.'

Bea zakte tegen het winkelwagentje alsof ze was neergeschoten. 'Het is niet eerlijk!' Nieuwe tranen stroomden over haar gezicht. 'Je bent zo gemeen. Ik haat je.'

Zoë knarste met haar tanden en ademde diep in door haar neus terwijl ze haar uiterste best deed om geduldig te blijven. 'Genoeg is genoeg.' Haar knokkels waren wit om de handgreep van het winkelwagentje en haar gezicht vertrok alleen maar meer toen een oudere vrouw langsliep en afkeurend haar hoofd schudde. 'En ik meen het. Als je zo doorgaat word ik echt boos.'

Dean opende zijn mond. Hij wilde zeggen dat het hem speet. Hij wilde zeggen dat het allemaal zijn schuld was. Hij wilde zeggen dat hij de rest van de boodschappen kon doen, dat hij iets wilde doen om te helpen, dat hij het tijdschrift voor Bea kon kopen, dat hij álle tijdschriften kon kopen als ze dat wilde, geen probleem. 'Hoe gaat het met de jongens?' vroeg hij in plaats daarvan. Bea schopte nu zwijgend tegen het winkelwagentje. Bij elke trap knipperde er een roze lampje op haar smerige witte schoenen. Ze was een chagrijnige, tegendraadse eenhoorn met een rood gezicht en gloeiende ogen.

'Het gaat wel,' zei Zoë, maar haar neergeslagen stem verraadde dat het tegenovergestelde waar was. Natuurlijk ging het niet. 'Hoe dan ook,' ging ze schouderophalend verder. 'Ik moet maar weer eens gaan. Ik moet Gabe ophalen van voetbal over' – ze wierp een blik op haar horloge – 'Jezus, over vijfentwintig minuten al. Ik moet weer verder. Sorry,' voegde ze eraan toe terwijl een gehaaste man een volle winkelwagen om hen heen probeerde te sturen. 'Ga aan de kant, Bea.'

'Juist.' Dean schraapte zijn keel en wilde meer zeggen, iets waarmee hij hun relatie kon herstellen. Of er op z'n minst voor kon zorgen dat ze weer normaal met elkaar konden praten. 'Eh, misschien...'

Maar ze liep al weg en riep met een stugge rot-op-stem 'Doei' over haar smalle schouder. De wielen van het winkelwagentje piepten uit protest terwijl ze het volgende gangpad in draaide.

Dean stond daar, met het ijzeren winkelmandje in zijn handen geklemd, terwijl hij dacht aan de eerste keer dat hij Zoë had ontmoet. Hoe hij en Patrick in een pub hadden gezeten zonder te weten dat er een of andere vreselijke karaokeavond op het punt stond te beginnen. 'Jezus, laten we ergens anders heen gaan,' had Patrick gekreund toen ze de openingsakkoorden voor 'Atomic' hoorden en drie vrouwen enthousiast rond een microfoon zagen verzamelen. Maar toen keek hij nog een keer en veranderde zijn hele gezicht. 'Kijk eens naar die blonde,' zei hij. Hij kon zijn ogen niet van haar afhouden en ze waren allebei stilgevallen terwijl ze haar beste Debbie Harry-imitatie gaf. Ze was slank en langer dan haar vriendinnen, in strakke jeans en laarzen, met lang blond haar dat om haar schouders zwaaide wanneer ze bewoog en een levendig gezicht dat je niet kon negeren. 'Ik ben verliefd,' zei Patrick toen het liedje eindigde en er een applaus door de ruimte klonk. 'Ik ga met die vrouw trouwen.' Vervolgens stond hij op en zorgde hij ervoor dat hij net iets eerder bij de bar was dan zij. 'Sta me toe u een drankje aan te bieden, mevrouw Harry,' hoorde Dean hem zeggen. 'Of mag ik je Debbie noemen?'

En de rest, zoals men altijd zegt, was geschiedenis.

Zoë was altijd leuk geweest, dat was het hem juist. Een giechelende, vriendelijke en prachtige jongedame uit Zuid-Wales. Dean had haar stiekem ook leuk gevonden, totdat hij met tegenzin moest toegeven dat zij en zijn broer het perfecte koppel waren. 'Patrick Sheppard is eindelijk getemd,' hadden hun vrienden Patrick vol ongeloof geplaagd. 'Wie had dat gedacht?'

Maar het ging verder dan alleen temmen. Patrick had zijn gelijke ontmoet. 'Door haar wil ik een beter mens zijn,' bekende hij al vroeg in de relatie aan Dean nadat hij een paar biertjes ophad. 'Door haar wil ik beter mijn best doen om een goed persoon te zijn. Begrijp je wat ik bedoel?' Dean begreep precies wat hij bedoelde. Zoë was namelijk zelf een door en door goed persoon, met een eeuwige gouden glimlach op haar gezicht. Ze was het soort persoon dat je met haar aandacht bescheen als een schijnwerper waarvan je een warm gevoel kreeg. Ze luisterde naar alles en onthield kleine dingen waar ze de volgende keer weer op terugkwam. ('Heb je die opslag waar je op hoopte gekregen?' 'Hoe is het met Rebecca's vader?' 'Hoe was de film, is hij de moeite waard?')

Een keer, net nadat Dean en Rebecca uit elkaar waren gegaan, was Zoë onverwachts langsgekomen en had ze hem dronken en ongeschoren in zijn appartement aangetroffen. Hij had zich kapot geschaamd omdat ze er zo mooi en schoon uitzag in zijn vieze woonkamer en verwachtte bijna dat ze de gordijnen – die hem zelfs om vier uur 's middags afgeschermd hielden van de buitenwereld – open zou schuiven en een kop koffie bij hem naar binnen zou gieten. In plaats daarvan had ze een biertje opengetrokken, hem meegesleurd naar de bank en gezegd: 'Ga je gang, vertel me er alles over.' Hij had zich beetje bij beetje beter gevoeld tijdens hun gesprek, alsof er tenminste één persoon in de wereld was die hem misschien zou begrijpen.

Maar vandaag… Vandaag zag ze er vreselijk uit. Haar stralende gezicht leek compleet te zijn ingeslagen, alle glans weggevaagd, en haar schouders leken te bezwijken onder het gewicht van een ondraaglijke vermoeidheid.

Dat had hij haar aangedaan, dacht hij. Dat was zijn schuld.

Het schuldgevoel was zo overweldigend dat hij een rek met wenskaarten vast moest pakken om zichzelf staande te houden. Het voelde alsof de grond onder hem vandaan werd getrokken. Hij liet het mandje met een hard gekletter op de grond vallen en verliet de supermarkt, overspoeld door schaamte.

Onderweg naar huis voelde Dean zich onthecht van de wereld – wat waarschijnlijk niet aan te raden was op de snelweg – maar dit was hoe het leven was sinds het ongeluk: als een buitenstaander keek hij toe hoe de tijd aan hem voorbijging, de dagen en weken die zich voortsleepten, alsof hij zich in een soort sloom gevoelloos vacuüm bevond waar niets hem kon raken. Nadat hij Tiggy haperend had laten weten dat hij niet meer met haar mee kon naar Zuid-Amerika, had hij het grootste deel van de tijd in bed doorgebracht, niet in staat om ook maar iets anders te doen dan slapen of naar de muren staren. Goedbedoelende mensen bleven hem op het hart drukken dat tijd de beste genezer was, maar terwijl februari in maart veranderde en de bomen langzaam hun groene kleur terug begonnen te krijgen, kon Dean niet zeggen dat hij enige persoonlijke verandering had opgemerkt. De schok van de dood van zijn broer brandde als een pijnlijke wond, heet van infectie en nog steeds zo vers. Hij miste Patrick zo erg. En toch was zijn laatste herinnering aan de man die hij miste besmet door hoe ze die laatste avond samen hadden doorgebracht, door hoe het allemaal ten einde was gekomen.

Telkens wanneer hij zijn ogen dichtdeed, of het nu dag of nacht was, voelde het alsof Dean weer terug op die avond was. Hij liep alleen naar huis. De straatlantaarns wierpen kegels van oranje licht door de duisternis, uit een passerende auto klonk luide reggae met een flinke bas en de geur van gebakken uien en pittig vlees steeg op uit het kebabzaakje op de hoek. In tegenstelling tot de combinatie van alcohol en woede die zijn bloed deed koken, voelde de nachtlucht koud tegen zijn gezicht. Hij hield zijn vuisten gebald langs zijn zij. Wat had hij zijn broer in die laatste minuten gehaat, wat had hij een bloedhekel aan hem gehad. En toch wilde hij nu niets liever dan dat iemand hem had gewaarschuwd: je maakt een grote fout, één waar je de rest van je leven spijt van zult hebben. Draai je om, loop terug en maak het goed. Anders zul je hem nooit meer zien.

Er was echter geen waarschuwing of voorgevoel geweest. In plaats daarvan was hij naar huis gegaan, alleen en ziedend van woede, terwijl het lot was achtergebleven om Patrick zijn wrede streek te leveren. En nu moesten ze allemaal met de gevolgen leren leven.

Hij had nog steeds niet gehuild, zelfs niet op de begrafenis. Zijn keel had wel degelijk gevoeld alsof hij werd dichtgeknepen, vooral bij het zien van Zoë en zijn moeder die met hun handen over hun gezichten in tranen uitbarstten, maar dat was het. Nee, in plaats daarvan had zich diep binnen in hem een rots gevormd uit de forse pijn van zijn verlies en de last die hij voor altijd met zich mee zou dragen omdat hij de laatste was die Patrick in levenden lijve had gezien. 'Twee handen op één buik, jullie twee,' had hun moeder tijdens hun kindertijd vaak liefdevol gezegd terwijl ze door hun haar woelde of met haar ogen rolde als ze haar op de zenuwen werkten. Maar nu was hij enig kind.

Toen Dean thuiskwam liet hij zichzelf naar de grond zakken en ademde de muffe lucht in die naar te veel afhaalmaaltijden rook. Hij dacht met een pijnlijk gevoel terug aan de strakke lijn van Zoë's mond, de emotieloze uitputting in haar gezicht, en schaamde zich kapot. Patricks dood had een enorme en verschrikkelijke krater in haar leven achtergelaten en toch stond ze daar. Je moet wat, had ze gezegd terwijl ze een winkelwagentje vulde met eten voor de kinderen, Gabe van voetbal moest halen en waarschijnlijk had geregeld dat Ethan de middag ergens anders doorbracht. Dean, daarentegen, had geen kinderen en weinig verantwoordelijkheden (telde zijn graslelie als een verantwoordelijkheid? Waarschijnlijk niet), maar hij stond zichzelf toe om te verdrinken in zelfmedelijden alsof hij de enige was die getroffen was door de dood van zijn broer. Sommige dagen had hij niet eens de moeite genomen om zichzelf aan te kleden of uit bed te komen. Had Zoë die luxe gekregen? Natuurlijk niet.

Hoe zou Patrick in een vergelijkbare situatie hebben gereageerd, vroeg hij zich af, als bijvoorbeeld een vriend van hem plotseling was overleden en een getraumatiseerde vrouw en kinderen achter had gelaten die het daardoor moeilijk hadden? Als Patrick het huilende kind en de verslagen moeder in de supermarkt was tegengekomen, was hij ze meteen te hulp geschoten, dat wist Dean heel zeker. Hij zou het huilende kind op zijn schouders hebben gehesen en de leiding hebben genomen. Oké, ik ben er nu, ik zal je helpen, zou hij op die directe manier van hem hebben gezegd en hij zou heldhaftig in actie zijn gekomen.

Maar Dean... Tja, hij had niets gedaan. Hij had zich de supermarkt uit gehaast, zonder enige steun of troost te bieden. Wat ben ik een ongelooflijke nietsnut, mopperde hij tegen zichzelf, een zelfzuchtige lafaard.

Hij dacht aan de keren dat hij bij zijn broer thuis langs was geweest en er al was voordat Patrick thuiskwam van zijn werk. Hoe het hele huis werd overspoeld door energie en lawaai op het moment dat Patrick binnenkwam met een luid 'Ik ben thuis!'. De kinderen zwermden dan als apen om hem heen, gillend van het lachen, en Zoë's gezicht lichtte op terwijl hij haar kuste. Wat zou het huis nu stil zijn zonder hem. Wat zou het leeg voelen.

En Dean was er niet één keer geweest sinds het ongeluk. Hij had het oppakken van de telefoon of het sturen van een appje constant uitgesteld, simpelweg omdat hij niet wist wat hij moest zeggen. Wat voor zwager was hij dan? Wat voor oom? Het was belabberd van hem. Echt belabberd.

Plotseling was hij het beu om medelijden met zichzelf te hebben, om niets te doen. Hij stond weer op en pakte zijn fietshelm en sleutels. Patricks dood had Zoë en de kinderen gebroken. Wat voor soort man was hij als hij niet op zijn minst een poging deed om dingen recht te zetten?

'O,' zei Zoë met een duidelijk gebrek aan enthousiasme toen ze de deur opendeed en hem zag. 'Hallo. Twee keer op één dag nog wel.' Ze veegde haar handen af aan een grijs-wit gestreepte theedoek en Dean realiseerde zich (te laat) dat het al half zes was en ze waarschijnlijk druk bezig was met het avondeten. Van alle dingen waar hij tijdens de fietstocht langs de Theems naar Kew over had nagedacht, was dit er niet een. Goed begin, Dean, dacht hij met een zucht.

'Hoi,' zei hij. Ze glimlachte nog steeds niet, merkte hij ontzet op. 'Mag ik binnenkomen? Ik dacht misschien dat ik...' Hij liet zijn zin onafgemaakt in de lucht hangen. Hij stond op het punt om te zeggen dat hij even langs was gekomen om te kijken hoe het met hen ging, maar de woorden klonken banaal in zijn oren aangezien het zo lang had geduurd voordat hij zich druk had gemaakt om hoe het met hen ging. 'Ik dacht even hallo te zeggen,' zei hij zwakjes. 'Alweer.'

Ze tilde een schouder op, haar lippen een dunne lijn, alsof het haar niet zoveel kon schelen wat hij deed, maar ze hield toch de deur voor hem open.

'Bedankt,' zei hij terwijl hij zijn fiets de paar traptreden op tilde.

Hij zorgde ervoor dat zijn fiets geen olieachtige vlekken tegen de crèmekleurige muur zou achterlaten en liet zijn oog per ongeluk op een ingelijste foto vallen: Patrick en Zoë op hun trouwdag tijdens het ondertekenen van de huwelijksakte. Daar was Patrick in zijn beste antracietgrijze pak, met een witte anjer in het knoopsgat en zijn dikke donkere haar netjes in stijl gebracht. Zijn gezicht was Zoë's kant op gericht en hij keek naar haar met zoveel liefde, zoveel bewondering, dat Deans ogen brandden terwijl hij naar de foto stond te kijken. Ik beloof je in voor- en tegenspoed lief te hebben, tot de dood ons scheidt. O, Patrick, dacht hij, plotseling weer overspoeld door verdriet. Hoe was het mogelijk dat zijn broer er niet meer was om Dean op de rug te slaan en een biertje aan te bieden? Alles goed, maat?

Ja, niet slecht. Met jou?

'Sorry,' zei hij, zich realiserend dat hij in stilte stond te rouwen. Hij had gelijk over de stilte in het huis, dacht hij. Het voelde alsof iedereen zijn adem inhield om een snik te onderdrukken. 'Eh, ja. Dus ik dacht... Kunnen we even praten?'

'Oké,' zei ze, onbeweeglijk. Ze haatte hem echt. Ze wilde niet eens dat hij nog verder het huis in kwam.

'Kunnen we...?' De woorden bleven steken in zijn keel.

Patrick en Zoë waren altijd zulke gastvrije mensen geweest. Als je bij hen op bezoek kwam, propten ze je vol met eten en drinken en drongen ze erop aan om langer te blijven – 'kom even zitten, doe alsof je thuis bent' – maar vandaag straalde Zoë alleen maar afkeer uit. Ga weg, zei haar lichaamstaal. Ga weg. Je had hem moeten tegenhouden. Hij zou nog steeds leven als jij er niet was geweest.

Dean dwong zichzelf om zijn zin af te maken. '... misschien naar de keuken gaan?'

'Oké.' Ze draaide zich om en liep door de gang naar de grote, lichte keuken. Hij herinnerde zich dat ze de keuken hadden laten uitbouwen toen Gabe net was geboren en hoe het flapperende blauwe plastic bij de muur Ethan, die toen vier was, de stuipen op het lijf had gejaagd. Dit was het hart van het huis. De lange eiken tafel was vaker wel dan niet gedekt voor vrienden die meeaten, en de sporen van het gezinsleven waren overal terug te zien: de ingelijste vakantiefoto's en art-decoposters naast de krijttekeningen op de muren, de verzameling kleurrijke, gevlekte mokken en verschillende schoolprojecten op het dressoir, en de certificaten voor spelling-, sport- en kunstlessen op de koelkast.

Vandaag hing er een andere sfeer in de keuken. Misschien lag het aan het late middaguur dat het somberder aanvoelde dan normaal, maar er heerste ook een soort verwaarlozing in de ruimte. Enkele planten op de vensterbank zagen er verschrompeld en dor uit, hun bladeren slap en bruin. Naast de vuilnisbak stond een doos met karton en lege yoghurtbakjes en blikjes, klaar om gerecycled te worden. En overal lagen spullen: bibliotheekboeken en ongeopende post, een paar scheenbeschermers, een rol ducttape, een gebroken ketting, huiswerk... Een Legoridder lag met zijn gezicht naar beneden op een boterschaaltje en Dean zette hem weer rechtop, terwijl hij zich afvroeg waar de kinderen waren. Het voelde alsof hij in een alternatieve werkelijkheid terecht was gekomen, in een universum dat niet synchroon liep met het echte leven.

'Sorry voor de rommel,' zei Zoë. Ze klonk opstandig, alsof ze verwachtte dat hij kritiek zou hebben en er nu al geïrriteerd door was. 'Ik was bezig met het avondeten.'

'Ja. Sorry,' antwoordde hij als een echo, niet zeker van wat hij daarop moest zeggen. Er lag een rij worstjes onder de grill, op de kookplaat stond een pan aardappelen te borrelen en op het aanrecht lag een snijplank met een berg geschilde wortels. 'Kan ik ergens mee helpen?' Hij had niet eens een kleinigheidje meegenomen, besefte hij. Geen bloemen of een fles wijn, geen verzoeningsoffer.

'Nee, hoor,' zei ze. 'Wil je wat drinken? Ik ga ondertussen wel verder als je het niet erg vindt.'

'Natuurlijk,' antwoordde hij. Hij kon zichzelf er niet toe brengen om ja te zeggen op haar aanbod, ook al was zijn mond kurkdroog. Hij kon niet nog meer van haar afpakken. 'Eh, dus,' begon hij. 'Ik wilde...' Hij dwaalde weer af en probeerde zich de toespraak te herinneren die hij tijdens het fietsen had geoefend. Het klonk toen goed in zijn hoofd, nobel zelfs, maar nu leken de juiste woorden niet meer binnen zijn bereik te liggen. 'Ik kwam even langs om te zeggen dat het me spijt dat ik hier al zo lang niet ben geweest, maar dat ik heel graag wil helpen,' wist hij er uit te krijgen. Ik ben ook verdrietig, wilde hij zeggen. Mijn leven is een puinhoop. Ik heb me vandaag voor het eerst in twee weken geschoren. 'Ik wil jou en de kinderen helpen,' ging hij verder. 'Ik wil er voor jullie zijn, weet je wel. Dus als er iets is wat ik kan doen, dan –'

'Mama! Hij sloeg me!' schreeuwde Bea op dat moment terwijl ze de keuken in stormde als een kleine woedende tornado. 'Gabe sloeg me met de afstandsbediening, hier.' Vol van zelfingenomenheid wees ze naar haar slaap, waar zich een blauwe plek begon te vormen. 'Zie je?'

Zoë's schouders verstijfden. 'Gabe,' schreeuwde ze zonder overtuiging. 'Wat had ik nou gezegd? Als je niet samen kunt spelen, gaat het scherm uit. Hoor je me?'

'Je zei dat hij niet meer op de Xbox mocht als hij het weer deed,' herinnerde Bea haar moeder stellig. 'Je moet het hem nu verbieden, mama!'

'Ik ben nu bezig,' zei Zoë zonder zich om te draaien van het aanrecht.

'Hoi, Bea,' zei Dean. Dit was zijn kans om behulpzaam te zijn, realiseerde hij. 'Zullen we samen de tafel dekken om mama te helpen?'

'Dat is Ethans taak,' zei ze, alweer onderweg naar de woonkamer. 'Gabe! Mama zegt dat ze heel boos gaat worden,' hoorden ze haar schreeuwen. 'Echt heel, héél boos. Als je me weer slaat, ben je dood.'

Zoë trok een gezicht bij haar dochters woordkeuze, maar voordat Dean iets kon zeggen, liep Ethan de keuken binnen. 'Wat eten we?' vroeg hij. 'O, hoi, oom Dean.'

Ethan was lang, slank en bleek, droeg een grote vierkante bril en had dun roodbruin haar. Hij was een rustige, bedachtzame en artistieke jongen die de indruk wekte hele werelden te kunnen scheppen in zijn fantasierijke brein. Hij was zo'n serieuze peuter geweest, zijn hoofd altijd schuin terwijl hij de ene breinbrekende vraag na de andere stelde. Nu was hij veertien en nog steeds een eigenaardige jongen. Patrick had zich zorgen gemaakt toen hij naar de brugklas ging – 'hij is niet zoals de andere kinderen, ze zullen hem verrot slaan,' had hij een keer tegen Dean gezegd – maar tot nu toe leek Ethan het prima te overleven.

'Worstjes met aardappelpuree,' zei Zoë kortaf.

'Hé, maat,' zei Dean. 'Hoe is het op school?' Hij kromp prompt ineen bij wat er uit zijn mond kwam. Ten eerste was Ethan niet een 'maat'-persoon en ten tweede vindt een kind het nooit leuk wanneer het gevraagd wordt hoe het op school gaat. Het is de meeste stomme vraag ter wereld. 'Ben je aan een nieuw beeld begonnen?' voegde hij er snel aan toe, alsof hij moest bewijzen dat hij zijn neef ooit al eens eerder had gesproken.

'Nee. Ik ga niet meer naar de club.' Ethan pakte wat bestek uit een lade en begon het op de tafel te gooien.

'O, dat is jammer,' zei Dean terwijl hij een vork recht legde. De club was een of andere hippe, creatieve ruimte in Wandsworth waar een groep tieners allerlei vreemde en prachtige kunstwerken maakte van ijzerdraad, schroot en klei, en hij herinnerde zich vaag dat Ethan dolblij was geweest om toegelaten te worden. 'Waarom niet?'

'Ik denk niet dat we het hier weer over moeten hebben,' zei Zoë terwijl ze de gesneden wortels in een pan met kokend water veegde.

Ethan spande zijn kaak aan en sloeg het laatste mes met zo'n kracht op tafel dat het in een cirkel draaide. Toen stormde hij de keuken uit.

'Goed bezig.' Zoë rolde met haar ogen.

'Sorry,' zei Dean voor wat voelde als de honderdste keer sinds hij had aangebeld. 'Ik wist niet dat het een gevoelig onderwerp was.'

Zoë draaide zich met glinsterende ogen om. 'Nee, Dean, dat wist je inderdaad niet. Dat wist je niet omdat je geen idee hebt wat er hier allemaal aan de hand is.' Ze sloeg een deksel op de pan wortels en de blauwe vlam eronder schokte en beefde. 'Je komt hier alleen maar langs om keer op keer sorry te zeggen, alsof dat ook maar iets gaat veranderen. Nou, het is niet goed genoeg. Je bent te laat!'

'Sorry,' zei hij voordat hij zichzelf kon stoppen. Hij trok een gezicht. 'Luister, ik wil echt helpen. Ik –'

'Nee, jíj moet even luisteren,' zei ze terwijl ze haar armen over haar borst vouwde, maar toen stormde Bea weer in tranen de keuken in.

'Hij draaide mijn arm achter mijn rug. Het doet pijn! Hij is gebroken!'

Zoë verstijfde, alsof ze op het punt stond in stukken te breken. 'Wil je helpen?' vroeg ze aan Dean, zo fel dat het klonk als een bedreiging. 'Wil je echt helpen?'

'Ja, natuurlijk,' zei hij. Ze wilde dat hij met Gabe ging praten, gokte hij. Of dat hij glazen water in ging schenken voor bij het avondeten. Of dat hij morgen terugkwam om het veel te lange gras in de tuin te maaien.

'Mooi,' zei ze met trillende stem. Ze gooide haar handen in de lucht om aan te geven dat ze zich overgaf. 'Dan is het allemaal voor jou,' zei ze. 'Het avondeten, de kinderen, alles. Ik ben weg.'

'Wacht, wat? Waar ga je heen?' vroeg Dean verrast, maar Zoë liep al met grote passen naar de voordeur.

'Mama!' schreeuwde Bea en rende achter haar aan. 'Niet weggaan! Kom terug!'

'Wat de hel...' begon Ethan toen eerst zijn moeder en daarna zijn zusje langs beenden.

In de gang gooide Bea haar hele lichaam om haar moeders benen. 'Mama, nee,' huilde ze. 'Niet weggaan.'

'Niet zo dramatisch doen,' zei Zoë terwijl ze haar sleutels in haar broekzak stopte. 'Ik ga niet voor altijd weg. Ik heb alleen wat ademruimte nodig.' Ze trok de armen van het kleine meisje van haar knieën. 'Lief zijn voor je oom,' voegde ze eraan toe, en toen was ze weg.

'Mama!' huilde Bea naar de gesloten voordeur. Door de rode en groene druppelvormen van het glas-in-loodraam zag Dean Zoë met snelle passen het pad af lopen. Hij knipperde met zijn ogen en ze was verdwenen. Ondertussen rolde Bea over het tapijt, jammerend en snotterend. Ze had al een van haar ouders verloren, herinnerde Dean zich. Hij moest dit rustig aanpakken en niet ongeduldig worden.

'Het komt goed,' zei hij terwijl hij knielde. Hij legde voorzichtig een hand op haar rug, alsof ze een wild dier was, maar ze schudde hem met een grote snik van zich af. 'Mama komt zo weer terug. Ze gaat alleen een stukje lopen. Wil je me helpen om thee in te schenken?'

'Nee! Ik wil dat ze terugkomt!'

'Ze mag niet helpen met de thee,' zei Ethan onbehulpzaam. 'Te gevaarlijk voor een baby. Ze zou het alleen morsen of zichzelf verbranden.'

'Niet waar!' Met haar gezicht in het tapijt schopte Bea naar achteren en raakte Dean bijna in zijn kruis.

'Hé,' jankte hij, achteruitdeinzend. 'Het komt wel goed,' zei hij van een veilige afstand. 'Kom op, sta op en...' Hij kon niet zo snel bedenken wat ze kon doen. 'Je kunt me helpen de aardappelen te stampen. Ik durf te wedden dat je daar heel goed in bent.'

Bea zei niets, maar schopte weer met haar voeten en sloeg als extraatje met haar handen op de grond. De regenboogstaart van haar eenhoornonesie zwaaide met elke beweging in het rond. 'Ik wil mama,' huilde ze. 'Mama!'

'Laat haar maar,' zei Ethan, en hij draaide zich weer naar de keuken. 'Ze wil gewoon aandacht. Dit doet ze elke dag. Het begint saai te worden.'

Dean aarzelde machteloos. Bea klonk oprecht van streek. Hij kon haar niet op de grond achterlaten. Wat kon hij zijn nichtje nog meer bieden dan aardappels stampen? 'Eh...' begon hij, zijn brein helemaal leeg.

Maar voordat hij iets kon bedenken, klonk er een schreeuw uit de keuken. 'Oom Dean? Weet je dat de worstjes in brand staan?'

2

Het avondeten was niet bepaald de meest smakelijke maaltijd van Deans leven. De worstjes waren zwartgeblakerd, de puree was klonterig en de wortels zo hard als hout. 'Ik vind het niet lekker,' pruilde Bea, haar wimpers nog steeds nat van de tranen.

'Het is smerig,' beaamde Gabe, die een met modder besmeurd voetbaltenue droeg. Hij spoot een gigantische klodder ketchup op zijn puree en roerde het door elkaar. 'Roze puree. Iew,' zei hij met de grootste grijns op zijn gezicht. 'Nu ziet het eruit als een auto-ongeluk. Overal hersenen.'

'Gabe,' zei Ethan. 'Hou je bek.'

'Wat ga je doen dan?' zei Gabe, die een vork vol roze puree omhooghield en in grote, natte klodders terug op het bord liet vallen. 'Herseneeeen!' kraaide hij terwijl hij vanuit zijn ooghoek naar zijn broer keek.

Ethan fronste en Dean vroeg zich af waar Zoë was en hoelang ze van plan was weg te blijven. En of zijn ongelooflijk late verschijning de laatste druppel was geweest na de ergste drie weken van haar leven.

Bea duwde haar bord van zich af en Dean voelde zich genoodzaakt om snel te handelen, voordat het avondeten een nog triestere aangelegenheid werd. 'Dit avondeten is vrij waardeloos,' zei hij, waarna hij snel eraan toevoegde: 'Mijn schuld, niet die van jullie moeder', voor het geval iemand later de behoefte zou hebben om woorden in zijn mond te leggen. 'Waar is de dichtstbijzijnde snackbar hier in de buurt?'

Zijn woorden werkten als magie. Hij had de zin nog niet uitgesproken of drie hoofden draaiden zijn kant op. Ja, oké, hij was wanhopig en zijn schuldgevoelens zorgden ervoor dat hij een makkelijk slachtoffer was geworden.

'Op Sandycombe Road,' zei Ethan. 'Ongeveer vijf minuutjes lopen? Vier, als we snel zijn.'

'Gaan we echt naar de snackbar?' vroeg Bea achterdochtig. 'Heus echt waar?'

'Yes!' juichte Gabe, die blijkbaar niet zulke twijfels leek te hebben. Hij stak zijn mes en vork verticaal in de afschuwelijke roze puree, sprong van zijn stoel en nam een superheldenhouding aan. 'De snackbar zal ons redden!'

Zijn enthousiasme was aanstekelijk. 'Dat is mijn lievelingseten!' gilde Bea. Zelfs Ethan sprong met een gretige uitstraling van tafel.

'Waar wachten we nog op?' vroeg Dean, en ze lieten het smerige avondeten achter en gingen op weg naar de snackbar. Eerste les in opvoeden: koop ze om met gefrituurd voedsel, dacht hij, walgend van zichzelf. Hij hoopte vurig dat ze Zoë niet zouden tegenkomen op de terugweg. Sorry, Zoë. Sorry, Patrick. Ik stop jullie kinderen vol met vet en zout eten, omdat ik blijkbaar niet eens kon voorkomen dat de worstjes in de fik vlogen. Maar bekijk het van de positieve kant: ik heb het huis niet afgebrand. Nog niet in ieder geval!

Iedereen was tenminste weer een beetje opgevrolijkt. Bea huppelde en zwierde in het rond en zong over kipnuggets, en Gabe gaf Dean een uitgebreid verslag van zijn voetbaltraining van die middag. Als Dean de jongen moest geloven had hij wel achttien doelpunten gemaakt, waaronder een aantal kopballen, een omhaal en een vanaf de middenlijn. 'Ongelooflijk,' zei Dean elke keer, waarmee het hele verhaal in één woord kon worden samengevat.

Ethan was de enige die nog geen woord had uitgebracht en Dean keek hem aan. 'Alles goed, E?' vroeg hij.

Gabe, wiens verhaal over een geweldige omhaal die had geleid tot zijn eerste hattrick was onderbroken, wierp een blik op zijn broer. 'O,' zei hij terwijl hij zijn neus ophaalde. Er was iets *Just William*-achtigs aan Gabe, met zijn wilde bruine krullen en sproeten, en zijn altijd slordige uitstraling. 'Hij is boos omdat ik over voetbal aan het praten ben. Hij heeft woedeaanvallen en –'

'Bek houden, sukkel,' zei Ethan, en hij gaf Gabe een elleboog in zijn zij. Gabe duwde hem meteen terug.

'Zie je?' schreeuwde hij, en hij ontweek een volgend pak slaag van een woedend kijkende Ethan. 'Zie je dat, oom Dean? Woede. Aanval. Dat is wat zijn leraar tegen mama zei. En ik – auw! Zie je? Hij slaat me gewoon!'

'Kom op, kappen,' zei Dean, maar het had geen enkel effect. 'Jongens!' Hij was opgelucht toen hij aan het einde van de straat de lichten van de snackbar zag, alsof het een veilige thuishaven was. De twee begonnen nu serieus te vechten. Gabe had altijd al een talent voor het opfokken van zijn oudere broer gehad, maar deze keer zag Ethan er werkelijk moordlustig uit toen hij Gabe aanviel.

'Genoeg, jullie twee, we zijn er,' zei Dean. Hij greep van ieder een arm en trok ze uit elkaar. 'Oké, jongens, wat willen jullie?'

'Ik ben eigenlijk geen jongen, oom Dean,' begon Bea. 'Maar ik wil kipnuggets, alsjeblieft.'

Ethan zag nog steeds wit van woede en Gabe was bezweet

en keek Dean treiterig aan. Blijkbaar kon de magie van de snackbar niet alles oplossen, maar de jongens stopten net lang genoeg met vechten om te mompelen wat ze wilden eten. Het ging om de kleine overwinningen, zei Dean in zichzelf.

De kinderen vielen meteen aan toen ze eenmaal thuis weer aan de eettafel zaten, maar Dean bleef om de paar minuten naar de klok kijken in afwachting van Zoë's terugkeer. Hij hield één oor op het geluid van de voordeur gericht terwijl de kinderen met elkaar praatten, en hij vroeg zich af of Zoë normaal gesproken rond dit tijdstip luisterde of Patrick al thuiskwam. En of ze dat nog steeds deed. Waarschijnlijk wel. Sommige gewoonten zaten zo diep dat je ze instinctief uitvoerde, alsof ze direct in verbinding stonden met je lichaamscellen. Nadat Rebecca bij hem weg was gegaan, had Dean niet in het lege bed kunnen slapen omdat hij bleef wachten tot ze naast hem kwam liggen. Hij dacht nog steeds aan haar op hun trouwdag en haar verjaardag. De herinneringen werden elk jaar minder pijnlijk, maar toch bleven ze een bittere nasmaak houden. Maar goed. Hij deed zijn best om niet aan haar te denken, vooral na...

Niet over nadenken, onderbrak hij zijn eigen gedachtegang. Hij had de laatste tijd al genoeg tijd verspild door over haar te piekeren.

Om half zeven waren ze klaar met eten. Wat nu? Zou Zoë terug zijn voordat de kinderen naar bed moesten of was dat nu ook Deans taak geworden? 'Heeft een van jullie huiswerk?' vroeg hij, en hun gezichten vertrokken. 'Of we kunnen een spelletje spelen?' voegde hij er snel aan toe.

Ethan stiefelde naar boven en Gabe beweerde dat hij het level van het Thor-spel waardoor hij constant aan de Xbox zat vastgekluisterd af moest maken, dus bleef alleen Bea over. Dat leidde ertoe dat Dean even later door de speelkamer kroop terwijl Bea keihard op zijn rug stuiterde en af en toe spreuken uitsprak waarmee ze samen naar magische landen konden vliegen. Ze had op dat moment zoveel plezier dat hij niet durfde te klagen over de schaafplekken die hij op zijn handen begon te voelen, maar toen Gabe om zeven uur riep dat het bedtijd was voor 'baby Bea' voelde hij enorme opluchting. Na de onvermijdelijke ruzie met haar broer omdat ze helemaal geen baby was en hij zijn varkenskop moest houden, gaf ze eindelijk toe en sjokte ze naar boven. Voor kinderen zorgen was vermoeiend, dacht Dean terwijl hij een tijdje later in de badkamer toekeek hoe zijn nichtje haar tanden stond te poetsen. Hoe deed Zoë dit in haar eentje, elke dag weer? Omgaan met het verdriet van haar kinderen boven op dat van haarzelf. Het leek ondenkbaar hoe ze zichzelf door elke lange avond moest slepen. Amper mogelijk.

'O, moet ik je in bad doen?' vroeg hij toen zijn oog op een rij dierenwashandjes langs de rand van de badkuip viel.

'Mmm,' zei Bea met een mond vol schuimende tandpasta. 'Eigenlijk ga ik altijd in bad voordat ik mijn tanden poets. Je hebt het fout gedaan, oom Dean.'

'Nee, toch,' zei hij. 'Maakt niet uit. Voor deze keer mag je stinkend naar bed.'

'Meisjes stinken niet,' zei Bea verontwaardigd. Toen leek er iets anders in haar op te komen. 'Maar hoe moet ik nou slapen zonder een verhaaltje van mama?' Ze spoelde haar tandenborstel af en maakte een groot spektakel van het spugen in de wastafel. 'En het papaliedje?'

'Wat is het papaliedje?' vroeg Dean, die haar naar het roze, met slingers versierde prinsessenkoninkrijk volgde dat haar slaapkamer was. De muren, de gordijnen, het tapijt, alles had een warme rooskleurige tint, en op de muur boven haar bed was een sprankelend sprookjespaleis geschilderd. Dean beeldde zich in dat Patrick op een ladder de muren stond te schilderen en de pastelkleurige slingers ophing, en hij voelde de haren in zijn nek tintelen. Patrick was zo gek geweest op zijn kleine meisje.

Terwijl ze haar eenhoornonesie openritste en op de grond gooide, begon Bea te zingen, haar stem hoog en zoet, hoewel het enigszins werd gedempt toen ze haar schooluniform uittrok en haar trui vast kwam te zitten om haar hoofd. 'Papa, ik mis je elke dag. Jij had de allerbeste lach. Kom alsjeblieft weer terúúúg. Liefs Bea.'

Als Deans verdriet hiervoor al erg was geweest, dan dreigde het hem nu te wurgen. Hoe kon een zesjarige nu in het reine komen met het verlies van een ouder terwijl haar wereld voorheen volledig uit magie en sprookjes had bestaan? Hij kon het zich nauwelijks voorstellen. 'Dat is een heel mooi liedje,' zei hij schor terwijl ze een pyjamabroek aantrok en een wiebelige hoofdstand op het bed deed. 'Heel bijzonder. Heb je het zelf geschreven?'

Ze liet haar benen vallen, giechelde en trok haar pyjamashirt aan. 'Mama heeft een kléín beetje geholpen,' gaf ze toe terwijl ze haar armen door de juiste gaten wurmde. 'Eén woord. En het deuntje. Maar ik heb de rest gedaan.'

Hij gaf haar een knuffel omdat hij niet wist wat hij daarop moest zeggen. 'Ik mis hem ook,' zei hij, en hij drukte haar kleine lichaam dicht tegen het zijne.

'Hij was jouw broer,' zei ze na een paar seconden, en ze keek hem aan. Ze waren zo dichtbij dat hij elke blonde wimper kon zien. Haar blauwe ogen waren gelijkmatig en taxerend, net als die van Zoë, maar haar puntige oren en sprekende wenkbrauwen waren precies haar vader.

'Ja.'

Bea haalde haar schouders op en trok een gezicht. 'Ik vind het niet erg als míjn broers doodgaan,' zei ze harteloos. 'Maar ik mis papa. Heel erg. Zo erg,' verduidelijkte ze door haar armen wijd te spreiden.

'Hij was grappig, hè?' vroeg Dean.

'Ja, héél grappig. En soms gooide hij me in de lucht. Heel hoog, zodat het voelde alsof ik kon vliegen.' Ze kronkelde uit zijn armen en sprong op het bed. 'En hij liet me op zijn rug klimmen en in zijn haren kietelen. En als hij lachte deed hij zo: HUH-HUH-HUH.' Ze gooide haar hoofd in haar nek en deed een perfecte imitatie van Patrick. Dean moest even zijn ogen dichtknijpen om de tranen te onderdrukken.

'Hij was een goede papa,' beaamde hij. Zijn emoties werden alsmaar groter, als een golf in de zee, en het werd hem bijna te veel. Hij moest van onderwerp veranderen voordat hij het water in werd gesleept. 'Oké,' zei hij. 'Kruip maar lekker onder die dekens en ga slapen.'

Ze nestelde zich onder het dekbed en strekte haar armen naar hem uit voor een laatste knuffel. Hij boog voorover en ze sloeg haar armen om zijn nek. 'Welterusten, papa,' mompelde ze in zijn oor en hij verstijfde. Was het een vergissing of deed ze alsof omdat het haar troost bracht? Hoe dan ook, het brak zijn hart.

'Nu moet je "welterusten, lieve Bea" zeggen,' instrueerde ze, haar adem warm en muntachtig in zijn nek.

De brok in zijn keel begon meer en meer op een gigantisch rotsblok te lijken. Hij slikte een paar keer voordat hij antwoordde. 'Welterusten, lieve Bea,' herhaalde hij.

Ze liet los en rolde op haar zij. 'Buzz-buzz,' mompelde ze, en ze sloot haar ogen.

Dean zei een tijdje helemaal niets en bleef op de rand van haar bed zitten voor het geval hij nog meer stappen van haar bedroutine moest doorlopen, maar ze bleef stil en haar ademhaling begon bijna meteen dieper en langzamer te worden. 'Welterusten, papa,' hoorde hij haar weer zeggen en de schrijnende woorden ontnamen hem de adem. Dat hij zo dichtbij mocht komen terwijl zij haar pijn en verdriet probeerde te verwerken, gaf hem het gevoel dat zijn hart in duizend stukjes werd gebroken.

O, arme jij, spotte Zoë in zijn hoofd. Het draait allemaal om jou, of niet, Dean?

Tegen de tijd dat hij Bea's slaapkamer verliet en naar beneden ging, was het half acht en donker buiten, maar zijn schoonzus was nog steeds nergens te bekennen. Hij vroeg zich af wat ze nu aan het doen was. Of ze met vrienden in een lawaaierige bar was, of in de rustgevende omgeving van iemands huis. Of ze stomdronken was of huilde, of allebei.

'Gabe?' riep hij. Hij ging naar de woonkamer en trof zijn jongste neef slapend op de bank aan, nog steeds in zijn voetbaltenue en met de Xbox-controller in zijn handen. Gabes gezicht – meestal zo levendig – werd zacht in zijn slaap, zijn mond hing open en zijn lange dikke wimpers trilden op zijn wangen. Dean dacht terug aan Gabes geboorte, hoe hij en Rebecca voor Ethan hadden gezorgd terwijl Zoë aan het bevallen was en na een tijdje Patricks jubelende telefoontje hadden ontvangen: 'Een jongetje, nou ja, we kunnen gerust jongen zeggen, hij is ruim vier kilo, een echte kanjer!' Achteraf gezien verbaasde het Dean niet dat Gabe zo het leven was komen binnenvallen.

Dean herinnerde zich vooral hoe leuk hij het had gevonden om die dag met Ethan op te trekken. Het was de eerste keer dat hij en Rebecca verantwoordelijk waren voor een kind en hij had er echt van genoten. Ze waren naar het park gegaan en hadden in de zandbak gespeeld, en eenmaal terug in het appartement vond Dean een overgebleven rol behang. Hij had hem uitgespreid over de vloer en samen met Ethan een ingewikkeld wegennetwerk getekend voor zijn speelgoedauto. In eerste instantie had Dean zich een beetje zorgen gemaakt over hoe hij zijn kleine, rustige neefje een hele dag – of misschien zelfs meerdere dagen – moest zien te vermaken, maar toen hij zag hoe blij de jongen was, ontspande Dean en de rest van de middag hadden ze tijdens het tekenen over van alles en nog wat zitten kletsen. Dit gaat hartstikke goed, ik kan dit, zei hij tegen zichzelf terwijl hij Ethan prees voor zijn kladderige bijdragen.

Even later brachten ze Ethan naar het ziekenhuis om zijn broertje te ontmoeten. Daar was Dean directe getuige van de warmte en het wonder van de kraamafdeling. Patrick en Zoë waren dolgelukkig, Zoë's moeder en stiefvader waren overgekomen uit Zuid-Wales en zijn eigen ouders waren er natuurlijk ook om de geboorte van hun nieuwe kleinzoon te vieren. Alle vreugde gaf Dean een onverwacht gevoel van jaloezie voor wat Patrick allemaal had: de kinderen, het gezinsleven, de toekomst die hij samen met Zoë aan het opbouwen was. Het moet die avond van zijn gezicht af te lezen zijn geweest, want toen hij zich omdraaide, schudde Rebecca al met haar hoofd voordat de vraag zijn mond had kunnen verlaten. 'Nee,' zei ze. Ze lagen samen in bed, haar lange kastanjebruine haar los over haar schouders, en ze stak een dreigende vinger in zijn gezicht. 'Haal het niet in je hoofd. Ik weet wat je gaat zeggen en het antwoord is: geen sprake van. Zwangerschapsstriemen en hechtingen? Daar ga ik echt niet aan beginnen.'

Als hij goed had geluisterd, had Dean misschien een spookachtige alarmbel gehoord, maar een seconde later had ze de dekens teruggeslagen om haar platte buik en kleine perfecte borsten te onthullen en was hij prompt afgeleid geweest.

'Ik ga deze ook niet verpesten. Na alle uren die ik in pilates heb gestopt? En dat verdomde vasten? Ik ga nog liever dood.' Natuurlijk was hij het toen met haar eens geweest. Hij zou op dat moment overal mee in hebben gestemd, laten we eerlijk zijn.

Negen jaar later was de pasgeboren Gabriel in elk geval opgegroeid tot een chaotisch, charmant en eigenwijs kind dat nu op de bank lag te snurken. Dean nam hem net zo voorzichtig in zijn armen als hij die eerste keer op de kraamafdeling had gedaan. Gabe gaf geen kik, hij was compleet uitgeteld. Al dat voetbal, plus een bord vet eten, en de jongen was als een blok in slaap gevallen.

De vaste lijn begon te rinkelen toen Dean halverwege de trap was en hij verstijfde, bang dat het geluid Gabe wakker zou maken, maar de jongen was helemaal van de wereld. Nadat hij een paar keer was overgegaan nam het antwoordapparaat het over en klonk de stem van een geïrriteerde vrouw door de kamer. 'Dit is mevrouw Henderson van Townley Street. Ik heb al zoveel berichten achtergelaten op uw mobiele telefoon dat Inlichtingen mij dit nummer heeft gegeven. En u neemt nog steeds niet op! We hebben al twee weken geen warm water omdat de ketel het niet doet. Dit kunt u niet maken! Als u een beetje fatsoen hebt, belt u me zo snel mogelijk terug!'

Vermoedelijk was de vrouw een van Patricks huurders en had ze geen idee dat hij was overleden, bedacht Dean. Patrick werkte sinds hij zijn school had afgerond in de bouwsector en had in korte tijd veel geld verdiend door vervallen vastgoed op te kopen, te renoveren en vervolgens met enorme winsten te verkopen. Nadat hij dit een tijdje had gedaan, had hij zes of zeven panden in West-Londen als huurwoningen aangehouden. Het plan was om makkelijk geld te verdienen naast zijn andere bouwwerkzaamheden, maar hij had vaak gemopperd over het onvermogen van zijn huurders om een lamp te vervangen zonder hem te bellen. Een kapotte ketel was echter wel een serieus probleem. Patricks werktelefoon was zonder twijfel net zo inactief als hijzelf en stroomde waarschijnlijk over van soortgelijke berichten.

Mevrouw Henderson tierde ongehoord verder terwijl Dean de overloop op liep, zijn slapende neefje verbazingwekkend zwaar in zijn armen. Gabes kleine slaapkamer was naast die van Bea en was volgeplakt met posters van Fulham Football Club en verschillende superhelden. Toen Dean de jongen zachtjes op het bed liet zakken, merkte hij op dat iemand – Zoë? Gabe zelf? – ter hoogte van het kussen een foto van Patrick en Gabe bij een wedstrijd in Fulham op de muur had geplakt. Op de foto hielden ze elk een uiteinde van een zwart-witte sjaal boven hun hoofd, hun monden wijd open. Ze hadden dezelfde lippen, zag Dean, breed en vol, waarmee ze op dezelfde manier schreeuwden en glimlachten. Opnieuw voelde hij een steek in zijn hart toen hij een vlekkerige vingerafdruk opmerkte. Hij beeldde zich in dat Gabe elke nacht voordat hij in slaap viel naar de foto reikte om het gezicht van zijn vader aan te raken. Hij was te oud voor een papaliedje, maar hij had duidelijk iets nodig. Hadden ze allemaal niet iets nodig om deze vreselijke tijd door te komen?

Dean rolde het *Star Wars*-dekbed zachtjes onder Gabe vandaan en trok de voetbalsokken van zijn voeten voordat hij besloot dat Gabe de rest van zijn tenue wel aan kon houden. Het was vrijdag, dus ze hadden gelukkig geen school de volgende ochtend. Hij trok het dekbed omhoog tot aan Gabes kin, deed de gordijnen dicht en verliet de kamer.

Nog één kind te gaan, dacht hij terwijl hij de trap af liep. Beneden was de boze huurder nog steeds niet klaar met haar tirade. 'Ik heb tegen de consumentenbond gezegd dat je de slechtste huisbaas bent die ik ooit heb gehad. Je zou je moeten schamen. Je bent compleet onbetrouwbaar en –'

Klachten over een kapotte ketel waren één ding, maar dat ze zijn broer zo beledigde, ging Dean te ver. Dean haastte zich de laatste paar treden af en greep naar de telefoon. 'Hij is dood,' zei hij kil. 'Hij is dood. Het spijt me dat u een probleem hebt met de ketel of wat dan ook, maar uw huisbaas – mijn broer – is vorige maand overleden, en dat is waarom hij uw telefoontjes niet beantwoordt. Begrepen?' En toen smeet hij de telefoon weer neer, liet zich op de onderste trede van de trap zakken en legde zijn hoofd in zijn handen.

Hij haalde een paar keer diep adem, geschrokken van zijn eigen woede-uitbarsting. Hij was altijd de rustige van de twee broers geweest, degene die eerst goed nadacht voordat hij zijn mond opentrok. Vanavond voelde hij zich echter naakt, onbevangen, en zijn emoties waren in de afgelopen paar uren met zijn nichtje en neefjes hoog opgelopen.

Hij wreef zijn handen over zijn gezicht, en zijn boosheid verdween net zo snel als die was opgelaaid. Hoe had deze vrouw kunnen weten wat er was gebeurd? Met een kreun van schaamte pakte hij opnieuw de telefoon en drukte op de knop waarmee hij het laatste nummer terugbelde. 'Het spijt me,' zei hij toen ze opnam. 'Ik ben Patricks broer Dean. Ik had niet zo tegen u mogen praten. We zijn allemaal nog een beetje de weg kwijt zonder hem.' Maar het was veel meer dan dat. We zijn gebroken zonder hem, had hij moeten zeggen. We verdrinken in de leegte die hij achterlaat. Maar deze woorden waren veel te ongepast om tegen een vreemde te zeggen. 'Het kwam heel onverwachts,' eindigde hij, in de hoop dat ze geen verdere vragen zou stellen.

De vrouw – mevrouw Henderson, als Dean het goed had onthouden – nam even de tijd voordat ze antwoordde. 'Ik begrijp het,' zei ze. 'En het spijt mij ook dat ik dingen heb gezegd die u van streek hebben gemaakt. En natuurlijk dat... hij is overleden.' Ze was even stil. 'Maar ik...' Haar stem verdween bijna onmiddellijk weer, alsof ze zichzelf ervan moest weerhouden om weer te gaan klagen terwijl ze net het nieuws had gekregen dat er een man was overleden.

'Ik snap het,' zei hij, waarmee hij de stilte doorbrak. 'Uw ketel is kapot en niemand heeft u teruggebeld of verder geholpen. Natuurlijk is dat frustrerend.' En toen, omdat hij het gevoel had dat hij het probleem nu niet meer kon negeren, voegde hij eraan toe: 'Ik kan wel een kijkje nemen. Vanavond gaat niet meer lukken, maar misschien morgen?'

'O, zou u dat willen doen?' Hij kon haar opluchting bijna door de telefoon heen voelen. 'Dat zou heel fijn zijn. Ik heb jonge kinderen, ziet u, en we moeten naar de buren of naar vrienden om te douchen en het is nu al twee weken aan de gang. Mijn vrienden zijn geweldig, maar er moet wel een keer een einde aan komen. Ik word er echt ontzettend moe van.'

'Dat begrijp ik en het spijt me,' zei hij opnieuw. 'Als u uw gegevens even doorgeeft, zal ik morgen langskomen. Hoe laat zou dat het beste uitkomen?'

Hij zocht naar iets om op te schrijven en zag een stapel ongeopende post op tafel liggen. Hij draaide een paar brieven om. De meeste waren geadresseerd aan Patrick. 'Zegt u het maar,' zei hij tegen mevrouw Henderson, en hij noteerde haar adres op een van de enveloppen. Hij probeerde zich voor te stellen hoe moeilijk het was om iemand te verliezen terwijl de rest van de wereld er nog niet van op de hoogte was. Al die mensen die je keer op keer het verschrikkelijke nieuws moest vertellen voordat ze je eindelijk met rust lieten. Al die mailinglijsten en databases waaruit je één voor één de contactgegevens moest laten verwijderen. Het was al erg genoeg dat je je eigen verlies moest verwerken, maar Zoë moest het nieuws eindeloos herhalen en voelde zich dan waarschijnlijk verplicht om ook op andermans pijn, medeleven en vragen te reageren... Als je constant een wond moest openhalen, kon hij nooit gaan helen.

Maar hij kon een gedeelte van de last van haar overnemen, bedacht hij. Hij kon deze stapel post voor haar doornemen, als ze dat goed vond. Hij kon de gemiste telefoongesprekken op

Patricks werktelefoon beantwoorden en de huurders, de bank en de leveranciers op de hoogte brengen van de situatie. Hij kon die verantwoordelijkheid op zich nemen.

Wauw, mijn held, zei Zoë sarcastisch in zijn hoofd. Het is echt het minste wat je kunt doen, dat weet je toch?

Het was in ieder geval een begin. Het zou tenminste íéts zijn.

Nadat hij een afspraak had gemaakt met mevrouw Henderson – 'Noem me maar Ruth' – wilde Dean eigenlijk een biertje pakken en op de bank gaan liggen, maar Zoë was nog steeds niet thuis, dus moest hij zijn kop erbij houden. Hij ging naar Ethans kamer en klopte zachtjes op de open deur. 'Hoi,' zei hij terwijl hij zijn hoofd naar binnen stak.

Ethan zat met volle concentratie een of ander computerspel te spelen. Hij had zijn koptelefoon op en tuurde met gespannen schouders naar het scherm van zijn laptop. Afgaande op alle vliegende vonken en explosies was hij iets of iemand aan het vermoorden. Dean kwam iets dichterbij, totdat Ethan hem eindelijk in zijn gezichtsveld kreeg en zich abrupt omdraaide.

'O, hé.' Hij richtte zijn aandacht net weer terug op het spel toen een gemaskerde gangster zijn personage in het hoofd schoot.

'Oef,' zei Dean. Het bloed spetterde over het scherm. 'Sorry. Eh... Ik wilde alleen even checken of alles goed gaat.' Hij ging op de rand van het bed zitten en stak zijn handen tussen zijn benen. 'Of je hulp nodig hebt met huiswerk of zo.' Niet dat het erop leek dat er veel huiswerk werd gedaan. Zijn blik gleed door de kamer. Vanuit de hoek bij de deur gaf een enorme hand van papier-maché hem de middelvinger, langs de muren hingen grote prints van Escher en een metalen collage van de Londense skyline, en bij zijn bed stond een levensgrote buste van een Griekse god met een paarse feesthoed. 'Je hebt echt coole dingen hier,' zei hij.

'Dank je,' zei Ethan. 'Ik heb geen huiswerk.' Hij trok een

gezicht. 'Nou ja, wat voorbereiding voor examens, maar…' Hij haalde zijn schouders, waarmee hij wilde zeggen: Wat maken examens nog uit?

'Ik kan je daar wel mee helpen, als je wilt.' Dean gokte dat examens en schoolwerk niet zo belangrijk meer leken wanneer je je vader had verloren. 'We kunnen het samen doornemen?' Hij wilde zo graag ergens mee kunnen helpen, besefte hij. Hij wilde zo graag goedmaken dat hij de avond van Patricks dood kwaad was weggelopen. Hoeveel uren helpen met huiswerk, hoeveel papaliedjes zouden daarvoor nodig zijn? Als hij een paar van de gaten die Patrick had achtergelaten kon vullen, zou dat in ieder geval iets zijn. Toch?

Maar Ethan leek niet bepaald onder de indruk van zijn aanbod. 'Nee,' zei hij terwijl hij het spel op zijn scherm afsloot. 'Dat hoeft niet, hoor, dank je.'

'Misschien een andere keer dan,' zei Dean. 'Hé, waar hadden jij en Gabe nou precies ruzie over onderweg naar de snackbar? Heb ik iets gemist?'

Ethans gezicht verduisterde. 'Hij is een lul,' zei hij kortaf.

Dean probeerde het opnieuw. 'Had het iets te maken met de beeldhouwclub waar je heen ging? Waar je moeder niet over wilde praten?' giste hij. Gabe was over woedeaanvallen begonnen en had Ethan ermee zitten treiteren, maar voor zover Dean wist was Ethan nooit zo'n agressief kind geweest.

Zijn zucht klonk doodmoe in de oren. 'Ja. Het is op woensdagmiddag, rond dezelfde tijd als een van Gabes voetbaltrainingen, dus mam kan me niet ophalen. Ze wil ook niet dat ik alleen naar huis ga, want ik kan volgens haar onmogelijk een bus en een metro aan zonder beroofd of neergestoken te worden of te verdwalen.' Hij rolde met zijn ogen en fronste verontwaardigd. 'Ik ben al veertien! Iedereen in mijn klas reist in zijn eentje door heel Londen. Maar mam draait echt helemaal door als we iets doen wat niet honderd procent veilig is. En natuurlijk kan Gabe zijn geweldige voetbal niet opgeven.'

Het was het meeste wat Ethan die avond had gezegd en het kostte Dean een paar seconden om alle boosheid in zijn woorden te verwerken. Hij knikte, maar het laatste wat hij wilde was partij kiezen of tegen Zoë's beslissing ingaan. Hij herinnerde zich dat Patrick ooit de grap had gemaakt dat Gabe net een hond was: hij moest meerdere keren per dag rennen, het liefst elke dag, anders werd hij hyper en onhandelbaar. Het was duidelijk dat Zoë een keuze had gemaakt en hoewel hij de redenering begreep, kon hij niet ontkennen dat het oneerlijk was tegenover Ethan.

'Het zou niet zo lang moeten duren om terug te fietsen,' zei hij, hardop denkend. 'Ongeveer een half uurtje vanuit Wandsworth?' Maar hij kon aan Ethans gezichtsuitdrukking zien dat Zoë fietsen ook niet zou toestaan. Te gevaarlijk. Te veel risico. Hij begreep het wel. Iedereen zou paranoïde worden wanneer een familielid zo plotseling was overleden. 'Hoe ging je eerst altijd naar huis?' vroeg hij. 'Haalde je vader je op?'

Ethan knikte met een afwezige blik in zijn ogen. Waarschijnlijk zat hij te denken aan de leuke momenten met zijn vader in zijn busje. Dean zag helemaal voor zich hoe ze met z'n tweeën naar knallende muziek luisterden en Patrick commentaar gaf op aantrekkelijke vrouwen die langsliepen en vervolgens naar zijn zoon knipoogde. Niet tegen je moeder zeggen!

'Ik kan je wel ophalen,' bood Dean aan. 'Woensdagmiddag zei je toch?'

Ethans gezicht lichtte op. 'Echt waar? Meen je dat?'

'Natuurlijk.' Als financieel techconsultant besteedde Dean zijn dagen meestal aan het vinden van nieuwe oplossingen voor technische problemen van klanten en had hij weinig tijd voor andere dingen, maar aangezien er nog twee volle maanden van zijn sabbatical over waren, had hij tijd zat om te helpen, althans voorlopig. Eerlijk gezegd zou hij juist blij zijn met een excuus om zijn huis af en toe te verlaten en iets nuttigs te doen voor een ander, besefte hij.

'O mijn god.' Voor het eerst in lange tijd zag Dean een flits van oprechte blijdschap op het gezicht van zijn neef. 'Ik ben zo...' Zijn kin trilde. Ethan was altijd zo'n rustig, zelfstandig kind geweest. Was het mogelijk dat hij over het hoofd was gezien bij de gevolgen van dit familiedrama? 'Dat zou geweldig zijn. Dank je. Weet je het zeker?'

'Ik weet het hartstikke zeker.' Dean vroeg zich af of het te ver zou gaan als hij door het pluizige haar van zijn neef zou woelen, maar wist zich op het laatste moment in te houden. Ethan zag er niet uit alsof hij graag werd aangeraakt en dit was een vreemde nieuwe situatie waar ze zich in bevonden. 'Weet je, ik moest net nog even denken aan de dag dat Gabe werd geboren,' zei hij plotseling. 'Misschien weet je het niet meer, maar je was die dag bij mij en we hebben samen urenlang zitten tekenen op een lange behangrol. Het begon als een wegennetwerk voor je auto, maar toen kwamen er allerlei vreemde en prachtige gebouwen en wezens bij. Oerwouden, bergen, steden...' Zijn ogen voelden warm aan toen hij terugdacht aan het lieve, stille jongetje dat Ethan toen was, hoe hij zich zo aandachtig over dat papier had gebogen terwijl ze er met hun viltstiften aan werkten. Ze hadden hun eigen wereld geschapen, zij het denkbeeldig. Hoe ironisch was het dat Dean al die jaren later per ongeluk Ethans echte wereld kapot had gemaakt.

Ethan fronste geconcentreerd. 'Ik denk dat ik het me wel kan herinneren,' antwoordde hij. 'We rolden het papier uit door de hele kamer.'

'Precies! Je weet het nog.' Ze glimlachten naar elkaar, voorzichtig en fragiel, maar toch.

'Nou, ik zal je verder met rust laten,' zei Dean. 'En wanneer je moeder thuiskomt, zal ik haar over ons woensdagmiddagplan vertellen, oké?'

'Ja, oké. Dank je.'

'Geen probleem. O, en vergeet niet om je tanden te poetsen voordat je naar bed gaat,' voegde hij eraan toe, zich realiserend dat Gabe zonder zijn tanden te poetsen in slaap was gevallen. Oeps.

Ethan trok een wenkbrauw op. 'Ik ben geen baby.'

'Nee, dat klopt. Oké, welterusten alvast.'

Dean ging terug naar beneden en vond dat hij nu wel een biertje had verdiend. Hij hoopte dat Zoë er een paar in de koelkast had liggen. Toen hij naar de keuken liep, viel zijn blik op zijn fiets in de hal en hij werd eraan herinnerd dat hij nog naar huis moest fietsen. Vermoedelijk, in ieder geval. Ervan uitgaande dat Zoë uiteindelijk weer thuis zou komen. Hij stond naar de voordeur te staren en hoopte vurig dat hij haar sleutel in het slot zou horen. Ze had haar punt gemaakt: ze was een paar uur aan het huis en de kinderen ontsnapt en had Dean even flink laten zweten.

Ze wás wel van plan terug te komen, toch? Als in: vanavond? Ze zou toch niet het hele weekend wegblijven?

Koplampen schenen door het raam terwijl auto's door de straat reden, op zoek naar parkeerplaatsen. De weersvoorspelling van eerder op de dag had zware vorst voorspeld en de straten glansden nu al met de eerste ijzige sporen. Hij trok de gordijnen van de woonkamer dicht en een nieuwe zwerm angstige gedachten overspoelde hem. Zoals Zoë een paar uur eerder in de keuken had gestaan, haar gezicht strak van stress en verdriet, leek het alsof ze er helemaal klaar mee was geweest. Wat als ze iets stoms had gedaan? Je hoorde weleens verhalen over mensen die gewoonweg niet verder konden zonder hun partner, die zo verwoest waren door verdriet en woede en verlies dat ze niet meer helder konden denken.

Met een naar gevoel in zijn buik trok hij de gestreepte jaloezieën in de keuken naar beneden en controleerde of de achterdeur op slot zat. Zoë had de handdoek in de ring gegooid en geen seconde getwijfeld voordat ze wegliep, zonder gehoor te geven aan Bea's gejammer. Had ze wel geld meegenomen? Waar wás ze?

Hij ruimde het afval van de snackbar op, spoelde de pannen van het eerste, mislukte avondeten af en zette de vaatwasser aan. Hij dacht terug aan toen hij en Rebecca uit elkaar gingen en hij een tijdelijk appartementje had gehuurd op Shepherd's Bush Road. Hoe hij een tijdje weer het stereotype van de slordige vrijgezel vertegenwoordigde, badend in zijn eigen ellende en vuil terwijl de puinhoop om hem heen alsmaar erger en erger werd. Ironisch genoeg was het Patrick die hem wakker had geschud door langs te komen en een aantal opmerkingen te maken zoals alleen een broer dat zou doen, zoals: 'Jezus, Dean', en 'Dit is een krot', en 'God, herpak jezelf, oké? Heb je een zenuwinzinking of zo?'

Hij veegde nu de oppervlaktes schoon en vroeg zich af of hij het kon maken om iets te doen aan alle rommel die zich in de kamer had opgestapeld of dat Zoë boos zou reageren en zijn hulp als kritiek zou opvatten. Hij haalde wat uitgedroogde bruine narcissen uit een kurkdroge vaas en gooide ze samen met een paar mandarijnen die verschillende interessante kopergroene patronen vertoonden in de groenbak. Daarna haalde hij met een keukenrol het ergste stof van de vensterbanken. Moest hij doorgaan met schoonmaken? Misschien, als hij een betere zwager was geweest en de afgelopen weken had geholpen met de boodschappen en de zorg van de kinderen te midden van de storm van verdriet in de familie, zou hij beter weten hoe hij met de huidige situatie moest omgaan. Hij zou het recht hebben verdiend om de leiding te nemen en haar keuken op te ruimen. Maar niet vandaag. Nog niet.

Hij ging naar de woonkamer en ging zitten. Het was zo stil als een lijkenhuis. Hij zette de tv aan – het volume laag om niemand te storen of wakker te maken – en begon een beetje te zappen, maar er was niets wat hem interesseerde. Hij speelde wat met zijn telefoon en vroeg zich af of hij Zoë moest bellen, maar hij was te bang dat ze weer tegen hem tekeer zou gaan. In plaats daarvan besloot hij haar een appje te sturen: *Ik hoop dat je in orde bent. Met de kinderen gaat het goed. Ik zal hier blijven tot je terugkomt.*

Geen antwoord. Hij leunde tegen de zachte kussens, plotseling moe. Het was een lange dag geweest. Hij had vandaag veel gedaan, het meest sinds Patrick was overleden, en hij had meer dan genoeg gehoord en gezien wat hij nu moest zien te verwerken. Hij sloot zijn ogen. Het enige wat hij nu kon doen was wachten tot Zoë thuiskwam.

Twee straten verderop lag Zoë op de bank van haar beste vriendin Clare en was hard op weg met haar derde glas wijn. 'Ik ga nooit meer naar huis,' kondigde ze aan terwijl de deurbel de komst van hun Indiase afhaalmaaltijd aankondigde. 'Is dat goed, Clare? Dat ik hier blijf en jij voor me zorgt? Dat vind je niet erg, toch?'

Clare stond op. 'Het komt wel goed, Zo,' zei ze terwijl ze naar de voordeur liep.

Zoë zakte als een zak aardappelen ineen. Haar tanden hadden een rare donzige laag gekregen van de wijn en haar ledematen voelden zwaar aan, doordrenkt met alcohol. 'Het komt wel goed,' herhaalde ze fluisterend, maar terwijl ze de woorden uitsprak, wist ze dat ze onmogelijk waar konden zijn. Hoe kon iets ooit nog goed komen zonder Patrick?

3

'Goed, laten we eens even kijken,' zei Dean terwijl hij de volgende ochtend naar het bedieningspaneel op Ruth Hendersons ketel keek en hoopte dat hij eruitzag alsof hij wist waar hij mee bezig was. Het was zonder twijfel ijdele hoop, vooral na de weinige slaap die hij die nacht had gehad. Hij was rond middernacht in slaap gevallen op Zoë's bank en enkele uren later wakker geworden toen ze met veel kabaal thuis was gekomen, onverstaanbaar en omringd door een sterke wijngeur. Daarna had hij nog uren liggen draaien. Het stof van de bank had tegen zijn gezicht gekriebeld en zijn geest was onafgebroken rondjes door zijn hoofd blijven rennen, te actief om hem in slaap te laten vallen. In de nasleep van Patricks dood had hij het allemaal verkeerd aangepakt, bleef hij denken. Hij moest erachter zien te komen hoe hij het weer goed kon maken.

Stap nummer één op het verzoeningspad begon hier, in de kleine, koude keuken van de familie Henderson, in een smerige straat achter het Charing Cross Hospital. Dean staarde nietbegrijpend naar de ketel en probeerde zich de YouTube-video's te herinneren die hij twintig minuten eerder had bekeken, waarin ze het hadden over het herstarten van de waakvlam. Wat als hij de hele boel zou opblazen omdat hij een cruciale stap vergat? Het zou er niet bepaald geruststellend uitzien als hij nu zijn telefoon tevoorschijn haalde om het filmpje nog eens te bekijken, maar het was beter dan dat het huis compleet instortte.

Zoë was die ochtend stilletjes tevoorschijn gekomen, met een bleek gezicht en wallen onder haar ogen, en gewikkeld in een frambozenrode badjas. 'Sorry voor gisteravond,' had ze gemompeld, waarna ze naar de keuken was gegaan om koffie te zetten. Dean, die al sinds half zeven wakker was doordat de verbazingwekkend heldere maartzon door de dunne gordijnen had geschenen, wist niet zeker of ze erover wilde praten of dat hij moest vertrekken zonder er nog een woord aan vuil te maken. Maar hij was de afgelopen weken zo afwezig geweest, dat hij vond dat hij op z'n minst moest blijven voor een kopje koffie. Hij had deze gesprekken de laatste tijd al genoeg ontweken.

'Het was geen probleem,' had hij gezegd terwijl hij naar het raam was gelopen en de gordijnen open had getrokken. De tuin had er verwaarloosd uitgezien, het gazon mosachtig door alle regen van die winter. 'Heb je een goede avond gehad?'

Ze had hem achterdochtig aangekeken, alsof ze zich afvroeg of hij haar voor de gek hield. 'Ja,' zei ze na een korte stilte. 'Ik was bij mijn vriendin Clare. We probeerden met behulp van ongeveer zeventien flessen wijn de wereld weer recht te zetten. Ik voel me nu niet zo fantastisch, maar het leek toen een goed idee.' Ze zette een dampende mok koffie voor hem op tafel. 'Bedankt dat je het fort hebt bewaakt. En sorry als ik... iets zei wat ik niet had moeten zeggen toen ik thuiskwam.'

'Je hebt niets raars gezegd,' antwoordde hij, en hij besloot dat het waarschijnlijk het beste was om verder niets meer over haar terugkeer te zeggen. 'Zoë... Ik zal je niet weer in de steek laten,' vervolgde hij. 'Ik meen het. We zijn nog steeds familie, toch, jij en ik?'

De woorden galmden door zijn hoofd terwijl hij de voorkant voorzichtig van Ruth Hendersons ketel haalde. Families waren er in slechte tijden altijd voor elkaar. Zoë had er immens opgelucht uitgezien toen hij aanbood om Patricks verhuurderszaken over te nemen zolang hij nog met sabbatical was en haar onderlip had getrild van emotie toen hij zei dat hij Ethan elke woensdag naar de beeldhouwclub kon rijden. Als laatste had hij voorgesteld om morgen weer langs te komen zodat ze hem een lijst kon geven van alle andere dingen die nog afgehandeld moesten worden en ze had meerdere malen met haar hoofd geknikt als antwoord. 'Dank je,' had ze zachtjes gezegd, en even had hij het gevoel dat... niet dat ze hem had vergeven, maar dat hij in ieder geval een stap in de goede richting had gezet. Dat het de moeite waard zou zijn. Hij zou alles doen wat ze van hem vroeg, had hij ter plekke tegen zichzelf gezegd. Wat er ook maar nodig was om te bewijzen dat het hem speet.

In de tussentijd moest hij deze ketel echt weer aan de praat zien te krijgen. Oké, gasafsluiter, dat moest het zijn. De woorden Aan, Uit en Waakvlam stonden op de draaiknop geprint.

'O,' zei mevrouw Henderson achter hem. 'Als je de waakvlam wilt starten, dat hebben we al duizend keer geprobeerd. Mijn buurman had een YouTube-filmpje gevonden en we hebben de stappen doorlopen, maar er veranderde niets.'

'O.' Dean voelde zich dom. 'In dat geval –'

'Het probleem ligt duidelijk niet bij de gastoevoer, want het fornuis doet het nog prima. En het is ook niet de timer die defect is. We hebben dat allemaal al gecontroleerd.' Ze had een onbeweeglijke glimlach op haar gezicht toen hij zijn hoofd uit de kast trok om haar aan te kijken. Een baby begon te huilen en haar ogen flitsten naar het plafond. 'Ik heb geprobeerd wat ik kon terwijl ik wachtte tot je broer me terug zou bellen.' Ze trok een gezicht. 'Sorry. Het was niet mijn bedoeling om –'

'Geen probleem. Ik snap het.' Hij keek even naar zijn voeten en besloot maar gewoon eerlijk te zijn. 'Luister, het spijt me, maar ik kan dit niet oplossen. Ik werk in financiën, dus het is voor mij net zo'n groot raadsel als voor jou. Ik had kunnen weten dat je dit al had geprobeerd.' Haar glimlach viel weg. 'Dus wat ik ga doen,' ging hij snel verder, 'is bellen met een loodgieter die met spoed kan komen. Ik wacht wel op ze als je andere dingen te doen hebt.'

Boven werd het huilen van de baby steeds luider, alsof het opbouwde naar een crescendo, en een klein meisje met wilde rode krullen en een gebreid blauw konijn in haar handen kwam de keuken in rennen, buiten adem van eigenbelang. 'Mama! Phoebe is wakker geworden.'

'Ik weet het, lieverd, ik kom er zo aan,' zei mevrouw Henderson. 'Kun je mij een plezier doen en heel, heel zachtjes over haar buikje aaien en met je allerliefste stem hallo tegen haar zeggen?'

Een enkele domme seconde lang dacht Dean dat ze het tegen hem had, maar toen draaide het kleine meisje zich om en vlogen de benen van het blauwe konijn achter haar aan de trap op. 'Dank je,' zei mevrouw Henderson tegen Dean. 'Dat zou geweldig zijn. Dat er vandaag iemand naar komt kijken, bedoel ik. En als jij ook kan blijven wachten, zou dat nog beter zijn. Mijn man komt pas laat terug van een conferentie en er is geen kruimel te eten in huis, dus we moeten echt –' Ze werd onderbroken toen het huilen boven hun hoofden een nieuwe, dringendere toonhoogte bereikte. 'Ik kan maar beter gaan kijken wat er aan de hand is,' zei ze terwijl ze haastig in de richting van de trap liep.

Het bleek erg duur te zijn om op een zaterdag een loodgieter te laten komen. Het bleek ook dat, na de recente koudere dagen, er veel ketels waren die onder vergelijkbare sterfgevallen hadden geleden en dat Dean uren kon wachten voordat hij aan de beurt was. 'Goed,' zuchtte hij, wetende dat hij geen andere keus had. Hoe duurder en moeilijker het werk, hoe beter dat in sommige opzichten zou zijn, bedacht hij terwijl hij een mok thee van mevrouw Henderson – Ruth – aannam en hij drukte haar op het hart dat hij het echt geen probleem vond om op de loodgieter te wachten terwijl ze naar de supermarkt ging. Alles wat hij hiervoor moest inleveren – of dat nu geld of tijd was – nam een klein stukje weg van het gigantische schuldgevoel dat hij voor altijd met zich mee zou dragen.

Dit was vanaf nu de balans van zijn geweten, bedacht hij terwijl Ruth vertrok met de kinderen en het huis stilviel. Hij werkte in de financiële wereld en wist zijn weg wel te vinden in het berekenen van schulden. Hij had altijd voldoening gevonden in het optellen van inkomsten en uitgaven, in het omzetten van al die verkreukelde bonnetjes en facturen tot duidelijke, definitieve cijfers. In zijn geval stond hij waarschijnlijk voor de rest van zijn leven in het rood, maar hij kon op zijn minst proberen een groot aantal goede daden te verrichten om het universum te laten zien dat het hem echt speet.

Op dat moment werd er aangebeld. Hij opende de deur en zag een man met een gereedschapskist. 'Ik ben hier voor de ketel?'

Dean begeleidde de loodgieter door de koude keuken en ervoer voor het eerst in lange tijd een flikkering van optimisme. Wat het ook zou kosten – hoeveel het ook zou kosten – hij zou in de voetsporen van zijn broer treden en zijn leven herpakken. Hij zou dit oplossen. Hij zou alles oplossen.

4

'Patrick Christopher Sheppard was de beste mens die ik ooit heb gekend,' mompelde Zoë in zichzelf tijdens het lopen. 'Een liefhebbende vader, echtgenoot en zoon, die door iedereen geliefd en gerespecteerd werd...' Ze voelde een brok in haar keel terwijl ze aan zijn knappe gezicht dacht, de lach die ze nooit meer zou horen, de lippen die ze nooit meer kon kussen. Ze zou er altijd spijt van hebben dat ze zich niet in staat had gevoeld om een persoonlijke grafrede te houden op Patricks begrafenis.

Anderen waren wel opgestaan: haar schoonvader, Derek, had een hoogdravende toespraak gehouden die niets van Patricks warmte en liefde voor het leven had gereflecteerd, maar ze wist dat Derek nu eenmaal zo in elkaar zat. Hij was een man die de warmte van de mensen om hem heen pas zou opmerken als het huis in brand stond. Dean had ook gesproken tijdens de dienst. Stotterend had hij een paar anekdotes gedeeld die lieten zien wat een geweldige broer Patrick was geweest, maar hij had een angstig gezicht gehad, had gepraat zonder enige echte overtuiging en erbij gestaan alsof hij zo snel mogelijk weg wilde rennen. Zoë had daar gezeten in haar nieuwe zwarte pak, haar ogen op haar voeten gericht, en had haar woede voelen groeien omdat ze beiden zulke slechte toespraken gaven. Wilde ze naar Derek luisteren die, volgens Patrick, zo'n koelbloedige vader was dat hij net zo goed een reptiel had kunnen zijn? Nee. Wilde ze naar Deans grappige verhalen luisteren terwijl ze hem eigenlijk nog steeds de schuld gaf van Patricks dood? Nee.

En dus was de dienst ten einde gekomen zonder dat iemand was opgestaan om Patrick het liefdevolle en oprechte eerbetoon te geven dat hij verdiende. Niemand had zijn humor, zijn charisma, zijn energie over kunnen brengen. Die dag had Zoë nauwelijks haar mond open kunnen doen zonder in te storten, dus had ook zij hem in de steek gelaten door te zwijgen. Dat was waarom ze van plan was om voor de zomer het mooiste eerbetoon ooit te schrijven en het aan Patrick voor te dragen terwijl ze zijn as uitstrooide. Het was het minste wat ze kon doen.

'De eerste keer dat ik hem zag, wist ik meteen dat hij speciaal was,' oefende ze hardop. Ze was vijfentwintig geweest toen ze elkaar hadden ontmoet in een grotachtige pub. Patrick had haar geplaagd met haar karaokevaardigheden, een drankje voor haar gekocht en haar vervolgens met zijn charmes aan het lachen gemaakt. En dat was hij zeventien jaar lang blijven doen. Destijds was ze op haar hoede voor mannen geweest – haar hart was al een paar keer gebroken door eerdere waardeloze vriendjes en ze droeg al een aantal littekens van haar flirtende vader, die haar moeder, en daarmee ook zijn kinderen, had verlaten – maar Patrick was anders. Hij was gewoon een goed mens. Ze had hem instinctief vertrouwd en daar tot op heden nog geen spijt van gehad.

Vandaag was het maandag, het begin van een nieuwe week. Dat was wat de maandag nog zwaarder maakte dan andere dagen: het feit dat ze weer zeven saaie en vreugdeloze dagen zonder haar man moest zien te doorstaan en absoluut niets had om naar uit te kijken. 'Blijven doorzetten, Zoë. Stap voor stap,' had Clare vrijdagavond gezegd. 'Hou vol, schat,' had haar moeder gisteravond aan de telefoon eveneens aangedrongen, maar het was soms zo verdomd moeilijk om 's ochtends op te staan. Het was zo moeilijk om de kinderen in hun schooluniform en de voordeur uit te krijgen terwijl ze eigenlijk de hele dag met de dekens over haar hoofd in bed wilde blijven liggen.

Zoë was basisschoollerares, maar na de geboorte van Bea had ze alleen nog maar op invalbasis gewerkt. Het kostte haar al genoeg tijd en energie om voor haar eigen kinderen te zorgen, laat staan dat ze dat dag in, dag uit moest combineren met dertig kinderen in haar klas. Sinds Patricks dood had ze echter helemaal geen voet meer in een klaslokaal gezet. Zijn levensverzekering was onlangs uitbetaald – een flinke som geld – wat betekende dat de financiële druk was afgenomen, godzijdank, maar het had ook alle prikkels weggenomen die ze misschien had gehad om weer te gaan werken. 'Hoe zou je het vinden om weer les te geven?' had Clare gevraagd nadat de wijn zijn werk had gedaan. 'Of is het te vroeg? Het zou een afleiding kunnen zijn, dat is alles. Het zou misschien… helpen?'

Zoë wist dat de vraag goed was bedoeld en dat Clare alleen maar probeerde haar terug naar het normale leven te leiden, maar het probleem was dat ze zich niet kon voorstellen dat ze ooit weer voor een klas kinderen zou staan om het over zulke onbenullige dingen te hebben als lesroosters, Engelse gezegdes of het victoriaanse tijdperk. De Zoë die elke ochtend een leuke blouse en rok aantrok, die haar man en kinderen met een kus gedag zei voordat ze naar haar werk ging, die een klas vol negenjarigen kon inspireren en ze iets nieuws kon leren… die vrolijke, zorgeloze vrouw was verdwenen. In plaats daarvan was ze een boze, ontroostbare stakker die tegen haar kinderen schreeuwde en dingen vergat, die 's nachts niet kon slapen omdat ze zich zorgen maakte over wat er van haar gezin terecht zou komen. En wanneer ze dan eindelijk in slaap viel, droomde ze over Patrick. Meestal droomde ze dat ze in de rivier dook om hem te redden. Dan zag ze zijn lichaam in het water en gebruikte ze al haar kracht om hem uit de duistere diepten naar de oppervlakte te slepen, maar op een bepaald moment in de nachtmerrie zou ze beseffen dat ze te laat was omdat hij al dood was. Andere keren zag ze hem door het riet van haar wegdrijven. 'Wacht!' riep ze dan, maar er kwamen alleen zilveren luchtbelletjes uit haar mond. 'Stop!' Maar dat deed hij nooit en ze zou hem nooit kunnen inhalen, hoe hard ze ook zwom, hoe wanhopig ze zijn naam ook schreeuwde.

Ze werd elke keer hijgend en snakkend naar adem wakker, alsof ook zij in de modderige Theems was ondergedompeld. En een paar seconden later zou ze beseffen dat er weer een vreselijke dag was aangebroken en dat de horror van het echte leven de nachtmerrie zou vervangen. Wat was er die avond gebeurd? wilde ze naar hem schreeuwen. Wat was er echt gebeurd?

'Misschien,' antwoordde ze op Clares vraag. 'Maar nu nog niet. Het is te vroeg.'

Te vroeg, alsof dit slechts een tijdelijk verlies was. Alsof ze zich niet altijd zo zou voelen. Dat leek op dit moment niet erg waarschijnlijk. Ze voelde zich maar een half mens, een wrak van een gezonken schip. Thuis klampte ze zich vast aan haar gezond verstand, maar de chaos om haar heen dreigde daar steeds vaker een einde aan te maken. Het huis werd met de dag viezer omdat ze niet genoeg energie had om te stofzuigen en te dweilen. Het was zelfs zo erg dat Liz, Patricks moeder, stilletjes was begonnen met het sorteren en strijken van de was wanneer ze langskwam, en zo nu en dan spoot ze bleekmiddel in de wc of zette ze een ovenschotel in de koelkast zodat Zoë die later kon opwarmen. Natuurlijk had Liz hier alleen maar goede bedoelingen bij, maar Zoë schaamde zich evengoed. Deze goede daden maakten haar beschaamd, alsof haar schoonmoeder haar beoordeelde op haar slordigheid. De aanhoudende geur van bleekmiddel was voor Zoë een constante berisping dat ze haar familie in de steek liet.

Als je het haar een maand geleden had gevraagd, zou Zoë hebben gezegd dat zij degene was die alles deed in huis, maar het werd al snel duidelijk dat Patrick toch heel wat klusjes op zich had genomen, bijvoorbeeld het trimmen van de heg in de voortuin, het schoonmaken van de afvalbakken, het afhandelen van rekeningen, het wassen van de auto's en het naar de stort brengen van oude spullen. Vorige week was een van de beugels van Gabes gordijnrail losgekomen en Zoë was er nog steeds niet aan toegekomen om hem te repareren. Het was het soort werk dat haar man vijf minuten zou hebben gekost, maar zij wist niet eens waar ze moest beginnen. (Welke maat boor had ze nodig? Welke kleur plug moest ze gebruiken?) Haar autoverzekering moest ook worden vernieuwd en meestal ging Patrick op zoek naar een goede deal voor haar, maar dit keer moest ze dat zelf doen. Daarnaast zou ze zijn auto waarschijnlijk moeten verkopen, maar ze had ook geen idee hoe ze dat moest aanpakken. Natuurlijk kon ze het aan haar stiefvader of broer vragen, maar zelfs dat voelde als een extra taak op haar ellenlange to-dolijstje. Dit alles bij elkaar was overweldigend. Het was een onmogelijke opgave. Het was veel makkelijker om helemaal niets te doen, om dieper en dieper in de ellende te zinken totdat die haar uiteindelijk opslokte.

Onlangs was ze begonnen aan urenlange wandelingen terwijl de kinderen op school zaten. Ze dwaalde als een treurig spook door de parken en straten in een poging haar chips-consumptie (die behoorlijk uit de hand liep) te compenseren en uit het rommelige huis te ontsnappen. Ze sleepte zichzelf op sommige dagen door de Botanische Tuinen en probeerde dan niet naar de narcissen met hun parelkoppen te kijken, omdat ze haar deden denken aan al die keren dat Patrick een bosje voor haar had meegenomen. Ze had het laatste bosje dat hij voor haar had gekocht nog weken na zijn dood bewaard, niet in staat om ze weg te gooien. Dean moet ze hebben weggegooid, realiseerde ze zich een paar dagen geleden, en ze had zichzelf er nauwelijks van kunnen weerhouden om door de vuilnisbak te graven om een paar bruine bloemblaadjes te redden.

Vandaag was ze helemaal naar Chiswick gelopen, en terwijl ze als een geest langs de winkels op High Road dreef, liet ze haar pogingen tot het schrijven van de perfecte grafrede even varen in de hoop zich te herinneren hoe ze zich moest gedragen als een normaal iemand. Andere vrouwen wisten wat ze moesten doen, dacht ze afwezig terwijl ze een paar groepjes in cafés zag zitten of kleren voor elkaar omhoog zag houden in boetiekjes. Ze trok haar sjaal strakker om haar keel. Andere groepjes vrouwen gingen samen hardlopen in het park en lieten hun glanzende sneakers synchroon op het asfalt neerkomen. Weer anderen duwden jengelende peuters voort in buggy's en nodigden elkaar uit voor koffie om gezellig bij te kletsen. Zoë kon zich niet meer met zulk gedachteloos gemak in deze kringen mengen. Ze was een buitenstaander geworden, onwelkom. Als je je man en de liefde van je leven verloor, gingen andere mensen je ongemakkelijk gezelschap vinden, zo bleek. Ze waren bang om té gelukkig te zijn in je aanwezigheid en dachten dat ze gedempte tonen moesten aannemen, je arm moesten aanraken en je met een schuin hoofd moesten aankijken. Hoe gáát het met je? Altijd die 'Hoe gáát het met je?'s, met grote ogen vol bezorgdheid. Ze werd er gek van, eerlijk gezegd.

Het ergste – een van de vele ergste dingen – was dat ze nu

altijd op deze manier zou worden behandeld. Dat ze voor altijd gebrandmerkt zal zijn als arme Zoë, arme weduwe Zoë. ('Zo triest, vind je ook niet?' 'Heb je het gehoord?' 'O mijn god, ik kon het niet geloven. Denk je dat het zelfmoord was?' 'Ik hoorde dat ze geldproblemen hadden.' 'Je maakt een grapje, wie had dat gedacht?') O, ze had zeker al het gefluister gehoord, alle porren en blikken gezien. Zodra ze tegenover haar stonden betekende het helemaal niets hoe sympathiek mensen waren.

Negeer ze, zei ze tegen zichzelf. Het laatste wat ze wilde was dat ze nu ook nog paranoïde zou worden. Ze was buiten in de frisse lucht – nou ja, zo fris als de lucht kon zijn in hartje Londen – en het was al elf uur en ze had nog geen een keer gehuild die ochtend. Plus – een lichtpuntje! – Dean was gisteren weer langsgekomen en hoewel ze hem nog steeds niet had vergeven (en dat waarschijnlijk ook nooit zou doen), had hij wel hulp aangeboden, die ze met tegenzin had geaccepteerd. Hij had een hoop papierwerk en post die zich in Patricks afwezigheid had opgestapeld meegenomen en beloofd alles af te handelen. Dit was vooruitgang, veronderstelde ze. Een kleine stap voorwaarts.

Maar net toen ze zich iets beter durfde te voelen, liep er een man langs met dezelfde aftershave als Patrick altijd had gedragen, en ze werd bedolven onder de vertrouwde geur. Het bloed stroomde uit haar gezicht. De kruidige, houtachtige geur, die hemelse geur, deed haar denken aan al die nachten dat hij het had gedragen: de etentjes en feestjes, de nachten in de pub, zijn armen om haar heen. De afgelopen weken had ze de geur elke avond op zijn kussen gespoten zodat ze kon doen alsof ze hem knuffelde, maar de fles was inmiddels bijna leeg. Zou het belachelijk zijn om een nieuwe te kopen? Ze miste hem zo erg. Ze was verloren zonder hem. Zo verloren!

Een snik ontsnapte uit haar keel, en toen nog een. Hier kwam het: de verwoesting die de hele tijd op de loer lag, wachtend tot ze zou breken, kwam nu daverend tevoorschijn. Ze legde haar handen over haar ogen en leunde met trillende benen tegen het dichtstbijzijnde winkelraam. Wat deed ze hier eigenlijk? Tot zover het in het volle zicht verschuilen tussen de *yummy-mummies* van Chiswick. Nu had ze zichzelf onthuld als een rouwend wrak, als een vrouw die instortte omdat ze Givenchy rook. De tranen stroomden over haar wangen. Ze wist niet wat ze met zichzelf aan moest. Ze kon zich nergens verstoppen en het lukte evenmin om zichzelf te vermannen, ze kon niet stoppen met huilen, ze –

'Alles goed met je? Nee, niet, ik zie dat het niet goed met je gaat. Kom maar mee naar binnen, even op adem komen.' Een vrouw praatte tegen haar, haar gezicht heel dichtbij, maar Zoë's ogen waren te vol tranen om echt iets te zien. Een arm glipte om haar schouders en toen werd ze voorzichtig door de winkeldeur geleid. 'Een ogenblikje, ik zal even…' zei de vrouw, en Zoë was zich er vaag van bewust dat ze de deur achter hen sloot en een bordje omdraaide naar GESLOTEN. Ze bevonden zich in een kleine boetiek voor woonaccessoires, vol met mooie kussens en spreien en planken met vazen en keramiek, het soort plek waar ze nooit haar kinderen mee naartoe zou nemen uit angst voor prijzige ongelukjes.

De vrouw die haar had gered leidde haar naar een roze fluwelen fauteuil met elegante houten poten. 'Ga zitten,' moedigde ze aan.

Zoë ging zitten. 'Het spijt me,' slikte ze vernederd. Ze legde haar hoofd weer in haar bevende handen en probeerde zichzelf wanhopig te kalmeren. 'God, ik schaam me zo. Het spijt me,' bracht ze uiteindelijk uit.

'Geen probleem, maak je niet druk. Eén momentje,' zei de vrouw terwijl ze een doos tissues van achter de toonbank pakte.

'Hier. Zal ik koffie voor je zetten? Of heb je liever muntthee?'

'Nee, dank je,' snikte Zoë terwijl ze haar best deed om haar ademhaling weer onder controle te krijgen. Ze had Patrick altijd geplaagd omdat hij een hypochonder was – 'Snel, bel een ambulance! Mijn man is verkouden!' – maar als ze had geweten dat hij echt zou sterven, zou ze hem veel liefdevoller hebben verzorgd. Waarom was ze niet liever voor hem geweest toen ze de kans had? Waarom was ze ooit gemeen geweest, had ze ooit ruzie met hem gemaakt?

'Een koekje dan? Sorry dat ik het zeg, maar je ziet erg bleek. Maar goed, na deze vreselijke winter geldt dat natuurlijk voor ons allemaal. Hier, neem er eentje. Je zou mij er een plezier mee doen, anders eet ik ze allemaal zelf op,' zei de vrouw, en ze zwaaide met een pak chocoladekoekjes voor Zoë's neus. Ze droeg een korte rok met opvallende kleuren, merkte Zoë op, met een zijdezacht zwart topje en een robuuste koperen ketting die bij elke beweging die ze maakte klonk als kleine bekkens.

De geur van de koekjes was verrassend opbeurend. Zoë was hongerig na de wandeling en besefte plots dat ze in de haast om de kinderen op school te krijgen was vergeten om te ontbijten. 'Bedankt,' zei ze terwijl ze een koekje pakte en een muizenhapje nam. De zoetigheid explodeerde in haar mond en met moeite weerstond ze de drang om het hele ding in een keer naar binnen te proppen. Het zorgde ervoor dat ze een klein beetje beter in staat was om normaal te functioneren. 'Sorry,' zei ze opnieuw, zich bewust van hoe eigenaardig haar gedrag waarschijnlijk op de vrouw overkwam. 'Ik ben onlangs mijn man kwijtgeraakt. Nou ja, hij is overleden… ik ben hem niet zomaar ergens verloren.' Ze grijnsde pijnlijk en riskeerde een blik op de andere vrouw. Ze zette zich schrap voor een waar-ben-ik-nu-weer-in-beland?-gezichtsuitdrukking.

Maar haar redder staarde terug met mededogen, haar chocoladebruine ogen vol emotie. Ze was jonger dan Zoë, midden dertig, gokte ze, en mooi, met lang kastanjebruin haar en sproeten. 'O mijn god,' zei ze. 'Wat verschrikkelijk. Het spijt me. Je gaat vast door een hel nu.'

Zoë moest haar lippen strak op elkaar drukken omdat er zoveel sympathie doorklonk in de stem van de andere vrouw dat ze het nauwelijks kon verdragen. En ook omdat 'een hel' een gepaste samenvatting was van haar leven de laatste tijd. 'Ja,' gaf ze bevend toe. 'Het is het ergste wat me ooit is overkomen. Ik rook net de aftershave van mijn man op een andere man en...' Ze voelde haar wangen warm worden. 'Ik weet dat het stom klinkt, maar het overviel me. Kleine dingen blijven dat doen.'

'Dat geloof ik, ja,' zei de vrouw. 'Het duurt vast heel lang om zo'n verlies te verwerken.' Ze zwaaide weer verleidelijk met het pak koekjes. 'Neem er nog een,' drong ze aan, en Zoë stopte gehoorzaam haar hand weer in het krakende pakje. 'Wil je erover praten of wil je liever even zitten en weer op adem komen? Je mag natuurlijk zo lang blijven als je wilt, maar ik kan iemand bellen om je op te halen als dat zou helpen.'

Iemand bellen en nog meer aandacht opeisen was het laatste wat Zoë wilde. Het idee alleen al was genoeg om haar overeind te duwen en de koekjes te vergeten. Haar knieën wiebelden nog steeds, maar ze was vastbesloten om weer te gaan. Er stond nu een klant voor de deur van de winkel die door het glas tuurde alsof hij zich afvroeg wat er binnen aan de hand was. 'Nee, het gaat wel weer,' zei ze, wat een leugen was, maar dat maakte niets uit. 'Hoe dan ook, ik kan maar beter...' Ze gebaarde naar de straat buiten, naar het echte leven dat wachtte op haar terugkeer. 'Ik zal je weer met rust laten, maar heel erg bedankt.' Ze forceerde een glimlach op haar gezicht en liep snel naar de deur. Niets te zien hier, alles is prima in orde. Het is honderd procent in orde, punt uit.

‘Geen probleem,’ zei de vrouw achter haar, maar Zoë draaide zich niet om. Blijven lopen, blijven lopen, beval ze zichzelf, en haar lichaam gehoorzaamde en stuurde haar door de deur naar buiten en langs de etalage, waar de vrouw waarschijnlijk nog steeds bezorgd naar haar stond te kijken. Ze had geen idee waar ze heen ging, maar dat deed er niet toe. Ze moest gewoon wegwezen, en snel.

‘Wat een puinhoop,’ zei ze tegen zichzelf, en ze wist niet of ze moest lachen of huilen. ‘Zag je dat, Patrick? Zonder jou ben ik helemaal de kluts kwijt.’

5

Twee dagen later parkeerde Dean bij een grote, lawaaierige school en tuurde door de voorruit, enigszins overweldigd door de honderden kinderen die naar buiten stroomden met hun luide stemmen en enorme tassen. Ze schreeuwden, renden en duwden elkaar aan de kant. Nee, wacht, dat deden ze niet allemaal, corrigeerde hij zichzelf, want in het kielzog van de kolkende tienermassa zag hij een aantal stillere kinderen met hun hoofd naar beneden via oortjes naar muziek luisteren. Hij vermoedde dat Ethan deel uitmaakte van die tweede groep. Hij herinnerde het zich nog goed van zijn eigen jaren op de middelbare school.

Ik sta bij de brievenbus. Een zilveren Ford Focus, appte hij Ethan zoals ze hadden afgesproken.

Afgezien van het gedoe met Ruth Hendersons ketel, was dit zowat het eerste nuttige wat hij had gedaan sinds zijn sabbatical was begonnen, realiseerde Dean zich met zijn rechterarm tegen het raam leunend. Sterker nog, als hij heel eerlijk was, was dit misschien wel het meest nuttige wat hij dit hele jaar had gedaan. De afgelopen tijd had hij zich net een zombie gevoeld. Hij droeg bij toerbeurt dezelfde drie pakken, nam elke ochtend en avond dezelfde metro en kocht rond lunchtijd hetzelfde broodje bij dezelfde delicatessenzaak. Soms zat hij op kantoor aan zijn bureau, knipperde hij met zijn ogen en kon hij zich niet eens herinneren welke dag van de week het was. Of welk seizoen het eigenlijk was. Soms had hij ook het gevoel dat hij het enige onbeweeglijke onderdeel van kantoor was. Collega's gingen trouwen en kregen kinderen, veranderden van baan, volgden interessante cursussen, planden vakanties of zochten sponsoring voor marathons en liefdadigheidsinstellingen waar ze zich voor hadden aangemeld. En ondertussen deed hij niets anders dan... bestaan. Dit ging al zo sinds zijn scheiding, kon hij nu inzien. Wanneer in je privéleven alles naar de knoppen gaat, is het verbazingwekkend makkelijk om jezelf volledig op je werk te storten, om overal ja op te zeggen, hoe saai dat ook mag zijn, en daar vervolgens je leven om te laten draaien.

De sabbatical had daar natuurlijk verandering in moeten brengen. Het werd alle medewerkers aangeraden om na tien jaar dienst bij het bedrijf een sabbatical te nemen, en het was de directeur zelf die Dean erop had gewezen dat ze van hem verwachtten dat hij binnenkort een pauze zou nemen. Het was goed voor het welzijn van het personeel, had ze gezegd. Ze zouden hem gewoon doorbetalen terwijl hij niet op kantoor was. Dit was een ongelooflijk genereus aanbod dat de meeste andere medewerkers van het bedrijf graag hadden aanvaard. Er moest toch iets zijn wat hij wilde doen afgezien van werken?

Eerst had hij niet geweten wat dat was. Een tijdlang had hij rondgedwaald in de lege woestijn van zijn verbeelding. Dean was namelijk niet bepaald avontuurlijk aangelegd. Zijn huis was slechts drie straten verwijderd van het huis waar hij was opgegroeid. Maar toen, net voor kerst, raakte hij aan de praat met Tiggy, een van de secretaresses, die net haar ontslag had ingediend omdat ze van plan was om in februari naar Zuid-Amerika af te reizen. 'Klinkt geweldig,' zei Dean terwijl ze haar plannen met een adembenemend enthousiasme omschreef. 'Ik zou dolgraag een keer naar Zuid-Amerika gaan.'

'Serieus?' Ze keek hem aan door haar cat-eyebril en glimlachte met een plotselinge interesse. 'Waarom ga je dan niet mee? Mijn reismaatje heeft afgezegd, de egoïstische koe, en het zal lang niet zo leuk zijn in mijn eentje. Moet jij niet drie maanden vrij nemen binnenkort?'

Tiggy was tien jaar jonger dan Dean, ze was uitgesproken en sarcastisch en had een roze streep in haar haar. Kortom, ze was niet het soort reisgenoot dat hij zich had ingebeeld. Maar toch... Was het raar dat hij met het idee in wilde stemmen? Zijn beleefde poging tot afwijzing kaatste al snel af op haar overtuigende antwoord: 'Ja, maar je zei zelf dat het geweldig klonk en je er graag een keertje heen zou willen, dit is je kans! Luister, het is allemaal al geregeld. Je hoeft alleen maar je vluchten te boeken. Bedenk hoe slecht het weer in dit land is in februari! Afschuwelijk, toch? Nou, je zou in plaats daarvan aan het strand kunnen liggen, met een cocktail in je hand. Je kan leren surfen en duiken. Blijkbaar is er een fantastische plek om te duiken op Paaseiland...'

Niemand was meer verbaasd dan Dean zelf toen hij aan het einde van de vijftien minuten durende koffiepauze had gezegd dat hij erover na zou denken. Het was deels dankzij Tiggy's meedogenloosheid en enthousiasme, maar ook omdat hij fantaseerde over een versie van zichzelf die spannende dingen deed, zoals bergen beklimmen en duiken, en die versie beviel hem wel. Daarnaast had ze gelijk over het weer in februari. Hij vond het ook altijd de meest ellendige maand van het jaar.

'Jemig, je moet haar echt leuk vinden,' plaagde Patrick hem het weekend erop toen Dean vertelde dat hij overwoog om deze krankzinnige, impulsieve reis te maken met een collega die hij nauwelijks kende. Dean had het ontkend – Tiggy was niet zijn type, het idee was lachwekkend – maar hoe meer hij dacht aan het moment waarop hij in een vliegtuig zou stappen om steden en jungles en oude tempels en stranden te verkennen, hoe meer hij het avontuur zag zitten. Waarom zou hij het niet doen? Hij had nog nooit zoiets gedaan. Hij was nooit roekeloos of bijzonder dapper geweest. Sinds zijn scheiding was zijn leven gekrompen tot een smalle tunnel van veiligheid en routine. Daarnaast verdiende hij veel geld, maar gaf hij het nooit uit. De gedachte om uit zijn comfortzone te breken en op een nieuwe horizon af te stevenen... nou, het idee klonk niet slecht eigenlijk. Durfde hij het aan?

Ja, hij durfde het aan. Aangemoedigd door Tiggy (gedwongen door Tiggy, zouden sommige mensen misschien hebben gezegd), durfde hij het. Hij zou in de herfst veertig worden en dit was zijn kans om eindelijk iets bijzonders te doen. En bedenk hoe onder de indruk – en misschien zelfs jaloers – Rebecca zou zijn als ze te horen kreeg dat hij met een andere vrouw naar een heel nieuw halfrond was afgereisd. Een jongere, coolere vrouw. Ze had altijd gezeurd dat hij te afstandelijk was, te voorzichtig, maar hij zou het tegendeel bewijzen door naar de andere kant van de wereld te reizen. Ja toch? 'Oké,' zei hij die maandag op het werk tegen Tiggy. Hij klonk er zelfs vrij luchtig over, dacht hij achteraf, opgewonden door zijn eigen vrijmoedigheid. 'Ik ga met je mee.'

En dus waren ze samen begonnen met plannen. Een reis van drie maanden, zorgvuldig uitgezocht en op een rijtje gezet in spreadsheets. Hij had reisgidsen en tips van reizigers gedownload en net zo hard aan zijn reisschema gewerkt als aan zijn studie. Ze hadden ook een paar basisregels vastgesteld – of liever gezegd, Tiggy had een aantal dingen duidelijk gemaakt.

‘Even voor de duidelijkheid. Regel één: geen seks,’ zei ze, met een pen tegen haar tanden tikkend.

‘Natuurlijk,’ bralde Dean, ingeklemd tussen niet te heftig instemmen zodat hij haar zou beledigen en niet te twijfelachtig klinken zodat ze zich zorgen ging maken. Zijn gezicht bleef heet aanvoelen terwijl ze haar andere regels afging. Twee: ze konden op elk moment ieder hun eigen weg gaan, drie: ze... Eigenlijk was hij toen gestopt met luisteren omdat hij nog steeds gekrenkt voelde door de geenseksregel. Hij viel niet eens op haar en toch voelde hij zich nu een smerige, oude viezerik.

Om een lang verhaal kort te maken: hij was niet naar Zuid-Amerika gegaan. Een week voordat hij in het vliegtuig zou stappen en die versie van zichzelf zou worden, werd Patricks lichaam gevonden en was zijn wereld weer gekrompen tot zijn eerdere smalle grenzen. ‘Je moet nog steeds gaan,’ hadden zijn ouders hem aangespoord, maar natuurlijk had Dean zich door de schok en het verdriet niet in staat gevoeld om dat te doen. En toch... Oké, dit klinkt misschien belachelijk, maar diep vanbinnen was hij opgelucht geweest om een excuus te hebben om niet te gaan en de reis af te zeggen. Opgelucht, omdat hij stiekem een beetje nerveus was om zoveel tijd door te brengen buiten de veilige bubbel van zijn dagelijkse routine, maar dit aan niemand toe had willen geven. Hij was ook steeds nerveuzer geworden om zoveel tijd door te brengen met Tiggy. Hoe meer hij haar leerde kennen, hoe meer hij erachter kwam hoe anders ze waren qua persoonlijkheid. Zij zou waarschijnlijk de hele tijd naar wilde feestjes willen gaan en drugs van gespierde Braziliaanse mannen willen snuiven terwijl hij dat totaal niet had zien zitten. Hij zou uiteindelijk alleen maar een teleurstelling zijn geweest, een blok aan haar been.

‘Wat? O mijn god,’ zuchtte Tiggy toen hij haar belde om te vertellen waarom hij niet mee kon gaan, struikelend over zijn woorden vanwege de shock en het verdriet. 'Verdomme, Dean. Wat vreselijk om te horen. En ook natuurlijk voor jou en de reis. Maar luister, laat het even een maand voor wat het is en kom gewoon alsnog als je er toch zin in hebt, ja? Het zou je waarschijnlijk goed doen om er een tijdje tussenuit te zijn. Oké?'

Ja, had hij vaag geantwoord, maar hij had toen al geweten dat hij dat niet zou doen. De reis was al verdwenen als sneeuw voor de zon, een levendige droom waar hij zich niet aan kon vastklampen. Hij had vanochtend nog een kaartje van haar gekregen, uit Valparaíso. *Was je maar hier!* had ze geschreven, en het was bijna te gek voor woorden om te bedenken dat hij in een ander universum daar ook zou zijn geweest.

Hoe dan ook, het maakte nu niets meer uit. Hij was nu hier, klaar om iets nuttigs te doen. Klaar voor de eerste oom-neefbondingsessie van de nieuwe post-Patrickwereld. Zoë had hem eerder die dag het adres geappt en Dean een schok – Van wat? Nostalgie? Pijn? – bezorgd toen hij zich realiseerde waar de SculptShed zich bevond: twee straten van waar hij en Rebecca vol optimisme en liefde hun eerste appartement hadden gehuurd, in de goede oude tijd. Achteraf gezien waren hun verschillen toen al duidelijk geweest. Zij bleef in het weekend graag uren in bed liggen, hij niet. Zij hield ervan dat vrienden op elk moment van de dag of nacht langskwamen, hij niet. Het kon haar niet schelen hoe de vaatwasser was ingeruimd, maar hij wist zeker dat zijn manier het efficiëntst was. Ze hadden elkaar geplaagd met deze dingen en geen van hen had ze echt belangrijk gevonden. Totdat, jaren later en getrouwd, ze opeens allemaal belangrijk waren geworden. Belangrijk genoeg om bij hem weg te willen, blijkbaar.

Genoeg over Rebecca, zei hij tegen zichzelf. Hij moest stoppen met naar het verleden kijken en zich richten op de toekomst. Vandaag stond in het teken van positiviteit, van een nieuwe stap zetten om het evenwicht te herstellen en dingen recht te zetten. Vergeet zijn reisplannen. Dean was van plan om de resterende twee maanden van zijn sabbatical te wijden aan het vervangen van zijn broer. Hij kon hem niet terugbrengen, maar hij kon waar mogelijk in zijn voetsporen treden en wat van de pijn die werd veroorzaakt door Patricks afwezigheid proberen te verzachten door hem zo goed mogelijk te vervangen. Hij bleef echter trouw aan zijn eigen manier van doen door in het weekend al een spreadsheet op te stellen met de taken die hij op wilde pakken. Dean had het document het Patrickplan genoemd en zodra hij het had uitgeprint had hij het gevoel gekregen alsof hij eindelijk weer wat dingen onder controle had, alsof hij weer een doel had.

Als hij elke dag ten minste één taak kon volbrengen die Patrick voor zijn familie en bedrijf zou hebben verricht, zou hij de last al helpen verlichten, dacht hij. Het was nu bijna eind maart en hij moest pas begin juni weer aan het werk. Bedenk wat hij in die tijd zou kunnen bereiken! En wie weet zouden ze tegen die tijd in de tweede fase van het rouwproces zijn en zouden de schok en verwoesting langzaam aan het optrekken zijn.

De spreadsheet hing nu op Deans koelkast en hij probeerde er niet aan te denken hoe erg het leek op de op stickers gebaseerde beloningsschema's die Patrick en Zoë op de koelkast hadden hangen om het goede gedrag van de kinderen te belonen. Ook deed hij zijn best om Patricks stem in zijn hoofd die hem plaagde met zijn spreadsheet te negeren. ('Het leven werkt niet als een spreadsheet, Dean! Je kunt mensen niet in hokjes en statistieken plaatsen.') Ieder het zijne, dacht Dean. Een spreadsheet had hem nog nooit in de steek gelaten.

Bovenaan de pagina had hij alle kwaliteiten van zijn broer die hij wilde nabootsen op een rijtje gezet: een geweldige vader, een liefhebbende echtgenoot, een succesvolle zakenman, enzovoort. Vervolgens had hij, in nette kolommen, onder elk kopje een aantal dingen bedacht waarmee hij kon proberen de leegtes die Patrick had achtergelaten op te vullen. Tot nu toe bestond zijn lijst uit het volgende:

Tijd doorbrengen met Ethan. Wekelijkse ritjes van en naar zijn beeldhouwclub. In de auto konden ze het over de mannen-en-jongensdingen hebben waar Ethan Zoë niets over kon vertellen. Misschien konden ze op de terugweg soms ook stiekem een hamburger gaan halen om hun band nog eens extra te versterken. Ethan kon hem vertrouwen en op hem leunen als een vervangende vaderfiguur. Dat hoopte Dean tenminste.

Tijd doorbrengen met Gabe. Dean wist nog niet zeker wat dit in zou houden, maar hij had wel het gevoel dat zijn jongste neefje liever iets spannends en mogelijk gevaarlijks zou willen doen. Of iets voetbal-gerelateerds. Ze konden af en toe samen naar een Fulhamwedstrijd gaan, zoals Gabe weleens met Patrick had gedaan. Of misschien konden ze gaan mountainbiken of een andere activiteit bedenken waarbij veel adrenaline vrijkwam.

Tijd doorbrengen met Bea. Hij had nog minder ideeën voor deze categorie, maar hij had Zoë ervan verzekerd dat hij er klaar voor was, wat het ook was dat zijn kleine nichtje zou willen doen. Als ze een partner nodig had bij haar danslessen of een middag samen wilde knutselen of… Hij beet op zijn lip. Hij had nu al geen inspiratie meer. Zie je wel! Dit was de reden waarom hij meer moeite moest gaan doen, zei hij tegen zichzelf. Hij wilde zijn eigen familie weer leren kennen, als een echte oom.

Ook op de lijst: er voor Zoë zijn. Dit was ook moeilijk te kwantificeren, maar hij zou proberen te helpen waar en wanneer dat nodig was. Hoewel hij voorzichtig zou moeten zijn in zijn aanpak. Hij kromp ineen en herinnerde zich hoe ze hem zondag vanuit haar ooghoeken had aangekeken toen hij aanbood het gras te maaien. 'Ik kan best met een grasmaaier overweg, Dean. Ik ben niet helemaal hopeloos,' had ze spottend geantwoord. 'Trouwens, het gras is deze lente nog niet echt op gang gekomen, het is zo koud geweest. En is het niet de bedoeling dat je gazons sowieso een beetje langer laat groeien? Dat is toch beter voor andere planten en dieren?'

Hij had de hint begrepen dat zijn aanbood onhandig was en had zich willen terugtrekken, maar toen voegde ze eraan toe: 'Je mag stofzuigen, als je echt zo wanhopig bent om me te redden van de overvloed aan klusjes,' waarmee ze hem in één keer duidelijk had gemaakt hoe genderafhankelijk zijn ideeën over hulp waren. Was hij neerbuigend geweest, had hij zich een paar minuten later afgevraagd terwijl hij de gehavende rode stofzuiger over de vloer van de woonkamer liet gaan. Hij was er trots op dat hij op de hoogte was van dergelijke dingen en een moderne kijk had op gelijkheid tussen mannen en vrouwen, maar hij was meteen teruggevallen op ouderwetse opvattingen met betrekking tot mannen- en vrouwenklusjes, en Zoë had hem er terecht op gewezen. Hij zou eraan blijven werken. Misschien kon hij –

Hij schrok toen de autodeur werd opengetrokken, en daar stond Ethan, ongemakkelijk voorovergebogen om naar binnen te kijken. 'Hoi,' zei hij.

'Hé, maat, heb je een goede dag gehad? Stap in,' zei Dean, en hij startte de motor terwijl Ethan een zwaar uitziende rugzak van zijn schouders haalde en in de passagiersstoel plaatsnam.

Langzaam begonnen ze zich een weg te banen door het drukke schoolverkeer. Een irritante, zwakke motregen spetterde tegen de voorruit op weg naar de A3. 'Dus hoe was je dag?' vroeg Dean. Hij wilde zijn neef duidelijk maken dat hij er voor hem was, dat hij geïnteresseerd was. Ik geef zoveel om je dat ik een hele lijst heb getypt van manieren waarop ik jullie ga helpen terwijl jullie de dood van jullie vader verwerken, het hangt op mijn koelkast, oké? Nee, hij ging dat niet hardop zeggen, maar hij was wel degelijk vastbesloten om te laten zien dat hij er vanaf nu voor hen was. 'Wat voor lessen heb je vandaag gehad?'

'Shitlessen,' antwoordde Ethan, totaal ongeïnteresseerd.

'Hm,' zei Dean. Hij vroeg zich af of hij moest reageren op het taalgebruik van zijn neef, maar hij wilde niet meteen beginnen met het etaleren van het gezag dat hij op dat moment over Ethan had. Hij wilde tenslotte de coole, leuke oom zijn en niet een vervelende eikel. Hij remde bij een voetgangersoversteekplaats en ze keken toe hoe een oudere man zich over een paar krukken boog, zijn evenwicht riskerend om een hand naar hen op te steken ten teken van dank. 'Wat zijn dan de niet-shitlessen? Zijn er eigenlijk wel niet-shitlessen?' vroeg Dean terwijl hij zijn eigen hand opstak naar de oude man – geen haast – en vervolgens weer naar Ethan keek, die antwoordde door zijn schouders op te halen. Om heel eerlijk te zijn, zou Dean waarschijnlijk hetzelfde antwoord hebben gegeven op die leeftijd. 'Deans kwaliteiten zijn veelbelovend, maar hij slaagt er nooit helemaal in om ze goed toe te passen', was het terugkerende thema van zijn schoolrapporten. En nu hij erover nadacht was dat eigenlijk het terugkerende thema van zijn hele leven. 'Hoe is de rest van je week tot nu toe?' vroeg hij tamelijk onbenullig, waarna Ethan kortaf 'Goed' mompelde en opnieuw een enkele schouder ophaalde, zonder verdere details te onthullen.

Oké. Dit ging niet zo makkelijk als hij had gehoopt. Het was misschien niet heel verwonderlijk dat Ethan na een lange schooldag geen zin had om een relatie op te bouwen en zijn oom onmiddellijk alles toe te vertrouwen in de onbekende omgeving van zijn auto.

'Ik zal wat muziek opzetten,' zei Dean om de oorverdovende stilte te doorbreken. Hij zette de radio aan en had er meteen spijt van toen Five Live de auto met sportcommentaar vulde. 'Ben je geïnteresseerd in sport? Anders kun je een muziekkanaal zoeken als je wilt,' zei hij terwijl hij van versnelling wisselde toen hij een rotonde naderde.

Even dacht hij dat Ethan hem zou negeren, maar toen haalde de jongen zijn telefoon uit de zak van zijn jasje. 'Of ik kan mijn telefoon koppelen aan je bluetooth en daar iets op afspelen?' stelde hij voor.

'Wat? Ja, tuurlijk, wat jij wilt. Je kunt me vast nog wat bijbrengen.' Terwijl Ethan rommelde met de bluetoothverbinding kon Dean niet ontkennen dat hij nieuwsgierig was. Naar wat voor muziek zou hij luisteren? Zeurderige teenpop? Hij kon het zich niet voorstellen. Deathmetal? Net zo onwaarschijnlijk.

Het volgende moment barstten er echter pianokoorden uit de speakers, snel en krachtig. 'Beethoven,' zei Ethan terwijl hij het volume een beetje opvoerde.

Oké, dat had hij dus niet verwacht. Dean was een leek op het gebied van klassieke muziek. Hij gaf de voorkeur aan iets met een refrein dat je mee kon zingen of met een beat waarop je lekker op je stuurwiel kon hameren als je vastzat in het verkeer. Toch kon hij de urgentie van de muziek wel degelijk voelen. Het tempo was zo hectisch dat je je nauwelijks kon voorstellen hoe iemands vingers zo snel over de toetsen van de piano konden vliegen. Een crescendo vulde de auto. 'Wauw,' zei hij. 'Dus dit is jouw muzieksmaak? Speel je zelf piano?'

'Nee,' zei Ethan. 'Ik vind het gewoon leuk.'

Ze reden in stilte verder en luisterden naar de golvende beweging van het stuk, Ethan met zijn ogen dicht, Dean denkend aan de doos met papierwerk die hij van Zoë had gekregen waarvan hij had beloofd om alles af te handelen. Ze had hem ook Patricks werktelefoon, die vol stond met onbeantwoorde berichten en telefoongesprekken, gegeven. 'Vind je het heel erg? Het ene na het andere telefoontje komt erop binnen,' had ze verontschuldigend gezegd, maar Dean was maar al te bereid geweest om het uit haar handen te nemen, niet in de laatste plaats omdat het iets was wat hij af zou kunnen strepen van zijn geheime spreadsheet op zijn koelkast.

Het was vanzelfsprekend dat hij geen bouwwerkzaamheden zou uitvoeren of offertes zou uitsturen, maar hij was er vrij zeker van dat hij Patricks huurders de aankomende tijd zonder probleem te woord kon staan. Hoe moeilijk kon het zijn? De kans was groot dat hij sowieso niet veel van hen zou horen. Tot nu toe had hij in ieder geval de steeds wanhopiger wordende oproepen van mevrouw Henderson met betrekking tot haar ketel kunnen verwijderen, maar er waren nog een aantal andere die zijn aandacht vereisten: een familie in Shepherd's Bush had een achterdeur die was ingetrapt door een mogelijke inbreker en nu niet goed op slot kon, een man wilde de huur van zijn appartement in Acton opzeggen, en een oudere vrouw ('Lieverd, het is Rosemary') had een voicemail achtergelaten dat ze nu al meerdere keren een muis had gehoord en of hij even langs kon komen. Dean had ze allemaal teruggebeld. Er gingen echter wel een paar alarmbelletjes rinkelen toen hij zag dat het nummer van de lieve Rosemary op de telefoon van zijn broer was opgeslagen als 'Lastpost'. Na het regelen van een noodslotenmaker die zo snel mogelijk naar het appartement in Shepherd's Bush zou gaan, sprak hij af om morgenochtend langs te gaan bij deze zogenaamde Lastpost.

'Hé, heeft je vader het ooit gehad over een huurder die Rosemary heet?' vroeg hij Ethan, nieuwsgierig. Hij moest zijn stem verheffen om gehoord te worden boven de muziek die leek op te bouwen naar een knallend einde.

'Rosemary? Ja, best vaak. Vervelendste oude koe die hij ooit heeft ontmoet,' antwoordde Ethan. 'Eh, oom Dean? We hebben de afslag gemist. We moesten daar linksaf.'

'Oeps, sorry. Ik zat niet op te letten,' zei hij, en hij keerde bij de eerstvolgende kruising. Hij reed op de automatische piloot naar zijn oude adres, realiseerde hij zich. De weg ernaartoe stond op een diep cellulair niveau in zijn hersenen gegrift en even leek het alsof hij nooit was verhuisd. Oude gewoontes... zoals men zegt.

SculptShed – toen ze uiteindelijk aankwamen – lag aan een niet-doorgaande weg vlak bij High Street en zag er vanbuiten vrij onaantrekkelijk uit. Het leek op elk ander karakterloos industrieel gebouw met grote metalen luiken. Maar vanuit een open raam hoorde Dean bonzende hiphopmuziek, het gekrijs van wat klonk als een haakse slijpmachine en heel wat gelach, en hij kon niet anders dan geïntrigeerd zijn. 'Moet ik mee naar binnen om je –' begon hij, maar Ethan gooide de autodeur al open, schudde zijn hoofd en zei: 'Nee, ik red me wel. Dank je.'

Met andere woorden: ophoepelen, oude man, laat me je niet zien in het bijzijn van mijn kunstzinnige vrienden. Luid en duidelijk. 'Ik zie je straks weer bij de auto,' antwoordde Dean terwijl hij wegliep.

Hij had nu negentig minuten lang helemaal niets te doen. Dat was het probleem met het nemen van een drie maanden durende sabbatical om te gaan reizen en dan nooit te vertrekken omdat je broer was overleden. De dagen hadden de neiging om je te bespotten met hun eeuwigdurende leegte. Hij bedacht gisteravond dat als dingen anders waren gelopen, hij en Tiggy nu op weg zouden zijn naar Argentinië. Een paar verdrietige minuten lang stelde hij zich die andere versie van zichzelf voor, wandelend naar de Perito Morenogletsjer of intens genietend van een waanzinnige biefstuk in Buenos Aires. Maar ja...

'Deans midlifecrisis,' had Patrick hem die laatste avond in de pub geplaagd, toen Dean hem foto's had laten zien van de zoutvlaktes in Bolivia die ze wilden bezoeken en had verteld dat ze van plan waren om de Inca Trail naar Machu Picchu te bewandelen.

'Ben je jaloers of zo?' had Dean teruggekaatst, waarna hij een glimp van wat leek op wrok op het gezicht van zijn broer dacht te hebben gezien. Ja, Patrick wás jaloers. Voor de eerste keer in zijn leven ging Dean iets doen wat Patrick nooit had gedaan. Voor één keer klonk het hebben van een gezin, werk en een mooi huis ontzettend burgerlijk en veilig in vergelijking met Deans grote avontuur. Niet dat Patrick dat ooit zou hebben toegegeven.

'Wat? Jaloers op jou? Nooit van mijn leven,' had hij in plaats daarvan gespot.

Het zal wel. Het maakte nu toch niets meer uit, want Dean had Heathrow nooit bereikt, en Patrick had het hele jaloezieprobleem opgelost door die avond om het leven te komen. Hij moest altijd nog een stapje verder gaan, hè? Hij moest altijd het laatste woord hebben. Dean liep blindelings door de straten. Hij zou er alles voor overhebben om nog één keer met Patrick naar een pub te gaan om elkaar even goed belachelijk te maken, zelfs al had dat op die laatste avond geleid tot een veel donkerder onderwerp. Maar dat zou nooit meer gebeuren.

Voordat hij het doorhad, stond Dean ineens voor het gebouw waar hij en Rebecca al die jaren geleden samen hadden gewoond. Hij voelde een steek in zijn borst toen hij zich realiseerde waar zijn voeten hem heen hadden gebracht. Het appartementje op de begane grond, 21 Windermere Road. Mooie tijden.

Hij herinnerde zich wat een krot het was geweest toen ze er introkken, met de verschrikkelijke avocadogroene badkamer en een schimmelgeur in de kleine keuken. De kussens op de bruine corduroy bank zaten onder de scheuren en lekten af en toe wolken vulling, en op het tapijt in de slaapkamer zat in het midden een enorme vlek die op bloed leek. Maar na verloop van tijd was het een gezellig nest geworden, hun nest, dat ze opnieuw schilderden, inrichtten en huiselijk maakten. Rebecca's rode Indiase deken had de bank compleet getransformeerd en een groot kleed van Camden Market verborg de akelige vlek in het slaapkamertapijt. De keuken fleurden ze op met ingelijste popartprints en cactussen op de vensterbank en ze kochten retrolampenkappen en -kussens voor in de woonkamer. Boven de schoorsteen plakten ze een grote wereldkaart, waar ze met kleurrijke punaises alle plekken markeerden die ze nog wilden bezoeken.

Terwijl hij naar het huis stond te kijken, verwachtte hij bijna een versie van zichzelf uit een andere dimensie het pad op te zien lopen. De oude, gelukkige Dean die glimlachte naar vreemden, verliefd was op zijn mooie vriendin en grote plannen had voor de toekomst, en geen idee had dat zijn vriendin in de komende jaren op haar werk een fantastische promotie zou krijgen en bevriend zou raken met een nieuwe groep vol zelfverzekerde, charismatische mensen. Tegen die tijd hadden ze de sprong gewaagd en een mooier plekje in Clapham gekocht, en hij had zich al snel achtergelaten gevoeld. Alsof hij haar had teleurgesteld. 'Kun je niet iets beter je best doen?' had ze hem een keer geërgerd gevraagd toen hij haar had vergezeld naar een chic bedrijfsuitje in Gibson Hall en hij nergens over mee had kunnen praten. Hij had zich geschaamd voor zijn beperkte kennis en was verlegen geweest, terwijl zij zich met gemak een weg had gebaand door de menigte, hier en daar een praatje had gemaakt en op meer dan één manier de afstand tussen hen had vergroot.

De irritante motregen was inmiddels toegenomen tot een kletterende regenbui. Terwijl de regendruppels zijn haar kletsnat maakten en in de kraag van zijn jas begonnen te glijden, liep Dean weg van het gebouw en dook de dichtstbijzijnde pub in. Destijds hun pleisterplaats, maar ook hier waren door de jaren heen heel wat dingen veranderd. Weg waren de tabakkleurige muren en plakkerige tapijten. Nu was het een aantrekkelijk eetcafé met smaakvol bordeauxrood schilderwerk en plavuizen vloeren. Alles veranderde als je heel even niet oplette, dacht hij, en hij liep naar de bar om een koffie te bestellen.

Het was rustig en Dean ging bij het raam zitten. Hij staarde naar de bussen die door High Street rolden, de fietsende tieners in schooluniformen die blijkbaar geen last hadden van de regen, de winkelende mensen die langsliepen met hun ogen op hun telefoonschermen. Hij haalde zijn eigen telefoon tevoorschijn om maar iets te doen te hebben en opende Facebook voor de eerste keer in weken. Tiggy had een aantal foto's geplaatst – waarvan de meeste variaties leken te zijn van een enkele pose: Tiggy ingeklemd tussen twee bruine, geoliede spierbundels van mannen op een strand – en hij snoof met gemengde gevoelens van genegenheid en spijt. Daarnaast zag hij veel ongeopende berichten over Patrick die hij nog niet had willen lezen of waarop hij niet had kunnen antwoorden, inclusief... o god. Hij kromp ineen toen hij haar naam zag staan. Inclusief een van Rebecca zelf. Spreek over de duivel en hij zal verschijnen. Voordat hij zich kon bedenken, klikte hij op het bericht: *Wat een verschrikkelijk nieuws over Patrick*, had ze twee weken geleden getypt. *Hij was altijd zo vol van het leven. Ik denk aan jou en de familie.*

Hij spande zijn kaak aan en moest de telefoon snel neerleggen, omdat een vloedgolf van emoties hem dreigde te overspoelen. Zoveel verschillende emoties. Te veel emoties. Niet aan denken, beval hij zichzelf. Niet aan haar denken. Hij was de afgelopen maand zo goed geworden in het blokkeren van pijnlijke gedachten. Het was als een deken over een vogelkooi en hij had er niet eens onder gekeken. Maar vandaag…

Misschien kwam het doordat hij voor het eerst weer naar Windermere Road was geweest, maar hij had het gevoel dat het verleden zijn hand op zijn schouder legde en het hem vandaag een stuk moeilijker wilde maken. Plotseling wilde hij weten wat Rebecca nu met haar leven deed. Ze waren drie jaar geleden uit elkaar gegaan en hoewel Dean enig nieuws van haar kant resoluut had vermeden, had zelfs hij haar post van de vorige zomer waarin ze aankondigde dat ze ging hertrouwen met een of ander alfamannetje met brede schouders genaamd Rory niet kunnen missen. Destijds had Dean slechts een paar blikken op de foto's geworpen, maar het was genoeg geweest om te zien dat Rory eruitzag als het soort man dat zijn vrije tijd doorbracht door helikopters te vliegen en kinderlevens te redden, en onder werktijd miljoenendeals sloot met mensen over de hele wereld. Hij was vast het type dat van die zware, dure horloges droeg, als hij er een kon vinden die groot genoeg was voor zijn grote sterke pols, natuurlijk. 'Het is oké, het kan me niet schelen. Ik ben ook over haar heen,' had Dean tegen iedereen die maar wilde luisteren gezegd terwijl hij op haar trouwdag glazen bier achteroversloeg en zijn gezichtsveld steeds waziger werd.

Hij wierp opnieuw een blik op het scherm en tikte op haar profiel. Haar meest recente post was een cryptisch bericht. *Grote dag morgen! Duim voor me.* Ugh, dacht hij, en hij sloot de app onmiddellijk. Ze had waarschijnlijk een sollicitatiegesprek voor CEO van de wereld, voor nog meer geld, status en geweldige vakanties met Rory en al hun fantastische vrienden. Zijn gezicht brandde door het verstoten gevoel dat binnen in hem opborrelde. Hij zou zeker niet voor haar duimen.

Buiten was het eindelijk opgehouden met regenen en glinsterde de bestrating onder de voorzichtige zonnestralen die door de grijze wolken tevoorschijn kwamen. Een bus moest hard remmen vanwege een afgeleide fietser en toeterde afkeurend, en aan de overkant van de straat liep een groep vrouwen met kinderwagens, stuk voor stuk gekleed in lycra en enorme kleurrijke sneakers, hun paardenstaarten zwaaiend over hun schouders.

Toen realiseerde Dean zich dat Patricks werktelefoon afging, en hij graaide hem snel uit zijn jaszak. 'Lastpost' zag hij op het scherm, en hij liet een kreun uit zijn keel ontsnappen. Soms dacht hij echt dat het universum het op hem had gemunt.

'En hoe was het? Wat heb je vandaag gemaakt?'

Dean had zijn koffie opgedronken, een veeleisende huurder tijdelijk gerustgesteld en alle gedachten aan Rebecca teruggestopt in een mentale map gemarkeerd 'Afblijven', en was nu met Ethan op weg terug naar Kew. Net als op de heenweg verliep de conversatie zo soepel als het verkeer tijdens het Londense spitsuur waarin ze zich bevonden en denderde er een ander heftig concerto uit de speakers.

'Het is een groepsproject.' Ethan haalde zijn schouders op.

'En...?' Kom op, jongen, geef me iets om mee te werken, dacht Dean. Hij probeerde niet te zuchten terwijl hij de verwarming hoger zette. Ethan leek vrijdag zo blij met Deans aanbod. Wat was er sindsdien veranderd?

'Het is een persoon. Gemaakt van metaal,' antwoordde Ethan, alsof langere zinnen hem te veel energie kostten. Zelfs zijn lichaamstaal leek afgesloten, observeerde Dean: de knieën van de jongen waren naar de deur gekeerd, weg van Dean, alsof hij niet naar zijn oom wilde kijken. Was er iets gebeurd in de club? Werd hij misschien gepest?

'Is alles goed?' vroeg hij terwijl ze zich bij wat leek op de helft van alle auto's in de hoofdstad invoegden op de A205. Het was een domme vraag, besefte hij nog geen seconde nadat de woorden uit zijn mond waren gekomen. Natuurlijk was niet alles goed. Wanneer zou Dean onthouden om niet meer te vertrouwen op zulke ongepaste en banale vragen? 'Luister, ik weet dat niemand de plaats van je vader ooit zal kunnen innemen,' zei hij, 'maar je kunt met me praten, oké? Zie mij als... Weet ik veel, als een vervanger.'

Dean moest het volgende moment een busje inhalen, dus hij wist het niet helemaal zeker, maar hij dacht dat hij Ethan iets hoorde mompelen.

Dean wierp weer een blik op de jongen. 'Wat is er?' vroeg hij. 'Zeg het gewoon, wat het ook is.'

Het was even stil. 'Het gaat over toen papa stierf,' mompelde Ethan uiteindelijk, zijn ogen op zijn handen in zijn schoot gericht.

O. Shit. Dus ze gingen het daarover hebben. 'Wat is daarmee?' vroeg Dean met het gevoel alsof hij aan het koorddansen was en elk moment zijn evenwicht kon verliezen. Niet naar beneden kijken. Blijf ademen. In en uit.

'Ik hoorde mama zeggen... Nou, niemand heeft uitgelegd wat er is gebeurd.' De woorden tuimelden uit zijn mond. Zijn meestal bleke gezicht werd rood en zijn stem nam een harde toon aan. 'En ik hoorde mama zeggen dat ze jou de schuld gaf. Van papa's dood. Ze zei dat het jouw schuld was. En ik vroeg me af... Ik bedoel, was het echt jouw schuld? Is er iets wat ik niet weet?' Hij balde zijn handen tot vuisten. 'Want ik moet echt weten wat er is gebeurd,' eindigde hij.

Deans mond was kurkdroog. Als Patrick nu zijn zoon kon zien, fel en dapper terwijl hij deze moeilijke vraag aan zijn oom stelde, zou hij zo trots op hem zijn, dacht Dean. Maar wat kon hij antwoorden? En waarom moesten ze zo'n moeilijk gesprek beginnen op de overvolle A205? 'Het was een ongeluk,' begon hij. 'Je vader...' Toen aarzelde hij. Hij wilde niet per ongeluk te veel zeggen. 'Wat heeft je moeder je over die avond verteld?'

'Dat hij in de rivier viel en verdronk.'

'Ja.' In Deans nachtmerries dreef Patricks lichaam langzaam naar het wateroppervlak: wit en opgeblazen, ogen half opgegeten door de vissen, zeewier in zijn donkere haar. Hij had Patrick niet in het mortuarium gezien – het was die arme Zoë die het lichaam had geïdentificeerd – maar zijn verbeelding was levendig genoeg om een gedetailleerd beeld te schetsen. 'Dat is helaas wat er is gebeurd.'

'Maar... waarom denkt ze dat het jouw schuld was?' Ethans knie wiebelde van de stress en zijn stem was laag maar gespannen. Zijn vuisten lagen nog steeds gebald in zijn schoot, alsof hij zich klaarmaakte om elk moment iemand te lijf te gaan. 'Ik bedoel, je hebt hem toch niet in het water geduwd, of wel?'

'Nee! Jezus, is dat wat je dacht? Nee! Absoluut niet. Ik duwde hem niet in het water. Ik was er niet eens bij.'

Ethans schouders ontspanden en hij haalde diep adem. 'Sorry,' zei hij. 'Maar waarom denkt mama dan –'

'Omdat...' Nu kwamen ze bij de naakte waarheid. 'Omdat hij die avond bij mij zou blijven slapen en niet alleen naar huis had moeten lopen.'

Ethan nam even de tijd om dit te verwerken en Dean probeerde zijn gedachtegang te volgen. Mijn oom is geen moordenaar. Ik hoef geen wraak op hem te nemen. Kalm aan. Maar wacht, ik heb nog een vraag. 'Waarom deed hij dat dan niet? Bij jou blijven slapen, bedoel ik.'

En daar had je het: hetgeen waar Deans geweten sinds Patricks dood eindeloos mee worstelde. 'Omdat...' Gal rees in zijn keel en hij dwong zichzelf om de scène weer voor zich te zien: hoe ze beiden de pub uit waren gestrompeld en Dean boos vooruit was gelopen en naar Patrick had geroepen dat hij naar huis moest gaan omdat hij bij hem niet meer welkom was, dat hij Patrick niet meer wilde zien. Hoe zijn broer vervolgens zijn schouders had opgehaald en weg was gelopen, waardoor Deans woede alleen maar verder was opgelaaid. Typisch! Patrick had het niet eens de moeite waard gevonden om tegen hem in te gaan, terwijl dat het minste was wat hij Dean nog had kunnen geven.

Hij klemde zijn vingers om het stuur terwijl hij zijn gedachten op een rijtje probeerde te zetten om Ethans vraag te beantwoorden. 'We hadden ruzie,' mompelde hij uiteindelijk, hetzelfde zwakke excuus dat hij Zoë, zijn ouders, iedereen had gegeven. 'Je weet wel hoe dat gaat tussen broers. Er werden in de hitte van het moment een aantal foute dingen gezegd.' Hij riskeerde een blik op Ethan, maar van zijn strakke gezichtsuitdrukking viel niets af te lezen. Hij zag er niet uit alsof hij de uitleg van zijn oom wilde accepteren, maar het stukje over hoe de broers met elkaar omgingen had zeker een gevoelige snaar geraakt. 'Luister, als ik de tijd terug kon draaien en het helemaal anders kon doen, had ik dat gedaan, maar dat kan niet.' De woorden spatten vol wanhoop uit zijn mond. 'Maar het was niemands schuld. Gewoon een van die vreselijke, ongelukkige dingen die gebeuren.'

De muziek had een crescendo bereikt, passend genoeg. Ethan zei niets. Dean was er vrij zeker van dat Ethan er niets om gaf wiens schuld het werkelijk was. Hij was nog steeds zijn vader verloren, zijn wereld was op die verschrikkelijke avond in februari nog steeds compleet ingestort. Ik zal het goedmaken, zwoer Dean in zijn hoofd aan zijn neef. Ik beloof het je. Ik zal de rest van mijn leven mijn best doen om dit goed te maken.

6

De volgende ochtend zat Zoë in de wachtkamer van de dokter door een nieuwsapp op haar telefoon te scrollen. Weer een slapeloze nacht. Ze begon het gevoel te krijgen dat ze haar gezond verstand aan het verliezen was. Haar ogen deden pijn, haar hersenen waren oververmoeid en haar hele lichaam voelde zwaar en onhandig aan. Ze fantaseerde over slaappillen die haar bewustzijn van haar konden afnemen, die ervoor konden zorgen dat ze even alles zou vergeten. Ik heb hulp nodig, zou ze tegen de dokter zeggen wanneer het eindelijk haar beurt was om hem te spreken. Ik kan zo niet langer doorgaan. Een paar dagen geleden barstte ik midden op straat in tranen uit en moest ik gered worden door een vriendelijke winkelier. Wat kan ik doen? Wanneer zal ik me weer normaal gaan voelen? Ze hoopte dat ze zichzelf niet voor schut zou zetten door te gaan huilen, maar ze kon het niet uitsluiten. Haar traanbuizen leken tegenwoordig permanent tot het randje gevuld te zijn en er hoefde maar iets heel kleins te gebeuren voordat ze overspoelden.

'Wil je dat ik in de weekenden langskom?' had haar moeder gisteravond bezorgd gevraagd nadat Zoë aan de telefoon haar hart had gelucht. God, het was zo verleidelijk om ja te zeggen. Er was een deel van haar dat ernaar verlangde om terug in de veilige armen van haar moeder te kruipen – om haar gezicht tegen haar borst te drukken, zoals ze als een klein verlegen meisje had gedaan – maar ze had uiteindelijk toch nee gezegd. Ze moest de leiding nemen in plaats van de verantwoordelijkheid te ontlopen, voor de kinderen. En ze was bang dat ze, als ze te veel op haar moeder leunde, misschien nooit meer op eigen benen zou kunnen staan.

'Mari O'Connor,' hoorde ze een vrouw bij de receptie zeggen. Zoë keek op en herkende een moeder van school. O, geweldig. Nu zou ze waarschijnlijk weer een sympathiek Hoe gaat het met je?-gesprek moeten doorstaan en Zoë wist niet of ze in staat was om ook maar een enkele zin uit te spreken zonder haar waardigheid te verliezen. Ze boog zich over haar telefoon in de hoop dat Mari haar niet op zou merken en hoopte vurig dat haar naam op dat moment zou worden geroepen zodat ze de situatie kon vermijden.

Ze hoorde Mari's voetstappen dichterbij komen en rook haar sterke jasmijnparfum, maar het bleef verrassend stil. Ze riskeerde een blik naar de andere kant van de kleine ruimte en zag de andere vrouw snel haar hoofd wegdraaien. Zoë voelde haar irritaties nog hoger oplopen. Dit gebeurde ook vaak: mensen die deden alsof ze haar niet hadden gezien omdat ze zich ongemakkelijk voelden in het bijzijn van een rouwende weduwe. Ze vond dat nog erger dan de oppervlakkige gesprekken. Zij voelde zich verdomme elke minuut van elke dag ongemakkelijk. 'Ze doen dat alleen omdat ze niet weten wat ze moeten zeggen,' had Clare haar geprobeerd uit te leggen toen Zoë erover had geklaagd. 'En er valt niets goeds te zeggen, behalve dat ze het heel erg vinden dat dit jou is overkomen en dat ze er voor je zullen zijn.'

'Waarom zeggen ze dat dan niet? In plaats van dat ze de straat oversteken om mij te ontwijken, alsof ik een of andere besmettelijke ziekte heb. Alsof ik ze niet zie wegduiken. Wat een lafaards!'

Ze was het zat dat mensen haar uit zwakheid vermeden. Tien seconden geleden was een gesprek misschien het laatste wat ze had gewild, maar nu voelde ze zich gedwongen om een punt te maken. 'Hoi, Mari,' zei ze luid en duidelijk in de drukke wachtkamer. Ja, ik heb je gezien.

Het was duidelijk dat Mari zich schaamde toen hun ogen elkaar ontmoetten. Ze had roodblond haar en een bleke huid waarop zelfs de zachtste blos vuurrood kleurde. 'Sorry, ik was helemaal in gedachten verzonken,' zei ze, wat zo'n onmiskenbare leugen was dat Zoë met moeite haar sardonische snuif in kon houden. 'Hoe gaat het met je? We missen Patrick allemaal zo erg.'

'Zoë Sheppard?' riep de dokter op dat moment vanuit de deuropening. Godzijdank.

'Dag, Mari.' Zoë stond op en liep met trillende handen weg. We missen Patrick inderdaad allemaal zo erg, dacht ze boos. Mari's man, John, was bevriend geweest met Patrick, niet Mari zelf. Mari kende hem nauwelijks. Sommige mensen hielden er gewoon van om zich het verdriet van een ander toe te eigenen. Plotseling herinnerde ze zich iets van de begrafenis: Mari, die achter in de kerk zat te snikken, dun en mooi in haar zwarte rouwjurk. Hoe durfde ze, dacht Zoë nu terwijl ze de dokter naar haar kamer volgde en ging zitten. Hoe durfde ze die neptranen over haar wangen te laten lopen terwijl ze helemaal geen recht had op het verdriet!

Dr. Gupta nam een kijkje in Zoë's gegevens en klikte door wat aantekeningen op de computer, en richtte zich toen weer tot Zoë. Hier kwam het geoefende toneelstukje waarmee dokters compassie tonen, dacht Zoë terwijl ze toekeek hoe de dokter haar hoofd kantelde en een bezorgde blik opzette. Elk moment.

'En, Zoë, hoe gaat het met je?' zei Dr. Gupta. Bingo. 'Wat kan ik voor je doen?'

'Luister. Hoor je dat? Het komt daarvandaan.'

Dean was die middag, met enige tegenzin, in Shepherd's Bush bij Rosemary langsgegaan, de tachtig jaar oude vrouw die naar verluidt als een vloek over zijn broers leven had gehangen. Hij had verwacht dat een of andere zure oude heks de deur open zou doen, maar werd in plaats daarvan verrast door een kleine, lief uitziende dame, gekleed in een net gestreken ivoren blouse en een dikke wollen rok, en met lang wit haar dat ze had opgestoken in een chignon. Haar lippenstift was vlekkeloos en een vage bloemengeur achtervolgde haar toen ze door de woonkamer liep.

'Hoor je hem?' vroeg ze voor hem uit lopend. 'De muis?'

'Mevrouw...' Hij was haar achternaam vergeten en hij kon haar uiteraard niet als mevrouw Lastpost aanspreken. 'Mag ik u Rosemary noemen?' Ze knikte en hij ging door. 'Ik denk dat het geluid eerder van een piepende vloerplank komt dan van een muis.' Hij bewoog zijn voet op en neer over de zalmroze vloerbedekking. 'Ziet u?'

Ze sloeg haar armen over elkaar. Even was hij bang dat ze in discussie zou gaan – ze was er aan de telefoon van overtuigd geweest dat ze een knaagdierprobleem had – maar toen ontspanden haar schouders en richtte ze haar blik op de vloer. 'O.'

'Ik begrijp waarom u dacht dat het een muis was,' zei hij snel. Hij drukte opnieuw met zijn tenen in de vloerbedekking en knikte naar het geluid. 'Het is een heel muisachtig soort piepen.'

'Ik denk dat het betekent dat de vloerbedekking loskomt,' zei

Rosemary terwijl ze haar lippen tuitte. Was het Deans verbeelding of leek ze blij met die mogelijkheid? 'Je wilt het wel fixen, toch? Voordat het erger wordt.'

'Eh...' twijfelde Dean, die niet echt inzag waarom hij zoveel moeite zou doen voor een piepende vloerplank. 'Nou, ik weet niet zeker of het een nóódgeval is, maar –'

'Ik ga theezetten,' onderbrak ze hem voordat hij zijn zin af kon maken. 'Als je hier toch bent, kun je ook even naar de gootsteen kijken. Er kwam laatst zo'n vreemde geur uit.'

Dat dit een kort bezoekje zou zijn, kon Dean wel vergeten. Een uur later had hij twee koppen koffie op, herhaaldelijk een derde plak fruitcake geweigerd en ontelbaar veel kleine klusjes afgehandeld. Elke keer dat hij een 'probleem' had opgelost, of haar ervan had overtuigd dat het geen probleem was, kwam er op mysterieuze wijze weer iets anders boven water. 'O, je bent écht slim,' prees ze hem toen hij de gloeilamp van haar nachtlampje verwisselde. 'Dank je, lieverd,' riep ze schijnbaar verrukt toen hij de sluitring van de badkamerkraan verving. Maar toen hij opstond om eindelijk te vertrekken – nee, serieus, hij moest nu echt gaan – overviel ze hem door te vragen: 'Waar is Patrick eigenlijk? Je hoort mij niet klagen, want jij bent veel aardiger, maar is hij op vakantie of zo?'

Overdonderd zakte Dean terug in zijn stoel. Hij dacht dat ze het al wist. 'O.' Hij slikte. Het voelde alsof er een plakkerige laag fruitcake achter zijn tanden zat waardoor zijn hele mond kleverig en droog werd. 'Hij is overleden,' zei hij. 'Ik ben zijn broer. Sorry, ik dacht dat ik het al had gezegd.' Hij haalde een hand door zijn haar. 'Ik weet niet meer wie het nou wel of niet weet...'

Ze verstijfde, verbijsterd door haar eigen blunder, en een paar seconden lang zaten ze sprakeloos naar elkaar te kijken. 'Lieve hemel,' zei ze uiteindelijk, haar ogen groot en vol sympathie.

'Het spijt me heel erg. Hoe is hij...? Ik bedoel, je hoeft het me natuurlijk niet te vertellen, maar... is het plotseling gebeurd? Dat moet haast wel. Ik heb hem vorige maand nog gezien. Ik vroeg me wel af waarom hij mijn telefoontjes niet beantwoordde, maar ik dacht dat hij misschien op vakantie was of dat hij zijn telefoon kwijt was of... Lieve hemel. Wat is er gebeurd?'

Die vraag weer. Twee keer in net zoveel dagen. Dean dacht aan Ethans strakke gezicht, de stress in zijn gebalde vuisten en zijn gespannen lichaamstaal. Maar Dean was aan Patricks huurder natuurlijk niet dezelfde informatie verschuldigd als aan Patricks zoon. 'Het was een tragisch ongeluk,' zei hij tegen Rosemary zonder haar in de ogen te kijken. Hij duwde zijn stoel naar achteren en stond op. 'Echt verschrikkelijk. Het spijt me, maar ik moet nu echt –'

'En hij had zulke jonge kinderen,' riep ze uit terwijl haar hand naar haar mond vloog. 'Het spijt me heel erg om dit nieuws te horen, Dean. Gecondoleerd. Patrick is erg goed voor me geweest door de jaren heen. Heel eerlijk. Hij had af en toe een kort lontje, maar...' Ze hield zich in. Over de doden niets dan goeds, leek ze te bedenken. 'Jullie zijn er vast allemaal kapot van. Zijn arme kinderen. En zijn ouders! Wat vreselijk om een kind te verliezen. Ze zijn vast ontroostbaar.'

Dean slikte en zag zijn ouders weer voor zich op de begrafenis: zijn moeder in tranen terwijl zijn vader geen enkele emotie toonde. Zijn gefriemel aan een geruite zakdoek was het enige wat duidde op zijn ongemak. 'Ja,' mompelde hij.

'En je zei dat het een ongeluk was, toch? Wat voor ongeluk?'

Dean probeerde het gesprek weer onder controle te krijgen. 'Als u het niet erg vindt, praat ik er liever niet over,' zei hij. En – godzijdank – dat leek te werken. Voordat ze hem weer iets kon vragen, liep hij al naar de deur, hoewel ze onmiddellijk opstond om hem te volgen. Een visioen flitste door zijn hoofd waarin Rosemary zich vastklampte aan zijn benen en hem bleef ondervragen terwijl hij uit alle macht probeerde het pand te verlaten. 'Bedankt voor de koffie,' zei hij. Hij had het einde van de gang bereikt zonder te worden getackeld. 'Het was leuk u te ontmoeten.'

'Tot gauw,' riep ze toen hij eindelijk wist te ontsnappen.

Ik hoop het niet, dacht hij. Hij stak een hand op en bleef lopen. Snel, voordat ze hem met een lasso terug naar binnen trok.

De rest van Deans week was onverwacht druk. Zijn lange, lege dagen in bed waren verleden tijd. Nu waren zijn dagen gevuld met alle onopgeloste problemen van Patricks huurders. Bij de familie op Adelaide Grove werden nieuwe sloten op de deuren gezet, met de huurder die wilde verhuizen had hij een vertrekdatum afgesproken en een afspraak met de verhuuragent waar Patrick mee had samengewerkt resulteerde in een aantal advertenties voor het binnenkort leegstaande pand. Hoewel Dean had gezworen om gedurende zijn sabbatical in zijn broers voetsporen te treden, voelde het soms alsof hij letterlijk in Patricks schoenen stond door zijn werk op deze manier over te nemen.

Wat het nog beter maakte, was het gevoel dat hij zijn sabbatical nieuw leven had ingeblazen. Met dit nieuwe doel was het gered van mislukking. Hij had nu huurders om zichzelf mee bezig te houden en een plan om zijn relaties te herstellen. Hij was elke dag druk in de weer met allerlei mensen om praktische oplossingen voor een breed scala aan problemen te vinden, en hij vond het verrassend leuk. 'Een verandering is net zo goed als een vakantie,' had zijn moeder altijd gezegd, en hij begon hier eindelijk de wijsheid van in te zien.

Het papierwerk was echter niet iets waar Dean veel plezier in had, vooral omdat Patrick absoluut geen systeem leek te hebben. Voor basale zaken – gas, water, elektriciteit en gemeentebelasting – had hij automatische incasso's afgesloten, maar er waren ook loodgieters, elektriciens en slotenmakers – waarvan een aantal al woedende herinneringen had gestuurd – die betaald moesten worden. Nadat hij alle facturen had afgehandeld, merkte Dean nog een gemailde herinnering op, dit keer van Patricks boekhouder over de driemaandelijkse btw-aangifte die aan het einde van de maand moest worden ingediend. Hij besloot maar meteen te beginnen met het verzamelen van de vereiste facturen en kwitanties.

Het was terwijl hij de bankoverzichten, stuk voor stuk, aan het doorlopen was, dat hij een betaling opmerkte waarbij hij geen corresponderende papieren kon vinden: een maandelijkse betaling van enkele honderden ponden aan een L. Fox, met als enige informatie de referentie 'Onderhoud'. Misschien was het een aannemer die werkte op provisiebasis? Een schilder of reparateur? Of een schoonmaakdienst? Het was vreemd omdat alle andere genoteerde uitgaven vrij duidelijk waren. Er waren facturen van een timmerman, een stukadoor, een tapijtfirma, en bonnetjes voor twee flessen afvoerontstopper, benzine en allerlei andere goederen en diensten. En afgaande op de telefoontjes die Dean de laatste tijd had ontvangen, leek het algemene onderhoud – zoals het repareren van kapotte ketels en piepende vloerplanken – altijd door Patrick zelf afgehandeld te worden.

Verbijsterd wendde hij zich tot Patricks laptop en spoorde een bestand op dat 'Boekhouding' heette, waarin hij door oude spreadsheets scrolde om te zien of er nog meer informatie over de betaling te vinden was. De betaling ging uit op de eerste van elke maand en was opgenomen in een kolom met de naam 'Algemeen', waar hij niets wijzer van werd. Hij scrolde verder en verder terug in de documenten, steeds nieuwsgieriger. Wie deze maandelijkse betalingen ook ontving, diegene deed dat al jaren, merkte hij op. Zijn hartslag versnelde. Waar ging het geld heen?

Zijn verbeelding ging met hem aan de haal. Was Patrick betrokken bij een witwaspraktijk? Gebruikte hij zijn zakelijke rekening om geld over te maken naar een onbetrouwbaar persoon of bedrijf? Hij fronste zijn wenkbrauwen. Hij vond het moeilijk zich dit scenario voor te stellen. Patrick was het soort man dat af en toe buiten zijn boekje ging, maar Dean was er vrij zeker van dat hij geen crimineel was. Misschien werd hij gechanteerd? Maar door wie? Wist Zoë hiervan?

Er was zeker iets vreemds aan de hand, dacht hij verder naar beneden scrollend. Er was totaal geen papierwerk te vinden dat de onderhoudsdienst kon verklaren: geen facturen, geen correspondentie, niets. Hoe had Patrick dit langs de boekhouder gekregen? Uiteindelijk bereikte hij een spreadsheet van zevenenhalf jaar geleden en zag hij dat de betaling toentertijd niet was uitgevoerd. Oké. Dus de mysterieuze overboeking verliet Patricks zakelijke bankrekening al zeven jaar en drie maanden. De vraag was nu: moest Dean dit verder uitzoeken of een oogje dichtknijpen? Als Patrick in de problemen had gezeten en Zoë er niets van wist, wilde Dean haar niet betrekken in nog meer drama. Aan de andere kant, aangezien hij de btw-aangifte aan het regelen was, zou hij juridisch verantwoordelijk kunnen worden gehouden als er iets niet klopte.

Hij ging terug naar de oorspronkelijke e-mail van de boekhouder en vond een telefoonnummer. Verdomme, hij zou erachter komen waar dit over ging, al was het puur voor zijn eigen gemoedsrust. 'Hallo,' zei hij toen hij naar de juiste persoon was doorverbonden. 'Ik ben bezig met Patrick Sheppards btw-aangifte en wilde een betaling opvragen omdat ik geen aanvullend papierwerk kan vinden… Ja, het gaat elke maand uit onder "Onderhoud". Kunt u mij de naam van de begunstigde geven, zodat ik kan traceren –'

Toen stopte hij halverwege zijn eigen vraag omdat hem opeens iets te binnen schoot. Wat als het niet om echt onderhoud ging, zoals hij aanvankelijk had aangenomen? Wat als het om een soort kinderonderhoud ging, oftewel alimentatie? Wat zou betekenen dat… O mijn god. Nee. Dat kon niet waar zijn. Toch?

'Haar naam is Lydia Fox,' zei de boekhouder. 'De begunstigde.'

'Ah, oké,' zei Dean hees. Hij wilde niet meer weten dan dat. Of wel? 'Hartstikke bedankt.' En toen hing hij op, met een heel nieuw en verschrikkelijk beeld in zijn hoofd. Lydia Fox. Fuck. Wat had Patrick uitgehaald? Nog belangrijker: wat moest Dean in godsnaam doen met deze informatie?

In de vroege uren van de ochtend werd Zoë wakker door een warme adem in haar nek en een klein kronkelend lichaam naast het hare. Ze opende een oog en zag dat Bea bij haar in bed was gekropen, waarna haar hersenen eindelijk het bericht van haar neus ontvingen: de vage geur van ammoniak, wat betekende dat Bea weer in haar bed had geplast. 'Heb je een ongelukje gehad?' mompelde ze terwijl ze een arm om haar dochter sloeg en zich afvroeg hoe laat het was.

'Ja,' kwam het antwoord. 'Maar geen zorgen, het ging niet op het speelgoed en ik heb mijn broek verschoond.'

'Oké,' zei Zoë, klaar om weer in slaap te vallen. Dit gebeurde de laatste tijd wel vaker. Sinds Patrick was overleden gebeurde het zelfs bijna elke nacht. Iedereen zal het verlies op zijn eigen manier verwerken, verklaarde het rouwboekje dat haar huisarts haar in de hand had gedrukt. Tot nu toe had het verdriet zich bij Ethan gemanifesteerd in stille terugtrekking en plotselinge woede-uitbarstingen, bij Gabe in luide, hardnekkige discussies en bij Bea in huilbuien, een sterk aandringen op het dragen van haar eenhoornonesie en bedplassen. Zelf worstelde Zoë nog steeds met het gevoel dat ze in haar eigen persoonlijke rampenfilm leefde, waarin ze op elk moment kon worden verpletterd door een rots. Soms – en ze was zich er maar al te bewust van hoe ernstig dit was – wenste ze zelfs dat die rots op zou schieten en haar uit haar lijden zou verlossen.

'Probeer voor het slapengaan een lekker lavendelbad te nemen,' was het advies van Dr. Gupta, die er blijkbaar alles aan wilde doen om Zoë niet de gewenste slaappillen voor te schrijven. 'Zorg ervoor dat je voldoende beweging krijgt, genoeg om je aan het eind van de dag fysiek moe te maken. En misschien is het een idee om met een therapeut te praten, gewoon zodat je je gedachten bij iemand anders kwijt kunt? Als je interesse hebt, staat er een telefoonnummer achter in het boekje dat ik je heb gegeven, of ik kan natuurlijk zelf een paar collega's aanraden die misschien kunnen helpen.'

Zoë had haar beleefd bedankt, maar ze wist al dat ze er geen actie op zou ondernemen. Ze had de energie niet om naar een therapeut te gaan.

'Kom over twee weken terug, dan kunnen we verder kijken hoe het met je gaat,' had de dokter afgerond, maar tot nu toe was Zoë nog niet zover gekomen om een nieuwe afspraak te maken. Wat had het voor zin?

Bea's ademhaling werd dieper en langzamer en ze maakte een paar smakkende geluiden met haar mond. Het was te donker om meer dan haar contouren te zien, maar Zoë kon voor zich zien dat het gezicht van haar dochter ontspande en steeds zachter werd terwijl de slaap zich weer meester van haar maakte. Haar arme baby's: zo verward, zo getraumatiseerd, zo diepbedroefd. Zelfs nu, weken na het ongeluk, leek het ondenkbaar dat Patrick er niet was om ze te troosten, om ze aan het lachen te maken, om ze bij elkaar te brengen. Ze wilde niet elke avond een bed delen met haar dochter. Ze wilde dat haar man naast haar lag, zijn stevige vorm onder de dekens, de zachte zucht van zijn ademhaling als de nachtelijke soundtrack van haar leven. Kon ze hem nog maar een laatste keer vasthouden – nee, nog duizend keer, een miljoen keer. Kon ze maar zo dicht tegen hem aankruipen dat haar lichaam een afdruk tegen het zijne zou achterlaten. Maar hij was er niet meer. Ze zou hem nooit meer kunnen vasthouden.

Andere vrouwen die ze kende klaagden altijd over hun echtgenoten – ze waren te lui, te onnadenkend, te egoïstisch – en Zoë kon niet ontkennen dat ze Patrick af en toe diezelfde dingen kwalijk had genomen. Daarnaast was hij roekeloos met geld, een vreselijke flirt en liet hij altijd, zonder uitzondering, zijn vuile kleren op de vloer van de slaapkamer liggen in plaats van in de wasmand. Maar ze zou dat allemaal met liefde doorstaan en er geen woorden meer aan vuilmaken als ze hem gewoon terug kon krijgen. Dan zou ze tenminste de kans krijgen om sorry te zeggen voor die laatste ruzie.

Denk daar nu niet aan, drukte ze zichzelf haastig op het hart. Op nachten als deze, wanneer ze wakker lag in het donker, keerden haar gedachten bijna altijd terug naar de vreselijke dingen die ze die laatste avond had gezegd. Het was haar eigen persoonlijke vagevuur, het zware kruis dat ze de rest van haar leven zou moeten dragen.

Ze dwong zichzelf in plaats daarvan aan Patricks meer heldhaftige momenten te denken. Toen Ethan een kleine baby was, woonden ze in een ellendig appartementje op de begane grond van een gebouw in Ealing. Op een gegeven moment begon er een reeks van vervelende briefjes onder de voordeur te verschijnen. 'Zeg tegen die snotaap dat hij moet stoppen met huilen of ik zal er zelf voor zorgen dat hij stopt!' was een van de dreigementen. Ethan was toen drie maanden oud, had veel last van krampjes, en ja, hij huilde veel, dag en nacht, maar Zoë deed haar best, dacht ze terwijl ze de briefjes met een lijkbleek gezicht las. Ze was langsgegaan en had zich nederig verontschuldigd tegenover de chagrijnige vijftigjarige buurvrouw, maar de vrouw had het niet willen begrijpen. 'Sommigen van ons hebben werk! Ik zal een klacht indienen bij het bestuur en ervoor zorgen dat er een maatschappelijk werker op je afkomt als dit zo doorgaat.' Oververmoeid door het leven als een jonge moeder en geïntimideerd door de boze vrouw, had Zoë niets tegen Patrick gezegd, maar een paar nachten later, nadat Ethan een bijzonder huilerige dag had gehad, klonk er rond twee uur 's ochtends plotseling luide muziek door de muur, wat ervoor zorgde dat ze allemaal rechtop in bed zaten en Ethan met grote ogen weer een luide keel opzette.

'Het is die vrouw weer, denk ik,' zei Zoë terwijl ze haar doodsbange zoon probeerde te kalmeren.

'Welke vrouw?' Patrick stapte uit bed.

Zoë had hem niet in de situatie willen betrekken, maar uiteindelijk had ze Patrick de briefjes laten zien. Het was alsof ze een superheld activeerde, of op zijn minst iets primitiefs en fundamenteels in hem ontketende waarvan de genetische code neerkwam op: VROUW EN KIND BESCHERMEN.

'Oké,' zei hij, zijn kaak gespannen voordat hij regelrecht naar de deur van de buurvrouw marcheerde om een aantal stevige woorden met haar te wisselen. Bijna meteen was de muziek gestopt, maar niet voordat Zoë de vrouw nog een laatste keer tekeer had horen gaan: 'Nou, nu weet je hoe het voelt om 's nachts wakker te worden van een vreselijk geluid. Vervelend, hè?'

Patrick, eenmaal begonnen, was niet te stoppen. Hij was geweldig. 'Hoe durf je,' hoorde Zoë hem zeggen. 'Hoe durf je die zielige briefjes te schrijven, mijn zoon te bedreigen en mijn vrouw lastig te vallen? Ik sta op het punt om de politie te bellen. Denk je dat dit iets oplost? Dat dit het beter maakt? Heb je enig idee hoe moe mijn vrouw is, hoeveel we de laatste tijd hebben meegemaakt? Ze verloor twee liter bloed tijdens de bevalling, wist je dat? Nee, natuurlijk niet. Omdat je nooit de moeite hebt genomen om haar te leren kennen. Mensen zoals jij maken me ziek. En ik wil geen woord meer van je horen over dit onderwerp, hoor je me? Geen woord meer! Anders doe ik misschien iets waar ik spijt van krijg.'

Mijn held, had Zoë gedacht toen de deur achter hem dichtsloeg. Onze grote beschermer. Vanaf het moment dat ze ontdekte dat ze zwanger was van Ethan, was Patrick de meest liefdevolle echtgenoot, de beste vader ooit geweest. Maar nu had ze niemand meer. Nu moest ze alles zelf doen. Nu moest ze haar eigen problemen oplossen en haar eigen vijanden verslaan.

Een paar avonden geleden had een man aangebeld en om geld gevraagd. Ze had beleefd nee gezegd en de deur op slot gedraaid, maar daarna had ze nog een lange tijd bij de deur geluisterd of hij echt weg was gegaan en gewenst dat Patrick er was, alleen al voor de veiligheid. Soms als ze 's nachts wakker was, zoals nu, hoorde ze vreemde geluiden rondom het huis en raakte ze ervan overtuigd dat iemand probeerde in te breken. Inmiddels had ze een plan van aanpak uitgewerkt – de kinderen wakkermaken en ze samen met haarzelf opsluiten in de badkamer terwijl ze 999 belde – maar toch was het niet bepaald een ontspannende manier om de vroege uurtjes door te brengen.

Hoor je dat, Patrick? Dit is waar ik me nu mee bezig moet

houden, omdat jij zo stom bent geweest om dood te gaan, ging ze tegen hem tekeer in haar hoofd. Ik lig uren over de ergste dingen na te denken en ik barst midden op straat als een of ander doorgedraaid iemand in huilen uit. Ze had dat tenminste goed kunnen maken, troostte ze zichzelf. Eerder die dag was ze teruggegaan naar de boetiek waar de vrouw zo aardig voor haar was geweest en had ze haar een bosje fluweelzachte mauve anemonen in de hand gedrukt en met een rood gezicht haar excuses aangeboden. De vrouw was opnieuw heel lief geweest, godzijdank, en had gezegd dat het absoluut niet nodig was om sorry te zeggen en had zelfs haar nummer op een visitekaartje gekrabbeld 'voor het geval je ooit iemand nodig hebt om mee te praten'.

Niet dat alles nu was opgelost. Helemaal niet. Ze wist nog steeds niet wat er precies was gebeurd tussen Patrick en Dean die laatste nacht – iets wat Dean haar absoluut niet wilde vertellen – en ze was vastbesloten om erachter te komen.

'Waar hadden jullie het eigenlijk over in de pub?' had ze hem gevraagd nadat Patricks dood was bevestigd en ze zich allemaal een weg door het afschuwelijke nieuwe landschap van rouw aan het banen waren. Ze wilde elk detail van die laatste uren te weten komen. Als iets kon verklaren waarom Patrick alleen was vertrokken en wat er daarna met hem was gebeurd, wilde ze het weten. Daarnaast wilde ze weten wat Patrick over haar had gezegd, over hun ruzie. Wist Dean daar bijvoorbeeld van? Het brak haar hart om te bedenken dat Patrick de wereld had verlaten terwijl twee van zijn meest dierbaren boos op hem waren. Maar Dean had niets losgelaten. Sterker nog, hij had naar de grond gestaard en gemompeld dat hij het zich niet goed kon herinneren, dat ze allebei te veel hadden gedronken.

Maar je herinnert je nog wel dat je boos genoeg was om te zeggen dat hij niet meer welkom was bij jou thuis, je herinnert je nog wel dat je hem langs de rivier naar zijn dood stuurde? had ze hem scherp willen verwijten, maar het was uit haar mond gekomen als een schreeuw.

'Zoë, dat helpt niet,' had haar moeder gezegd terwijl ze een kalmerende hand op de hare had gelegd, maar Dean had niet gereageerd. Hij was alleen maar teruggedeinsd en had haar vervolgens ontweken.

Het had sindsdien aan haar geweten geknaagd, die neerwaartse blik van hem, de manier waarop hij zichzelf had afgesloten. Ze geloofde hem niet. Het was zo duidelijk dat hij het zich wel degelijk kon herinneren, maar iets hem ervan weerhield het haar te vertellen. Maar wat was het? Probeerde hij haar te beschermen door niet te vertellen welke hatelijke, vernietigende opmerkingen Patrick over haar had gemaakt? Was dat de reden waarom Dean al die tijd was weggebleven? Haatte hij haar en gaf hij haar de schuld van de verdrinking van zijn broer? God, van deze gedachten zou ze paranoïde kunnen worden, maar ze kon het niet opbrengen om de vragen hardop te stellen. Ze wilde niet horen dat haar man tot aan zijn dood kwaad op haar was. Het zou haar kapotmaken. Het zou wat er nog van haar over was compleet vernietigen.

Maar nu was Dean opeens weer verschenen, met die zielige ogen van hem, en ze wist dat hij zijn best deed om weer bij haar in de gratie te komen, maar toch, de twijfels en achterdocht bleven in haar achterhoofd rondzweven. Wat was er die avond echt gebeurd? Wat hield Dean zo gespannen? Hoe dan ook, ze wist dat ze erachter moest zien te komen. Zodra ze zich sterk genoeg voelde om met onaangename waarheden om te gaan.

7

Op zondag was het Liz Sheppards zeventigste verjaardag. De hele familie was uitgenodigd voor een feestelijke lunch in een buurtpub. Het was de eerste keer dat ze allemaal samen waren sinds Patricks begrafenis en toen hij zijn moeder zag, merkte Dean meteen op dat ze had gehuild. Haar mascara was een beetje uitgesmeerd rond de zachte wallen onder haar ogen en ze snoot luid haar neus in een zakdoek. 'Gefeliciteerd, mam,' zei hij, en hij omhelsde haar.

'Hoe kan ik nou mijn verjaardag vieren als mijn oudste zoon niet meer bij ons is?' snikte ze. Hij versterkte zijn greep om haar schouders en wisselde een verslagen blik met zijn vader. Was het onredelijk van Dean dat hij zich altijd de minst favoriete zoon had gevoeld? Gedurende hun kindertijd was Patrick consequent degene geweest die hoger sprong, harder trapte en iedereen die zijn pad kruiste wist te charmeren. Patrick was langer, knapper, grappiger, succesvoller, terwijl Dean… nou, Dean was een beetje een sukkel, veronderstelde hij. Een loser.

Niemand had hardop gezegd dat de verkeerde zoon was gestorven, maar Dean was er vrij zeker van dat zijn moeder het minstens één keer had gedacht. Zelfs nu, weken later, kon ze hem nauwelijks in de ogen kijken.

'We gaan er het beste van maken, mam,' zei hij een moment later. 'We heffen een glas op hem. Ik weet zeker dat hij meekijkt, waar hij ook is.' Persoonlijk geloofde hij niet zozeer in een hiernamaals, maar zijn moeder, een katholiek, was een standvastige gelovige. 'En hij zou willen dat je het vandaag naar je plezier had, toch? Op je verjaardag.'

'Maar ik ben een rouwende moeder op Moederdag. Heb je ooit zoiets vreselijks gehoord?'

Shit. Was het ook Moederdag? Hij keek heimelijk om zich heen en merkte hoe vol het café was, met lachende vrouwen aan het hoofd van elke tafel. Op de tafel naast hen lag een glanzende ballon met de tekst 'Beste moeder van de wereld' en het bord naast de bar stond vol 'Moederdagdeals'. Verdomme. Moederdag. Hoe kon hij dat zijn vergeten? 'Een goed excuus om te vieren wat een geweldige moeder je voor hem was, en nog steeds bent voor mij,' zei hij na een korte aarzeling, zich afvragend of hij het kon maken om de envelop met haar verjaardagskaart te openen en een extra moederdagboodschap toe te voegen. Waarschijnlijk niet. 'Laat me wat te drinken voor je halen. Waar heb je zin in?'

Ze snoot haar neus en knipperde met haar ogen. 'Lieve hemel, ik zie er vast verschrikkelijk uit.' Ze pakte haar handtas en grabbelde naar een poederdoos. 'Een groot glas sauvignon blanc, alsjeblieft, Dean.' Ze tuurde naar haar reflectie terwijl ze haar gezicht poederde. Liz Sheppard had haar uiterlijk altijd heel belangrijk gevonden, met haar chique zilvergrijze bob, opvallende sieraden en chique handtassen. Vandaag zag ze er echter, nou ja, vrij onverzorgd uit, hoewel ze Dean zou hebben vermoord als hij dat hardop had gezegd. Dergelijke dingen vielen hem meestal niet op, maar zelfs hij kon zien dat haar haar geknipt moest worden en haar marineblauwe jurk vouwen had waarmee ze normaal gesproken nooit het huis zou verlaten.

'Een héél groot glas, als je begrijpt wat ik bedoel.'

'Een emmer wijn, komt eraan,' bevestigde hij voordat hij zich de spreadsheet herinnerde die hij thuis op zijn koelkast had hangen. Natuurlijk! Hij had zijn ouders ook op moeten nemen in het plan. Bij hen kon hij waarschijnlijk ook een poging doen om de gaten te vullen die Patricks dood in hun leven had achtergelaten. Hij kneep zachtjes in haar schouder. 'Luister, mam, is er iets wat Patrick altijd voor je deed wat ik kan overnemen?' vroeg hij. 'Vervelende klusjes of iets dergelijks?'

Zijn moeder snotterde zachtjes en stopte haar poederdoos weg. 'We missen gewoon dat hij af en toe langskwam, toch, Derek?' zei ze. 'Telkens als er iemand voor de deur staat, denk ik dat hij het is, zelfs nu nog, maar...'

'Ja,' stemde haar man in toen ze niet meer in staat leek te zijn om de zin af te maken. Hij was een zwijgzame man die zijn woorden zuinig gebruikte, alsof spreken hem geld kostte. Afgezien van wanneer hij zijn geduld verloor, natuurlijk, dan liet hij ze onafgebroken uit zijn mond vliegen. In een van Deans eerste herinneringen had zijn vader zo hard tegen zijn moeder geschreeuwd omdat ze een verkeerde richting had aangegeven, dat kleine Dean, trillend van angst op de achterbank, in zijn broek had geplast. De warme vloeistof was door zijn broek en in de bekleding van de auto getrokken en had een vlek had achtergelaten. Hij herinnerde zich nog hoe zijn moeder had gezucht en 'O, Dean,' had gemompeld toen ze uit de auto stapten, en hoe Patrick instinctief een arm om hem heen had geslagen.

'Langskwam?' vroeg hij nu. 'In het weekend of...?'

'Nee, doordeweeks. Hij reed regelmatig langs en kwam dan

even een kopje thee drinken. Soms hielp hij je vader, of hij deed de boodschappen als ik last van mijn benen had... Je weet wel, dat soort dingen. Hij was er gewoon vaak.'

Dit was compleet nieuwe informatie voor Dean. Doordeweeks bracht hij talloze uren door tussen vier muren in het centrum van de stad en het was nooit in hem opgekomen om daarna ook nog bij zijn ouders op bezoek te gaan. Hij had geen idee dat Patrick dat wel deed. 'O,' zei hij, met het gevoel alsof hij dit allang had moeten weten. 'Ik begrijp het. Misschien kan ik hetzelfde doen.' Hij gíng hetzelfde doen, dacht hij meteen. Hij zou deze week een excuus verzinnen om naar hun kleine huis in Brentford te rijden en een actievere rol te spelen in het leven van zijn ouders. 'In de tussentijd zal ik voor die drankjes zorgen. Pap, wat wil jij?'

Hij voegde zich bij de menigte zonen en echtgenoten aan de bar en vroeg zich af of hij zijn ouders misschien had verwaarloosd. Patrick had dat blijkbaar niet gedaan. Het voelde alsof hij een feestje had gemist waarvoor iedereen was uitgenodigd, alleen in dit geval had hij waarschijnlijk zichzelf moeten uitnodigen. Dean had altijd gedacht dat hij zijn broer best goed kende, maar dit was weer iets waarvan hij zich niet bewust was geweest. En het was hem nog steeds niet gelukt om die mysterieuze Lydia Fox van de 'Onderhoud'-betalingen op te sporen. Hij was door alle contacten op de telefoon van zijn broer gegaan, was alle e-mailaccounts en Facebookvrienden afgegaan, maar had helemaal niets gevonden. Wie deze vrouw ook was, het leek erop dat Patrick haar geheim wilde houden. Maar wie was ze? En wat voor relatie hadden ze?

Er moest een rationele verklaring zijn voor de betalingen, bleef hij volhouden. Het kon niet anders. Zijn verbeelding was al met allerlei lugubere ideeën waar hij liever niet aan wilde denken aan de haal gegaan: was ze een minnares, verscholen in een van zijn huizen, die door Patrick werd betaald alsof ze een soort zakelijke uitgave was? De vage 'onderhoud'-omschrijving deed hem ook vermoeden dat er sprake was van een kind, en als dat waar was, zou het allemaal nog veel complexer worden. Maar nee, dat kon niet waar zijn. Patrick had zich in het verleden weleens slecht gedragen – Dean probeerde daar niet te veel bij stil te staan – maar dit ging veel verder, dit klonk alsof ze zich in een soort gestoorde fantasiewereld bevonden.

'Hallo, lieverd, je moeder stuurde ons deze kant op,' klonk een stem achter hem, en hij draaide zich om. Zijn tante Mary en oom Colin kwamen aan de bar naast hem staan. 'Nam jij deze ronde op je? Voor mij graag een kleine sherry en voor Colin een biertje. Toch, Colin?'

'Alsjeblieft,' zei Colin, die het nooit oneens was met zijn vrouw. Als ze voor hem een Jägerbomb of een vlammende sambuca had besteld, zou hij waarschijnlijk gehoorzaam hebben geknikt.

'Ik dacht dat we de laatsten zouden zijn – Colin kon zijn bril niet vinden, zoals gewoonlijk – maar ik heb begrepen dat Zoë er nog niet is,' zei Mary met een sympathieke klik van haar tong. 'Het moet heel moeilijk voor haar zijn, het arme ding, vooral met de kinderen... Aha. Daar is ze!'

Dean draaide zich om en zag de kinderen door de deur van het café denderen. Zoë liet haar verwarde blik de pub rondgaan en negeerde Ethan en Gabe, die woedend aan het kibbelen waren, evenals Bea, die met een dringende uitdrukking aan Zoë's mouw stond te trekken. Wie zag hij niet? vroeg Dean zich af, de onderhoudsbetalingen constant in zijn achterhoofd. Een ander kind, een andere partner? Waar was Patrick in hemelsnaam in verzeild geraakt, en hoeveel wist Zoë ervan, als ze al iets wist?

'O, jeetje. Ze heeft haar handen vol, nietwaar?' snoof Mary, en ze fronste toen Gabe op Ethans arm sloeg.

'Zoë! Hierzo,' riep Dean. Terwijl ze zijn kant op kwamen, vroeg Dean zich af of de kinderen enig idee hadden dat het Moederdag was. Verdomme. Als hij eraan had gedacht, had hij Ethan woensdag nog wat geld kunnen gegeven om een kaart en bloemen te kopen voor zijn moeder. Maar als zelfs hij, een volwassene, het was vergeten, leek het hem sterk dat de kinderen iets hadden geregeld.

'Hoi,' zei hij, zwaaiend. 'Wat willen jullie allemaal drinken? Speciaal moederdagdrankje voor jou, Zo?' Trouwens, zegt de naam Lydia Fox jou iets, Zo?

Zoë zag er bleek uit. 'Een kopje thee, alsjeblieft. Jongens, wat willen jullie?'

Ethan vroeg om een cola, Bea een limonade – nee, sinaasappelsap, nee, een appelsap met prik, ja, dat laatste – en Gabe vroeg om een glas bier, en veranderde het vervolgens naar een warme chocolademelk toen Zoë zei dat hij normaal moest doen.

'Jullie weten allemaal dat het Moederdag is, toch?' vroeg Dean aan de kinderen met een betekenisvolle blik op Zoë.

'Eh... o,' zei Gabe terwijl hij naar Zoë keek. 'Nee. We hadden geen idee.'

'Ik dacht dat oma jarig was,' zei Bea fronsend.

'Dat is ook zo,' zei Dean, 'maar –'

'Het is prima, het is niet erg,' onderbrak Zoë. 'Ga ze alsjeblieft geen schuldgevoel aanpraten, Dean. Bea, kom, we gaan naar de wc. Je moest toch zo nodig? Jongens, help jullie oom de drankjes te dragen, oké?'

Dean opende zijn mond om zichzelf te verdedigen, maar sloot hem toen weer. Hij probeerde niemand een schuldgevoel aan te praten, wilde hij zeggen, hij probeerde alleen maar attent te zijn. Maar ze liep al weg met Bea.

'Wie is de volgende?' riep de barman en Dean draaide zich om om zijn bestelling door te geven.

'Let maar niet op mama,' zei Ethan nors. 'Ze is gewoon in een slecht humeur vandaag.'

'Ja, we moesten met de bus omdat de auto niet wilde starten, en toen zei ze het f-woord,' vertelde Gabe met een gigantische glimlach op zijn gezicht. 'Nou, ze zei niet echt "het f-woord", ze zei "fuck", maar –'

'Gabe,' zei Dean met een waarschuwende toon en een schuine blik op tante Mary, die haar vest dichttrok en een misprijzend gezicht trok. 'Let op je taalgebruik.' Toen gebaarde hij naar de barman. 'Sorry, maat. Kun je dat biertje in een cola veranderen, alsjeblieft?' Het café was slechts tien minuten lopen van zijn huis. Hij kon ze straks wel een lift naar huis geven zodat ze niet weer met de bus hoefden. 'Bedankt.' Toen nam hij een briefje van twintig pond uit zijn portemonnee en gaf het aan Ethan. Beter laat dan nooit. 'Hier. Misschien kun je straks, als je thuis bent, even snel iets halen voor jullie moeder. Een bos bloemen of een doos chocolaatjes, of zoiets. Zeg dat het namens jullie allemaal is, oké?'

Gabes ogen puilden uit. 'Wauw! Twintig pond!'

'Ja, en hij heeft het aan mij gegeven, niet aan jou,' zei Ethan tegen Gabe terwijl hij het in zijn broekzak stopte. 'Bedankt, oom Dean.'

Nog een goede daad om toe te voegen aan zijn lijstje, dacht hij een paar minuten later, onderweg naar de tafel met de drankjes in zijn handen. Twee goede daden, als Zoë ja zei tegen de lift naar huis. Hij vroeg zich af of hij ooit genoeg goede daden kon verrichten om enige vorm van verlossing te bereiken. Op dit moment betwijfelde hij het.

Zoë had nooit heel veel waarde gehecht aan Moederdag, dus ze was verbaasd dat ze zich zo leeg voelde toen ze die zondag wakker werd en Patrick er niet was om de kinderen te helpen een dienblad met ontbijtspullen en een vaas met wat er op dat moment nog in leven was in de tuin – ze had een keer een bosje twijgen gekregen die aan elkaar vastgebonden waren met een taartlint, het was een zware winter geweest – naar haar bed te brengen. Dit jaar: niets. Ze had het niet aan de kinderen willen vertellen, het was prima, dacht ze terwijl ze zelf met het ontbijt bezig was. Maar toen wilde de auto ook nog eens niet starten. Ze had werkelijk geen idee wat er mis was met het ding en daardoor miste ze Patrick meer dan ooit. Hij was goed met praktische dingen, hij zou iets hebben bedacht. 'Kunnen we niet met papa's busje gaan?' had Gabe vol hoop geopperd, maar het busje had niet genoeg plek, en bovendien had Zoë het nooit fijn gevonden om ermee te rijden.

'Móéten we gaan?' kreunde Ethan, schoppend tegen de banden van de nutteloze auto.

'Ja, het is oma's verjaardag en ze heeft ons allemaal uitgenodigd voor een heerlijke lunch,' snauwde Zoë net toen het begon te motregenen. 'We nemen de bus.'

Eenmaal in het café had ze eindelijk een beetje kunnen ontspannen. Liz had haar een knuffel gegeven en zich meteen om de kinderen bekommerd en zelfs Derek had zijn best gedaan om ze te vermaken door met een muntje trucjes te doen voor Bea. Ze hoefde ook niet voor de lunch te zorgen, had Zoë zichzelf getroost. Ze had die ochtend haar haar gewassen en voor het eerst in weken lippenstift opgedaan en een mooi topje aangetrokken. Eindelijk voelde ze zich weer een tikkie menselijker. De kinderen waren ook duidelijk in een beter humeur. Gabe in het bijzonder maakte iedereen aan het lachen met zijn gekkigheid en imitaties van andere mensen. Heel even was ze in staat om het verdriet op afstand te houden en te genieten van het eten en het gezelschap. Ze betrapte zich er zelfs een aantal keer op dat ze zat te glimlachen. Wie had kunnen bedenken, dacht ze terwijl ze haar schoonfamilie vaarwel knuffelde toen het tijd was om te vertrekken, dat kleine genoegens zo'n groot verschil konden maken?

En het allerbeste was nog dat Dean hun een lift naar huis wilde geven. Na de slecht gehumeurde busreis op de heenweg was dat echt een opluchting.

Eenmaal thuis had hij een tijdje rondgesnuffeld onder de motorkap van haar auto, voordat hij was binnengekomen om haar te vertellen dat hij er vrij zeker van was dat het om een lege accu ging. Samen waren ze erin geslaagd om de motor met startkabels op gang te krijgen en Dean had meteen voorgesteld dat Zoë een kwartiertje rond ging rijden om de accu even goed op te laden. 'Zie dit als je moederdagcadeautje,' zei hij met een flauwe glimlach. 'Vijftien minuten rust op een zondag. Weet je wat? Ga nog wat langer weg als je wilt. Zet wat muziek op. Ik zal het fort bewaken tot je terug bent.'

'Breng me niet in de verleiding, want je zult er spijt van krijgen,' zei ze voordat ze met tegenzin had moeten toegeven dat ze hem dankbaar was. 'Bedankt,' voegde ze eraan toe. 'Ik waardeer het echt.'

'Geen probleem,' antwoordde hij, en hij stak een hand op ten afscheid toen ze de oprit afreed.

Het was eerst een beetje onwennig voor Zoë om doelloos rond te rijden. Normaal gesproken kroop ze alleen achter het stuur als ze ergens naartoe moest – naar de supermarkt, naar de school waar ze die week werkte, of naar een of andere activiteit of een verjaardagsfeestje met de kinderen. Dan hield ze één oog op de klok omdat ze bijna te laat gingen komen en moest ze – vaker wel dan niet – scheidsrechter spelen wanneer er op de achterbank een ruzie of een discussie uitbrak, en dat allemaal zonder haar focus op het verkeer te verliezen. Maar vandaag niet. Vandaag kon ze genieten van volledige stilte, zonder afleiding. Zodra ze was hersteld van haar aanvankelijke zenuwachtigheid, vond ze het bijna ontspannend om rond te rijden in haar auto. Ze zette de radio aan, vond wat vrolijke dansmuziek en gooide het volume omhoog. Het was Moederdag en niemand kon haar bekritiseren. Vergeet Dr. Gupta's advies over een lavendelbad en therapie, meeblèren met een geweldige popsong voelde beter dan wat dan ook, echt louterend. Totdat er een kleffe liefdesballade opkwam en er toch tranen over haar gezicht begonnen te rollen.

Twintig minuten later liep ze weer door de voordeur. Gabe zat weer eens vastgelijmd aan de Xbox – ze moest echt strengere regels gaan invoeren – en Dean zat in een cirkel met verschillende teddyberen en knuffels als onderdeel van een van Bea's theekransjes. Ethan was, hopelijk, boven met zijn huiswerk bezig, hoewel de kans groot was dat ook hij in een computerspel was gedoken. Ach ja. Ze was niet van plan om vandaag moeilijk te gaan doen.

'Alles goed?' vroeg Dean terwijl hij met komisch deftige handelingen zijn bloemige miniatuurtheekopje neerzette op het niet bij het theekopje passende rode plastic schoteltje.

'Ja, hoor,' antwoordde ze. 'Nogmaals bedankt. Kan ik koffie voor je inschenken?'

'Ik heb net koffie voor hem gemaakt, mama,' protesteerde Bea.

Dean deed alsof hij het theekopje leegdronk en smakte overdreven met zijn lippen. 'Heerlijk,' verzekerde hij Bea. 'Nog een koffie zou geweldig zijn,' zei hij tegen Zoë, en hij stond op. 'Bedankt, Bea. Dat was precies wat ik nodig had.'

Ze liepen de keuken in en toen gebeurde er iets heel vreemds.

Dean wilde net de melk uit de koelkast pakken toen hij recht voor de deur bleef stilstaan, ergens naar tuurde en met verstikte stem zei: 'Wacht... dus je kent haar? Die Lydia Fox?'

'Wat?' Zoë was even in de war, maar toen zag ze dat hij naar een visitekaartje wees dat onder een trammagneet uit San Francisco zat vastgeklemd. Het was het kaartje dat ze eerder die week had gekregen van de aardige vrouw die haar had geholpen. 'O, nee, eigenlijk niet. Het is gewoon een vrouw die ik in een winkel heb ontmoet.'

'Je hebt haar in een winkel ontmoet?' Om de een of andere reden keek Dean haar vol verbazing aan. Ze zou bijna zeggen dat hij eruitzag alsof hij een spook had gezien. Waarom deed hij zo vreemd? Was het soms illegaal om in winkels met vreemden te praten? 'Onlangs of...'

'Ja, een paar dagen geleden. Hoezo?'

'Wat, kwam ze zomaar op je af of... Vólgt ze je of zo?'

Zoë staarde hem aan en begreep niet waar dit naartoe ging – of waar dit zelfs maar vandaan kwam. 'Nee. Ik was... Hoezo?' onderbrak ze zichzelf. 'Ken je haar?'

Voordat hij kon antwoorden hoorden ze de voordeur dichtslaan en Ethans stem door de gang galmen. 'Gabe! Bea! Kom hier!'

Geschrokken draaide Zoë zich om. 'Waar komt hij vandaan?' vroeg ze met het gevoel dat ze de tijd volledig uit het oog was verloren. Ze wist zeker dat ze niet zo lang weg was geweest, maar het leek alsof ze thuiskwam in een parallel universum waar niets normaal aanvoelde.

'Eh, gewoon van buiten,' antwoordde Dean vaag.

Een moment later marcheerden Ethan, Gabe en Bea samen de keuken in. Ethan had een bos narcissen vast, Gabe een doos Milk Tray-chocolaatjes en Bea zwaaide met haar favoriete roze eenhoornknuffel.

'Fijne Moederdag!' riepen ze in koor, alle drie met een brede glimlach op hun gezicht omdat ze hun moeder te slim af waren geweest. 'Je mag mijn eenhoorn hebben, als je dat echt wilt,' voegde Bea er uitbundig aan toe, voordat ze meteen spijt leek te hebben van haar impulsieve vrijgevigheid. 'Voor vandaag, bedoel ik.'

Met tranen in haar ogen hurkte Zoë zodat ze haar kinderen in haar armen kon nemen. Het water van de narcissen druppelde op haar schouder, een hoek van de doos chocolaatjes stak pijnlijk in haar borst en Bea duwde haar bijna omver terwijl ze op schoot probeerde te klauteren, maar het was een mooi moment. Een heel mooi moment. 'Mijn favoriete bloemen, mijn favoriete chocolade en natuurlijk mijn favoriete kinderen,' zei ze met haar gezicht in hun nek terwijl de overvloeiende liefde zich als een gloed door haar lichaam verspreidde.

Pas veel later die avond dacht ze weer aan Deans vreemde gedrag. Waarschijnlijk betekende het helemaal niets. Ze stopte weer een chocolaatje in haar mond en besloot dat ze er geen tijd aan zou verspillen. Het ergste wat er kon gebeuren was al gebeurd. Vanaf nu zou ze alleen nog maar vooruitkijken.

8

Lydia was borden met (teleurstellend papperige) macaroni met kaas aan het opscheppen toen haar telefoon ging. Het was etenstijd, dus besloot ze het onbekende nummer te negeren. Het was waarschijnlijk een of andere oplichter die belde over een niet-bestaande schadevergoeding, of het was haar telefoonmaatschappij die haar een dure upgrade probeerde aan te smeren. Nee, dank je. Bovendien zouden de erwten overkoken als ze nu niet in actie kwam.

'Het eten is klaar,' riep ze naar Jemima, die de afgelopen twintig minuten in de woonkamer koprollen aan het oefenen was. 'Rot op,' mompelde ze richting haar telefoon toen die een tweede keer afging.

Jemima denderde de keuken in, haar haren los en warrig en de marineblauwe sokken van haar schooluniform afgezakt tot haar enkels. 'O, ik was vergeten iets te vertellen, mama,' begon ze van de ene op de andere voet springend. 'Dit ga je nooit raden... juf Sergeant gaat in juni trouwen. Met een vrouw!'

'Wat leuk,' zei Lydia terwijl ze een glas melk voor haar dochter inschonk en op tafel zette. Juf Sergeant was Jemima's aardige en slimme lerares en haar ultieme held. Ze had in januari de zeer gewaardeerde juf Sergeant zelfs uitgenodigd op haar verjaardagsfeestje. (Terwijl Jemima de rest van de uitnodigingen aan het uitdelen was, had Lydia tegen de juf gefluisterd dat ze niet echt hoefde te komen.) De juf had ook een heel speciale kerstkaart gekregen waar een heel weekend lang aandachtig aan was gewerkt. Ze was het onderwerp van talloze anekdotes, observaties en tekeningen. Lydia was blij dat haar dochter een geweldig rolmodel had – het was een stapje hoger dan Barbie, veronderstelde ze – maar ze was enigszins verrast door Jemima's ademloze, eindeloze vergoddelijking van de vrouw. Ze hoopte dat ze geen stalker had opgevoed, laten we het zo zeggen.

'Ik wil ook met een meisje trouwen wanneer ik groot ben. Ik vind ze gewoon leuker dan jongens. Hé, mama. Ideetje! Waarom trouw jij niet met een vrouw?' zei Jemima, en ze sleepte de kruk naar de gootsteen zodat ze haar handen kon wassen. 'Dan ben je niet meer eenzaam!'

'Ik ben niet eenzaam, schat,' zei Lydia terwijl ze wortels en erwten op hun borden schepte en probeerde niet meteen in de verdediging te schieten.

'Wel een beetje,' drong haar dochter aan. 'Ik hoorde een keer dat je dat tegen Bridget zei. En je hebt niemand om mee te praten als ik naar bed ga. Misschien moet ik vanavond maar wat later opblijven zodat je niet alleen bent?'

Altijd opportunistisch, altijd bereid om haar geluk te beproeven: dat was haar kleine meid. 'Dat is lief van je, maar ik red me wel,' verzekerde Lydia haar terwijl ze probeerde niet te lachen. 'Trouwens, je hebt je slaap hard nodig na al dat sporten. Weet je nog dat je zei dat je zo lang wilde zijn als Poppy in je klas? Nou, je groeit als je slaapt. Dus hoe eerder je naar bed gaat...'

'Dan word ik langer en langer en langer!' Jemima sprong van de kruk en zwaaide wild met haar handen waardoor de zeepresten op haar schooluniform spatten. 'Maar je zou wel met een vrouw kunnen trouwen. Als je niet van mannen houdt.'

Koppig was haar dochters tweede naam. Nou, dat was het natuurlijk niet, maar misschien had het dat wel moeten zijn. 'Wie zei dat ik niet van mannen hield?' antwoordde Lydia vragend. 'Droog je handen even goed af, alsjeblieft.'

'Je zei zelf van niet. Je zei tegen Bridget: ik haat PIEP mannen.' Jemima vernauwde haar ogen naar haar voordat ze op haar stoel aan tafel ging zitten. 'De piep was trouwens een fout woord,' voegde ze er ongewoon preuts aan toe. 'En ik hoorde het. Ik weet niet wat juf Sergeant zou zeggen als ze wist dat ik zulke woorden van mijn moeder had gehoord.'

'Sorry.' Lydia zette hun borden op tafel, legde haar handen om haar mond en deed alsof ze uit het raam schreeuwde. 'Sorry, juf Sergeant! Het zal niet meer gebeuren, dat beloof ik.' Ze trok een gek gezicht naar Jemima en besloot dat het tijd was om van gespreksonderwerp te veranderen. 'Vertel eens wat je op turnen hebt gedaan vandaag. Zei je niet dat je een nieuwe oefening op de trampoline aan het leren was?'

'Ja, maar...' Jemima zwaaide met haar vork. Ze liet zich niet snel afleiden wanneer ze eenmaal een idee in haar hoofd had. 'Je zou met Bridget kunnen trouwen,' hield ze vol. 'Waarom doe je dat niet?'

Lydia probeerde niet te zuchten terwijl ze macaroni op haar vork schoof. 'Ik ben blij met ons leven nu,' zei ze. 'Met z'n tweetjes. Jij niet? Ik weet nog dat je zei –'

'Als je met Bridget zou trouwen, zouden we wel in haar huis kunnen wonen. En ik zou een slaapkamer met Rohan kunnen delen. Is dat goed?'

'Lieverd...' Dit liep uit de hand. 'Om met iemand te trouwen, moet je verliefd op diegene zijn, oké? Je moet hem of haar echt, echt heel leuk vinden –'

'Maar je vindt –'

'En de hele tijd willen kussen.'

'Jij en Bridget omhelzen elkaar. Ik heb jullie gezien!'

'Ja, maar... dat is anders. Ze is mijn beste vriendin. Ik ben niet stapelverliefd op haar. Ik wil haar niet kussen.'

Jemima pruilde. 'Dat is niet lief. Arme Bridget!'

'Zij wil waarschijnlijk ook niet dat ik haar kus,' sprong Lydia in de verdediging. 'Hoe dan ook, ik ben blij dat juf Sergeant gaat trouwen. Heeft ze je iets verteld over de bruiloft?'

'Niet echt.' Jemima zag er even uit alsof ze diep in gedachten was. Ze prikte met haar vork in een wortel en veegde hem door de kaassaus. 'Kan ik je een geheim vertellen? Een heel, heel groot geheim dat je aan niemand mag doorvertellen?'

'Tuurlijk. Je kunt me alles vertellen. Je gaat toch niet ook trouwen, hè?'

'Nee! Mama! Doe niet zo gek. Het geheim is...' Jemima keek theatraal om zich heen, alsof ze er echt zeker van wilde zijn dat ze alleen waren, en verlaagde toen haar stem. Het was duidelijk dat dit een uiterst belangrijk geheim was. 'Het geheim is... dat ik aan juf Sergeant ga vragen of ik haar bruidsmeisje mag zijn. En ik denk dat ze ja gaat zeggen!'

Later die avond, niet lang nadat Jemima naar bed was gegaan, hoorde Lydia haar telefoon weer afgaan en zag ze dat het hetzelfde nummer was als eerder die avond. 'Het is wel een doorzetter, zeg,' mompelde ze, en ze veegde een vinger over het scherm om de oproep te beantwoorden. 'Hallo?'

'Hoi.' Het was een man. Een aarzelende man, gokte ze vanwege de lange stilte die volgde. 'Spreek ik met Lydia Fox?'

Ze maakte zich klaar voor een verkooppraatje. 'Ja,' zei ze, nog steeds op haar hoede. 'Met wie spreek ik?'

'Ik denk dat je mijn broer kende,' zei de man. 'Patrick Sheppard?'

Lydia fronste. Patrick Sheppard, herhaalde ze in zichzelf. Ze pijnigde haar hersenen, maar de naam zei haar helemaal niets. 'Nooit van gehoord,' antwoordde ze.

'Weet je dat héél zeker?' zei de man. Was dat sarcasme in zijn stem? 'Hij maakt al zeven jaar lang elke maand geld naar je over.'

Geld voor wat? Lydia's handen voelden plotseling klam aan toen het kwartje viel. 'Je bedoelt Patrick Armstrong,' zei ze met trillende stem. Shit! Wat wilde hij van haar?

'Nee, ik bedoel niet Patrick Armstrong. Ik bedoel Patrick Sheppard,' kwam de gespannen reactie. 'Ik weet niet wat jouw plan is, maar laat m'n schoonzus erbuiten. Als je er ook maar aan denkt om haar lastig te vallen of –'

'Wat?' Lydia kon het gesprek niet meer volgen. Het sloeg helemaal nergens op. 'Wacht eens even. Waar heb je het over? Ik val niemand lastig. En de enige Patrick die ik kende, heette Patrick Armstrong, tenminste, dat is wat hij me vertelde,' zei ze, iets minder overtuigend nu de raderen in haar hersenen begonnen te draaien en dingen op hun plaats vielen. Nadat ze uit elkaar waren gegaan, leek Patrick van de aardbodem te zijn verdwenen. Het geld dat hij elke maand naar haar overmaakte, was volgens haar bankafschriften afkomstig van PS Holdings Limited, maar toen ze het bedrijf had opgezocht om een adres te achterhalen, kwam ze erachter dat het geregistreerd stond op het kantoor van een boekhouder. Een boekhouder die weigerde haar verdere informatie over de onderneming te geven. PS Holdings, herhaalde ze nu in zichzelf. Was het mogelijk dat PS voor Patrick Sheppard stond? Haar hoofd tolde van alle informatie. 'En ik heb geen idee wie je schoonzus is,' voegde ze er als laatste aan toe.

'Nou, ze had je telefoonnummer op haar koelkastdeur hangen, dus dat is gewoon een leugen,' zei de man.

Hij klonk nu werkelijk agressief, alsof hij boos op haar was. Maar waarom? Omdat ze leefde? Omdat ze acht jaar geleden verliefd was geworden? En wat was al deze onzin over een koelkastdeur? Misschien was hij gewoon een mafkees die willekeurig mensen belde om zichzelf te vermaken. 'Ik denk dat je het verkeerde nummer hebt,' zei ze. 'Fijne avond.'

'Wacht!' zei hij net toen ze op het punt stond om op te hangen, en ze wachtte. Ondanks de vreemdheid van het gesprek wilde iets binnen in haar toch horen wat hij te zeggen had. Deze man wist tenslotte van het onderhoudsgeld. Als hij echt Patricks broer was, wat was dan de reden dat hij na zeven jaar contact met haar zocht?

'Sorry,' zei hij. 'Laat ik bij het begin beginnen. Ik ben met Patricks boekhouding bezig en ik bel over een maandelijkse betaling die blijkbaar naar jou wordt overgemaakt.'

Terug naar de betalingen. Lydia slikte. O, nee. Ze hoopte dat dit niet zou uitdraaien op waar ze al die tijd bang voor was. Probeerde Patrick onder de betalingen uit te komen? 'Oké,' zei ze behoedzaam, haar hart bonzend tegen haar ribben. Ze vouwde haar benen onder haar op de bank, bedacht zich, en zwaaide ze weer naar beneden. Ze stond op en zette haar tenen in het zachte tapijt, alsof ze zichzelf probeerde te verankeren. Hier komt het.

'En – sorry dat ik het vraag – maar ik probeer erachter te komen wat... eh... wat je relatie met Patrick was. Eh...'

Lydia trok een gezicht, ook al kon hij haar natuurlijk niet zien. Haar relatie met Patrick? Die was samen met hem verdwenen toen hij haar had gedumpt. 'Waarom vraag je dat niet aan hém?' antwoordde ze na een paar seconden.

Een ongemakkelijke stilte volgde. 'Hij is er niet,' zei de man. 'Hij... Luister, kunnen we misschien ergens afspreken? Het is misschien wat makkelijker om hier persoonlijk over te praten.'

Waar wil hij dan over praten? 'Dit is een grap, toch? Heeft hij je overgehaald om dit te doen?' Ze herinnerde zich plotseling welke dag het was en kreunde. 'Eén april – erg grappig. Hilarisch. Wie ben je echt? Heeft Bridget je mijn nummer gegeven?'

'Nee!' antwoordde hij. 'Dit is geen grap of iets dergelijks. Ik zweer het.' Hij liet een korte stilte vallen voordat hij weer verder ging. 'Luister, ik weet dat dit allemaal uit het niets komt, maar kunnen we ergens afspreken?'

'Zal hij er dan zijn? Is dat waar dit allemaal over gaat?' vroeg Lydia. Ze begon nerveus te worden. Als dit een of ander toneelstuk was zodat Patrick haar kon vertellen dat hij haar geen kinderalimentatie meer zou betalen, dan kon hij het vergeten. Ze zou een advocaat regelen en hem zo snel mogelijk voor de rechter slepen. Haar carrière was na de geboorte van Jemima abrupt tot stilstand gekomen. De ongebruikelijke werktijden waren lastig te combineren met een baby, plus de kosten voor de kinderopvang waren slechts een paar tientjes lager dan haar salaris. Ze was vijf jaar lang huismoeder geweest, met geen andere keuze dan het eerste jaar samen met Jemima in de logeerkamer van haar vader te verblijven omdat ze zo krap bij kas zat. Pas toen Jemima oud genoeg was om naar school te gaan, kreeg ze een deeltijdbaan in de winkel van haar peetvader. Met andere woorden: ze had het geld van Patrick nodig, punt uit. Ze was, zeer sterk, afhankelijk van zijn maandelijkse bijdrage aan het onderhoud van hun dochter.

'Nee, ik zal alleen zijn,' zei de man. 'Wanneer ben je deze week vrij?'

Ze had hier geen goed gevoel bij. Ze had hier absoluut geen goed gevoel bij. Ze wist dat er een grote kans was dat ze in een val liep, maar toch was ze geïntrigeerd door de gedachte dat Patrick terug in haar leven zou komen. 'Ik ben morgen om één uur klaar,' zei ze voordat ze er erg in had. 'Ik kan je in het

Gunnersbury Parkcafé ontmoeten? Rond half twee?'

'Oké,' zei hij. 'Eh... Hoe zullen we elkaar herkennen?'

'Ik zal een rode regenjas dragen,' zei ze terwijl ze over haar voorhoofd wreef. Dit was zo vreemd. Maar als ze in een café afspraken zouden er tenminste andere mensen in de buurt zijn, dacht ze, voor het geval hij een enge mafketel blijkt te zijn. En ze zou haar fiets bij zich hebben, dus als dat het geval was, kon ze snel wegwezen.

'Dan zie ik je morgen,' zei hij, en dat was het.

Ze hing op, liet zichzelf op de bank vallen, trok een donkerpaars, fluweelzacht kussen naar zich toe en dook er met haar gezicht in. Ze had geen idee wat ze moest denken van de vreemde beschuldigingen – was dat niet een vorm van intimidatie? – van de man en zijn waakzaamheid over Patrick. Ze hoopte dat ze niet met iets onaangenaams te maken zou krijgen. Ze pakte haar telefoon en stuurde haar beste vriendin Bridget het nummer waarop hij haar had gebeld. *Beetje random, maar als ik morgen niet op school ben om Jemima op te halen, heb ik met de persoon van dit nummer afgesproken. Geef het alsjeblieft door aan de politie als ik een paar weken later dood in een container wordt gevonden.*

Bridget belde haar ongeveer twee seconden nadat ze het bericht had verzonden. 'Wááááát? Ga je op een date? Wat is zijn naam? Vertel me alles!'

Lydia voelde zichzelf vanbinnen een beetje instorten. Dit was waarschijnlijk precies het tegenovergestelde van een date. 'Ik weet zijn naam niet,' bekende ze jammerlijk terwijl ze nog steeds het zachte kussen in haar armen hield. Hij had hem niet gezegd en in haar verwarring had ze er niet aan gedacht het te vragen. 'Maar het is niet wat je denkt. Ik zal je meer vertellen als ik je zie, oké? Ik heb hier in ieder geval geen goed gevoel over.'

'Heb je mijn hulp nodig? Morele steun? Een beste vriendin

die aan kickboksen doet?' kwamen Bridgets volgende vragen en Lydia glimlachte zwakjes, voordat ze zich het gesprek herinnerde dat ze tijdens het avondeten met Jemima had gehad.

'Nee, maar bedankt. Trouwens, het is maar dat je het weet, mijn dochter wil dat we gaan trouwen en, om eerlijk te zijn, vind ik het op dit moment moeilijk om een reden te bedenken waarom niet,' zei ze, en ze lachten allebei. 'Bedankt, Bridge. Sorry dat ik zo dramatisch doe. Het is waarschijnlijk niets, maar... nou, ik zal er snel genoeg achter komen. Zullen we donderdag een kopje koffie doen?'

'Zeker weten. Ik trakteer, met brownies,' antwoordde Bridget. Ze leek nog niet te willen ophangen. 'Bel me als je me nodig hebt, oké?'

'Dank je. En zal ik doen.'

Patrick Armstrong – of Sheppard, veronderstelde ze nu – was als een onverwachte vuurpijl Lydia's leven binnengevallen, oogverblindend en mooi, en te snel weer verdwenen. Ze was zo hard voor hem gevallen, zo intens, dat het was alsof de grond onder haar voeten werd weggetrokken wanneer ze elkaar zagen. Het was een goede periode in haar leven geweest. Ze woonde in een gedeeld huis met Bridget en twee andere vriendinnen, en werkte als evenementenorganisator in een kunstcentrum in Richmond. Het leven was een lange werveling van plezier. Ze hield van haar werk en haar vrienden, was constant druk bezig en genoot van haar leven als een jonge vrijgezel. En op een avond, toen ze de eerste act introduceerde van de maandelijkse open-mic comedyavond van het kunstcentrum, had ze Patrick in het publiek gezien en was de wereld nog sneller gaan draaien.

Natuurlijk had ze al eerder vriendjes gehad, maar met Patrick was alles anders. Ze vóélde zich anders – vrij en onbevangen

– en hij was duizendmaal beter dan haar eerdere loservriendjes, die allemaal ofwel emotioneel onvolwassen of hopeloos ontrouw waren geweest. Patrick was een fatsoenlijke man: tien jaar ouder dan zij, zelfverzekerd, slim en knap. Hij behandelde Lydia als een prinses en nam haar mee naar prachtige, rustige restaurants, boetiekhotels en filmhuizen. Haar huisgenoten waren eveneens op slag verliefd op hem geworden toen hij de eerste keer bleef slapen en de volgende ochtend gepocheerde eieren had gemaakt voor het ontbijt. Wie zou niet verliefd worden op zo'n man?

Het enige nadeel van een vuurpijl was dat die, als hij eenmaal zijn hoogtepunt had bereikt, helder en sprankelend, net zo snel weer naar beneden zou komen, afgebrand en gedoofd, dood. En Lydia's dromen over hun toekomst werden compleet verbrijzeld toen ze, vijf maanden later, ontdekte dat ze per ongeluk zwanger was geworden. Het was een warme avond in mei en ze hadden bij restaurant The White Swan aan een tafeltje aan het water gezeten toen ze het hem vertelde. Achteraf wist ze wel beter, maar toen had ze een stiekeme hoop gekoesterd dat Patrick, wanneer hij de testresultaten zag, haar handen vast zou pakken en dolgelukkig zou zijn. Het is allemaal een beetje snel gegaan, maar we zullen ervoor zorgen dat het helemaal goed komt, had ze gehoopt van hem te horen. Jij bent de ware! Wij horen bij elkaar!

In plaats daarvan kon hij niet snel genoeg wegkomen en was het allemaal aan het licht gekomen: de harde waarheid van een vrouw en kinderen. Hij gooide het eruit in schaarse zinnen die bij haar aankwamen als stoten in haar maag. 'Ik wilde het je vertellen,' zei hij. Ze wist dat het een leugen was en zijn ogen, die de hare bleven ontwijken, hadden het bevestigd. 'Laat me je wat geld geven om dit... af te handelen.'

Alles was toen op zijn plek gevallen, te laat. Waarom hij

alleen naar haar huis wilde en niet het zijne, waarom hij de voorkeur gaf aan die rustige, verstopte restaurants en hotels aan de rand van de stad. Hoe hij nooit echt veel over zijn familie praatte en niet op sociale media te vinden was. Een affaire, had hij hun relatie genoemd, terwijl het in haar ogen ware liefde was geweest, of daar in ieder geval naar op weg was. Achteraf gezien wist ze dat ze zo verblind was geweest door de intense gevoelens dat ze niet goed naar de kleine lettertjes had gekeken. En oké, ze kenden elkaar nog niet zo lang, maar de manier waarop hij haar had laten vallen was zo hard aangekomen dat ze nooit echt was hersteld.

Boos omdat ze was bedrogen en diepbedroefd omdat ze hem nooit meer zou zien, had ze een tijdje aan wraak gedacht. Ze had zijn leven net zo erg willen ruïneren als hij het hare had geruïneerd. Maar hij had haar ofwel een valse achternaam gegeven, of hij was uit Londen verhuisd, want hij was onmogelijk te vinden geweest, zowel online als via het kiezersregister. Ze had alleen zijn telefoonnummer, realiseerde ze zich te laat. Hij had haar als een hond aan het lijntje gehouden en ze was maar al te enthousiast achter hem aan gelopen, en had hem gewillig alle macht gegeven.

Haar trots en wat er nog over was van haar waardigheid hadden haar ervan weerhouden om weer contact met hem te zoeken. En misschien, als ze niet zwanger was geweest, was ze doorgegaan met haar leven en had ze de teleurstelling sneller achter zich kunnen laten. Alles zou eenvoudiger zijn geweest. Ze had haar baan en haar huis kunnen houden, ze had iemand anders kunnen ontmoeten en Patrick kunnen afschrijven als een leermoment en een waarschuwing om haar hoofd erbij te houden en niet blindelings ergens in te duiken in de veronderstelling dat het liefde is. Maar ze was wél zwanger en ze had geen idee wat ze moest doen. Was haar moeder er maar om haar te steunen, om haar een troostende schouder te bieden en advies te geven. Het was de moeilijkste, eenzaamste beslissing van haar leven geweest. Toen Frank, haar vader, klaar was met zijn dreigementen om Patrick op te sporen en hem een kopje kleiner te maken, had hij nors gezegd: 'Weet je, Lyddie, je was een verrassing voor mij en je moeder. Je zat niet in de planning. En jij bleek het beste te zijn wat ons ooit is overkomen. De mooiste verrassing ooit.'

Misschien was het, achteraf gezien, dom van haar geweest om zo'n grote beslissing te laten beïnvloeden door die emotionele woorden, maar het was de gedachte dat haar moeder een soortgelijk dilemma had gehad en ervoor had gekozen om ja te zeggen tegen de baby – ja tegen Lydia's leven – wat haar uiteindelijk had geholpen bij het maken van haar eigen keuze. Misschien waren het ook de hormonen, die haar met optimisme hadden gevuld. Hoe dan ook, zij had ook ja gezegd. Ja tegen het alleenstaande moederschap en alles wat dat met zich meebracht.

Wat Patrick betreft, ze had hem er niet bij betrokken – ze had hem niet nodig! – tot na de geboorte van Jemima, toen haar vader haar aanmoedigde om weer contact met hem op te nemen. 'Hij is de vader van het kind en hij heeft een verantwoordelijkheid, of je het nu leuk vindt of niet,' had Frank gezegd. 'Je moet je gevoelens aan de kant zetten. Jemima zal je er later niet voor bedanken als je het niet op zijn minst probeert. Je moet contact opnemen met de man, Lyddie, en daarmee uit.'

Hij had een punt, dus Lydia had Patrick met tegenzin een sms gestuurd en een foto van Jemima toegevoegd. *Dit is onze dochter*, had ze getypt. *We zouden allebei graag willen dat je deel uitmaakt van ons leven, of dat nu persoonlijk is of alleen op financieel gebied.*

Oké, als ze heel eerlijk was, had ze zich nog vastgehouden

aan een vaag vleugje hoop dat hij van gedachten zou veranderen wanneer hij hun kleine meisje zag. Ze was een mooi kind, kom op nou, en het was zo'n leuke foto van haar slapende ronde gezichtje, met haar pruilende roze lippen en belachelijk lange wimpers. Maar Patrick had haar dezelfde dag nog gebeld en had nors, verre van blij en bewonderend geklonken. 'Is dit een dreigement of zo?' begon hij het gesprek voordat hij koud en klinisch zijn voorwaarden uiteen had gezet. Het was het beste als hij de baby niet zag – zo had hij haar genoemd: 'de baby', alsof Lydia hem niet haar naam had verteld, alsof Jemima niet zijn eigen vlees en bloed was – maar hij zou elke maand bijdragen aan haar onderhoud, op voorwaarde dat Lydia bij hem uit de buurt zou blijven. Als ze ooit probeerde zijn gezinsleven te verpesten, zou hij de betalingen onmiddellijk stopzetten. Was dat duidelijk?

Ondertussen was alle hoop natuurlijk als sneeuw voor de zon verdwenen en was alle liefde die ze ooit voor hem had gevoeld omgezet in pijn en vervolgens in haat. Ze verafschuwde Patrick en zijn ongevoelige kortzichtigheid waardoor hij zulke egoïstische, gemene eisen had durven stellen. Als ze zelf meer geld had gehad, zou ze hem hebben verteld waar hij het zijne kon stoppen. Maar ze was absoluut niet rijk, dus was ze in een hoek gedreven en kon ze niet anders dan instemmen. Het was glashelder. Ja, ze had het maar al te goed begrepen. En zo was hun stille maandelijkse transactie begonnen, waarbij Patrick Lydia betaalde om haar en het kind uit zijn leven te houden. Ze had de steek van zijn dubbele afwijzing geïncasseerd en probeerde hem uit haar hoofd te zetten – en dat was grotendeels gelukt, aangezien het moederschap haar bezig en afgeleid hield – terwijl Jemima veranderde van een baby naar een peuter naar een klein meisje, en Lydia de boel bij elkaar hield, dingen voor elkaar kreeg. Met z'n tweeën waren ze gelukkig, en ze was trots op zichzelf.

Maar nu… Nu dreigde haar leven weer overhoop gehaald te worden. Patrick – via deze broer van hem – zocht weer contact met haar. Ze moest meteen aan de voorwaarden van hun overeenkomst denken, dat de betalingen zouden stoppen als ze zijn stomme regels niet volgde. Had ze onbewust iets aan zich voorbij laten gaan? Jemima had zo nu en dan vragen gesteld over haar vader, maar Lydia had Patrick nooit onder de bus gegooid of zijn leven verstoord. Tenminste, ze dacht dat ze dat niet had gedaan. Waarom zat hij dan achter haar aan? Wat was er veranderd?

O god. Ze zag op tegen morgen. Ze wist al dat ze vannacht niet goed zou gaan slapen. Patrick Sheppard, herhaalde ze in zichzelf. Ze keek weer naar haar telefoon en besefte dat ze nu meer informatie over hem zou kunnen vinden, nu ze eindelijk zijn echte naam wist. Het was alsof ze de sleutel kreeg om een mysterie te ontgrendelen. Ze kon zijn naam in de zoekbalk typen en foto's van zijn vrouw en kinderen bekijken.

Maar soms kon je ook te veel te weten komen. Soms komt kennis met pijn. Wilde ze zichzelf echt martelen door erachter te komen hoe zijn leven zonder haar was? Haar hand zweefde over de telefoon en toen trok ze hem terug. Nee, dacht ze. Ze was al zo ver gekomen. Ze kon prima verder leven zonder deze man, dank u vriendelijk. Wat voor wending haar leven morgen ook zou nemen, ze moest het op de een of andere manier zien te doorstaan.

Ze wierp een blik op Jemima's schoolfoto op de boekenkast en nam de geliefde kuiltjes in haar wangen in zich op. Half Lydia, half Patrick, met een snufje pure Jemima. Haar maag draaide zich om van angst. Ze hoopte maar dat ze klaar was voor dit gesprek.

9

'Patrick Christopher Sheppard was de beste mens die ik ooit heb gekend,' zei Zoë tegen zichzelf terwijl ze over het pad liep. 'Elke dag wist hij me aan het lachen te maken. Elke dag zorgde hij ervoor dat ik me geliefd voelde. Zo ontzettend geliefd. En door hem geliefd te worden was...' Ze aarzelde en probeerde de juiste woorden te vinden om haar gevoelens te omschrijven. 'Het was alsof je in een straal zonneschijn stond en je tot in je binnenste verwarmd werd. Het was alsof je keer op keer de loterij won.'

Ze was nog steeds bezig met de grafrede, hoewel ze het punt had bereikt waarop ze gewoon graag over haar man praatte, zelfs als ze de enige was die luisterde. Ze vond het geruststellend om zich in te beelden dat hij op haar neerkeek van waar hij ook was en haar kon horen. Alles om hun laatste afschuwelijke gesprek goed te maken.

Ze zuchtte terwijl de somberheid zich weer meester van haar maakte. Het was niet alsof ze vaak ruzie hadden. Ze waren allebei koppige heethoofden, maar ze waren niet een van die koppels die altijd chagrijnig naar elkaar fronsten en elkaar achter hun rug om afkraakten. Maar de laatste minuten die ze samen hadden doorgebracht waren ze boos op elkaar geweest, en dat was een van de ergste dingen aan Patricks dood. Ze hadden nooit sorry kunnen zeggen. Ze hadden elkaar nooit meer omhelsd en het bijgelegd, en nu konden ze het niet meer terugdraaien. Hun harde woorden waren het laatste wat ze tegen elkaar hadden gezegd.

Ze was vandaag naar het Old Deer Park in Richmond gegaan voor haar ochtendwandeling. Het gras was lang en weelderig na alle regen die ze de afgelopen tijd hadden gehad. De bomen schitterden fris en levendig met hun nieuwe lichtgroene bladeren. Een merel pikte in de grond. De lucht was zacht en vochtig, precies het soort lucht waarvan haar haar kroezig werd.

Toen ze opkeek, merkte ze echter dat de hemel langzaam somber grijs begon te kleuren. Ze versnelde haar pas en vroeg zich af of ze een paraplu had moeten meenemen. Het voelde alsof deze winter de langste van haar leven was en in sommige opzichten leek hij nog steeds geen plaats te willen maken voor de lente.

'Waar blijven die verdomde vlinders eigenlijk?' had ze twee weken na de begrafenis tegen haar vriendin Clare gekreund. Haar moeder en stiefvader waren teruggegaan naar Penarth en ze had het niet zien zitten om alleen thuis te zijn met de kinderen, dus was Clare een paar nachten naast haar in het tweepersoonsbed gekropen. Die avond hadden ze aardig wat rode wijn gedronken en Zoë had geklaagd over het feit dat iedereen, bij het verliezen van een dierbare, altijd een vlinder zag, als een prachtige, spirituele boodschap van hun geliefde. 'Wanneer ga ík een vlinder zien?' had ze gehuild.

'Eh... in juli, denk ik?' had Clare geantwoord met een por in Zoë's zij. 'Wanneer ze uit de cocon komen? Het is nog maar maart, weet je nog.'

Zoë had gebloosd en zich een beetje idioot gevoeld, maar

was wel bij haar punt gebleven. Ze had zoveel verhalen gelezen en gehoord van mysterieuze boodschappen die uit het hiernamaals kwamen, tekenen van troost die naar de nabestaanden waren gestuurd. Kon Patrick niet als de donder hetzelfde doen? Was dit een teken dat het hem niets kon schelen? 'Helen Baxter van school zei dat ze veren bleef zien toen haar opa stierf,' legde ze uit. 'Volgens haar lagen overal veren op de stoep. Op een ochtend lag er zelfs een grote witte veer op haar deurmat. Ze was ervan overtuigd dat hij het was.'

'De veren?' Clare leek dit niet bijzonder diep of betekenisvol te vinden. Ze was altijd een beetje een scepticus als het om dit soort zweverige dingen ging. 'Je bedoelt die dingen die de hele tijd willekeurig uit de lucht vallen? Dus haar spookachtige opa plukte ze opzettelijk uit de vogels en strooide ze over haar deurmat? Klinkt als een rare man. Ik mag hopen dat de arme vrouw geen verenallergie heeft.'

'Clare! Daar gaat het niet om. Helen zei dat ze het echt fijn en geruststellend vond. Ze was er zo zeker van dat ze van hem kwamen dat het voelde alsof haar opa elke keer weer bij haar was.' Zoë had toen gepauzeerd, plotseling onzeker. Het had heel aannemelijk geklonken toen Helen haar erover had verteld, maar in het licht van Clares cynisme klopte het niet helemaal meer. 'Ik wil gewoon dat Patrick me zoiets zou sturen. Een simpel teken om te laten weten dat alles goed met hem gaat.'

Clare trok een wenkbrauw op. Moet ik dit echt uitleggen? zei de wenkbrauw. 'Lieverd, dat is het nou juist. Het gaat niet goed met hem,' hielp ze Zoë voorzichtig herinneren. Zoë en Clare hadden elkaar ontmoet op de lerarenopleiding en Clare was in alle opzichten een bètadocent op de middelbare school. Dit soort onzin ging er bij haar niet in. 'Hij is d –'

'Zeg het niet,' smeekte Zoë. 'Alsjeblieft, Clare, nu even niet.'

Ze hadden meer wijn gedronken, wat had geleid tot een dom, bijna-hysterisch gesprek over wat voor een spookachtige boodschap Patrick precies voor haar zou kunnen achterlaten – een tang, een van zijn vele gehate leesbrillen, een enkele sok – en toen was Zoë in tranen uitgebarsten omdat ze al zijn sokken inmiddels had gewassen en nooit meer een verdwaalde sok tegen zou komen. Ze had ze zelfs netjes opgerold en terug in zijn la gelegd, alsof hij ze ooit nog zou dragen. Elke keer als ze aan die schone, ongedragen sokken dacht, brak haar hart weer een stukje verder.

Hoe dan ook, Clare mocht zeggen wat ze wilde, maar Zoë was nog steeds op zoek naar haar teken. Ze had het niet in zich om het idee op te geven. Ze was veel te wanhopig om zich met haar echtgenoot te verzoenen na hun laatste ruzie.

'Ik vergeef je,' riep ze in de koude gedempte lucht in de hoop dat hij op de een of andere manier zou reageren. 'Heb je me gehoord? Ik vergeef je, het is goed.'

Een vrouw met een fuchsiakleurige wollige hoed liep precies op dat moment voorbij, vergezeld door een yorkshireterriër in een hippe ruitjesjas, en schonk Zoë een vreemde blik. De vrouw, niet de hond, hoewel de hond ook nogal vragend naar haar staarde. Misschien was de hond een teken van –

Nee. Hou op. Niet ook nog eens je verstand verliezen, kreunde ze tegen zichzelf, het is nu al erg genoeg. Trouwens, als Patrick haar een hond als teken zou sturen, zou het geen yorkshireterriër zijn, hij zou ongetwijfeld voor iets macho's kiezen. Een lurcher of een Duitse herder. Misschien zelfs een staffordshirebulterriër, als hij zich in het hiernamaals bijzonder onzeker over zijn mannelijkheid zou voelen.

Zoë voelde haar wangen warm worden bij deze gekke gedachtegang, blij dat niemand in haar hoofd kon kijken en erachter kon komen hoe gestoord ze was geworden. Verman jezelf, Zoë.

Je dode man zal zich niet manifesteren als een hond. Laat je van je beste kant zien.

Ze hadden niet eens over iets belangrijks ruzie gehad. Zoë was in de keuken en de kinderen in hun eigen kamers. Het was het mooiste uur van de dag: zij was aan het koken en haar kinderen waren veilig thuis. Ze luisterde naar een grappige podcast terwijl ze selderij en wortels in stukjes sneed, in de koelkast lag een fles heerlijk uitziende witte wijn voor later op de avond en de regen kletterde tegen de ramen, wat het hele huis knus aan deed voelen. Ze herinnerde zich dat ze zich helemaal in haar nopjes voelde toen Patrick binnenkwam en zijn gereedschapstas op de vloer dumpte, zijn haar vochtig door de regen. Hij kuste haar hallo – hun laatste kus, zoals later bleek – en vroeg naar haar dag. (O, als ze had geweten dat dit hun laatste kus was, zou ze er zoveel meer van hebben gemaakt! Maar ze had knoflook op haar vingers gehad en had het niet op zijn shirt willen smeren, dus was ze voor een snelle kus gegaan zonder hem aan te raken in plaats van hem goed vast te pakken. Dat was weer een van die dingen waar ze de rest van haar leven spijt van zou hebben.)

Toen had ze hem, tot in het kleinste detail, verteld over de school waar ze die dag had gewerkt, en hoe een van de zesjarigen tijdens een les creatief schrijven zijn hand had opgestoken en een idee had geopperd – een super fantasierijk en grappig idee bovendien – en dat Louise, de onderwijsassistent, haar achteraf had verteld dat diezelfde jongen, Caleb, normaal gesproken nooit iets zei in de klas. Nooit!

Patrick had er aan het einde van haar spectaculaire verhaal niet zo onder de indruk uitgezien als Zoë had gehoopt. Hij haalde zijn schouders op, stak wat brood in de broodrooster (ook al was ze bezig met het avondeten dat binnen veertig minuten klaar zou zijn) en trok een 'en wat dan nog?'-gezicht.

'Maar wat heeft het nou eigenlijk voor nut?' zei hij terloops.

Ze had het daar misschien bij moeten laten. Ze had met haar ogen kunnen rollen omdat hij haar humeur had verpest en hem verder kunnen negeren. Maar ze vond zijn vraag belachelijk en voelde zich aangevallen, dus ging ze in de tegenaanval. 'Wat is het nut van onderwijs?' antwoordde ze minachtend. 'Vraag je dat serieus?'

'Ik bedoel, een verhaal schrijven... Het is niet bepaald belangrijk, of wel?'

Jezus, waarom was hij zo chagrijnig vandaag? Hij wist dondersgoed dat hij hiermee een gevoelig onderwerp aansneed. 'Nou, het is wel degelijk belangrijk. Ten eerste is het gewoon leuk. Daarnaast kunnen de kinderen hun fantasie de vrije loop laten en zijn ze met z'n allen ergens mee bezig waardoor ze uiteindelijk iets zullen hebben wat ze samen hebben gecreëerd en –'

'Oké,' onderbrak hij haar. 'Maar dat gaat hun in de echte wereld toch niet helpen?'

Zijn woorden voelden als een messteek. Ze staarde hem aan. 'Jawel, mijn lessen zorgen ervoor dat ze worden aangemoedigd in hun creativiteit,' antwoordde ze. 'Het helpt hun om als een team te werken en er vertrouwen in te hebben dat er naar hun ideeën zal worden geluisterd. Ik volgde een hele module op de uni over leren door te spelen. Als kinderen –'

'O, op de úní,' spotte hij. 'Ik vroeg me al af wanneer je daarover zou beginnen. Maar op de universiteit leer je niet alles, of wel?'

De ruzie leek met de seconde groter en vervelender te worden, als een sneeuwbal die van een heuvel rolde. Deze laatste invalshoek was iets waar ze al eens eerder een meningsverschil over hadden gehad. Zoë wist dat Patrick een probleem had met alles wat met de universiteit te maken had, en hij was hier alleen maar stelliger in geworden omdat zij wel was gegaan en er waarde in zag en hij niet. Hij was slim, maar niet geïnteresseerd in school. Hij had zijn examens gehaald en was op zijn zestiende direct aan het werk gegaan. Universiteit van het leven, dat is alles wat je nodig hebt, had hij in het verleden beweerd. Het zal wel.

'Nee,' zei ze moe terwijl ze de gesneden groenten van de snijplank in de koekenpan veegde. 'Op de universiteit leer je niet alles, Patrick.'

'Geldverspilling, als je het mij vraagt. Ik verwacht in ieder geval niet van onze kinderen dat ze zich daar druk om gaan maken. Lekker aan het werk gaan, dat is wat ze moeten doen. Ze moeten een beetje trots hebben, in plaats van rondhangen als eeuwige student.'

Ze wist dat hij haar op stang probeerde te jagen, en op een ander moment zou ze het gesprek misschien door middel van een grapje naar een veiliger onderwerp hebben gestuurd, maar hij begon nu op haar zenuwen te werken. 'Nou, ik hoop dat onze kinderen wel naar de universiteit gaan,' zei ze terwijl ze een scheut olijfolie aan de pan toevoegde en alles door elkaar begon te roeren. 'Dat zou ik graag willen. Ze zijn allemaal slim genoeg om te doen wat ze willen. Waarom zou je hun die ervaring willen ontnemen?'

Ze wist natuurlijk waarom. Hij had ooit aan haar bekend dat zijn grootste angst was dat de kinderen hem op intellectueel gebied zouden overstijgen, dat ze slimmer zouden zijn dan hij en op een dag op hem – hun hardwerkende vader met zijn busje en gereedschapskist – neer zouden kijken. Ze had haar best gedaan om hem gerust te stellen – natuurlijk zouden ze dat niet doen! Ze bewonderen je, ze houden van je – maar Ethan gaf nu al de voorkeur aan haar als hij hulp nodig had met zijn huiswerk, alsof hij aanvoelde dat zijn vader niet in staat zou zijn om hem door het probleemstuk te begeleiden. Je hoefde geen genie te zijn om te erkennen dat dit Patricks trots zou schaden.

De ruzie was kribbig – en nogal zinloos, aangezien Ethan nog maar veertien was en nog niet eens had nagedacht over zijn eventuele vervolgonderwijs – doorgegaan. Zoë kon deze tijdelijke ontwrichtingen in hun relatie vrij snel achter zich laten – haar temperament zou oplaaien en dan afnemen, en het leven zou doorgaan – maar Patrick zat er meestal dieper in en kon de hele avond met een zwarte wolk boven zijn hoofd zitten mopperen. Ze was blij toen hij haar eraan herinnerde dat hij die nacht naar Dean ging om hem de volgende ochtend te helpen bij het omhakken van een dode boom in zijn achtertuin. Opgetogen dat ze de avond voor zichzelf had, had ze haar best gedaan om het positieve, gelukkige gevoel van eerder die avond terug te krijgen.

Natuurlijk was de herinnering hieraan nu besmet met het gevolg van die avond. Het feit dat ze een avond alleen had gewild, maar eigenlijk geen keuze meer had gehad. Vrijwel elke avond bracht ze nu alleen op haar bank door, met een gigantische leegte aan de andere kant, waar Patrick zou moeten zitten, zijn voeten tegen de hare en de gebeurtenissen van die dag tussen hen in.

En toen was hij de volgende dag niet thuisgekomen. Ze was er in eerste instantie van uitgegaan dat hij nog steeds boos op haar was en dat hij in zijn chagrijnige humeur niet in staat was geweest om alles op een rijtje te zetten en het achter zich te laten. Toen ze Dean die ochtend had gebeld – en te horen kreeg dat Patrick niet eens was blijven slapen – had ze het weer persoonlijk opgevat. Ze was geschrokken van het idee dat hij zo boos op haar was dat hij niet naar huis had willen komen. Het was pas uren later, toen ze nog steeds niets van hem had gehoord, dat ze een sluimerend gevoel begon te krijgen dat er misschien iets ergers was gebeurd.

Haar vinger gleed achter haar rechteroor waar een stuk droge, schilferige huid in haar haarlijn verdween. Ze was begonnen daar te krabben wanneer ze zich ellendig voelde, hoewel ze wist dat ze het waarschijnlijk alleen maar erger maakte. Inmiddels was ze bijna thuis, haar wangen rood van de frisse lucht en lichaamsbeweging. Ze nam zich voor om wat vaseline of nachtcrème op de droge plek te smeren om hem te verzachten. Plots stopte ze midden op het trottoir voor haar huis. Voor haar deur zat een grote zwarte kat die ze nog nooit eerder had gezien haar aan te staren.

De adem stokte in haar keel. 'Patrick?' zei ze, vol ongeloof.

Ze kwam langzaam dichterbij, maar de gele ogen van de kat schoten open van paniek en hij sprong over de lage muur naar de volgende voortuin, waar hij vervolgens de struiken in schoot.

Ze voelde zich zo idioot terwijl ze haar sleutels zocht en zichzelf binnenliet. Ze leunde tegen de deur en sloot haar ogen. Godzijdank had geen van haar buren haar net een willekeurige kat met de naam van haar dode man zien aanspreken. Ze zouden denken dat ze helemaal de weg kwijt was. Ze legde haar hoofd in haar handen en stond daar even. Eerst barstte ze recht voor een winkel in tranen uit, nu praatte ze met een kat... 'Beheers je,' beval ze zichzelf tussen op elkaar geklemde tanden door.

10

'O! Hallo,' zei Liz toen ze de deur opendeed en Dean daar zag staan. 'Is alles goed, lieverd?'

'Hoi, mam,' zei Dean. 'Ik dacht ik kom gewoon even langs.'

Ze trok haar dun geëpileerde wenkbrauwen op, duidelijk verrast, en tuurde naar hem. 'Gaat het?' Ze legde nog net niet haar hand op zijn voorhoofd om zijn temperatuur te checken, maar Dean kon zien dat ze het wel overwoog. 'Is er iets aan de hand?'

'Nee, nee.' Hij was een beetje geïrriteerd door de vragen die ze stelde. 'Ik dacht gewoon dat ik... je weet wel... even langs kon komen. Ik kwam alleen hallo zeggen en kijken hoe het met jou en pap gaat.' Hij besefte dat ze blijkbaar dacht dat ze móést vragen of alles goed was, aangezien hij al eeuwen niet bij hen langs was geweest. Hij schaamde zich kapot terwijl ze hem eindelijk binnenliet.

'Nou, wat een leuke verrassing. Wat fijn!' zei ze, zichzelf herstellend. Ze streek angstig over haar haar. Het was wild en warrig, merkte Dean ontzet op. Had ze haar haren die ochtend wel geborsteld? 'Derek!' schreeuwde ze naar boven. 'Onze Dean is hier. Hij komt even gedag zeggen.'

'Is alles goed met hem?' kwam de gedempte reactie van haar

man van ergens boven hen, en Dean voelde de glimlach op zijn gezicht verstijven als opdrogend beton.

'Kom zelf maar kijken,' beval Liz voordat ze Dean voorging naar de woonkamer.

Hoewel Liz en Derek na hun pensionering niet meer in het kleine huis in Hammersmith woonden waar Dean en zijn broer waren opgegroeid, leek de woonkamer in hun nieuwe huis als twee druppels water op de oude. De twee saliegroene banken – een grote en een kleine – vormden een L-vorm rond de televisie, geflankeerd door dezelfde notenhouten bijzettafeltjes die een jonge Dean had gebruikt om forten mee te bouwen en een boekenkast waar Wilbur Smiths veelgelezen boeken naast die van Danielle Steel stonden. Zelfs de gaskachel met nepkolen was bijna dezelfde als die waar Dean 's avonds na een bad voor had gezeten, gewikkeld in zijn *Star Wars*-badjas met een mok warme chocolademelk in zijn handen. De schoorsteenmantel en de planken aan de muur stonden nog altijd vol met dezelfde foto's: oude schoolfoto's van de jongens – compleet met bloempotkapsels en een paar ontbrekende tanden – Patrick en Zoë's trouwdag, Deans afstuderen, de kleinkinderen op eerste kerstdag en een zwart-witfoto van Liz en Dereks eigen trouwdag, waarop een wolk van confetti bevroren in de lucht hing en ze verlegen glimlachten naar de camera.

En, ja hoor... Deans minst favoriete foto, die waarop Patrick hem in een houdgreep hield op het strand van Brighton. Ze hadden het als kinderen over het algemeen goed met elkaar kunnen vinden, maar soms wilde Patrick Dean er maar al te graag aan helpen herinneren wie de baas was, desnoods met geweld. Op de foto hadden ze allebei een grijns op hun gezicht, maar als je goed keek (zoals Dean regelmatig had gedaan) zag je een flits van vernedering in Deans ogen, de grijns in werkelijkheid fragiel en nep. Hij kon zelfs nu nog de plagende stem van zijn broer horen die 'Baby! Baby!' schreeuwde toen Dean tranen in zijn ogen kreeg.

Hij wierp snel een blik over zijn schouder en toen hij zag dat de kamer nog steeds leeg was – zijn moeder was in de keuken – schoof hij de foto snel achter een andere, grotere foto van de hele familie op Liz en Dereks veertigste trouwdag. Dat was beter.

'Dus,' zei zijn moeder, die binnenkwam met een dienblad vol kopjes en een grote theepot. 'Wat brengt je hier? Ga toch zitten, Dean, je hoeft je hier niet zo formeel te gedragen.'

'Ik...' Hij kon niet opnieuw zeggen dat hij alleen even langskwam, hij begon in herhaling te vallen. Hij zette een van de bijzettafeltjes dichter bij de bank zodat ze het dienblad ergens kon neerzetten. 'Het viel me op, op Moederdag, dat ik jullie de laatste tijd weinig heb gezien. Te druk met werk. Dus ik dacht dat ik wat vaker langs kon komen wanneer ik niet op kantoor ben, zoals Patrick deed.'

Liz' vingers trilden een beetje terwijl ze de theekopjes op een rijtje zette. Ze zag bleek en had geen make-up op. Daarnaast leek het alsof ze flink gekrompen was, en dat beeld werd alleen maar versterkt doordat ze een te groot grijs vest en marineblauwe broek droeg. 'Hij was een goede jongen,' zei ze automatisch. Het leek haar standaardreactie: je noemde Patricks naam en ze vertelde je hoe goed hij was. Misschien was het paranoïde en kinderachtig, maar Dean vroeg zich stiekem af of het misschien ook een indirecte opmerking over hem was. Was hij ook een goede jongen?

'Ja,' stemde hij hulpeloos in. 'Maar ik kan het misschien van hem overnemen nu hij er niet meer is. Als jullie het goed vinden kan ik de dingen doen die Patrick eerst altijd voor jullie deed.'

'Je hoeft niets van hem over te nemen, lieverd. Je bent je

eigen persoon,' herinnerde ze hem, en ze schonk de thee in. Haar vingernagels, meestal glanzend van de nagellak, waren vandaag ongelakt en zagen er oud en geelachtig uit. Sinds wanneer waren haar handen zo gerimpeld? dacht Dean verdrietig.

'Dat weet ik wel, maar...' Hij verschoof op de bank. 'Ik wil alleen maar behulpzaam zijn.'

'Oké.' Ze gaf hem een kopje en nam een voorzichtig slokje uit het hare. 'Derek!' riep ze. 'Thee!' Toen wierp ze een blik door het raam. 'Het weer is weer omgeslagen,' merkte ze op.

'Ja,' stemde hij in. Er viel een korte stilte. 'Dus is er iets? Wat kan ik doen om behulpzaam te zijn, bedoel ik. Eventuele kleine klusjes, of ik kan de boodschappen voor jullie doen, of als er iets kapot is kan ik het repareren...'

Op dat moment verscheen zijn vader in de deuropening met zijn gebruikelijke aura van onthechte desinteresse, en Dean merkte dat hij halverwege zijn zin was gestopt. 'Ik hou zoveel van mijn kinderen,' had Patrick ooit in de pub gezegd terwijl hij diep in zijn bierglas staarde. Het moest een paar maanden na de geboorte van Bea zijn geweest en hij was de hele avond dolgelukkig geweest, duidelijk uitgeput, maar dolgelukkig. Totdat zijn humeur plotseling was omgeslagen en hij ingetogen was geworden, sentimenteel zelfs. 'Ik zou alles voor ze doen, weet je. Maar het maakt me ook verdrietig, op een vreemde manier, want ik weet dat onze vader niet hetzelfde voor ons voelde. Begrijp je wat ik bedoel?'

Dean was toen geschrokken van deze woorden – niemand wilde geconfronteerd worden met het idee dat een ouder niet van hem had gehouden – maar hij moest toegeven dat Derek Sheppard nooit een liefdevolle man was geweest. Had hij ooit een arm om zijn jongens geslagen? Zijn vrouw in het openbaar gekust? Hij had jarenlang gewerkt als archivaris bij wat toen Middlesex Polytechnic was en later Middlesex University werd, en had altijd de uitstraling gehad van iemand die liever door oude papieren bladerde dan met een ander mens een gesprek voerde.

'Hallo, zoon. Leuk je hier te zien. Waaraan hebben we deze grote eer te danken?'

Zelfs een simpele vraag als deze had een sarcastische ondertoon als het uit zijn vaders mond kwam. Dean opende zijn mond, maar zijn moeder was hem voor. 'Hij is langsgekomen om behulpzaam te zijn en klusjes voor ons te doen,' legde ze uit.

'Is dat zo?' Zijn vader fronste alsof dit een slecht idee was, alsof het op de een of andere manier een brutale suggestie was. Dean wilde zich terugtrekken, net zoals hij als kind vaak had gedaan, maar toen keek hij uit het achterraam en zag hij – godzijdank! – dat het gazon een beetje overwoekerd was. Zoë had zijn grasmaai-aanbod dan wel afgewezen, maar zijn vader had altijd gemopperd als hij het gras moest maaien. Een betere kans zou hij niet krijgen, toch?

'Zal ik het gras voor jullie maaien?' stelde hij voor.

Zijn ouders keken elkaar aan en de onuitgesproken vragen fladderden in de lucht. Toen haalde zijn vader zijn schouders op. 'Als je dat wilt,' antwoordde hij.

'Dat zou heel fijn zijn, Dean,' zei zijn moeder.

Dean glimlachte naar hen en dronk zijn thee, maar hij kon het gevoel niet van zich afschudden dat ze… nou, dat ze dit deden om hém een plezier te doen, dat ze hem eigenlijk niet serieus namen. Had hij dit allemaal verkeerd ingeschat?

Even later haalde hij de grasmaaier uit de schuur en draaide hij zich om naar het huis, waar ze beiden nog steeds in de woonkamer naar hem stonden te kijken. Zijn moeder stak een hand op en hij zwaaide ongemakkelijk terug. Hij was iets goeds en behulpzaams aan het doen, herhaalde hij tegen zichzelf terwijl zijn vader de achterdeur opende om hem te laten zien waar het verlengsnoer lag. Hij kon weer iets toevoegen aan zijn goededadenspreadsheet en dat alleen al was de ongemakkelijkheid waard, besloot hij.

Lydia had moeite om zich te concentreren. De winkel waar ze werkte, Soft, bevond zich op loopafstand van de hoofdstraat en verkocht een uitgebreid assortiment aan kussens en spreien, keramiek, houtsneden en sieraden van lokale kunstenaars, en ze vond het meestal een heel rustgevende plek om te zijn. Aangemoedigd door Jonathan, haar baas, die haar altijd vertelde dat ze haar talenten verspilde door voor hem te werken, maakte ze veel van de kussenhoezen zelf. Ze vond het heerlijk om met het zachte tweed en de bloemenpatronen bezig te zijn en genoot ervan dat er altijd wel iets te doen was in de winkel, zelfs op dagen dat er weinig klanten waren. En vandaag was zo'n dag. Maar haar gedachten raasden door haar hoofd door het telefoongesprek van gisteravond, en nu, ook al was het zo rustig in de winkel, werd ze met de minuut zenuwachtiger en wanhopiger. Zou ze met deze baan genoeg verdienen om haar hoofd boven water te houden, mocht Patrick besluiten om alles om te gooien? Stond ze op het punt om een botte en akelige financiële wake-upcall te ontvangen?

Lydia had altijd graag dingen gemaakt, al sinds ze een klein meisje was. Toen ze achttien was, had ze een plek aangeboden gekregen om na haar examens kostuumontwerp te studeren aan de universiteit. Ze had zo lang en hard gefantaseerd over de vakken die ze zou volgen en welke dingen ze zou maken – korsetten, jurken, hoeden en nog veel meer! – dat ze zelfs nu nog de gekreukte en groezelige pagina in de studiegids voor zich kon zien. Maar toen haar moeder, Eleanor, dat jaar ziek werd, was haar schoolwerk plotseling niet meer het belangrijkste in haar leven. Terwijl haar vrienden zich aan het voorbereiden waren op de eindexamens, besteedde Lydia haar middagen aan het verzorgen van haar moeder en wilde ze niets liever dan dat ze weer beter werd. 'Natuurlijk word ik beter,' had Eleanor gezegd. Ze gaf Lydia's hand een kneepje, maar dat was zo zacht als dat van een spook, nauwelijks voelbaar. 'Zodra ik dit achter de rug heb, gaan we samen naar Australië om het te vieren, hoor je me? Ik heb je altijd al mijn favoriete stranden en mijn stad willen laten zien. Wat denk je ervan?'

Het was het meest bijzondere aanbod dat Lydia ooit had gekregen, maar het was er niet meer van gekomen. Eleanors toestand verslechterde. Ze werd opgenomen in het ziekenhuis en enkele weken later was ze weer thuis omdat er niets meer voor haar gedaan kon worden. Lydia koelde haar hete, kale hoofd af met een vochtige spons en hield kopjes water bij haar gebarsten lippen zodat ze kon nippen. Ze week geen enkel moment van haar moeders zijde. Studeren was niet belangrijk meer. Lydia hoefde niet eens naar de cijfers van haar examen te kijken om te weten dat ze haar plek op de universiteit kon vergeten, maar ze was zo verdoofd van verdriet dat het haar niets meer kon schelen. Niets leek ertoe te doen. Niet als ze de persoon van wie ze het meest hield moest verliezen.

Ze had hier en daar wel wat werk gehad, in een kledingwinkel en als personal assistant, en dat was allemaal prima, maar toen had ze de baan in het kunstcentrum gekregen, en dat was de eerste plek waar ze echt gelukkig was. Maar toen Lydia zelf moeder werd, was alles tot stilstand gekomen. Pas toen Jemima oud genoeg was om naar school te gaan, was ze eindelijk weer begonnen met werken, in Jonathans winkel dit keer. In eerste instantie probeerde ze zichzelf wijs te maken dat ze nog steeds creatief bezig was – ze werkte samen met kunstenaars en hoopte vurig dat ze snel meer zou kunnen doen dan kiezen welke nieuwe stukken ze te koop zouden zetten – maar de realiteit bleek veel minder spannend te zijn. Ze bracht het grootste deel van de tijd door achter de kassa of hielp toeristen naar het dichtstbijzijnde metrostation. Als beste vriend van haar moeder toen zij van Sydney naar Londen verhuisde, deed Jonathan zijn uiterste best om een behulpzame peetvader te zijn. Hij moedigde Lydia regelmatig aan om avondlessen te nemen en een studie op te pakken, maar uiteindelijk kwam het erop neer dat ze pragmatisch moest zijn. Hoe zou ze het zich kunnen veroorloven? En wie ging er in de tussentijd op Jemima passen? Het was lang niet zo eenvoudig als hij leek te denken.

Lydia liep door de ruimte om de planken van nieuwe voorraad te voorzien toen ze vanuit haar ooghoek haar reflectie in de spiegel zag. Ze moest nog een keer kijken voordat ze zichzelf herkende. Meestal droeg ze kleurrijke vintage outfits die ze zelf had gemaakt, maar vandaag was ze bewust voor meer sobere kleding gegaan. Ze droeg haar enige zwarte rok, die tot op haar knieën viel, een nette olijfgroene blouse, gouden knopjes in haar oren en zwarte pumps. Ze wilde eruitzien als het soort persoon dat serieus werd genomen, dat zou zeggen dat ze haar advocaat zou raadplegen, mocht het gesprek van die middag op een meningsverschil uitlopen.

Een vrouw in een stijlvol grijs broekpak met klikkende hoge hakken kwam op dat moment de winkel binnen en kocht een aantal dingen: een van Martha Mackies prachtige, vosvormige koperen broches, een ingelijste print van Ivo Cooke van vliegende zwaluwen en een lampenkap in jarenvijftigstijl die Lydia zelf graag had gewild, gemaakt van zeildoek met een zichzelf herhalend bootjespatroon. ‘Mooie keuzes,’ zei Lydia terwijl ze alles zorgvuldig inpakte en het bedrag aansloeg op de kassa. De meeste mensen betaalden tegenwoordig met hun pinpas, vooral wanneer het om ruim tweehonderd pond ging, zoals nu, maar deze klant haalde een bordeauxrode portemonnee van nepkrokodillenleer tevoorschijn en begon een dikke stapel biljetten te tellen. 'Tien, twintig...' zei ze, en schoof ze naar Lydia.

Toen de winkel weer leeg was, bleef Lydia denken aan al het geld dat nu in de kassa lag, alles wat ze ermee kon kopen. Als ze haar financiële dieptepunt had bereikt, zou ze dan in de verleiding komen om wat geld van toekomstige contante betalingen zoals deze in haar eigen zak te steken? Zou Jonathan het merken als ze de betalingen niet via het systeem liet gaan? Zijn zestigste verjaardag zat eraan te komen, waardoor hij de laatste tijd vaak was afgeleid met het kiezen van cocktails en outfits voor zijn extravagante feest. Het zou niet moeilijk zijn om hier en daar honderd pond achter te houden...

De deurbel rinkelde toen er een nieuwe klant binnenkwam en Lydia schoot rechtop. Ze walgde ervan dat haar gedachten zo'n achterbakse wending hadden genomen. Ze was altijd trots geweest op haar eerlijkheid. Ze had nog nooit in haar leven iets gestolen. Wat was er verdomme mis met haar? Kwam haar vreemde gedrag door haar afspraak met Patricks broer van die middag? Als dat zo was, was het maar goed dat ze er na vandaag vanaf was.

Thuisgekomen na het bezoek aan zijn ouders stond Dean door het raam naar zijn eigen tuin te staren. Telkens als hij de keuken binnenliep, zoals nu, werd zijn blik door het raam naar de dode esdoorn getrokken, de zieke takken rammelend als botten in de wind, levenloos en zonder bladeren. Hij dreef de spot met hem. Hij had hem in februari al willen kappen, met Patricks hulp, maar ja... het universum had andere plannen gehad.

Toen Zoë hem de ochtend na die avond in de pub had gebeld,

had hij op bijna precies dezelfde plek gestaan. Hij had bijna niet opgenomen toen hij haar naam op het scherm van zijn telefoon had zien staan, verbitterd door de gedachte dat zijn broer zijn vrouw liet bellen om zich namens hem te verontschuldigen, om te zeggen dat Patrick zich echt slecht voelde over wat er was gebeurd... Ja, nou dat zou niet genoeg zijn. Deze keer was Patrick te ver gegaan. Maar toen hij opnam, ging het gesprek heel anders.

'Sorry dat ik je hiermee lastigval, Dean, maar zou je aan mijn man kunnen vragen of hij me wil bellen?' vroeg ze. 'Niet meteen, mocht hij gereedschap vast hebben of in de boom zitten, maar als het uitkomt. Hij neemt zijn telefoon niet op.'

Dean had gesnoven, in de veronderstelling dat Patrick onderweg naar hem was en vastzat in het verkeer. Ha. Hij zou zich niet laten kennen als zijn broer op de deur zou kloppen alsof er niets was gebeurd. Sterker nog, Patrick zou blij mogen zijn als hij wegkwam zonder kettingzaagwonden, gezien Deans humeur op dat moment. 'Hij is er niet,' antwoordde hij kortaf.

'O,' zei Zoë. 'Hoe laat is hij vertrokken dan? Ik dacht eerlijk gezegd dat jullie er langer over zouden doen, maar goed. Misschien neemt hij daarom niet op. Ziet je tuin er beter uit na deze hele operatie?'

Ze waren langs elkaar heen aan het praten, realiseerde Dean zich fronsend. 'Nee, ik bedoel, hij is hier helemaal niet geweest. Hij is niet blijven slapen gisteravond.'

Een moment lang was het stil, tot ze allebei tegelijkertijd begonnen te praten. 'Dus hij is niet –' begon Dean.

'Hij is gisteren ook niet thuisgekomen,' zei Zoë. Even was het stil, totdat ze een nerveus lachje liet horen en vroeg: 'Waar heeft hij dan de nacht doorgebracht? Of is het beter als ik dat niet vraag?'

'Hij – nou ja, ik nam aan dat hij terug naar huis was gegaan,' zei Dean. Dit veranderde de zaak. Waar was Patrick?

'Hij is niet thuisgekomen. Ik ben vandaag niet naar mijn werk gegaan, ik hoopte dat –' Zoë maakte haar zin niet af. 'Wat is er gebeurd? Waarom is hij niet bij jou gebleven?'

Dean klemde zijn tanden op elkaar. Als dit Patricks manier was om Dean een schuldgevoel te geven, dan deed hij er niet aan mee. Hij weigerde zich ergens schuldig over te voelen terwijl Patrick de echte boosdoener was. 'We hadden een beetje ruzie,' zei hij. 'Hij liep weg langs de Theems, dus ik nam aan dat hij naar huis ging.'

'Helemaal vanaf Hammersmith? Waarom nam hij geen taxi?'

Daar zat wat in. Maar Dean wist dat samen naar de hoofdweg lopen het laatste was wat ze op dat moment hadden gewild. Waarschijnlijk was Patrick The Dove verderop binnengeslopen voor een troostende whisky. 'Ik weet het niet... de ruzie werd best heftig,' gaf hij toe. Hij ging zich hier niet slecht over voelen, herinnerde hij zich. Dat ging hij niet doen.

'Nou, waar ging het over? Wat was er zo erg dat hij niet met jou mee naar huis is gegaan?'

Dean aarzelde even, zijn blik op een spreeuw die stuntelig door de tuin huppelde.

'Dean?' drong Zoë aan en hij moest snel nadenken. Hij zou haar nooit de waarheid kunnen vertellen. Nooit.

'Het was niets,' zei hij uiteindelijk. 'Te veel gedronken. Heb je zijn zakelijke telefoon geprobeerd? Misschien is de batterij van zijn andere leeg.'

'Ja, hij ligt ergens in het huis, ik hoor hem afgaan. Verdomme. Waar kan hij dan zijn? Laat het me weten als hij bij jou opduikt, oké? Ik zal hetzelfde doen.'

Dean had zich in eerste instantie niet echt zorgen gemaakt. Hij ging ervan uit dat zijn broer ergens bij een vriend was gecrasht en zijn kater aan het wegslapen was. Hij twijfelde er niet aan dat hij binnen een paar uur bij Zoë op de stoep zou staan met een bosje narcissen, een berg verontschuldigingen en een glimlach waardoor ze hem meteen zou vergeven. Daar was hij goed in. Dean zei dat jullie ruzie hadden, zou Zoë na een tijdje beginnen, maar Patrick zou er niet op in willen gaan. Niet belangrijk, zou hij antwoorden. Maar het was wel degelijk belangrijk, als je het aan Dean vroeg.

De dag kroop voorbij zonder enig woord van Patrick. Liz belde nadat Zoë contact met haar had opgenomen en vroeg waar de ruzie over ging. 'Ik hoop dat je hem niet van streek hebt gemaakt,' had ze Dean berispt. 'Je weet hoe gevoelig hij kan zijn.' Dit was typisch Patrick, dacht Dean, rollend met zijn ogen. De enige persoon die door stront kon rollen en volgens Liz nog steeds naar rozenblaadjes zou ruiken. Gevoelig... Gisteravond was Patrick ongeveer zo gevoelig als een baksteen door een raam geweest. Toch begon hij zich langzaam zorgen te maken. Patrick was niet iemand die urenlang verdween. Ja, hij kon soms onbetrouwbaar zijn, maar hij zat vastgeplakt aan die telefoon van hem. Het was niets voor hem om oproepen en berichten te negeren, om weg te blijven.

Tegen de tijd dat Dean weer met Zoë sprak en zijn zorgen uitte, was ze al een aantal stappen verder. Ze had contact opgenomen met lokale ziekenhuizen, vrienden, familie en, slechts een paar minuten voordat hij belde, de politie. 'Ik begrijp niet wat er zo erg was dat hij niet bij jou bleef slapen,' zei ze opnieuw. 'Houd je iets voor me achter? Neem je hem in bescherming? Ik moet het nu weten, oké? Vergeet broederlijke loyaliteit of wat dan ook. Ik moet weten of hij in orde is, Dean.'

Door haar vele vragen was de grond hem iets te warm onder de voeten geworden. Hij had wat ongeloofwaardige excuusjes bij elkaar geraapt als antwoord en zelfs terwijl hij ze uitsprak, wist hij dat Zoë hem niet geloofde. Maar er waren andere dingen die hun aandacht opeisten: namelijk dat de uren voorbijgingen en ze nog steeds niets van Patrick hadden gehoord. Nu Dean terugdacht aan die dagen kon hij zich nauwelijks herinneren hoe ze zich door die eindeloze uren sleepten terwijl de angst met elke tik van de klok groeide en groeide. Het voelde alsof ze allebei gek werden. Mensen verdwenen niet zomaar, bleef hij denken, en volwassen mannen, met een gezin en een eigen bedrijf en alle andere tekenen van een geweldig leven al helemaal niet.

Vier dagen later nam de politie weer contact op. Het lichaam van een man was aangespoeld in Vauxhall en toen Zoë gevraagd werd of ze het kon identificeren, kon ze bevestigen, ja, dat het haar man was. Wijlen haar echtgenoot, Patrick Christopher Sheppard, die was overleden en nooit meer terug zou komen. De politie wilde vervolgens Dean spreken, aangezien hij de laatste persoon was die hem in levenden lijve had gezien. Was het Deans schuld? Zo voelde het. Het schuldgevoel overviel hem als een knie in zijn ballen, op de voet gevolgd door shock en verdriet. Patrick was zomaar uit hun leven verdwenen. Ze zouden elkaar nooit meer zien, laat staan dat ze hun ruzie bij zouden kunnen leggen.

De laatste glimp van zijn broer achtervolgde hem nog steeds in zijn dromen. Hij droomde dan dat ze samen langs de Theems stonden en dat hij – Dean – van gedachten was veranderd en Patrick terug had geroepen. 'Doe niet zo gek, je kunt blijven slapen,' zei hij kortaf en met tegenzin. 'Niet dat dit betekent dat ik je vergeef, want dat is zeker niet zo, klootzak. Maar je kunt met mij mee naar huis, oké?'

Dat is wat broers deden, nietwaar? Ze waren er voor elkaar, door dik en dun, twee handen op één buik. Maar zo was het niet gegaan. In het echte leven was Patrick doorgelopen terwijl

Dean niet in staat was geweest om de woorden – of genade – te vinden om hem te stoppen.

Het was een nachtmerrie. Geen van hen besefte in eerste instantie werkelijk wat er was gebeurd. Dean raakte geobsedeerd door de vraag hoe zijn broer in de rivier was beland, welke verschrikkelijke reeks van gebeurtenissen had geleid tot deze afschuwelijke uitkomst. Patrick was altijd al een goede, zelfverzekerde zwemmer geweest, of dat nu in het zwembad of in de zee was. Hij was fit en gezond en zijn dood was een mysterie. Niet weten hoe hij was gestorven, wat er in die laatste momenten van zijn leven was gebeurd, maakte Dean gek. Was hij bang geweest toen hij geen adem meer kon halen? Was hij wel bij bewustzijn geweest? Dean bleef voor zich zien hoe het gezicht van zijn broer onder de oppervlakte verdween, hoe de rivier hem opslokte. Hij had ooit een dode hond zien aanspoelen bij de Theems, in Greenwich, en hij was nooit in staat geweest om het opgeblazen lijk en het misvormde hoofd met zijn lege kassen, omdat de vissen de ogen hadden opgegeten, te vergeten. Hij bleef zich Patricks levenloze lichaam voorstellen, vies en doorweekt, aangespoeld op de modderige rivieroever. Het was het meest ziekmakende beeld ter wereld.

De autopsie gaf aan dat Patrick een hoofdwond had, maar het was onduidelijk of dit kwam doordat Patrick tijdens zijn val zijn hoofd had gestoten, of doordat hij was aangevallen en als gevolg zijn evenwicht had verloren. En waar precies was hij in de rivier gevallen? Dean liep en fietste regelmatig over het pad langs de Theems en merkte dat hij onbewust de laatste stappen van zijn broer probeerde te traceren. Op de meeste plekken weerhielden leuningen of struikgewas voetgangers ervan om te dicht bij het water te komen, maar er waren andere stukken waar iemand heel makkelijk in de rivier zou kunnen vallen. Of waar hij er opzettelijk in zou kunnen springen. Maar dat zou hij niet gedaan hebben, toch? Niet Patrick. Hij hield van het leven. Dat was wat Dean altijd had gedacht tenminste. Hij had zeker genoeg om voor te leven.

De gebruikelijke vermoeiende droefheid overspoelde hem inmiddels weer en Dean sleepte zijn ogen weg van de tuin. Hij wist dat hij eigenlijk een boomchirurg zou moeten inhuren om eens en voor altijd van die esdoorn af te zijn. Een van de buren had hem een paar dagen geleden vrij nadrukkelijk gevraagd wanneer hij hem zou weghalen. Maar de dode boom was zo verbonden met Patricks laatste avond en Deans schuldgevoel, dat hij last had van een mentale blokkade en al verstijfde van de zenuwen als hij eraan dacht om actie te ondernemen.

Hij ging op zoek naar zijn autosleutels in een poging zijn sombere humeur van zich af te schudden. Hij had over een half uur afgesproken met Lydia Fox en hij was van plan om haar te laten weten dat zijn broer was overleden en om uit te zoeken wat er al die jaren tussen haar en Patrick had gespeeld. Hij kon het achterdochtige gevoel niet van zich afschudden, en hoewel hij ontzettend trouw was aan Zoë, moest hij toegeven dat het gesprek met Lydia van de dag ervoor heel vreemd was geweest. Patrick had haar blijkbaar een valse naam gegeven (Armstrong, snoof hij in zichzelf. Typisch Patrick. Het verbaasde Dean dat hij niet voor Testosteron als achternaam had gekozen) en ze klonk alsof ze nerveus was om hem te ontmoeten, alsof ze Dean niet vertrouwde.

Om eerlijk te zijn was het maar goed ook dat ze hem niet vertrouwde, want hij was vast van plan om haar duidelijk te maken dat ze ver uit de buurt van Zoë en de kinderen moest blijven. Dat visitekaartje met haar naam erop op Zoë's koelkast had Dean bijna een hartaanval gegeven. Hij was meteen van het ergste uitgegaan. Dat Lydia van plan was om Zoë te chanteren of haar op de een of andere manier te bedriegen, dat ze iets van plan was en gestopt moest worden. Hij vervloekte zichzelf omdat hij zijn shock zo kenbaar had gemaakt in Zoë's keuken – 'Wacht, dus je kent haar? Die Lydia Fox?' – want uit angst om er nog meer de aandacht op te vestigen, had hij het visitekaartje niet in zijn zak durven steken. Met een bonzend hart had hij er snel een foto van gemaakt terwijl Zoë de voordeur opendeed. Zoë wist duidelijk niet dat Lydia meer was dan een vrouw die ze in een winkel had ontmoet, en Dean zou ervoor zorgen dat dat zo zou blijven.

Vandaag zou hij Lydia een aantal dingen heel duidelijk maken: je mag niet meer met Zoë praten en moet afstand houden van het gezin. En dat geld dat Patrick je betaalt? Dat moet stoppen, want ik kan het niet laten gebeuren dat Zoë erachter komt dat je bestaat. Trouwens, als je je afvraagt waarom hij geen contact met je opneemt, dat komt omdat hij dood is.

God, hij zag hier echt tegenop. Dean was niet het soort ongevoelige kerel dat meteen opstond en naar de dichtstbijzijnde bar verdween zodra iemand over zijn gevoelens begon te praten, maar toch, hij kon niet ontkennen dat het hem een oncomfortabel gevoel gaf. Het begon dan te jeuken in zijn nek. Dit ging een van de meest ongemakkelijke gesprekken van zijn leven worden, dat kon hij met zekerheid zeggen. Hij hoopte dat die Lydia niet zou gaan huilen of door het lint zou gaan. 'Waarom vraag je dat niet aan hem?' had ze gezegd toen hij over haar relatie met Patrick was begonnen. Tegenwoordige tijd, alsof het nog mogelijk was om het aan Patrick te vragen. Het klonk alsof ze nog steeds dacht dat hij leefde, tenzij ze hem gisteravond verwoed had gegoogeld, natuurlijk, nu ze zijn echte naam wist.

Ze hadden afgesproken in het café in Gunnersbury Park, een modern, laag gebouw van dik hout en glas, verstopt tussen de bomen. Terwijl Dean over het gras liep, voelde hij zijn bloeddruk stijgen, de stress stroomde door zijn aderen. Waar was hij aan begonnen? Wie was Lydia en wat voor macht had ze over Patrick? Hij bleef zich een vrouw met een hard gezicht en een ijskoude blik voorstellen. Labels als 'echtbreker' en 'stalker' herhaalden zich in zijn hoofd. Misschien chanteerde ze Patrick? Misschien wist ze iets van hem en was het geld een middel om haar stil te houden?

Hij zuchtte. Geen van deze dingen klonken echt geloofwaardig. Er moest een rationele verklaring zijn voor dit alles, iets waar hij niet aan gedacht had. Over tien minuten konden ze misschien lachen om zijn bizarre ideeën.

Hoe dan ook, het was genoeg geweest. Hij moest nu op één ding focussen: hoe hij ervoor kon zorgen dat dit allemaal zou ophouden, omwille van Zoë. Wie Lydia ook was, en wat haar spelletje ook was, hij zou geen tijd meer verspillen om achter de waarheid te komen, voor eens en altijd.

11

Het pad was nat en terwijl Dean de café-ingang naderde, druppelden de bomen nog steeds na van de zware regenbui eerder op de dag, de lucht fris van de geur van dennenbomen. De natte picknicktafels buiten zagen er verlaten uit, maar de lichten binnen straalden en lokten hem naar binnen. 'Ik zal een rode regenjas dragen,' had Lydia gezegd, alsof ze hadden afgesproken voor een blind date, en Dean, die tien minuten geleden uit zijn auto was gestapt, stelde zich voor hoe saai zijn eigen outfit waarschijnlijk was vergeleken met die van haar. Spijkerbroek en een donkerblauwe trui. Daarmee viel hij echt op tussen alle andere mannen van middelbare leeftijd. Niet dus.

Zodra hij binnenkwam, zag hij haar zitten: lang kastanjebruin haar dat om een hartvormig gezicht viel, kleine gelijkmatige gezichtskenmerken en kleine handen die ze om een stomende mok had gekruld. De rode regenjas hing te drogen over de achterkant van de stoel naast haar, met een fietshelm aan een zijkant. Ze keek op, haar blik ontmoette de zijne en iets versnelde in zijn lichaam, een onverwachte chemische reactie. Omdat ze mooi was, gokte hij, en er niet uitzag als de gemene, onaangename vrouw die zijn verbeelding had gecreëerd. Hij had niet verwacht dat ze er zo… nou ja, zo lief uit zou zien.

'Lydia?' vroeg hij terwijl hij beschroomd naar haar toe liep. Ze moest het wel zijn. De enige andere mensen in het café waren een bejaard stel dat een enorme punt Victoria Sponge Cake deelde, en een jongeman met vochtig donker haar die zich met een potlood in zijn hand over een schetsboek had gebogen.

Ze antwoordde met een kleine, beleefde glimlach, hoewel hij kon zien hoe nerveus ze was. 'Hoi,' zei ze. 'Je lijkt op hem,' flapte ze eruit, en toen kleurden haar wangen roze, alsof ze te snel over iets te persoonlijks was begonnen.

Hij negeerde de opmerking omdat hij niet zeker wist hoe hij erop moest reageren. Daarnaast wilde hij eerst meer over Lydia Fox te weten komen voordat ze gezellig gingen zitten doen. Koel en afstandelijk, maar beleefd: dat was zijn plan. 'Kan ik je iets aanbieden? Nog iets te drinken?' vroeg hij. Dat is het enige wat ik je vandaag zal aanbieden, dacht hij. Afgezien van een enkele reis uit het leven van mijn familie.

Ze schudde haar hoofd, dus ging hij naar de counter en bestelde alleen een latte. 'Met een extra shot espresso, alsjeblieft.' Hij had dringend cafeïne nodig. Alles wat hem kon helpen om dit gesprek door te komen.

Hij ging tegenover haar zitten en opende zijn mond om te beginnen, maar zij was hem voor. 'Ik weet je naam niet,' zei ze.

'O. Het is Dean,' antwoordde hij.

'Dean,' herhaalde ze. 'Hoi, Dean. Nu je het zegt, volgens mij heeft hij het weleens over je gehad.' Ze schonk hem een gespannen glimlach, maar het beste wat hij haar kon bieden als reactie was een grimas. Probeer geen vrienden met me te worden, dacht hij. Hij haalde zich Zoë's hangende schouders in de supermarkt voor de geest en herinnerde zich hoeveel hij haar schuldig was.

'Hoi,' zei hij. 'Dus –'

'Waar gaat dit allemaal over?' onderbrak ze hem.

Hij nam een slok van zijn te hete koffie. Een klein prikkeltje irritatie gleed langs zijn ruggengraat omdat ze de teugels in handen had genomen terwijl hij degene was die het gesprek volledig had willen sturen. Een slechte start. 'Het gaat over Patrick,' antwoordde hij stijfjes.

'Ja,' zei ze. 'Zover was ik al gekomen.' Haar ogen waren donkerbruin en angstig, ze had haar mok stevig vast. Dit zou allemaal veel gemakkelijker zijn geweest als ze niet zo uitzag als een bang hert, dacht Dean. Hij zette zich mentaal schrap voor wat er ging komen.

'Ik denk niet dat je weet wat er is gebeurd. Sterker nog, ik ben er vrij zeker van dat je dat niet weet, dus ik ga het je gewoon vertellen,' begon hij. Zijn hartslag ging als een gek tekeer door de koffie en de adrenaline. 'En het spijt me echt, want dit is verschrikkelijk nieuws, maar... Oké, het zit zo, hij is overleden. Patrick is overleden.'

Ziezo, het was eruit. Hij riskeerde een blik op Lydia en ze staarde terug, haar mond open van verbijstering.

'Hij... Wat? Hij is overleden?' Verdomme, dus dit was duidelijk compleet nieuwe informatie voor haar. Waar dacht ze dat Patrick al die tijd was geweest?

'Ja. Hij...' Zes weken later en het was nog steeds ongelooflijk moeilijk om de woorden hardop te zeggen. 'Hij is verdronken.'

'Verdronken?' Ze sloeg een hand over haar mond en knipperde meerdere keren met haar ogen. Toen hij haar weer aankeek, zag hij dat haar ogen glinsterden van de tranen. 'O mijn god. Wat erg. Niet te geloven zeg. Dat was het laatste wat ik verwachtte dat je zou zeggen.' Een traan brak los van haar wimpers en rolde over haar gezicht, een streep mascara bleef achter.

'Ik weet het.' Hij staarde naar de tafel. 'Hij liep 's avonds naar huis en had een paar drankjes op, dus we denken dat hij gewoon pech had en in de rivier is gevallen, maar...' Hij haalde ongelukkig zijn schouders op en dwong zichzelf de volgende woorden uit te spreken. 'We weten niet zeker wat er is gebeurd. Hij was alleen, snap je, dus...' Emoties overspoelde hem. Hij was alleen. Patrick was alleen gestorven. Het water was zijn longen ingestroomd en zijn lichaam was dieper en dieper onder het zwarte oppervlak van de rivier verdwenen terwijl hij eigenlijk in Deans logeerkamer had moeten liggen snurken en mompelen in zijn slaap. Het was een vreselijke, afschuwelijke manier om aan je einde te komen.

'Dat is verschrikkelijk. Dat is zo tragisch. Het spijt me zo,' zei Lydia opnieuw met een gekwelde stem. Haar gezicht was al bleek, maar nu zag ze werkelijk spierwit. Dean hoopte dat ze niet zou flauwvallen of overgeven of een andere fysieke reactie zou hebben. 'O god, en nu zal Jemima nooit te weten komen –' voegde ze eraan toe, maar ze slikte de rest van de zin snel in voordat ze die kon afmaken.

Jemima. Hij werd een beetje misselijk. Tot zover de hoop dat hij en Lydia samen konden lachen om de waanzinnige ideeën die hij zich in zijn hoofd had gehaald. Het leek erop dat zijn eerste aanname al die tijd juist was geweest. 'Is dat je kind?' vroeg hij, en iets binnen in hem brak. O, Patrick. Hij kon het niet geloven.

'Ja. En dat van Patrick. Jouw nichtje, geloof ik.'

Dean knipperde beduusd met zijn ogen. Zijn nichtje. Jezus, dat klopt. Zo had hij het nog niet bekeken. Hij was zo gefocust op zijn behoefte om Zoë te beschermen, dat hij de situatie niet vanuit zijn eigen perspectief had bekeken. 'Eh, ja,' zei hij, stomverbaasd.

Lydia grabbelde in haar tas naar een zakdoekje, dacht hij, totdat hij zich realiseerde dat ze op zoek was naar haar telefoon om hem een foto te laten zien. Nee, wilde hij zeggen, één hand omhoog als een politieagent in het verkeer. Laat het me niet zien. Het was beter als deze vrouw en haar kind anoniem voor hem bleven, zodat hij dit deel van Patricks leven voorgoed kon afsluiten en vergeten. Onwetendheid is een zegen, werd altijd gezegd. Maar het was al te laat.

'Hier,' zei ze terwijl ze de telefoon omhooghield. Een meisje met bruin haar in twee staarten en sproeten over haar neus en wangen glimlachte naar hem, een spleet tussen haar twee voortanden. 'Dit is haar. Ze is zeven.'

Het gezicht van het meisje was levendig en expressief. Het leek alsof ze midden in een lachbui of het vertellen van een mop was toen de foto werd gemaakt. Dean voelde een steek van herkenning in zijn hart. Ze leek zo erg op Bea. Ze konden praktisch zussen zijn, dacht hij voordat hij zich herinnerde dat ze, duh, halfzussen waren. Haar haar had een andere kleur – het kwam meer in de buurt van Lydia's kastanjebruin dan Bea's zandblond – maar haar neus was hetzelfde en haar glimlach was een exacte kopie van die van Patrick. Hij kreeg een brok in zijn keel. Tot nu toe was dit meisje – Jemima – niets meer dan een vage verbeelding van zijn hersenen geweest, iets wat Dean nog niet had willen geloven. Nu was ze echt. Een mens. Patricks andere dochter. Dean was ontzet en compleet van zijn stuk gebracht.

'Ze is prachtig,' zei hij gebroken. 'Ze ziet er precies uit –' Hij stond op het punt om 'als mijn andere nichtje' te zeggen, maar hij kon het niet. Hij kon ze niet hardop aan elkaar linken, omwille van Zoë. Wist Lydia wel dat Patrick andere kinderen had? Hij moest hier voorzichtig te werk gaan en niet zijn mond voorbijpraten.

Tijd om van onderwerp te veranderen. 'Dus jij en Patrick... Wanneer hebben jullie...? Hoelang waren jullie...?' Hij kon niet eens zijn eigen vragen afmaken. Een deel van hem wilde geen details weten, want ergens diep vanbinnen hoopte hij nog steeds dat het een grap zou zijn. Maar aan de andere kant moest hij meer te weten komen om het allemaal in een of ander kader te kunnen plaatsen. Hij moest begrijpen hoe en waarom het was gebeurd. Hoe Patrick dit Zoë en de kinderen had kunnen aandoen.

'Hoelang waren we samen? Ongeveer vijf maanden,' antwoordde ze. 'Hij dumpte me toen ik erachter kwam dat ik zwanger was. Het was ook een ongelukje, dat moet ik toegeven, maar Patrick wilde er niets mee te maken hebben. Trok zijn handen dezelfde dag nog van me af en zei dat ik nooit meer contact met hem op mocht nemen. Dat was leuk.' Haar gezichtsuitdrukking verhardde – Patrick had haar heel veel pijn gedaan, zag Dean – maar toen ze doorhad dat hij naar haar keek, liet ze haar ogen naar de grond zakken. 'Sorry. Het voelt nu verkeerd om iets slechts over hem te zeggen.'

Dean kon het niet bijhouden. 'Wacht, hoe oud zei je dat Jemima was?'

'Ze is zeven. En geweldig.' Haar gezicht was een mengeling van trots en strijdlustigheid, alsof ze hem uitdaagde om dit te ontkennen. 'Ik had geen idee dat Patrick getrouwd was, zo naïef was ik, maar toch, toen ik zwanger werd...' Ze bloosde. 'Het was een ongelukje, zoals ik al zei, maar ik wilde me niet zomaar van haar ontdoen. Hij zei dat hij zou betalen voor... je weet wel, een abortus.' Ze struikelde over het woord. 'Maar ik besloot haar te houden.'

Dit ging allemaal veel te snel voor Dean. 'Je wist niet dat Patrick getrouwd was,' herhaalde hij terwijl hij het verhaal in zijn hoofd probeerde samen te vatten op een manier die hij kon begrijpen, een manier waarop zijn broer niet de slechterik was.

'Nee! Hij had het nooit verteld en ik nam aan, nou, als

iemand met je flirt ga je er niet van uit dat hij al een relatie heeft, toch? Het was geen enkele seconde in me opgekomen dat hij getrouwd was.' Haar stem werd luider. 'Wat? Denk je dat ik met hem uit zou zijn gegaan als ik wist dat hij een vrouw had?' Ze lachte spottend. Haar ogen waren zo koud dat Dean nerveus begon te worden. 'Zo ben ik echt niet,' zei ze terwijl ze in de lucht prikte. Toen trilden haar lippen en sloeg ze weer een hand voor haar gezicht. 'Ik kan niet geloven dat hij dood is. Sorry. Het blijft me opnieuw te binnen schieten. Ik weet dat het lang geleden is... Ik heb hem sindsdien niet eens meer gezien, maar ik hoopte toch dat Jemima hem op een dag zou ontmoeten. Dat hij net zoveel van haar zou houden als ik.'

Dean had het gevoel dat hij kilometers achterliep. Zijn hersenen waren nog steeds bezig met het verwerken dat zijn eerdere veronderstellingen niet klopten. Lydia was geen echtbreker of stalker. Waarschijnlijk ook geen kwaadaardige afperser. 'Dus jullie waren niet meer samen na haar geboorte,' zei hij. Hij zag iets over het hoofd. Het moest wel. 'Hij en Jemima...?'

Ze schudde haar hoofd. 'Hebben elkaar nooit ontmoet. Hij was niet geïnteresseerd.'

Het was duidelijk aan haar te zien hoeveel pijn dit haar deed, maar ze was ook sterk, want zodra ze besefte dat ze zich kwetsbaar had opgesteld, schoot ze hem een blik toe die duidelijk zei: waag het niet om medelijden met me te hebben.

Maar het was te laat, want dat deed hij al. Hij vond het vreselijk voor haar en had serieus met haar te doen. 'Sorry,' mompelde hij, geschokt door de acties van zijn broer. 'Dat is... behoorlijk kut.' Je eigen kind nooit zien. Geen enkele keer. Het was meer dan kut, het was afschuwelijk. Wat dacht Patrick wel niet?

'Zijn verlies,' zei Lydia, en haar gezicht was zo strak, zo fel, dat het leek alsof ze je hoofd zou afbijten als je ook maar durfde te suggereren dat zij iets verloren had.

'Ja,' beaamde Dean. Hij dacht aan hoeveel Patrick van zijn drie kinderen had gehouden, hoe enorm trots hij was geweest op elk van hen en hoe veilig en gelukkig ze waren geweest met hem als hun vader. Ja, het was inderdaad Patricks verlies om dit vierde, geheime kind niet te leren kennen, maar Jezus, het was ook een verlies voor dat kleine meisje, ze zou nooit deel uit gaan maken van haar vaders leven. Niet dat Dean dit hardop durfde te zeggen. Niet terwijl Lydia er nog steeds zo strijdbaar uitzag. 'Het spijt me echt,' zei hij opnieuw. 'Ik had geen idee.'

Ze haalde haar schouders op en was duidelijk niet gediend van zijn medeleven. 'Wij redden ons wel.'

Er was een kortstondige stilte en toen herinnerde hij zich hoe hij aan haar nummer was gekomen. Het laatste mysterie dat nog opgehelderd moest worden. 'Nog één ding,' zei hij. 'Het kaartje dat je Zoë hebt gegeven hing op haar koelkast. Dat is hoe ik je telefoonnummer had gevonden.'

'Is dat je schoonzus?' zei ze bot. 'Degene die ik zogenaamd lastigval?'

Hij liet zijn ogen zakken. O ja. Hij was vergeten dat hij die beschuldiging had geuit. 'Sorry,' zei hij opnieuw. 'Ik was in de war en wist niet wat ik ervan moest denken. Hoe kennen jullie elkaar dan? Zoë zei dat ze je in een winkel had ontmoet, of zoiets?'

Lydia schudde haar hoofd. 'Ik denk niet dat ik iemand ken die Zoë heet,' antwoordde ze, en ze ging op sarcastische toon verder: 'Ik ben er vrij zeker van dat ik het me zou herinneren als ik Patricks vróúw had ontmoet.'

'Het kaartje was van een winkel in Chiswick.' Dean haalde zijn telefoon tevoorschijn en liet haar de foto van het kaartje met Lydia's naam en telefoonnummer zien. 'Tenzij Zoë je op een of andere manier heeft opgespoord en –'

Maar Lydia's gezicht vertrok. 'O mijn god,' zei ze. 'Dat was

Zoë?' Ze legde een hand voor haar mond en sperde haar ogen wijd open terwijl de puzzelstukken in elkaar leken te vallen. 'Dat moet haast wel. Ze was op straat in huilen uitgebarsten. Ik had geen idee wie ze was. Ik wilde haar alleen maar helpen totdat ze zich weer wat beter voelde. Ze zei wel dat ze onlangs haar man had verloren.' Ze knipperde verbijsterd met haar ogen. 'Een paar dagen later kwam ze terug met bloemen. Tenzij ze een geweldige acteur is, denk ik dat het compleet toeval moet zijn geweest.'

Ze staarden elkaar aan. Hoe was dat mogelijk in een stad zo groot als Londen?

'Ze leek zo overstuur dat ik haar mijn kaartje met mijn nummer heb gegeven voor het geval ze met iemand wilde praten,' ging Lydia verder. 'Ik zweer dat dat alles was. Ik had medelijden met haar.' Ze beet op haar lip en staarde naar de tafel. 'Ze is heel mooi,' zei ze, bijna in zichzelf. Ze fronste. 'Wat moet ik doen als ze me belt voor een praatje? Ik kan niet doen alsof ik van niets weet, alsof dit niet is gebeurd.'

'Echt niet?' vroeg Dean voorzichtig. De situatie werd met de minuut ingewikkelder. Blijkbaar was het al niet meer mogelijk om dit gedoe met Lydia netjes af te handelen voordat Zoë van haar bestaan wist. Ze hadden elkaar al ontmoet, dus daar was het te laat voor.

Lydia leek geschokt. 'Natuurlijk niet!' zei ze. 'Ik kan toch niet liegen tegen een rouwende weduwe? Vooral niet als onze kinderen halfbroers en -zussen zijn. Wacht, wat zijn het trouwens? Jongens of meisjes? Dit zijn Jemima's halfbroers en -zussen en ik weet niet eens hoe ze heten.'

Dean aarzelde. Het was alsof Pandora's doos was opengebarsten en hij machteloos moest toekijken hoe alles uit elkaar viel. Zou het ontrouw tegenover Zoë zijn om Lydia hun namen te vertellen? Maar hoe kon hij weigeren als, zoals ze al zei, het de halfbroers en -zussen van haar eigen dochter waren? 'Ethan, Gabe en Bea,' mompelde hij.

Ze sloeg deze informatie knikkend op. 'Leuk,' zei ze na een poosje. 'Wauw! Jemima wilde altijd al broers en zussen hebben. Hoe oud zijn ze?'

Dit ging allemaal te snel en te rommelig. Hij was het hun en Zoë verschuldigd om niets meer te zeggen, toch? 'Nou, het zit zo...' begon hij, hulpeloos op zoek naar een manier waarop hij zich een weg uit deze puinhoop kon graven.

Haar ogen vernauwden zich. Ze nam hem een lang ongemakkelijk moment onder de loep en toen leunde ze achterover in haar stoel. 'O, ik begrijp het... Domme ik. Laat me raden: je kwam hier vandaag niet om gezellig kennis te maken. Je kwam eigenlijk om me te vertellen dat ik geen geld meer zal krijgen. Pech gehad. Zijn vrouw wil dat ik oprot en weer onder mijn rots verdwijn.' Er was een ongemakkelijke stilte en toen hij haar niet corrigeerde, lachte ze vreugdeloos. 'Juist. Precies zoals ik al dacht.'

Dean slikte. Hij kon het niet ontkennen. Dat was precies waarom hij hierheen was gekomen. Maar hoe meer hij over Lydia te weten was gekomen, hoe meer hij van gedachten was gaan veranderen. Ze was niet langer alleen een naam op een bankafschrift. Ze was een persoon met gevoelens, achterdocht, ongeloof, verdriet, woede en trots, hij had het allemaal gezien in slechts tien minuten tijd. Bovendien was ze de moeder van Patricks andere dochter. 'Nee, dat is het niet,' hoorde hij zichzelf zeggen. Of hij het nu leuk vond of niet, dit kind, Jemima, was familie. Als hij haar en Lydia nu links zou laten liggen, zou hij net zo harteloos zijn als zijn broer. Hij kon het niet.

Maar wat zou dit in de praktijk betekenen? Hoe kon hij dit ooit aan Zoë uitleggen? O, trouwens, je kinderen hebben een halfzus. Verrassing! Patrick maakt al jaren geld aan haar over en ik weet dat hij nu dood is, maar ze moet nog steeds iets krijgen, toch? Misschien van de levensverzekering?

Lydia's gezicht zag er gekweld en opstandig uit. 'Ik wil zijn geld toch niet,' zei ze voordat hij iets uit kon brengen. Ze stak haar kin omhoog. 'Ik heb hem weleens gezegd om sowieso geen moeite te doen, dat we het prima zouden redden zonder hem, maar –'

'Ik vind er wel iets op,' flapte Dean eruit. Een seconde later spoelde een hete golf van schaamte over hem heen omdat hij Zoë's gezicht voor zich zag als ze dit ooit te horen zou krijgen. Je hebt wát tegen die vrouw gezegd? hoorde hij haar al schreeuwen. 'Ik bedoel, ik kan de automatische incasso die al in het systeem staat negeren, doen alsof ik het niet had gezien, zodat de maandelijkse betaling blijft doorgaan –'

'Nee, bedankt.'

'Of… Luister, ik geef je zelf geld voor je dochter. Ik ben haar oom, zoals je al zei. Natuurlijk kan ik –'

'Nee. We zijn niet een of ander goed doel, we hebben je geld niet nodig.' Ze was behoorlijk adembenemend in haar woede, dat moest gezegd worden. Ze stond op en pakte haar vochtige regenjas en fietshelm van de stoel zonder hem een blik waardig te gunnen. 'Vergeet het maar. Bedankt dat je het me hebt laten weten. Je hebt jouw deel gedaan. Wij redden ons wel. Vervelend om te horen over je broer,' voegde ze eraan toe.

En toen, voordat hij kon reageren, liep ze weg, zonder nog één keer achterom te kijken. Dean was bijna onder de indruk van hoe boos iemand eruit kon zien door de manier waarop de schouders gespannen waren. Tegelijkertijd verschrompelde hij vanbinnen omdat de ontmoeting zo slecht was afgelopen. Een half uur geleden had hij zich nog voorgenomen om haar te vertellen dat ze het geld kon vergeten en zijn familie met rust moest laten. Maar nu bleek dat niet meer zo eenvoudig te zijn. Sterker nog, hij was er vrij zeker van dat deze hele situatie niet eenvoudig ging zijn.

12

'Je bent er! Je bent niet in honderd stukjes in een vuilniszak ergens gedumpt of meegenomen naar de flat van een of andere viezerik. Wat een opluchting!' riep Bridget toen Lydia bij de schoolpoort aankwam.

De glimlach waarmee Lydia reageerde, voelde zwak aan. 'Opluchting' was niet precies het woord dat ze zou gebruiken om te omschrijven hoe ze zich nu voelde, maar ja, Bridget had een punt: ze was tenminste niet dood of ontvoerd. Een vrij lage lat voor een lichtpuntje, maar ze moest alle positieve dingen vandaag met beide handen aannemen. Haar emoties tuimelden nog steeds over elkaar heen. Patrick is dood, Patrick is dood, bleef ze als verdoofd herhalen. En dat was als ze niet werd gekweld door haar stomme actie om zijn geld af te slaan. Waar zát ze met haar hersenen? 'Ik ben er,' was alles wat ze zei.

'Ennnnn?' drong Bridget aan. Ze was een stevige, luidruchtige vrouw, het soort persoon dat altijd de aandacht trok, ook al was het niet haar bedoeling. Ook nu keken er mensen hun kant op.

Lydia legde een vinger tegen haar lippen en deed een aantal

stappen weg van de menigte. 'Ik heb net Patricks broer ontmoet,' zei ze met een lage stem.

'Patrick,' herhaalde Bridget fronsend, waarna het kwartje viel en haar ogen wijd open vlogen. 'Wacht, wacht, wacht. Wat? Dé Patrick? Je had een afspraakje met zijn bróér?'

'Nee! Niet op die manier. Echt niet.' Lydia keek om zich heen om er zeker van te zijn dat niemand haar kon horen. 'Hij vroeg of we ergens konden afspreken omdat... om me te vertellen dat –'

De conciërge opende op dat moment de poorten zodat de wachtende ouders naar binnen konden. Lydia en Bridget bleven samen buiten.

'Hij is dood,' maakte ze haar zin bot af. 'Patrick. Hij is verdronken.' Gek genoeg sprongen de tranen meteen weer in haar ogen. Het was zo vreemd om deze woorden hardop uit te spreken.

Hij was altijd zo genadeloos levendig geweest, dat was het hem juist. Zo snel en sterk en sexy. Hij verlichtte een kamer door gewoon naar binnen te lopen. Dat was waarom ze jaren geleden haar ogen niet van hem af had kunnen houden. Nadat ze uit elkaar waren gegaan verwachtte ze hem nog een lange tijd tegen het lijf te lopen – ze scande groepen mensen om te kijken of Patricks gezicht erbij zou zitten – maar ze had hem geen enkele keer meer gezien, en nu zou dat nooit meer gebeuren. Hij was weg. Voor altijd.

'O mijn god. Wat erg, schat. Hoe voel je je?' Bridget trok haar in haar armen en even kreeg Lydia de kans om al haar emoties de vrije loop te geven. De herinneringen vlogen door haar hoofd. Al die gelukkige momenten die ze met elkaar hadden gedeeld.

De eerste keer dat hij bij haar thuis langs was gekomen, bijvoorbeeld: een dinsdagmiddag waarop ze zich allebei ziek hadden gemeld. 'Ik voel een migraine opkomen,' had ze tegen haar baas gezegd, met zware ogen, voordat ze bijna huppelend op weg ging naar de metro. Een uur later waren ze samen het bed ingedoken, met de warme zon door het raam op hun lichamen. Hoe heerlijk het had gevoeld, hoe perfect. Daarna, terwijl ze in elkaars armen lagen, had de wind het zwoele geluid van iemand die een klarinet speelde de kamer in geblazen. 'Dit is ons liedje,' had hij gezegd, vlak voordat de muzikant een verkeerde noot speelde en ze in lachen waren uitgebarsten.

En de avond dat hij haar had verrast door op een zonnige dag voor haar kantoor te wachten met een picknickmand en een koude fles cava. Ze hadden elkaar zoete rode aardbeien gevoerd in Richmond Park en ze had gedacht dat ze zou kunnen sterven van puur geluk. Ze merkte nog steeds dat ze aan hem dacht wanneer ze aardbeien at.

Of het weekend dat ze samen in de South Downs hadden doorgebracht, waar ze verbleven in een negenhonderd jaar oud kasteel met ramen met montanten en uitzicht op de gracht. Ze hadden zich koning en koningin van de wereld gevoeld en dat was waar ze voor het eerst tegen Patrick had gezegd dat ze van hem hield. 'O god, ik ook van jou. Je hebt geen idee hoeveel,' had hij met zoveel oprechtheid in zijn stem geantwoord dat ze de intensiteit bijna niet had kunnen verdragen. Dit is het, had ze zichzelf verteld, toen ze die zondagochtend eerder wakker was dan hij en haar hart vol liefde voelde stromen voor de slapende man naast haar. Dit is het. Voor altijd en eeuwig. Ik hou van hem!

(Het was een marteling – zodra ze de waarheid over hem te weten was gekomen – om zich af te vragen wat hij zijn vrouw elke keer had verteld. Overwerken? Een vrijgezellenfeest? Pokeravond met de jongens? Ze zou het nu waarschijnlijk nooit weten, maar hoe was het mogelijk dat iemand zo schaamteloos kon liegen tegen de persoon van wie hij zogenaamd hield?)

Zo was het vijf gelukkige, mooie maanden doorgegaan, totdat de pil haar in de steek had gelaten – achteraf gezien was het waarschijnlijk door een voedselvergiftiging gebeurd – en toen was er plotseling een positieve zwangerschapstest. Kort daarna had hij zijn verdwijntruc uitgevoerd en had hij zich netjes uit haar leven verwijderd, alsof hij zichzelf uit een foto had geknipt.

'Ik voel me... een beetje vreemd,' biechtte Lydia nu op, zich uit Bridgets armen losmakend. Ze groef in haar zak naar een zakdoekje. 'Het was niet dat hij ooit zijn vrouw voor mij zou verlaten of zo, ik wist dat het voorbij was, dat heeft hij heel duidelijk gemaakt, maar ik heb toch medelijden met Jemima, want nu zal ze hem nooit ontmoeten.' Ze snoot haar neus. 'Nu we het toch over ze hebben, we moeten de kinderen gaan halen.' Als ze nog langer zouden praten, zou ze uiteindelijk toegeven dat ze Patricks broer had gezegd dat ze het onderhoudsgeld niet meer wilde, en Bridget zou haar absoluut voor gek verklaren. En dan was er nog die kwestie dat ze Patricks vrouw per ongeluk had ontmoet... dat moest ze eerst zelf zien te verwerken.

'Ja, dat klopt,' zei Bridget. Ze kneep in Lydia's hand. 'Maar je weet me te vinden als je me nodig hebt, hè? Of jij en Jem kunnen nu met ons meekomen voor een kopje thee?'

'Dank je,' zei Lydia, 'maar het komt wel goed. Ik moet het gewoon zien te bevatten, denk ik.'

'Tuurlijk,' zei Bridget terwijl ze zich bij de gestage stroom van ouders bij de schoolpoort aansloten. 'Hoe was hij, de broer?' vroeg ze terwijl ze Lydia een elleboog gaf. 'Net zo'n knappe vent als Patrick?'

Lydia glimlachte flauw. 'Hij was...' Ze moest even stilstaan bij de vraag; ze was zo in beslag genomen door wat Dean allemaal te zeggen had dat ze zich niet echt een mening over zijn uiterlijk had gevormd. Wat zei Patrick ook alweer over hem, al die jaren geleden? Hij heeft de hersenen, ik heb de looks, of iets in die richting. 'Ze lijken inderdaad op elkaar,' zei ze. 'Je kunt zien dat ze broers zijn. Dezelfde wenkbrauwen.' Ze trok een gezicht. Dit was zo onbelangrijk, gezien de omstandigheden. 'Hij was prima, denk ik. We waren aanvankelijk verkeerd begonnen, maar daarna ging het beter. Let wel, ik ben uiteindelijk weggestormd, omdat –' Ze sloot prompt haar mond en vervloekte haar eigen woorden. Had ze niet net gezworen dat ze dit nog niet wilde bespreken?

'Omdat...?' drong haar vriendin aan.

Lydia wierp haar een verontschuldigende blik toe. Ze waren bijna bij het klaslokaal en er waren te veel andere ouders in de buurt voor dit gesprek. 'Ik moet het je later vertellen,' zei ze. 'Als je belooft niet boos op me te zijn.'

Bridget kreunde en wierp haar een strenge blik toe. 'Lydia Fox, wat heb je nu weer gedaan?'

13

'Mama?' begon Bea met een mondvol boterham.

'Ja, lieverd?' Het was woensdagmiddag en ze hadden zich gedurende de laatste twintig minuten van Gabes voetbaltraining teruggetrokken in de auto. De temperatuur was flink gedaald de afgelopen dagen en Zoë was bang dat Bea's hoest erger zou worden als ze nog langer in de snijdende wind zouden blijven staan. Bea, dolblij dat ze naast Zoë op de bijrijdersstoel mocht zitten, droeg nog steeds haar roze muts en had zich zojuist op de boterham gestort die ze nog overhad van haar lunch.

'Ik vroeg me iets af. Denk je dat er broodjes in de hemel zijn?' vroeg ze terwijl er sliertjes geraspte kaas op haar schoolrok vielen.

'Probeer niet zoveel te laten vallen, liefje. Kijk, het zit overal,' zei Zoë. Bea veegde prompt de kruimels van haar knieën. Zoë deed haar best om haar irritatie te onderdrukken terwijl ze toekeek hoe alles nu op de vloer van de auto viel.

'Maar denk je dat?'

'Denk ik dat ze broodjes in de hemel hebben? Eh...' Dit gebeurde de laatste tijd steeds vaker: Bea was begonnen met het stellen van hele specifieke vragen over de hemel, alsof ze het tot in het kleinste detail probeerde te visualiseren. 'Ik denk het wel.' Zoë bestudeerde haar dochters gezichtsuitdrukking. 'Zit je aan papa te denken?'

'Ja, omdat hij zoveel van spekbroodjes houdt. Ik hoop dat hij er veel krijgt. En ketchup. Is er ketchup in de hemel?' Ze likte wat boter van haar vinger en draaide haar gezicht verwachtingsvol naar Zoë. Tussen haar wenkbrauwen vormde zich een kleine frons, alsof het ketchupprobleem haar serieuze zorgen baarde.

'O, ik denk dat er meer dan genoeg ketchup is,' antwoordde Zoë met een zo vastbesloten stem als ze maar kon. Ze voelde zich altijd ongemakkelijk tijdens deze gesprekken. Het liefst wilde ze het beeld van de hemel zo vaag en geruststellend mogelijk houden, want hoe meer van dit soort details erbij kwamen kijken, hoe meer het voelde als liegen. Maar wat moest ze anders? 'Als Bea het fijn vindt om over deze dingen te fantaseren, dan denk ik dat het geen kwaad kan,' had haar moeder haar gerustgesteld aan de telefoon, en daar was Zoë het wel mee eens.

'Wat als er alleen bruine saus is? Dat vindt hij niet eens lekker. Of als ze zeggen: sorry, vandaag geen spek, we hebben alleen maar tonijn. Hij haat tonijn!' Bea was altijd de meest sympathieke van haar kinderen geweest en haar blauwe ogen vulden zich met tranen bij de gedachte dat haar vader dit zo wreed werd ontzegd. 'Hij zal verdrietig zijn, toch? En hongerig!'

Zoë legde haar hand op die van Bea. 'Ik ben er vrij zeker van dat de hemel een heel mooie plek is waar niets ergs gebeurt,' zei ze resoluut. 'Ik denk dat het er altijd zonnig is, met een heleboel spekbroodjes, en dat er heel goed voor papa wordt gezorgd. Hij zal helemaal niet verdrietig of hongerig zijn.' Ze liet het hiernamaals klinken als een geweldige vakantie, met een eindeloos ontbijtbuffet en fantastische roomservice, realiseerde ze zich. Er waren ergere analogieën.

'Maar hij zal ons wel missen, toch? Want wij missen hem.'

'Ja, maar sommige mensen denken dat als je in de hemel bent, je naar de wereld kunt kijken en iedereen waar je van hield in de gaten kunt houden. Dan maak je min of meer nog steeds deel uit van hun leven.' Oké, ze wist dat ze zich nu op gevaarlijk terrein begaf. Ze had opgezocht wat ze kon zeggen tegen kinderen die een dierbare hadden verloren en had gelezen dat dit idee of rustgevend, of potentieel alarmerend kon zijn, afhankelijk van hoe letterlijk de kinderen het op zouden vatten.

'Dus hij kan me zien als ik op de wc zit? Of als ik iets fout doe op school?'

'Nou...' Natuurlijk zou Bea meteen aan de meest prozaïsche dingen denken. Misschien was het idee niet zo rustgevend als Zoë had gehoopt. 'Ik denk het niet,' ging ze voorzichtig verder. 'Maar ik geloof zelf graag dat hij me kan horen als ik tegen hem praat. Daardoor voel ik me een beetje beter.'

Bea dacht hier even over na. 'Wat voor dingen zeg je dan tegen hem?'

Dit was niet het moment om op te biechten wat voor boze dingen ze in haar meest verdrietige momenten tegen Patrick had gezegd. 'Nou, ik zeg dat ik hem mis en dat ik wilde dat hij hier was. Soms, als ik naar de begraafplaats ga, vertel ik hem wat er thuis is gebeurd, wat jij en de jongens hebben gedaan.'

Bea kauwde op de laatste hoek van haar broodje en dacht hierover na. 'Kunnen we nu met hem praten?'

'Ja, absoluut.' Zoë kneep in haar hand. 'Wat wil je zeggen?'

Bea maakte een natte cirkel in de condens op het raam zodat ze naar buiten kon kijken en tuurde naar de hemel. 'Papa!' zei ze bazig. 'Kun je me horen?' Even luisterden ze allebei of er een antwoord zou komen.

Stom genoeg wachtte Zoë weer op een teken: het kletteren van regendruppels op het autodak, een veer die uit de lucht op de voorruit viel, wat dan ook. Maar natuurlijk gebeurde er niets. 'Ik weet zeker dat hij je kan horen, lieverd, ga maar door,' zei ze.

'Papa, ik ben het, Bea. Ik heb iets heel belangrijks te zeggen,' vervolgde ze, nog steeds starend door haar kijkgat. 'Dit is het: niet naar me kijken als ik op de wc zit, oké? Niet doen! Want dat zou heel onbeleefd zijn. Oké, papa?'

Ondanks de situatie wilde Zoë ineens giechelen. Bea zag er zo ernstig en afkeurend uit, ze wiebelde zelfs met een vinger. 'Is er nog iets dat je wilt zeggen?' vroeg ze met een gesmoorde stem.

'Eh… Ik mis je, papa. Echt heel veel! V-E-E-L,' spelde ze voor de goede orde. 'Ik heb mijn spelling van deze week trouwens heel goed gedaan, en…' Ze zweeg even en fronste, op zoek naar inspiratie. 'En Gabe kreeg problemen met de directeur omdat –'

'Laten we alleen maar leuke dingen vertellen, oké?' onderbrak Zoë haar. Ze konden hier nog de hele dag zitten als Bea de rol van informante ging spelen.

Bea legde haar handen om haar mond. 'Ik hou van je, papa! Je bent de beste. Maar denk aan wat ik zei over de wc, oké?' Ze hield haar hoofd schuin alsof ze luisterde en knikte toen tevreden. 'Hij zei oké.'

'Goed zo.'

'En dat hij meer van mij houdt dan van de jongens.'

'Hm.'

'Echt waar! Dat zei hij net tegen me.'

'Oké, maar misschien moet je dat geheimhouden. Kijk, daar komt Gabe aan. Klim maar weer naar achteren en doe je gordel om, lieverd.' Ze glimlachte naar Bea toen die weer op de achterbank zat. 'Goed gedaan. Laten we dat een ander keertje weer doen. Ik durf te wedden dat papa het heel leuk vond om je stem te horen. Hoi, Gabe. Stap maar in, dan gaan we naar huis.'

Die avond zat Dean achter zijn laptop om zijn spreadsheet met het Patrickplan te updaten. 'Rekeningen ingediend bij boekhouder' typte hij in de kolom die hij 'Zakelijk' had genoemd. 'Papierwerk gesorteerd', 'Rekeningen betaald' voegde hij eraan toe naast de datum waarop hij de taken had verricht. Het gaf hem opvallend veel voldoening om de klusjes die hij had afgerond op te zien stapelen, allemaal kleine dingetjes die samen echt waardevol begonnen te worden. Was het nog maar een week geleden dat hij besloot om aan dit plan te beginnen? In die tijd had hij al tien goede daden op kunnen schrijven, wat uitkwam op een gemiddelde van 1,428 per dag. Laten we het afronden naar 1,43. Hoe dan ook, het voelde als een uitstekende vooruitgang, alsof hij echt een verschil maakte. Sterker nog, als hij op deze manier doorging, zou hij in de komende twee maanden minstens tachtig Patrickgerelateerde klusjes kunnen klaren, en met elk ervan hoopte hij de pijn en stress van Zoë en de kinderen te verminderen.

Wacht, hij was nog iets vergeten. 'Lift van/naar beeldhouwclub' typte hij in de kolom 'Ethan', wat hem naar elf goede daden bracht. Of moest hij dat als twee aparte dingen noteren? vroeg hij zich af voordat hij besloot dat dat waarschijnlijk te ver ging. Zijn neefje was deze week wat spraakzamer geweest. Hij had over het werk verteld dat ze in de club deden en een paar anekdotes van zijn dag op school gedeeld. Ondertussen klonk er weer een verpletterend concert door de auto. 'Luisterden jij en je vader samen naar dit soort muziek?' vroeg Dean nieuwsgierig tijdens een korte stilte in het gesprek. Hij kon het op de een of andere manier niet voor zich zien.

Zijn instinct bleek te kloppen. Ethan snoof. 'Je maakt een grapje, of niet? Pa zei altijd dat het gay was.'

'Serieus?' vroeg Dean verbijsterd. 'Je bedoelt dat klassieke muziek gay is, of dat mensen die ernaar luisteren gay zijn?'

'Allebei. Je weet hoe hij was.' Ethan tilde een schouder op alsof het hem niets kon schelen.

Dean wist niet wat hij daarop moest zeggen. 'Lijkt me een beetje bekrompen,' merkte hij uiteindelijk op. Hij wilde zijn broer niet zwartmaken waar zijn eigen kind bij was, maar een heel muziekgenre 'gay' noemen leek iets middeleeuws. Daarnaast was het gewoon behoorlijk triest.

'Yep. Nou ja, zo was papa,' zei Ethan. 'Hij vond kunst ook gay. Toen ik naar SculptShed wilde... "Wat is er mis met jou, jongen? Toen ik zo oud was als jij speelde ik voor het rugbyteam, ik ging niet met stukjes draad zitten friemelen."'

Zijn imitatie van Patrick was griezelig realistisch en Dean kromp ineen. 'Jezus,' zei hij, starend door de voorruit. 'Nou, daar ben ik het in ieder geval niet mee eens. En de meeste andere mensen ook niet, trouwens,' voelde hij zich genoodzaakt om te zeggen. Er was een moment stilte. 'Weet je, misschien probeerde hij je gewoon een beetje op te jutten.' Hij wilde zijn broer het voordeel van de twijfel geven. Patrick was tenslotte geen homofoob. Dat was hij echt niet.

'Ja, misschien,' zei Ethan, maar hij klonk niet overtuigd, en voordat Dean iets anders kon bedenken om te zeggen, waren ze in Wandsworth aangekomen en was Ethan uit de auto gestapt. Op de terugweg was het tenminste wat gezelliger, met z'n tweeën lachten ze over van alles en nog wat. Ze hadden het niet meer over Patrick gehad.

Eenmaal terug in Kew trok Dean aan de handrem. 'Zelfde tijd, zelfde plaats volgende week, neem ik aan?' vroeg hij.

‘O, nee. Volgende week is het paasvakantie. De club is twee weken gesloten.’

Verdomme, dacht Dean terwijl hij zich zijn schema op de koelkast voor de geest haalde. Zijn gemiddelde zou flink omlaaggaan. Tenzij… ‘Misschien kunnen we iets anders gaan doen,’ stelde hij voor. ‘We zouden naar de Tate Modern kunnen gaan? Of als je wat beeldhouwinspiratie op wilt doen kunnen we een aantal Henry Mooresculpturen bekijken?’

Het was geweldig om te zien hoe Ethans ogen oplichtten. ‘Ja!’ zei hij meteen. ‘Dat zou heel cool zijn.’

‘Oké. Ik zal het er met je moeder over hebben. We kunnen vast iets regelen.’ zei Dean voordat hij afscheid nam en weer wegreed. De hele weg terug naar Hammersmith had hij een warm gevoel gehad. Wie had gedacht dat het zo goed kon voelen wanneer een kind met zoveel enthousiasme op je idee reageert? Zie je dit, Patrick? Ik ben er voor hem, dacht hij. En raad eens: we gaan een heleboel kunstdingen doen waarvan jij vindt dat ze ‘gay’ zijn, want hij vindt dat leuk, en ik ook. Dus denk daar maar eens over na, maat.

Maar goed, hij was van plan om het lege appartement op Whitecliffe Road op te knappen. Morgen wilde hij het uitruimen en de eerste laag verf achter de rug hebben. Vrijdag zou hij dan aan de tweede laag kunnen beginnen en, indien nodig, kon hij het in het weekend afmaken. Vervolgens kon hij een afspraak maken met de verhuuragent om nieuwe huurders te vinden en… boem. Meer geld in het laatje voor Zoë en meer goede daden op de spreadsheet voor hemzelf.

De grote vraag waar hij nu mee zat, was of Lydia wel of niet in de spreadsheet moest worden opgenomen. Hij kon niet beslissen. Telde haar ontmoeten als iets wat hij voor Patrick had afgehandeld? Theoretisch gezien wel, maar had het Zoë ook maar iets opgeleverd? Nee, absoluut niet. Het had eerder het tegenovergestelde gedaan, gezien het feit dat Dean met een bepaald doel in zijn hoofd met Lydia had afgesproken en daar binnen een half uur volledig van af was gestapt. Het punt was dat hij Lydia mocht, had hij zich gerealiseerd. Zijn instinct zei dat ze een fatsoenlijk persoon was, niet iemand die anderen onder de bus wierp zodat zij kreeg wat ze wilde. Zoals zij het vertelde, leek het erop dat ze meer slachtoffer dan schuldige was, een vrouw die slecht was behandeld en beter verdiende. Maar dat was slechts één kant van het verhaal, bleef hij tegen zichzelf herhalen, nog steeds niet in staat om het helemaal te geloven. Misschien was de waarheid veel ingewikkelder dan ze toe had willen geven. Misschien – en hier kwam zijn verbeelding weer in actie – had ze geprobeerd Patrick erin te luizen door tegen hem te liegen. Misschien was ze opzettelijk zwanger worden om hem van Zoë af te pakken, of zoiets. Of misschien – ja, dit zou het kunnen zijn! – was het een onenightstand geweest, een dwaze fout waar Patrick zich sindsdien vreselijk over had gevoeld, en had Lydia de rest verzonnen of zichzelf ervan overtuigd dat ze een soort relatie hadden gehad.

Maar toen herinnerde hij zich hoe angstig haar ogen waren geweest, hoe oprecht haar schok en verdriet waren geweest. Dean had maar even met haar doorgebracht, maar hij was er vrij zeker van dat ze geen stalker was die een spelletje met hem speelde. Ze zag eruit alsof ze oprecht verliefd was geworden op Patrick en hij haar hart had gebroken. Wat betekende dat... Verdomme. Hij geloofde haar, dat was het probleem. Zijn instinct zei dat ze de waarheid had verteld.

'Wat dacht je wel niet, Patrick?' kreunde hij hardop. Je mocht geen kwaadspreken over de doden, werd altijd gezegd, maar soms was dat onmogelijk wanneer hun donkerste geheimen aan het licht kwamen. Misschien gebeurde dit altijd wel wanneer iemand stierf en de lijken uit de kast kwamen: je voelde je verraden, alsof hij plotseling een heel ander persoon bleek te zijn dan je al die tijd had gedacht. Het was nog erger als je je hele leven tegen die persoon had opgekeken en hem zag als iemand in wiens voetsporen je wilde treden. De manier waarop Patrick Lydia had behandeld was echt slecht, achterbaks en gewoon verkeerd. Geen wonder dat hij had besloten om het hele verhaal geheim te houden. En geen wonder dat Lydia zo op haar hoede was geweest toen Dean haar belde en Patricks naam noemde. Jezus.

Terwijl hij met het dilemma worstelde, zweefden zijn vingers over de lege vakjes van zijn spreadsheet. 'Lydia ontmoet' typte hij, maar veranderde toen bijna onmiddellijk van gedachten en verwijderde de woorden. Hij was naar haar toe gegaan met de bedoeling om dingen af te handelen, maar de situatie voelde nog niet alsof hij er een punt achter kon zetten. In zijn ogen, tenminste, want zij was heel duidelijk geweest toen ze hem vertelde dat ze geen geld nodig had. Was dat echt het laatste wat hij van haar zou horen? Alhoewel, als dat zo was, zou dat het leven een verdomd stuk makkelijker voor hem maken, bedacht hij. Probleem opgelost. De automatische incasso kon worden stopgezet en Zoë hoefde er nooit achter te komen.

Maar toen herinnerde hij zich het kaartje op Zoë's koelkast. Hij moest het op de een of andere manier te pakken zien te krijgen om te voorkomen dat ze contact met elkaar zouden hebben. Wat er ook gebeurt, hij mocht Zoë Lydia niet laten bellen. Stel je voor wat de gevolgen zouden zijn als Lydia de waarheid vertelde, haar álles vertelde. Ze leek zo van streek toen ze het café verliet dat Dean zich zorgen maakte. Waar zou ze toe in staat zijn? 'Zie je...' klaagde hij hardop tegen zijn broer. 'Zie je wat een puinhoop je van alles hebt gemaakt? Klootzak.'

Precies op dat moment piepte zijn telefoon. Het was een appje van zijn vriend Steve: *Blue Anchor vanavond. Je komt of we gaan over op andere maatregelen. Het is te lang geleden. We zijn er vanaf acht uur.*

Dean keek op zijn horloge en zag dat het al kwart voor acht was. Verdomme, hij had dorst en Steve had gelijk. Het was weken geleden dat hij zijn vrienden voor het laatst had gezien. En als hij de hele avond over Lydia en Zoë ging zitten mijmeren, zou hij er echt een einde aan willen maken. 'Lydia ontmoet' typte hij snel en hij drukte op printen voordat hij weer van gedachten kon veranderen. Klaar. Als dit was hoe Lydia het wilde, dan vond hij dat prima.

Ben onderweg, appte hij terug.

De Blue Anchor was een achttiende-eeuwse pub aan de rivier met goed bier en nog betere borrelhapjes, en zodra Dean twintig minuten later door de deur liep, voelde hij een golf van opluchting over hem heen komen. Bar. Vrienden. Bier. Gesprekken over sport, werk, grappige verhalen. Hier zou hem niets slechts overkomen. Hier had hij geen moeilijke dilemma's waar hij een oplossing voor moest zien te vinden, afgezien van welk bier hij wilde drinken. Een paar minuten later nam hij zijn eerste slok en zuchtte hij tevreden. Jezus, wat smaakte dat goed.

'Iemand heeft dorst,' lachte Neil toen Dean zijn lege glas op de tafel zette.

'Ik moet wat verloren tijd inhalen, of niet soms?' antwoordde Dean en stond op van de tafel. 'Wie wil wat?'

Hij ging vanavond dronken worden, besloot hij. Hij bestelde een rondje whisky en bier voor zijn vrienden. Hij wilde drinken, drinken, drinken, totdat hij niet meer aan Patrick, Zoë en Lydia dacht. Alcohol zou ze allemaal doen vervagen. Kom maar op.

Het plan werkte goed, heel goed zelfs. De vier mannen kenden elkaar al sinds hun schooltijd en haalden lange, plezierige herinneringen op aan gebeurtenissen van twintig jaar geleden. Zoals de nacht waarop ze, nadat ze paddo's hadden gebruikt, de beroemde fotoshoot op Abbey Road naakt nadeden. Of nog langer geleden, toen een van hen – Neil dacht dat het Steve was, Steve gaf Mark de schuld – tijdens een scheikundeles Victoria Postlethwaites jasje in brand had gestoken met een bunsenbrander. En toen vroegen ze zich af wat er van Victoria Postlethwaite terecht was gekomen (Mark had haar laatst in een Harvester-restaurant gezien en wist te vertellen dat ze nog steeds zo heet was als, nou ja… zo heet als een bunsenbrander). Vervolgens hadden ze het even over voetbal gehad, voordat ze op de een of andere manier in een verhitte discussie over chocoladerepen uit de jaren tachtig waren beland.

Het was precies het soort onzin dat hij nodig had, dacht Dean terwijl hij nog een rondje bestelde. Het was zijn vijfde – of was het de zesde? – pint, en zijn zicht begon al een beetje te vervagen, alsof hij alles bekeek door een oude filmcamera, of alsof alles was gladgestreken met een laag vaseline. 'Proost, jongens,' zei hij, plotseling overladen door liefde voor hen. Enorme, grenzeloze liefde voor deze mannen die alle stress en spanning hadden weggenomen met hun geklets en geplaag: Neil met zijn domme kortgeschoren kop, die niet veel moeite deed om zijn langzaam verdwijnende haarlijn te verhullen, Marky Mark met hetzelfde Pixies T-shirt dat hij al minstens twintig jaar droeg en de luidste lach in de kroeg, en Steve, die ooit een echte goth was met een pikzwart geverfde hanenkam en lippiercings, maar nu een trotse vader was van twee meisjes die hij onlangs had meegenomen naar een of ander popconcert voor tieners en er, tot zijn schrik, achter kwam dat hij alle woorden van de liedjes kende. Godzijdank had Dean vrienden die hem van de grond raapten wanneer hij vergat hoe hij moest lachen, die hem eraan hielpen herinneren dat de wereld best oké kon zijn.

'Proost,' zeiden ze in koor. Maar Steve, die ongetwijfeld dacht dat hij fijnbesnaard was, voelde de behoefte om zijn pint een tweede keer op te tillen. 'Op Patrick,' zei hij plechtig.

'Op Patrick,' herhaalden de anderen met hun glazen in de lucht.

Deans humeur stortte in als een kaartenhuis. Hij wilde Patrick niet aan tafel hebben, niet vanavond. 'Nee,' zei hij. 'Laten we dat niet doen.'

Steve leek niet op zijn gemak. 'Sorry, maat,' zei hij. 'We hoeven er niet over te praten. Maar hij... Hij was een geweldige kerel, toch?'

Maar Dean wist niet meer wat hij van zijn broer moest denken, laat staan hoe hij moest reageren. Hij zag Lydia's gekwetste gezicht voor zich, gevolgd door de liefdevolle onwetendheid van die arme Zoë, en toen kwam de ruzie die hij met Patrick had gehad op de avond van zijn verdwijning weer terug. Hij voelde het opnieuw in zijn onderbuik. De stekende pijn van verraad. 'Niet altijd,' mompelde hij. De alcohol zwom door zijn aderen. 'Bleek dat hij niet altijd zo geweldig was, weet je.'

De anderen gaven hem een verwarde blik, maar zeiden niets, en de rest van de avond ging in een roes voorbij. Hij dronk sneller en sneller, alsof zijn dorst nooit gelest kon worden. Op een gegeven moment botste hij zo hard tegen een muur toen hij naar het herentoilet strompelde, dat hij een kleine week later nog steeds blauwe plekken op zijn arm zou hebben. En even later kreeg hij ruzie met Mark over... Hij kon zich niet eens herinneren waar het over ging, alleen dat de andere drie een blik wisselden en Neil zei dat het tijd was voor een 'Taxi voor meneer Sheppard'. Jezus, hij had niemand geslagen, toch? Misschien wel.

Hoe dan ook, voordat hij het wist, ging de pub dicht en bracht Mark hem naar huis. Dean herinnerde zich vaag dat hij hem probeerde weg te duwen, maar Mark had een strakke greep om zijn arm – aangezien hij regelmatig naar de sportschool ging sinds zijn vrouw hem twee jaar geleden had verlaten – en Dean was te dronken om terug te vechten. En daarna… O nee. Hij had het vreselijke vermoeden dat hij midden op straat was begonnen te huilen en tegen Mark had gezegd dat het hem speet en dat alles verkeerd was gegaan. Daarna werd het zwart, een gat in zijn geheugen, en stonden ze plotseling in Marks huis, niet het zijne, en hielp Mark hem naar de logeerkamer.

De volgende ochtend, toen hij wakker werd met een bonzend hoofd en een mond zo droog als de Sahara, realiseerde hij zich dat hij moest hebben overgegeven in zijn slaap. Er lag braaksel over de vloer en langs de zijkant van het bed. Hij lag daar, stinkend en zweterig, terwijl willekeurige momenten van de vorige avond als klappen tegen zijn hoofd naar boven kwamen. Hij had opnieuw een dieptepunt bereikt, dacht hij ellendig. Elke keer dat hij het gevoel had dat hij dingen weer een beetje op orde ging krijgen, tuimelde hij weer naar de bodem van de put.

Zijn maag draaide zich om. Gal kwam omhoog. Hij wist net op tijd uit bed te springen en naar de badkamer te sprinten voordat hij alles eruit gooide. Rillend en klam herinnerde hij zich dat hij vandaag het appartement op Whitecliffe Road wilde gaan schilderen. Hij wist niet of hij wilde lachen, huilen, of nog een keer overgeven.

'Jij vindt dit vast heel grappig,' gromde hij naar Patrick tussen het kokhalzen door.

14

Donderdagochtend was het koud en grijs, de lucht bijna parelmoerkleurig in het oosten waar de zon door het wolkendek probeerde te breken. Ethan was in een slecht humeur het huis uit gestormd nadat hij erachter kwam dat Zoë was vergeten zijn rugbyspullen te wassen ('Wat dóé je eigenlijk de hele dag?' had hij tegen haar geschreeuwd terwijl hij zijn nog steeds modderige shirt woedend in zijn tas stopte). Inmiddels was het een half uur later en liep Zoë met Gabe en Bea naar de basisschool terwijl Ethans woorden door haar hoofd bleven galmen. 'Wat dóé je eigenlijk de hele dag?', alsof hij niets anders dan minachting voor haar en haar nutteloosheid voelde. Hij was ook aan het rouwen, herinnerde ze zich. Dat ze niet meer de georganiseerde, behulpzame moeder was die ze twee maanden geleden was geweest, was het zoveelste teken dat dingen waren veranderd. Ze was een wrak en ze wisten het allebei. Dat besef maakte het niet veel beter.

'Mama,' zei Bea, zwaaiend met haar boekentas. 'Denk je dat er eenhoorns in de hemel zijn?'

'Eh, nee,' antwoordde Gabe gemeen voordat Zoë een goed antwoord had kunnen bedenken. 'Want eenhoorns zijn niet echt, dombo. En de hemel ook niet. Het is gewoon een verhaaltje voor kleine kinderen en religieuze mensen.'

'Gabe!' berispte Zoë. 'Niet schelden! En zeg dat niet over de hemel.'

'Waarom niet?' daagde hij uit. 'Geloof jij in de hemel? Want ik heb geen bewijs gezien dat die bestaat, zoals foto's of kaarten, of zo. Dus hoe wéét je dan dat hij er is?'

Ze liepen op dat moment langs een bushalte en een stevige vrouw van middelbare leeftijd die stond te wachten, wierp Zoë een blik toe, maar niet op een goede manier. Ze droeg een insigne met de tekst 'Jezus is Liefde' en Zoë haastte zich met de kinderen langs haar heen voor het geval de vrouw in de verleiding zou komen om zich in het gesprek te mengen.

'Ik heb geen bewijs, Gabe, want ik ben er zelf niet geweest, maar veel mensen geloven dat het –'

'Ik denk dat papa het héél leuk zou vinden om een eenhoorn te ontmoeten,' onderbrak Bea Zoë sereen, en ze kauwde op het uiteinde van haar vlecht. 'Ze kunnen vrienden worden. Ik ga zijn eenhoorn Sneeuwvlokje noemen omdat ze helemaal wit en mooi is.'

'Prachtig,' zei Zoë zwak. Ze had niet genoeg energie om nog verder in te gaan op het onderwerp.

'Niet echt, niet echt, niet echt,' plaagde Gabe zijn zusje.

Bea staarde hem aan. 'Ze zijn wél echt, en ik en mama gaan zaterdag een film over eenhoorns kijken, in de bioscoop, dus ze zijn echt!' antwoordde ze, en om het af te maken prikte ze haar broer met haar vinger.

Gabe lachte als een typische negenjarige die alles beter dacht te weten. 'Ja, een tekenfilm,' spotte hij. 'Het is geen documentaire over eenhoorns. Duhhh!'

'Zo is het genoeg geweest.' Zoë wilde dat haar kinderen – en vooral die middelste pestkop – het niet zo enorm grappig vonden om elkaar op te hitsen.

Maar Gabe stond nog steeds in de treiterstand. 'Dacht je echt dat het een natuurfilm zou zijn? Dat David Attenborough tussen allemaal...' Hij kon de woorden tussen het lachen door nauwelijks uitspreken. 'Tussen allemaal eenhoorns zou staan?'

Bea's gezicht verduisterde. Dat was nooit een goed teken. Ze stopte midden op straat en zette haar handen in haar zij. 'Ik ga dit nu tegen papa zeggen,' kondigde ze aan voordat ze naar de hemel staarde en haar kleine kin de lucht in stak. 'Papa, hoorde je dat? Hij is gemeen. Zeg dat hij op moet houden!'

Een seconde later klonk er een luid getoeter van een auto, alsof haar wens werd beantwoord. Bea's ogen werden groot en rond. 'Hoorde je dat?' riep ze gerechtvaardigd uit. 'Dat was papa, hij zei dat je moest stoppen.' Ze leunde recht in het gezicht van haar broer. 'Pieeeep,' schreeuwde ze, en toen huppelde ze verder over de stoep. 'Bedankt, papa,' hoorde Zoë haar zeggen.

Gabe wierp een blik op Zoë. 'Dat was papa niet,' zei hij, maar Zoë hoorde de onzekerheid in zijn stem.

Zoë haalde haar schouders op. 'Wie weet?' zei ze zachtjes. Misschien was Patrick meer bereid om Bea een teken te geven dan haar. Misschien vond hij het wel de moeite waard om af en toe een waarschuwingspiep te laten horen om Gabe in toom te houden. Het klonk wel als iets wat Patrick zou doen. Hij had het altijd opgenomen voor zijn dochter wanneer het plagen van de jongens te veel op pesten begon te lijken. En daarnaast zou het geen kwaad kunnen dat Gabe voortaan even nadacht over zijn gedrag. Ze legde een troostende hand op zijn schouder. 'Bekijk het van de zonnige kant,' zei ze tegen hem. 'Je gaat zaterdag met Jack spelen, toch? Dus je hoeft niet met ons de eenhoornfilm te kijken. Het had erger gekund, toch?'

Zodra ze de kinderen veilig op school had afgezet, liep ze terug langs de weg. 'Ik neem aan dat je mij nog steeds geen antwoord wilt geven,' mompelde ze hardop, starend naar de hemel zoals Bea had gedaan. Er klonk geen getoeter, de zon barstte niet plotselinge door de wolken, er zat geen mus betekenisvol naar haar te knikken vanuit een boom. Niets. 'Neem de tijd,' voegde ze eraan toe.

Ze liet haar verbeelding de vrije loop gaan, net als haar zesjarige dochter, maar die kon er tenminste mee wegkomen. Zoë was de realiteit niet aan het verwerken, ze was die schaamteloos aan het ontwijken. Ze was zichzelf voor de gek aan het houden, probeerde zichzelf ervan te overtuigen dat hij nog steeds ergens in de buurt was, in de koude ochtendlucht, in staat om haar te horen. Bovendien werkte het niet eens, want ze kreeg toch nooit antwoord.

Gelukkig leek het Bea wel te helpen. Zoë had haar de vorige avond in haar kamer horen kletsen en toen ze haar hoofd om de deur stak om te zeggen dat ze moest gaan slapen, had haar dochter geantwoord: 'Ik vertel papa gewoon een verhaaltje voor het slapengaan. Voor het geval hij me mist.' De kamer was donker, afgezien van de zachte roze gloed van de paddenstoellamp naast het bed, maar Zoë kon de glimlach van het kleine meisje door de schaduwen heen zien, zo blij was ze om tegen haar vader te praten. Het was genoeg om Zoë's hart in tweeën te breken. Hoe kon ze Bea dit eenzijdige gesprek ontzeggen? Bovendien bleef Patrick op deze manier deel uitmaken van haar leven, wat alleen maar iets positiefs kon zijn.

Ze had geen zin om meteen terug naar huis te gaan. Ze had ontdekt dat haar energie werd opgeslokt zodra ze de voordeur door liep en thuis niet in staat was om veel anders te doen dan treurig door de lege kamers dwalen en af en toe met haar hoofd in haar handen op een van de bedden van de kinderen zitten. 'Wat dóé je eigenlijk de hele dag?' had Ethan gesnauwd, en het eerlijke antwoord was: niet veel. Zijn woorden sluimerden nog steeds door haar hoofd terwijl ze merkte dat ze in de richting van het kerkhof slenterde. Een geschikte plek voor een weduwe, veronderstelde ze.

'Hallo,' fluisterde ze terwijl ze door de poorten liep. Zij en Patrick hadden nooit expliciet gesproken over hun wensen na de dood – wat niet zo gek is als je in de gelukzalige veronderstelling verkeert dat je nog tientallen jaren samen zal doorbrengen – maar toen ze eenmaal beslissingen moest nemen over de uitvaart en andere zaken die geregeld moesten worden, had ze instinctief geweten dat hij niet begraven zou willen worden. Hij was lang en een buitenmens en had zich nooit echt op zijn gemak gevoeld in kleine ruimtes. Liften, budgethotelkamers, kleine auto's: ze gaven hem allemaal de kriebels. Het klonk misschien dom – hij was immers dood en kon er dus niet heel veel om geven – maar ze kon het niet over haar hart verkrijgen om hem op te sluiten in een doodskist onder de grond. Ze had in plaats daarvan gekozen voor crematie en had wat er van hem over was in een kleine urn boven op de klerenkast in haar slaapkamer zitten. 'Ik kan hem niet op de schoorsteenmantel of ergens beneden neerzetten,' had ze Liz verteld nadat haar schoonmoeder verschillende keren had gesuggereerd dat Patricks urn op een mooie, zichtbare plek moest staan. 'De kinderen zullen hem per ongeluk omgooien en overal morsen.'

Haar eigen moeder was ook niet bepaald verheugd over het feit dat Zoë de urn nog bij zich hield. 'Je moet die as uitstrooien,' had ze meer dan eens gezegd. 'Het kan helpen, liefje, om hem te laten gaan.'

'Dat zal ik doen, echt waar,' had Zoë gezegd. 'Maar ik wil er de tijd voor nemen.' Die vaas was alles wat ze nog van haar man overhad en ze wilde dat het laatste afscheid perfect zou zijn. Ze was daarom van plan om hem mee te nemen op vakantie naar Pembrokeshire die zomer. Samen met de kinderen kon ze dan een wandeling maken langs het strand en hem overgeven aan de wind. Zij zou eindelijk haar grafrede geven en de kinderen konden hun dierbaarste herinneringen aan hem ophalen. Ze waren daar al eens eerder op vakantie geweest, een paar jaar geleden, in een huis aan het strand van Freshwater East. Ze hadden allebei ontzettend genoten van die vakantie. Het was een van de gelukkigste weken van haar leven geweest. Ze vond het een fijn idee dat hij daar zou rusten.

Maar dat was pas in de zomer. Tot die tijd had ze betaald voor een gedenkplaat met zijn naam in de Tuin van Herinnering, hier op de begraafplaats. Het was een fijne, rustgevende plek om te bezoeken: de bloembedden werden prachtig verzorgd, de kersenbomen begonnen net in bloei te komen. Er waren ook bankjes om op te zitten als je nog een tijdje wilde blijven hangen, en er heerste een kalm soort stilte die de rest van de wereld naar de achtergrond verplaatste.

'Patrick Christopher Sheppard was een liefdevolle vader, echtgenoot en zoon,' mompelde ze in zichzelf terwijl ze verder liep. 'Een lieve, eerlijke man die we allemaal liefhadden. Een geweldige vader. De beste van alle mannen. De beste van de wereld.' Het was niet goed genoeg. Elke keer dat ze hem voor haar grafrede probeerde samen te vatten voelden de woorden ontoereikend. Hoe konden een paar saaie zinnen recht doen aan de jaren die ze samen hadden gedeeld, aan de manier waarop alle kleine dingetjes die ze uit liefde voor elkaar deden waren gegroeid tot iets wat solide en onverwoestbaar was? Ze miste hem nog steeds de hele tijd. Ze miste zijn gemakkelijke gezelschap, zijn gefluit door het huis, zijn gewoonte om haar naar zich toe te trekken en zijn armen om haar heen te slaan, dat hij slechts een paar seconden nodig had om haar op te vrolijken, ongeacht hoe zijn eigen dag was geweest. Zelfs na de geboorte van Bea, toen Zoë werd overspoeld door een onverwachte wolk van postnatale depressie die haar op haar knieën had gedwongen, had Patrick haar kunnen bereiken, de enige persoon die het was gelukt om haar door die angstaanjagende mist te leiden. Hij had haar hand gepakt en niet losgelaten totdat hij haar door de duisternis had geholpen.

Ze stak nu haar handen voor haar uit. Was hij er maar om met zijn warme, stevige handen de hare vast te pakken. Om een arm om haar schouders te leggen en haar tegen zijn zij te laten leunen. Om haar aan het lachen te maken met een verhaal over een van zijn tien huurders, of iets wat een van de mannen op het werk had gezegd, of...

'Zoë? Is alles oké?'

O, shit, het was Mari, een van de moeders van school, en ze had Zoë waarschijnlijk net naar haar handen starend een grafrede horen mompelen, alsof ze echt helemaal van lotje getikt was. Als ze dit zou gaan rondbazuinen op het schoolplein zou het zich sneller verspreiden dan gesmolten boter in een hete pan. 'Ze gaat er duidelijk niet goed mee om. Ze praat tegen zichzelf op de begraafplaats als een malloot. Het ziet er niet goed uit, hoor. Arme vrouw. Ik hoop dat de kinderen in orde zijn. Denk je dat iemand even met haar moet praten?'

'Zoë?' vroeg Mari nogmaals. Ze droeg een prachtige lichtblauwe jas waardoor ze eruitzag als een soort ijskoningin, dacht Zoë afgeleid voordat ze besefte dat ze nog geen antwoord had gegeven.

'Ja. Sorry. Ik was even heel ergens anders,' zei ze. 'Ja, het gaat prima, dank je. Hoe gaat het met jou?'

'Niet slecht,' zei Mari, hoewel haar ogen waterig waren door de wind en ze een zakdoekje gebruikte om ze droog te deppen. 'Luister... Misschien we moeten eens praten. Gewoon met z'n tweetjes. Dat zou fijn zijn.'

'O,' zei Zoë ongemakkelijk. 'Ik weet het niet...' Het probleem was dat ze al zo erg het gevoel had dat er over haar werd gepraat. Ze was onlangs uit een paar WhatsAppgroepen van schoolouders gestapt omdat ze andermans opmerkingen en onhandige benaderingen niet meer kon verdragen, hoe goed bedoeld ook. Wat wisten zij nou van verdriet? Hoeveel van hen hadden te maken gekregen met de dood van een echtgenoot? Ze hadden werkelijk geen idee hoe het was. En Mari duidelijk ook niet als ze dacht dat Zoë over haar gevoelens wilde praten. 'Ik ben niet echt fijn gezelschap op dit moment. Maar toch bedankt.'

Ze nam afscheid en liep snel weg in een poging haar emoties onder controle te houden. Ooit zou ze zich weer normaal voelen, troostte ze zichzelf. Ooit zou ze weer in staat zijn om gesprekken te voeren met de andere moeders, om koffie te drinken, taart te eten en grappige verhalen over hun kinderen uit te wisselen. Maar nu nog niet. Vandaag nog niet. Op dit moment kon ze alleen de ene voet voor de andere zetten, om elke minuut, elk uur door te komen.

'Je doet het geweldig,' zei ze fel tegen zichzelf. 'Mari is niet belangrijk. Gewoon zo door blijven gaan.'

15

Op vrijdagavond zat Dean naar zijn goededadenspreadsheet te staren – in het bijzonder naar de lege vakken onder de kopjes 'Gabe' en 'Bea' – toen Zoë belde. 'Ik weet dat het kort dag is, maar heb je toevallig morgenochtend een paar uur de tijd om op Gabe te passen?' vroeg ze. 'Hij zou eigenlijk bij zijn vriend Jack gaan spelen, maar Jacks broer is van het klimrek in het park gevallen en heeft zijn pols gebroken. Hij wordt morgenochtend geopereerd. Ik zit nu een beetje klem omdat Ethan een workshop heeft in de Tate en ik Bea eeuwen geleden heb beloofd dat we naar een vreselijke eenhoornfilm zouden gaan. Gabe gaat nog liever dood dan mee naar die film, dus –'

'Het is al goed, Zoë. Ik kan prima op hem passen,' zei Dean toen ze eindelijk pauzeerde om adem te halen. Het was alsof het lot hem zowaar een keer toelachte. Natuurlijk ging hij Zoë niets weigeren, niet het minst vanwege het extra schuldgevoel dat hij bij zich droeg sinds hij met Lydia had afgesproken. De soort van nog-op-te-lossen, wat-ben-ik-verdomme-van-plan?-schuldgevoelens, die met de dag zwaarder werden. Hij had zo'n vreselijk gevoel in zijn onderbuik door dit hele gedoe dat hij waarschijnlijk met alles zou hebben ingestemd dat Zoë van hem vroeg. Al was het iets hartstikke illegaals. 'Wanneer je maar wilt,' voegde hij eraan toe.

Zoë zuchtte opgelucht. Het geluid ervan maakte dat Dean zich meteen een tikkeltje beter voelde. Dit was de eerste keer sinds Patricks dood dat ze hem echt om hulp had gevraagd. Misschien zelfs sinds hij haar kende, bedacht hij nu. Zoë had hem nodig en was hij niet net aan het brainstormen over iets wat hij samen met Gabe kon ondernemen?

'O, dank je,' zuchtte Zoë. 'Heel erg bedankt. Dit waardeer ik enorm.'

'Geen probleem. Hoe laat wil je dat ik hem kom ophalen?' Hij moest zichzelf inhouden, zo opgewekt was hij nu. Midden in de nacht? Vijf uur 's ochtends? Ik zal er zijn. Wil je dat ik op blote voeten naar je huis loop over een pad van brandende kolen en gebroken glas? Natuurlijk doe ik dat.

'Rond tienen, is dat goed? Sorry, ik hoop niet dat je iets had gepland en door mij alles om moet gooien.'

'Nee, nee, helemaal niet,' stelde hij haar gerust. Dat was niet helemaal waar. Hij was van plan geweest om zaterdag het appartement op Whitecliffe Road van een tweede laag verf te voorzien. Het had al veel langer geduurd dan hij had verwacht, voornamelijk doordat hij donderdag zo'n erge kater had gehad dat hij de pot verf nauwelijks kon openen zonder te kokhalzen. Vandaag was hij gelukkig een stuk productiever geweest, maar hij moest nog steeds al het houtwerk lakken en... Nou, laat maar, hij had zondag nog genoeg tijd. 'Tien uur is prima,' zei hij. 'Ik bedenk wel iets leuks wat we samen kunnen doen.'

'O, jeetje, voel je niet verplicht. Je kunt de hele ochtend thuis computerspelletjes met hem spelen, als je dat liever hebt. Doe wat jij het makkelijkst vindt, Dean.'

Hoe was het mogelijk om blij te zijn dat je iets voor iemand kon betekenen, maar dat je je tegelijkertijd misselijk voelde van schaamte omdat je achter diens rug om bent gegaan? Hoe dan ook, Dean was absoluut niet van plan om computerspelletjes te gaan spelen met zijn neefje, niet wanneer hij de kans kreeg om de rollen van Superoom en Aardige Zwager te vervullen. 'Laat het maar aan mij over,' zei hij. 'Ik zie je morgenochtend.'

Die grandioze vorm van ijdelheid was wat ertoe had geleid dat Dean nu een extreem opgewonden Gabe meenam naar zijn eerste skateboardles in een skatepark. Gabe hield van gevaarlijke dingen, hij was een stoere, roekeloze, maar toch handige jongen. Op het moment dat Dean tijdens het googelen naar 'leuke dingen om te doen met je neefje' skateboarden voorbij zag komen dacht hij: bingo. Zoë was wat minder enthousiast geweest toen Dean die ochtend op de stoep stond en zijn grote aankondiging deed – ze was een beetje bleek geworden en angstig over gebroken botten begonnen – maar helaas voor haar had Dean de beginnersfout gemaakt om zijn idee in het bijzijn van Gabe te onthullen, waardoor de jongen al 'Ja!' riep en vervolgens 'Kapauw!' schreeuwend en karatetrappend door de keuken stuiterde. Het zou gelijkstaan aan het plegen van een moord om het uitje nu te verbieden, dus had Zoë weifelend ingestemd, zij het met smeekbeden om haar zoon heelhuids terug te brengen.

'Zin om ook een poging te wagen?' grapte de instructeur tegen Dean toen ze bezig waren met Gabes aanmelding en het huren van de nodige spullen. Dean stond op het punt om te lachen en 'Nee, bedankt, ik zou graag mijn ledematen nog een tijdje willen gebruiken' te zeggen, toen Gabe met glanzende ogen naar hem opkeek en zei: 'Ja, doe je mee, oom Dean? O, toe nou!'

Wanneer had iemand voor het laatst zo naar hem gekeken? Alsof hij een belangrijk iemand was, een koning of een rockster. Zijn neefje vroeg zo hoopvol om zijn gezelschap. Was het een wonder dat Dean zichzelf 'Eh... Ja, oké' hoorde antwoorden voordat hij goed en wel na had kunnen denken over wat dat zou betekenen?

Dit was beginnersfout nummer twee, wist hij achteraf, maar hij kon nu niet meer terug. Binnen vijf minuten hadden ze allebei een felgekleurde helm en elleboog- en kniebeschermers aangetrokken, hun skateboards gekozen en werden ze begroet door een angstaanjagend jonge instructeur genaamd Aki. O shit. Dean had meteen spijt van zijn beslissing om mee te doen. Overal om hen heen suisden kinderen in coole truien en skatebroeken op en over hellingen van verschillende hoogtes. Ze sprongen van de halfpipe en draaiden in de lucht en – het meest angstaanjagende van alles – gleden schijnbaar met het grootste gemak over lange steile relingen. Het skatepark was enorm, met binnen- en buitengedeeltes, een winkel en een café, dat er op dat moment verdomd verleidelijk uitzag.

Nadat ze naar het beginnersgebied waren geleid – een bijna volledig vlak gedeelte van het skatepark dat door iedereen boven de acht jaar werd gemeden – wachtten ze op Aki, die was gestopt om een paar tieners in veel te grote geruite hemden op hun rug te slaan. Gabe sprong met nauwelijks ingehouden opwinding van de ene op de andere voet, met grote ogen van de sensatie van zoveel coole kinderen in de buurt. 'Dit is gááf,' ademde hij gelukkig.

'Echt wel,' beaamde Dean terwijl hij zijn uiterste best deed om zijn angst te verbergen. We zijn hier om een geweldige tijd te hebben, herinnerde hij zich. We werken samen, als oom en neef, aan een nieuwe band, iets goeds wat eeuwig zal duren. Ik stap in de rol van Nummer Een Mannelijke Volwassene in zijn leven en zal deze kans niet verpesten.

Hij wierp een blik op de hemel. Het was niet alsof hij in een hiernamaals geloofde, maar hij vond het een geruststellende gedachte dat Patrick naar beneden keek en ze hier samen kon zien, dat hij de ultieme vreugde op Gabes gezicht kon waarderen en Dean daarvoor dankbaar was. Dean dacht aan de foto's bij het bed van zijn neefje, die van Gabe en Patrick bij verschillende voetbalwedstrijden. Patrick was altijd sportief geweest. Hij bezat de natuurlijke behendigheid om te vangen, te gooien en te schoppen met precisie en het was duidelijk dat Gabe dezelfde fysieke competentie had geërfd. Als Dean ooit het verlies van Patrick wilde compenseren, dan was dit het minste wat hij kon doen. Hij mocht het kind niet teleurstellen.

'Oké, mannen.' Aki klapte in zijn handen. Hij was kort maar gedrongen, met krankzinnige spieren die door zijn schouders golfden wanneer hij bewoog, en gekleed in een dun shirt met capuchon, wijde shorts en grote, donkerblauwe Nikes waarvan Dean de exacte naam niet wist. Daar was hij twintig jaar te oud en niet cool genoeg voor. Gabe viel onmiddellijk stil en staarde vol intense bewondering naar Aki. Dean was niet het type dat pretieners zou treiteren, maar hij was er stilletjes van overtuigd dat zijn neefje de leraren op school nog nooit zulke toegewijde aandacht had gegeven.

'Laten we beginnen,' zei Aki. 'Stap één: hoe je op je board moet staan.' Hij gaf Gabe een elleboogstoot en een knipoog. 'Zullen we eens kijken wie er beter is, jij of de oude man?'

Deans nekharen gingen overeind staan, maar Gabe grinnikte verraderlijk. 'Dat is mijn oom Dean,' zei hij blozend onder de aandacht van zijn nieuwe held.

'Oom Dean, hè?' Aki grijnsde en trok een wenkbrauw op naar Dean, die maar met moeite terug kon lachen. Hij probeerde een gezicht te trekken dat zei: 'Ja, nou en, ik ben niet geïntimideerd door jou', maar voelde dat hij zijn tanden ontblootte in een zwakke, mislukte grijns. Eikel. 'Okééé,' zei Aki, met nog een klap in zijn handen. 'Dus: op het board staan. De ene voet voor de andere. De meeste mensen houden ervan om hun linkervoet voor te hebben, zodat ze met rechts de meeste kracht kunnen zetten tegen de grond, maar het is aan jullie. Er is geen goede of slechte manier. Zien jullie hoe ik mijn achterste voet in een hoek houd? Dat helpt mijn evenwicht. Probeer jij het nu maar eens, kleine kerel.'

Gabe stapte vol vertrouwen op het skateboard en volgde Aki's instructies. Hij wiebelde heel even en zwaaide een enkele keer met zijn arm door de lucht, maar toen vond de jongen met een triomfantelijke grijns zijn evenwicht. Makkie, zei zijn gezicht.

'Boem!' riep Aki, en hij gaf Gabe een high five. Hij begon echt op Deans zenuwen te werken. 'Nu is het jouw beurt, oom Dean. Laat maar eens zien wat je in huis hebt.'

Neerbuigende lul. Dean stapte op het board, hopend dat het niet onder hem uit zou schieten of zoiets gênants. De ene voet voor de andere. Ziezo. Waar was al die ophef voor nodig? Hij stond maar vijf centimeter boven de grond. Geen probleem!

'Fluitje van een cent,' zei Aki. 'Cool als een komkommer. Oké, laten we nu bewegen. Ik duw met mijn achterste voet tegen de grond, zie je? Langzaam, maar met kracht. We gaan even simpelweg met het skateboard meelopen, oké? Dus met één voet op de grond en dan duw je jezelf een klein stukje naar voren om een gevoel voor het evenwicht te krijgen. Op deze manier. Snappen jullie het? Let je wel op, oom D?'

'Tuurlijk,' zei Dean, ook al was hij even afgeleid door de aanblik van een klein meisje met vlechten onder een roze pet. Hij moest meteen aan Lydia's dochter denken, het onbekende nichtje waarvan hij pas net wist dat hij het had. En toen waren zijn gedachten verder naar Lydia zelf afgedwaald, haar bleke, angstige gezicht dat hem fronsend aankeek over haar koffie. Wat moest hij doen? vroeg hij zich voor de honderdste keer af.

Aki liet zien hoe hij zichzelf op het skateboard vooruitduwde en Dean en Gabe volgden zijn voorbeeld, maar het beladen gesprek van eerder die week bleef maar aan hem knagen. Had hij de situatie maar beter aangepakt. Had hij maar helemaal geen besef gehad van Lydia's bestaan. Maar de geest was uit de fles en er was geen manier om hem er terug in te krijgen.

Maar goed. Hij moest zich concentreren. Tevreden dat zijn leerlingen vakkundig met een skateboard mee konden lopen, wilde Aki nu dat ze met beide voeten op het board gingen staan. 'Rug recht, knieën een beetje gebogen, vind je balans,' beval hij terwijl hij ter demonstratie met brede lussen om hen heen skatete. Maar toen werd zijn aandacht door iets anders getrokken en mompelde hij iets. 'Ik ben zo terug, mannen,' zei hij voordat hij door het park vloog in de richting van een jonge vrouw met een swingende, zwarte paardenstaart en een hartvormig achterste in een strakke, witte spijkerbroek.

'Kijk, oom Dean, ik kan het!' kraaide Gabe met ademloos plezier nadat hij zichzelf had afgezet. Hij wiegde gevaarlijk heen en weer, zijn armen als een windmolen om zich heen zwaaiend voordat hij zichzelf rechtop wist te houden. 'Ik ben aan het skateboarden!'

'Goed zo!' juichte Dean, blij om zijn neefje zo vrolijk en opgewonden te zien. Als hij terugdacht aan hoe nijdig de jongen de afgelopen week was geweest, hoe hij zijn broer had getreiterd, hoe nors hij tegen Zoë was geweest en hoe hij vastgelijmd zat aan het computerspel dat hij speelde, leek het alsof hij nu naar een compleet ander kind keek. Kijk hier eens naar, Patrick. Zie je dit? Ik lever goed werk hier, ik zweer het je.

Overspoeld door zelfgenoegzaamheid en het verlangen om het moment met zijn neefje te delen, sprong hij op zijn eigen board, om vervolgens bijna onmiddellijk zijn evenwicht te verliezen. Het was moeilijker dan het leek en hij had te sterk afgezet om bij te houden wat er onder zijn voeten gebeurde. 'Ho!' riep hij, wanhopig op zoek naar zijn evenwicht. Maar het was al te laat. Hij viel en om zijn val te breken zette hij zijn rechtervoet op de grond. Zijn enkel vouwde zich met een misselijkmakend geluid dubbel. 'Fuck!'

'Oom Dean!' riep Gabe met nauwelijks ingehouden plezier. Hij plantte zijn voet op de grond en kwam tot stilstand. 'Oom Dean, dat heb ik gehoord!'

Pijn schoot door Deans lichaam als een balletje in een flipperkast en hij kon even geen woord uitbrengen. Hij siste door zijn opeengeklemde tanden terwijl hij zichzelf langzaam naar de grond liet zakken, totdat hij in een zittende positie beide handen om zijn verdraaide enkel kon leggen. Shit, had hij hem gebroken? Het deed zoveel pijn. Fuck! Hij kon Patrick bijna horen lachen vanwaar hij ook toekeek. Wacht, nee, dat was Patrick niet, het was Aki, die op zijn skateboard weer terug hun kant op racete.

'Wat is dit nou?' brulde de tiener. 'Grapje zeker? Ik draai me twee minuten om en jij gaat jezelf pijn doen, D?' Hij hurkte naast Dean, prikte in zijn enkel en knikte. 'We hebben wat ijs nodig. Een hele zak ijs.' Hij keek op naar Gabe. 'Alles goed, jongen? Hé, maak je geen zorgen. Dit gebeurt wel vaker, vooral met de oude mannen. Jij doet jezelf geen pijn, toch?'

Gabes vrolijke gezichtsuitdrukking was veranderd in een die leek op schaamte. 'Mm,' mompelde hij. Zijn ogen flikkerde van Aki naar Dean en terug.

O god, dacht Dean terwijl hij de scène van bovenaf voor zich zag: al die coole, stoere kinderen die onbevreesd rondvlogen terwijl de man van middelbare leeftijd kreupel en verwrongen op de koude betonnen vloer lag. Dit was niet het leuke uitje dat hij voor ogen had gehad.

'IJs,' zei Aki opnieuw. 'En een stoel. Je overleeft het wel, maak je geen zorgen,' voegde hij eraan toe terwijl hij opstond en wegliep.

Toen Zoë later thuiskwam, trof ze Dean op de bank met zijn voet omhoog en een ijszak op zijn enkel, terwijl Gabe haar vol enthousiasme in een enkele, ademloze zin vertelde over het skateboarden. Ze wist niet of ze wilde huilen of lachen of met haar ogen wilde rollen en 'Ik had je meteen al kunnen vertellen dat dit een stom idee was!' schreeuwen.

Oké, ze had ergens wel medelijden met Dean, die bleek zag van de pijn en erg moest afzien terwijl Gabe zijn eigen succes op het skateboard tot in het kleinste detail aan haar vertelde, maar eerlijk gezegd nam haar ergernis de overhand. Niemand had Dean gedwongen om Gabe mee te nemen naar het skatepark, laat staan dat hij het zelf moest proberen. En nu was Gabe helemaal enthousiast over deze spannende nieuwe hobby, en drie keer raden wie dit vanaf nu met hem moest gaan ondernemen? Zoë. Zoë, die al een miljoen andere dingen aan haar hoofd had en oprecht verbaasd was dat roekeloze Gabe niet degene was die een bot had gebroken of een enkelband had gescheurd. En dat terwijl ze al een lid van het gezin had verloren en haar uiterste best deed om de rest te beschermen tegen dit soort dingen. Fantastisch. Echt fantastisch!

'Klinkt leuk.' Ze boog zich voorover om haar schoenen uit te trekken en voelde zich meteen licht in het hoofd worden. Ze had weer een slechte nachtrust gehad. Eigenlijk wilde ze nu niets liever dan vijf minuten alleen zijn en in alle rust een kop thee drinken – vooral na die vreselijke eenhoornfilm die ze met Bea had gekeken – maar het leek erop dat ze nog even geduld moest hebben voordat zoiets mogelijk was. 'Mmm. Geweldig,' mompelde ze toen Gabe eindelijk de tijd nam om adem te halen. Verman jezelf, Zoë. 'Koffie, Dean?' vroeg ze. Ze zou zich moeten schamen voor haar gedachten. De man deed dit alleen maar om haar uit de brand te helpen. Zet even je beste beentje voor, Zoë. 'Moet ik je naar de huisartsenpost brengen zodat ze daar even naar je enkel kunnen kijken?' vroeg ze. Vanbinnen hield ze haar vingers gekruist dat ze niet de rest van de dag in een luidruchtige wachtkamer hoefde door te brengen. 'Was je wel in staat om terug te rijden?'

'Hij heeft wel een paar keer gescholden in de auto,' zei Gabe de verklikker. 'Dat deed je wel, oom Dean,' voegde hij eraan toe toen Dean hem een verwijtende blik gaf.

'Sorry,' mompelde Dean achter haar aan strompelend naar de keuken. 'Remmen was een beetje pijnlijk,' gaf hij toe. 'Maar het is maar een verzwikte enkel, niets ernstigs. Het is goed om er af en toe aan herinnerd te worden hoe oud je bent. Koffie klinkt goed, graag.'

Zoë voelde zich een beetje ontspannen. 'Bedankt dat je hem meenam. Ik weet zeker dat Patrick precies hetzelfde zou hebben gedaan. Precies hetzelfde. Sterker nog, waarschijnlijk was hij thuisgekomen met twee skateboards en alle spullen die erbij horen.' Ze schudde liefdevol haar hoofd en vond het maar al te gemakkelijk om de scène voor zich te zien. Patrick was altijd met het grootste enthousiasme nieuwe hobby's begonnen. De roeitrainer, de softijsmachine en de kleurrijke vliegers die stof lagen te verzamelen in de kelder waren daar het bewijs van.

Deans gezicht lichtte op bij het horen van haar commentaar. Ze zou bijna durven zeggen dat deze informatie hem dolgelukkig maakte. 'Echt waar? Dus ik deed gewoon... wat Patrick zou hebben gedaan?'

'Zeker weten.' Ze lachte. 'Soms wist ik niet zeker wie het grootste kind in de familie was. Ga zitten,' voegde ze eraan toe terwijl ze twee mokken uit de kast pakte en hem ongemakkelijk bij de koelkast zag staan. 'Je mag niet te veel gewicht op die voet zetten.'

Ze kletsten terwijl de waterkoker zijn werk deed en Zoë voelde haar spanning wegebben. Ze had Dean altijd gemogen. Hij was een goede vent, zelfs als hij, net als zijn broer, soms te snel met een zogenaamd geweldig idee aan de haal ging zonder er echt over na te denken. Hij vertelde haar over het schilderen van een van Patricks appartementen en hoe hij een aantal van de huurders had leren kennen toen hij de achterstallige klusjes was gaan afhandelen. Ze had zich niet gerealiseerd hoe hard hij voor hen had gewerkt en haar hart vulde zich met dankbaarheid.

'Dank je,' zei ze nederig terwijl ze melk aan zijn koffie toevoegde. 'Dat is heel lief van je. Laat me weten hoeveel ik je schuldig ben voor de verf en alles. Ik was al een tijdje van plan om in te loggen op de zakelijke rekening en uit te vogelen hoe het allemaal werkt, dus als ik wat geld naar jou moet overmaken, zal dat misschien het zetje in de rug zijn dat ik nodig heb om daar eindelijk mee aan de slag te gaan.'

Zijn ogen ontweken de hare. 'Maak je geen zorgen, het is prima zo. Jij hebt al genoeg aan je hoofd,' zei hij.

'Dan nog! Ik wil niet dat jij al die dingen betaalt.' Ze gaf hem zijn koffie. 'Weet je wat? Wacht even.' Ze groef in haar tas en haalde de bedrijfscreditcard die Patrick haar had gegeven tevoorschijn. 'Gebruik dit voor alles wat je vanaf nu online koopt, oké? En bewaar alle andere bonnetjes zodat ik je kan terugbetalen. Trouwens, ik wilde je nog wat vragen: klopte al het papierwerk? Ik weet dat je zei dat je de btw-aangifte zou regelen. Ik hoop dat alles in orde was.' Ze glimlachte naar hem. 'Je bent geen rare dingen tegengekomen, toch? Patrick heeft toch niets ondeugends gedaan zonder dat ik ervanaf weet?'

Ze had de vraag luchtig bedoeld – ze maakte maar een grapje! – maar Dean verslikte zich in zijn koffie en er flitste een rare uitdrukking over zijn gezicht. 'Eh...' zei hij terwijl hij een hand door zijn haar haalde.

'Dean, ik maak maar een grapje,' lachte ze, hoewel ze het niet kon laten om hem aan te staren. Waarom aarzelde hij zo? Haar lach maakte plaats voor verwarring. 'Is alles in orde?'

Hij schudde zijn hoofd en herstelde zich. 'Ja. Sorry. Ja, alles is in orde. De rekeningen. Natuurlijk. Ik dacht even aan iets anders, aan mijn eigen rekeningen. Ik was zelfs vergeten dat ik naar die van Patrick had gekeken. Geen probleem. Heel normaal. Ik heb alles naar de boekhouder gestuurd en wacht nu op bericht hoeveel btw er betaald moet worden.'

Hij praatte snel, alsof hij haar er koste wat kost van moest zien te overtuigen dat hij de waarheid sprak. Maar Zoë werd niet zo makkelijk voor de gek gehouden. De haartjes op haar armen gingen overeind staan en haar mond werd droog terwijl hij doorpraatte in een wanhopige poging om iets verborgen te houden. Maar wat was het? Was er iets mis met Patricks papierwerk?

Voordat ze hem verder kon ondervragen, had hij het onderwerp al veranderd naar een idee dat hij had om Ethan tijdens de schoolvakantie mee te nemen op een kunstwandeling. Hij begon een lijst op te noemen van de beelden die verspreid door de hoofdstad stonden – van een Barbara Hepworth op Oxford Street tot een Rodin bij Westminster Palace – en ze werd onbewust meegesleurd in zijn enthousiasme. Ja, Ethan zou het geweldig vinden om zijn interesses met zijn oom te kunnen delen. Vervolgens bood Dean aan om een keertje met Bea te gaan fietsen, omdat Gabe had gezegd dat dit iets was wat zij en Patrick graag samen deden, en Zoë's ogen werden vochtig van een overvloed aan dankbaarheid, onmiddellijk gevolgd door schaamte. Hun moeder was er niet voor hen. Ze sleepte zichzelf als een zombie door het leven. Ze wist nog net de basale functies uit te voeren, maar weinig meer dan dat. 'Wat dóé je eigenlijk de hele dag?' hoorde ze Ethans stem weer in haar hoofd. Ondertussen had Dean naast zijn eigen verplichtingen Patricks huisbaastaken op zich genomen en wist hij op de een of andere manier ook nog tijd te maken voor wat opwinding in het leven van haar kinderen.

'Dank je,' zei ze opnieuw. 'Ze zouden die ideeën geweldig vinden.' Ik moet harder mijn best doen. Ik moet de energie weer zien te vinden, zei ze tegen zichzelf terwijl hij zijn koffie opdronk en door de voordeur naar buiten strompelde. Ze ging een reisje naar haar moeder plannen, besloot ze op dat moment. Misschien in het paasweekend. Het zou heerlijk zijn om even uit te waaien aan de kust.

Het was pas later dat haar gedachten terugkeerden naar Deans vreemde gedrag met betrekking tot de zakelijke rekening, hoe hij had gehaperd en was verstijfd. Wat hield Dean precies voor haar verborgen? Of was het beter als ze het niet wist?

'Denk maar niet dat ik het vergeten ben,' mompelde ze fronsend in zichzelf.

16

'Je hebt wát gedaan? Ben je gék geworden?' had Bridget een paar avonden geleden tegen Lydia gegild nadat ze haar alles had verteld over haar ontmoeting met Dean. 'Je zei dat je... Wacht, laat me dit goed begrijpen. Je hebt tegen hem gezegd dat je geen geld meer nodig hebt van Jemima's vader? Heb ik dat goed begrepen?'

Lydia kon de geschokte reactie van haar vriendin niet langer aanzien en legde haar hoofd in haar handen. 'Stop, alsjeblieft,' smeekte ze. 'Ik weet dat het stom was. Ik was gewoon... mijn zelfbeheersing kwijtgeraakt.'

'Je was je zelfbeheersing kwijtgeraakt? Nu ben je je inkomen kwijtgeraakt, sukkel. Hoe ga je dit oplossen?'

Die vraag had Lydia het hele weekend geen seconde met rust gelaten. Omgaan met geld was iets waar ze echt beter in moest worden, daarom was ze ook zo woedend op zichzelf dat ze in een misplaatste vlaag van trots Deans aanbod had afgewezen. Doodsangst overspoelde haar terwijl ze probeerde uit te zoeken wat zij en Jemima zouden doen zonder Patricks maandelijkse bijdrage, wat ze zouden moeten opofferen. Ze bleef maar naar haar bezittingen gluren alsof ze overal een prijskaartje aan kon hangen: tv, laptop, fiets... Het was niet alsof ze een luxeleven leidde, totaal niet. Hoeveel zou alles bij elkaar werkelijk opbrengen, een paar honderd pond? Dat zou met de volgende gasrekening alweer verdwenen zijn. Wat kon ze nog meer doen om hun kosten te verlagen? Jemima's turnlessen waren een van haar grootste uitgaven, maar Lydia zou nog liever een tweede baan vinden of een lening aangaan dan haar dochter vertellen dat ze het turnen moest opgeven. Dat was absoluut geen optie.

Misschien konden ze samen haar slaapkamer delen en Jemima's kamer verhuren. (Maar aan wie? En hoe zou Jemima dat vinden? Ze zou het vreselijk vinden. En Lydia eerlijk gezegd ook.) Ze konden ook kleiner en goedkoper gaan wonen, veronderstelde ze, misschien wat verder buiten Londen, maar dat zou zo'n grote verandering zijn, zoveel stress om in haar eentje te dragen, vooral als Jemima dan van school zou moeten veranderen en zo. Een tweede baan zoeken? Misschien kon dat wel, als het iets was wat ze 's avonds vanuit huis kon doen: administratieve taken of inpakwerk of... Er moest gewoon een manier zijn om het probleem te omzeilen. Anders belandde ze weer als een mislukkeling bij haar vader. Ze kon dat niet een tweede keer laten gebeuren.

Nadat Jemima op zondagavond naar bed was gegaan, dreef Lydia's blik tijdens het opruimen naar het kleine ingelijste papiertje dat aan de keukenmuur hing zodat ze het elke dag kon zien: een verfrommeld lijstje dat haar moeder moest hebben samengesteld toen ze nog gezamenlijke dromen en plannen hadden voor de toekomst. 'Favoriete plekken om Lyddie mee naartoe te nemen' stond er bovenaan in Eleanors prachtige, zwierige handschrift, gevolgd door een reeks items met details over haar meest geliefde strand in Sydney, het café waar ze op de zaterdagen serveerster was geweest, de naaiwinkel waar ze haar vintage stof had gekocht en haar vaardigheden had ontwikkeld, het huis waar ze was opgegroeid en nog een tiental andere belangrijke plekken. Lydia had het lijstje vlak nadat haar moeder was gestorven gevonden, en het was nu een van de kostbaarste dingen die ze bezat. 'Een avontuur, alleen wij tweeën,' had haar moeder haar beloofd. Lydia had het lijstje als een talisman gehouden en gezworen dat ze op een dag met Jemima alle plekken zou opzoeken die zo betekenisvol waren in het leven van haar moeder, dat ze eindelijk dat avontuur zou beleven.

Maar dat zou voorlopig niet mogelijk zijn nu haar financiën op het punt stonden in rook op te gaan.

God, ze wilde dat haar moeder niet was gestorven. Niet alleen zodat ze samen op Bronte Beach of een van Eleanors andere oude stekjes konden rondhangen, maar zodat Lydia haar kon vragen wat ze moest doen, zich tot haar kon wenden voor wat moederlijk advies. 'Laten we hier even samen over nadenken,' had Eleanor altijd gezegd, of het nu ging over de eerste keer dat Lydia als een mollige twaalfjarige een jongen leuk vond of welke vakken ze wilde volgen op de middelbare school. Er was iets aan serieus genomen worden wat Lydia altijd spannend vond, alsof ze belangrijk was en haar mening telde. Dit gebeurde tegenwoordig niet meer zo vaak. Natuurlijk deed ze haar best, maar soms had ze het gevoel dat ze voorbestemd was om niemand te zijn, of in ieder geval niet een bijzonder iemand.

Ze droogde haar handen, schonk een glas wijn in en probeerde de situatie van een positieve kant te bekijken. Misschien was dit eindelijk de schop onder haar kont waar ze op had gewacht, probeerde ze zichzelf wijs te maken. Misschien was dit haar kans om een beetje moediger te zijn en op zoek te gaan naar een interessante en beter betaalde baan. Haar werk in de winkel was makkelijk en een nuttige eerste stap terug op de arbeidsmarkt geweest, maar het was niet iets wat ze de rest van haar leven wilde doen. Er moesten andere lucratievere opties voor haar zijn. Misschien zou ze op den duur op dit moment terugkijken als een keerpunt in haar leven, waarop ze het stuur in handen nam en zichzelf moedig in een geheel nieuwe richting loodste. Waarom niet?

Terwijl ze van haar wijn nipte, begon ze op een website van een wervingsbureau door een lijst met beschikbare deeltijdbanen te scrollen. Oké, dus op het eerste gezicht bleken er veel vacatures voor chauffeurs te zijn. Ook een heleboel 'mogelijkheden' in de televerkoop. Ploegenarbeid in een verwerkingsbedrijf (wat verwerken ze dan?). Schoonmaken. Niets spannends sprong er echt uit.

Nóg, zei ze schrijnend tegen zichzelf. Nóg niets spannends. Misschien als ze de filters aanpaste zou dat de resultaten een beetje beperken. Ze ging alle vakjes af, liet alleen 'Creatief' aanstaan en klikte vervolgens op Zoeken.

Televerkoop bij een reclamebureau.

Administrateur voor een theater.

Persoonlijk assistent bij een zakelijk tijdschrift.

Een stage in een galerie – Reiskosten betaald! stond er in de vacature, alsof dat het kennelijke gebrek aan salaris zou compenseren.

Medewerker in de bediening in een hotel in de buurt van Heathrow.

En dat was het. Niets wat in haar leven als alleenstaande moeder zou passen en – niet geheel onbelangrijk – niets wat haar aansprak. De moed zonk haar in de schoenen. Hoe had ze kunnen denken dat het zo gemakkelijk zou zijn. Alsof haar droombaan opeens voor het oprapen zou liggen. 'Gezocht: kostuumontwerper voor West End-theater. We betalen heel goed en zullen je helpen eventuele problemen met betrekking tot kinderopvang op te lossen, en het maakt niet uit als je eigenlijk geen relevante ervaring hebt. Kun je met een naaimachine overweg en coole outfits schetsen? Hou je van allerlei soorten kleding? Dan ben jij de vrouw die we zoeken. Of man, natuurlijk, want we staan voor gelijke kansen. Bel ons!'

Ja, goeie grap. Ondertussen moest ze het in de echte wereld doen met minimumlonen, onbevredigende functies en lange reistijden. En dat was als ze al over de juiste kwalificaties beschikte om de baan te krijgen, besefte ze toen ze zag dat zelfs de stage om een universitair diploma vroeg. Ze wilden waarschijnlijk niet iemand die haar examens niet had gehaald en dyslectisch en eigenlijk behoorlijk slecht in wiskunde was. Zou Jonathan wel een fatsoenlijke referentie voor haar willen schrijven? Hij plaagde haar altijd over hoe slordig ze was. Laatst stond ze op het punt om een mooie vaas voor zes pond aan een klant te verkopen in plaats van zestig, omdat ze het bedrag verkeerd had ingevoerd. Als de klant haar niet op de fout had gewezen, had ze het niet eens door gehad.

Ze dwong zichzelf om kalm te blijven, want ze voelde de paniek langzaam opkomen Oké. Denk na, Lydia. Doe even een paar stappen terug. Ze kon 's avonds vanuit huis wat werk oppakken terwijl Jemima sliep, zoals het invoeren van gegevens, of telefonisch werk als callcenter- of klantenservicemedewerker...

Terwijl ze de zoekfilters weer verwijderde en verder en verder door de lijst scrolde, brak haar optimisme in steeds meer kleine stukjes. Er moest iets anders zijn wat ze kon doen, iets wat bij Jemima en haar thuisleven zou passen, maar als die baan al bestond, zag ze hem niet op deze website. Wanhoop omhulde haar als een giftige wolk. Waarom kon ze niet net zo volwassen zijn als andere mensen? Soms had ze het gevoel dat ze nog steeds dat zeventienjarige meisje was dat huilde op de begrafenis van haar moeder, alsof een deel van haar die dag was gebroken en ze nooit echt had kunnen opgroeien tot een volwassene. Ze was er nooit in geslaagd om een normale, liefdevolle relatie te hebben, behalve met Patrick, en kijk hoe dat was afgelopen. Wat was er verdomme mis met haar? Ze moest emotioneel onvolgroeid zijn of zo. Waarom was ze anders zo slecht in volwassen zijn?

Ze sloot trillend haar laptop. Ze moest de waarheid onder ogen zien: zonder het geld van Patrick zouden zij en Jemima in allerlei problemen raken. Wat zou er dan van ze terechtkomen?

17

Deans enkel voelde die maandag gelukkig al een stuk beter en terwijl hij zat te ontbijten dacht hij met een relatief positief gevoel terug aan de afgelopen paar dagen. Zijn spreadsheet bevatte een hele nieuwe oogst aan goede daden, die elk hun rol vervulden als kleine verlichtingen van zijn schuldgevoel. Het appartement op Whitecliffe Road was volledig geschilderd en klaar om weer verhuurd te worden. Het had 's nachts geregend, maar de zon scheen inmiddels weer en wierp gouden strepen op de laatste natte druppels op de ramen. Ook had Dean de vogelvoederbak in de tuin bijgevuld en tijdens het eten van zijn ontbijt keek hij toe hoe een keur aan gevederde bezoekers van het buffet genoot. Nog niet zo lang geleden, toen hij nog een kantoorrobot was, zou hij nooit de tijd hebben genomen om 's ochtends voordat hij de deur uitging ergens anders over na te denken dan het nieuws op zijn telefoon of de lijst vergaderingen die hij die dag voor de boeg had.

Deze week had hij hele andere dingen op zijn agenda staan. Hij had drie oproepen gemist op Patricks zakelijke telefoon, allemaal van Rosemary, zijn meest veeleisende huurder. Blijkbaar was haar inbraakalarm die ochtend om zes uur gaan knipperen en was het er nog steeds niet mee gestopt. Hij was er vrij zeker van dat de batterij op begon te raken en vervangen moest worden, maar ze klonk in elke voicemail steeds bezorgder en hij had een sterk vermoeden dat de telefoontjes zouden blijven komen totdat hij het klusje had afgehandeld. Dat stond bovenaan zijn lijst. Daarna moest hij Patricks boekhouder nabellen over de btw-aangifte. Hij kromp opnieuw ineen toen hij zich herinnerde hoe Zoë onschuldig had gevraagd naar onbetrouwbare betalingen van Patricks rekening. Hij was er vrij zeker van dat hij erin was geslaagd om op zo'n manier te reageren dat hij geen argwaan wekte, maar toch, het had een moment geduurd voordat hij eindelijk doorhad dat ze een grapje maakte, en dat was te gevaarlijk.

Hij had nog niet besloten wat hij ging doen met de automatische incasso die volgende week naar Lydia uit zou gaan, maar hij had het visitekaartje met Lydia's gegevens tenminste van Zoë's koelkast kunnen halen terwijl ze een kopje koffie voor hem maakte, dus hij had in ieder geval één verschrikkelijk telefoontje weten te voorkomen. Het kaartje lag nu op de keukentafel voor hem, als een tikkende bom, en hij liet het door zijn vingers gaan, nog steeds onzeker over wat hij moest doen, óf hij iets moest doen. Op het kaartje stond het logo van een winkel: Soft, gevolgd door een adres in Chiswick. Lydia had ook haar eigen naam en telefoonnummer op het kaartje geschreven, met een klein hartje.

Nieuwsgierig googelde hij de winkel. Het bleek een klein kunstboetiekje te zijn, eigendom van ene Jonathan Browning. Lydia's man of partner, misschien? Was ze de eigenaar van het bedrijf of werkte ze er alleen? Als het het tweede was, betwijfelde hij dat ze enorm veel betaald kreeg. Misschien was ze een erfgename of had ze een enorm trustfonds of was ze getrouwd met iemand die stinkend rijk was, en had ze daarom geen geld van Patrick nodig. Lydia was tijdens hun ontmoeting echter niet overgekomen als iemand die er een weelderige levensstijl op na hield. De telefoon waarop ze hem foto's van Jemima had laten zien, bijvoorbeeld, was niet het nieuwste van het nieuwste model. Hij was er vrij zeker van dat ze ook geen trouwring had gedragen, en ze had het zeker niet over een partner gehad, of hij nu een rijke winkeleigenaar was of niet. Naar Deans ervaring waren vrouwen al snel geneigd om dat soort dingen te benoemen als ze duidelijk wilden maken dat ze niet geïnteresseerd waren.

Hij legde zijn telefoon weer neer en dacht na. Patrick had Zoë misschien emotioneel bedrogen, maar in de praktijk was hij erg gedegen geweest in het verzorgen van haar en de kinderen. De levensverzekering die hij had geregeld had een aanzienlijk bedrag uitbetaald na zijn overlijden. De hypotheek was binnen een oogwenk afbetaald en bedragen waren in vaste termijnen toegekend aan Zoë, Ethan, Gabe en Bea. Maar er ging niets naar Jemima, zijn andere dochter. Niets. Of hij nu leefde of niet, ze bestond niet voor hem. Dean had er absoluut geen goed gevoel bij. Maar wat kon hij doen?

Om zichzelf af te leiden, belde hij Rosemary om haar te laten weten dat hij langs zou komen om naar haar inbraakalarm te kijken. Hij stond op het punt om te vertrekken toen er een plotselinge dreun op het raam klonk. Hij draaide zich om en zag nog net de vorm van een middelgrote vogel – een merel misschien, of de spreeuw die hij een paar dagen geleden had gezien – uit het zicht verdwijnen. O god. Het gebeurde weleens dat vogels ramen en lucht met elkaar verwarden, maar het was nog steeds vreselijk om de zachte, vlezige bons van vlees tegen glas te horen. Hij liep snel naar het raam, maar zag de vogel nergens op de grond liggen. Vermoedelijk was het hem gelukt om, na even verdwaasd rondgeslingerd te hebben, weer terug te keren naar de lucht, verbluft maar in leven.

Hopelijk gold dit ook voor hem, dacht hij, en hij verliet de kamer.

'O, godzijdank. Wat ben je toch slim. Ik had niet eens aan de batterij gedacht! Ik was ervan overtuigd dat het alarm knipperde omdat er iemand in mijn flat was. Een inbreker, bedoel ik.' Rosemary liet een lach met lichte zelfspot horen, maar haar houding was onzeker en ingetogen. 'Ik was bang.'

Dean had maar tien minuten nodig gehad om de lege batterij uit Rosemary's alarm te halen, naar het winkeltje op de hoek van de straat te lopen om een nieuwe te kopen en het apparaat vervolgens weer aan de muur te bevestigen. Terwijl hij het aanzette en werd beloond met een constant brandend groen lichtje in plaats van een knipperende rode, voelde Dean zich bijna een soort oplichter. Het klusje was zo simpel geweest dat hij niet het gevoel had dat hij Rosemary's lof had verdiend.

'Het was geen probleem.' Hij stopte de schroevendraaier terug in Patricks gereedschapskist en klapte hem dicht. Toen, misschien met meer onbezonnenheid dan wijsheid, voegde hij eraan toe: 'Laat het vooral weten als u tegen nog meer problemen aanloopt.'

'O, dat zal ik zeker doen. Je zorgt goed voor me, Dean. Je bent een zeer goedhartige jongeman.' Ze glimlachte naar hem. Gekleed in een tweed rok en een victoriaanse blouse met een hoge kraag en kleine parelknopen, had ze iets weg van een briljante vrouwelijke detective uit de jaren twintig. Dean vroeg zich af wat ze voor de kost had gedaan toen ze jonger was. Misschien was ze een leraar geweest? Of een strenge matrone?

'Het was echt geen probleem,' herhaalde hij zwakjes met de beleefde glimlach die hij altijd had gebruikt voor tantes en vriendinnen van zijn moeder. Toch wilde hij dat ze hem niet goedhartig had genoemd. Als ze eens wist van zijn geheimen voor Zoë en zijn onvermogen om een beslissing te nemen met betrekking tot Lydia, zou ze wel iets anders denken.

'En het is voor mij geen probleem om wat warm water op te zetten,' antwoordde ze. 'Thee of koffie?'

Hij stemde in met haar voorstel omdat het bijna onmogelijk leek om dat niet te doen. Maar ook omdat hij haar eigenlijk wel mocht. Patrick vond haar misschien vervelend, maar het was duidelijk dat Rosemary behoorlijk eenzaam was. Eenzaam en vertederend. 'Koffie, graag,' zei hij.

Hij volgde haar naar de kleine, glanzende keuken, maar toen kwam Rosemary plotseling tot stilstand. Een prachtige, pluizige, oranje kat lag ontspannen op de tafel een van zijn poten te likken. 'Hij is niet van mij,' zei Rosemary snel, en ze haastte zich naar de tafel. 'Kom op, Desmond, wat doe jij hier? Ga nu maar even weg. Weg!' De kat – Desmond – negeerde haar totdat ze in haar handen klapte. Pas toen sprong hij van de tafel naar de vensterbank, wurmde zijn flinke omvang door het kiertje van het raam en slenterde richting de brandtrap, maar niet zonder een minachtende blik over een schouder te werpen. 'Stoute jongen,' zei Rosemary weinig overtuigend.

Dean koos ervoor om te doen alsof hij het schoteltje met half opgegeten kattenvoer bij de muur niet had opgemerkt. Hij negeerde eveneens het feit dat Rosemary de kat een naam had gegeven en dat een kussen op een van de keukenstoelen onder de oranje haren zat. Hij was er vrij zeker van dat Patricks huurovereenkomst stelde dat huisdieren niet waren toegestaan, maar hij kon de energie niet opbrengen om er een discussie over aan te gaan. Bovendien had hij geen problemen met katten. 'Dit soort dingen gebeuren,' stelde hij haar gerust. Toen hij en Rebecca samenwoonden in Wandsworth, had een ontzettende lieve cyperse kat, Harvey, elke open deur of raam als een uitnodiging gezien. Harvey was geregeld binnen komen wandelen alsof hij ook deel uitmaakte van de familie en vroeg dan spinnend en met kopjes tegen je benen om aandacht.

Rosemary ging aan de slag met de koffie en het bouwen van een toren van met suiker besprenkelde zandkoekjes. Ondertussen dwaalde Deans blik af naar de foto's op de koelkast. De meeste waren modefoto's, wat hij niet had verwacht, maar onder een flamingomagneet zat ook een foto van een stel van middelbare leeftijd. 'Zijn dit je kinderen?' vroeg hij terwijl hij ze van dichterbij bekeek.

'Nee,' zei ze, zonder zich om te draaien. 'Ik heb geen kinderen. Dat is Alan, mijn neef, en zijn vrouw, Maureen.'

Vanwaar hij zat kon Dean zien dat Alan en Maureen begin vijftig waren, en netjes gekleed. Alan had een groot duur horloge om zijn pols en een zelfvoldane uitdrukking op zijn gezicht. Maureen droeg een opvallende roze en oranje bloemenjurk en een strak permanentje in haar haar, en grijnsde om het rietje van een cocktail. Dean wist dat je anderen niet op hun uiterlijk mocht beoordelen, maar hij merkte dat hij niet bepaald stond te popelen om eens kennis met ze te maken. 'Fijn,' zei hij terwijl ze twee koffiekopjes op tafel zette en naar hem gebaarde om te gaan zitten. 'Wonen ze in de buurt?'

'Ze wonen in Richmond,' zei ze, en bood hem het bord met zandkoekjes aan.

'O, dat is handig.' Ook voor Dean, als Rosemary in plaats van hem die Alan kon bellen als ze zich zorgen maakte over haar inbraakalarm of piepende vloerplanken. Maar misschien was haar neef het type dat liever iemand anders voor de problemen liet opdraaien. 'Is dat niet iets wat de huisbaas op moet lossen?' hoorde hij de man op de foto al zeggen.

'Nou ja, ze hebben het erg druk. Ze weten dat de deur altijd openstaat en dat ik hou van onverwachts bezoek, maar ze hebben zoveel vrienden en Alan moet zoveel reizen voor zijn werk...' Haar stem haperde en Dean werd overspoeld door medelijden. En ook een beetje door zelfvoldoening omdat zijn opvattingen over de mensen in de foto juist waren geweest.

'Dat is jammer,' zei hij zodat ze de zin niet hoefde af te maken. Zelfvoldane Alan en grijnzende Maureen waren blijkbaar niet eens bereid om tijd te maken voor Alans eenzame, oude tante. Zijn eigen familie! Maar ja... Dean grimaste. Zou hij niet precies hetzelfde doen als hij deed alsof Lydia en Jemima niet bestonden? Zij waren ook zijn familie, of hij het leuk vond of niet. Jemima was zijn nichtje.

Zijn uitdrukking moest iets hebben weggegeven want Rosemary keek hem onderzoekend aan. 'Is alles in orde, schat?'

Hij aarzelde. 'Niet echt,' gaf hij toe.

'Als je het kwijt wilt, ben ik een en al oor,' zei ze, en heel even kwam hij in de verleiding om alles eruit te flappen: die vreselijke laatste avond in Hammersmith, Patricks schokkende dood, zijn eigen vastberadenheid om alles goed te maken, de ontmoeting met Lydia...

'Nou...' Hij schudde zijn hoofd. 'Het is een lang verhaal. Familieproblemen, u begrijpt het vast.'

'Zeker.' Haar ogen werden zachter. Ze waren erg blauw viel hem op, de kleur van Delftsblauw servies. Ondanks alles voelde hij zich langzaam bezwijken onder haar blik. Misschien zou het fijn zijn om juist met haar te praten, iemand die objectief was. Wijs, zelfs. En bij wie kon hij het anders kwijt?

'Nou,' zei hij opnieuw, nog steeds twijfelend. Toen rammelde het raam en stormde Desmond weer naar binnen, alsof hij weigerde zijn verbanning nog een seconde langer te verdragen. Hij sprong via de vensterbank op de keukenvloer en liep naar het schoteltje met het onmiskenbare zelfvertrouwen van iemand die wist wat van hem was.

'O, Desmond!' De kat begon uitgebreid de gelei van de stukjes vlees te likken en Rosemary's gezicht werd rood van schaamte. 'Hij is echt niet van mij,' zei ze zonder Dean in zijn ogen te kijken. 'Ik heb vanmorgen een beetje eten voor hem klaargezet, omdat hij zo smekend huilde dat ik dacht dat mijn hart zou breken, maar –'

'Het is prima,' zei Dean. Hij vond katten veel te slim en listig. Tuurlijk smeekte de kat om eten. Deze had zijn doelwit vanaf een kilometer afstand al gespot. 'Ik vind het helemaal niet erg. Zolang hij de meubels maar niet kapot krabt of zo.'

'Welnee! Ik zou dat soort gedrag onmiddellijk afstraffen,' verzekerde Rosemary hem. Haar onderlip wiebelde even en toen reikte ze over de tafel en klopte op Deans hand. 'Dank je, schat. Het is gewoon fijn om iemand te hebben om van te houden, is het niet?' Ze staarde liefdevol naar de kat. 'Ik heb mijn raam opengelaten zodat hij kan komen en gaan wanneer hij wil, en ik ben altijd blij hem weer te zien,' biechtte ze op.

Dean merkte dat hij hard nadacht toen ze opstond om het beest te knuffelen. Het leven was kort, te kort om een klootzak te zijn. Het maakte niet uit wat Lydia had gezegd, hij wilde het juiste doen. Hij wilde niet zijn zoals Alan, de onwetende neef die het geen probleem vond om zijn eenzame tante links te laten liggen. Hij wilde ook niet zijn zoals Patrick en ongewenste familieleden met stomme smoesjes of geld uit zijn leven verwijderen.

'Je stond op het punt me iets te vertellen,' zei Rosemary terwijl ze weer op haar stoel ging zitten. Die blauwe blik van haar was zo direct dat het moeilijk was om weg te kijken. 'Laat me raden. Gaat het om een meisje? Iemand die je hart breekt?'

Maar Dean, die eindelijk zijn beslissing had genomen, popelde om te vertrekken. Hij stopte een laatste stukje zandkoek in zijn mond en stond op. 'Het gaat niet om een meisje,' zei hij.

Nou, misschien een beetje, veronderstelde hij, maar het was veel te ingewikkeld om daar nu verder op in te gaan. 'Ik denk dat ik al weet wat ik moet doen, maar toch bedankt.'

En toen nam hij afscheid en stapte hij naar buiten, knipperend met zijn ogen tegen het felle licht van de zon.

18

‘Wat moeten deze gaan kosten, Jon?’ vroeg Lydia. Ze zat op haar knieën op de vloer van de winkel zorgvuldig een aantal in bubbeltjesplastic gewikkelde keramische hazen uit te pakken om op de planken te zetten. Het waren prachtige objecten, glad en zwaar, ongeveer zo groot als een flespompoen en stuk voor stuk volkomen uniek, met hun komisch lange oren en grote, expressieve ogen.

Jonathan stond een hoop nieuwe wenskaarten in de kaartcarrousel te stoppen. ‘Bon voyage!’, ‘Succes met je examens!’, ‘Het is een jongetje!’ schreeuwden ze uit. ‘Tweehonderd pond?’ zei hij terwijl hij over zijn schouder naar haar keek.

‘Tweehonderd? Serieus?’ Lydia verplaatste haar evenwicht op haar hielen, keek van haar baas terug naar de haas in haar handen. Ze verstevigde haar greep op het ding nu ze wist hoeveel het waard was. Tweehonderd pond... Sommige mensen hadden echt meer geld dan verstand. Ze rent liever zonder beha over straat dan dat ze tweehonderd pond neertelt voor een kitscherig ornament.

‘Wat, denk je dat je er geen kunt verkopen voor die prijs?’ Hij trok een wenkbrauw naar haar op. Jonathan zag altijd overal een wedstrijd in. Hij was groot en breed, met kort, grijsbruin haar, en hij was vanaf de dag dat ze elkaar ontmoetten en samen kostuums en rekwisieten moesten maken in een West End-theater Eleanors beste vriend geworden. 'Ik wed tien pond dat ik er meer verkoop dan jij.'

Lydia snoof. 'Zeg maar doei tegen die tien pond,' antwoordde ze. 'Ik ga er nu een in de etalage zetten en als er iemand binnenkomt en ernaar vraagt, telt dat mee als een verkoop voor mij, oké?'

Hij lachte. 'Zo mag ik het horen,' zei hij.

Het was de eerste maandag van de schoolvakantie. Lydia had samen met Bridget een ingewikkeld kinderopvangruilsysteem opgezet voor de komende twee weken, waarbij ze ook een paar dagen hulp van haar vader inriep om hier en daar wat uren te overbruggen. Godzijdank had ze het vangnet van haar vrienden en familie, maar toch voelde het soms alsof de gaten in het net steeds groter werden, alsof er maar één probleempje, één kleine tegenvaller voor nodig was om het hele ding uit elkaar te doen scheuren. Lydia had de komende week vier dagen vrij genomen, maar ze moest dan voor Bridgets zoon zorgen en dat was soms nog zwaarder werk dan het werk in de winkel. Het zij zo. Dit was hoe het leven ging en hoe vrouwen elkaar zoveel mogelijk de hand reikten.

Ze klom in de etalage en schoof wat spullen heen en weer om de beste plek voor de haas te vinden. Ze had de opstelling vorige week een paasthema gegeven. Ze had een 'set' gecreëerd door middel van oude houten kratten gevuld met papierstro, een groepje vilten kuikentjes, een aantal prachtige aquarellen van lentebloemen en allerlei gladde, marmeren eieren in roest-, grijs- en zwarttinten. Mina, een van hun leukste kunstenaars, had ook een partij delicate keramische bloemen gemaakt, die Lydia in een grote, gevlekte kan had gerangschikt. Een paar pastelkleurige kussens en een gerafelde deken met een zachte heideachtige kleur maakten het helemaal af, en het uiteindelijke plaatje zag er erg aantrekkelijk uit, al zei ze het zelf.

Ze haalde een paar gestreepte aardewerken potten uit een krat in het midden en plaatste de haas op de lege plek. Perfect. Terwijl ze de vilten kuikentjes weer netjes op een rijtje zette zodat ze beter zichtbaar waren, scheen de aprilzon warm en helder door het raam. Ziezo. Maar net toen ze op het punt stond om op te staan vanuit haar gehurkte positie en weer de winkel in te klauteren, zag ze vanuit haar ooghoek dat iemand de winkel naderde. Haar ademhaling stokte in haar keel. O, nee. Dat was toch niet... dat was toch niet Patricks broer?

'Shit,' mompelde ze. Het was hem. Het was hem echt. Hij liep over straat en gluurde langs de winkelpuien alsof hij op zoek was naar een specifieke winkel. Een specifiek persoon. Het moest toeval zijn, toch? Hij was vast niet naar haar op zoek. Ondertussen was hij bijna bij de winkel aangekomen. Ze hurkte nog steeds als bevroren in de etalage toen zijn blik de hare ontmoette. Toen klaarde zijn gezicht op en glimlachte hij voorzichtig. Hij was dus wel naar haar op zoek. Maar waarom? Wat was er nu weer?

'Is alles goed?' vroeg Jonathan.

'Eh...' Nee. 'Ja,' zei ze. 'Nou, ik weet het eigenlijk niet zeker.' Haar instinct zei dat ze zich achter een van de kratten moest verstoppen, maar daar was het te laat voor, veel te laat. De winkelbel rinkelde. Met een rood gezicht van schaamte klom ze uit de etalage om hem op de winkelvloer onder ogen te komen. Ze veegde het nepstro van haar indigo hemdjurk en, o god, het zat ook op haar panty, realiseerde ze zich, en ze plukte verwoed aan zichzelf. Dit was het tegenovergestelde van de 'Praat met mijn advocaat'-uitstraling waar ze een aantal dagen geleden zo haar best voor had gedaan.

'Goedemiddag,' begroette Jonathan Dean zoals altijd hartstikke professioneel.

'Hallo.' Lydia probeerde haar stem kalm te laten klinken. Ze dwong zichzelf naar hem te kijken. Slechts een paar centimeter korter dan Patrick, gokte ze, en smallere schouders. Hij was een lichtere, verwaterde versie van Patricks smeulende, donkere, aantrekkelijke uiterlijk. 'Hij heeft de hersenen, ik heb de looks,' grapte Patrick weer in haar hoofd en ze slikte hard. Het probleem met slimme mensen was dat ze je soms te slim af waren en je overvielen wanneer je het het minst verwachtte. 'En wat brengt jou hier?' vroeg ze. Ze kon het niet laten om zichzelf zo lang mogelijk te maken in de hoop zoveel mogelijk ruimte in te nemen. 'Je kunt me niet wijsmaken dat dit een of ander griezelig toeval is.'

'Eh, hoi,' zei Dean met een beleefde knik richting Jonathan. 'Het is geen griezelig toeval,' bevestigde hij terwijl hij zijn aandacht op Lydia vestigde. 'Ik heb je visitekaartje van Zoë's koelkast gejat. Ik wilde dit liever persoonlijk doen dan over de telefoon.'

Dit? Wat was dit? 'Klinkt onheilspellend,' zei ze wantrouwig.

'Dat is het absoluut niet,' antwoordde hij terwijl hij zijn handen opstak alsof hij haar wilde laten zien dat hij geen wapens droeg. Wat zeker licht geruststellend was, maar meer ook niet. 'Heb je nu toevallig lunchpauze?' ging hij verder. 'Misschien kunnen we naar een café gaan, even praten.'

Ze aarzelde en wierp een blik op Jonathan, die zijn schouders ophaalde. 'Wat jij wilt,' zei hij. Zijn ogen flikkerden tussen Lydia en Dean. Ze kon zien dat haar baas enorm nieuwsgierig was.

Lydia had het gevoel dat ze geen andere keuze had. 'Oké,' zei ze behoedzaam. 'Wat is het plan?'

'Pub?' stelde Dean voor, en hij gebaarde met zijn duim over zijn schouder.

O god. Wat hij ook tegen haar wilde zeggen was blijkbaar

ernstig genoeg dat hij er alcohol voor nodig had. Ze glimlachte nerveus. 'Klinkt goed,' loog ze.

'Dus,' begon Dean toen ze eenmaal in de dichtstbijzijnde pub naar een lunchmenu zaten te kijken. Een melancholieke ballade van Rod Stewart sijpelde uit de luidsprekers. Hij wilde dat hij iets meer had nagedacht over hun ontmoetingsplaats dan impulsief ergens naar binnen te lopen. Er hing een verwaarloosde sfeer in de ruimte. Het tapijt had kale plekken, de tafel tussen hen in zag er vettig uit en er lag een leeg suikerzakje in het midden, en de stof van de blauwe bank waar ze op zaten had een kleine scheur waaruit schuimrubber in de kleur van een overrijpe banaan naar buiten kwam. Aangezien hij van plan was een vrij lastig onderwerp aan te snijden, kon Dean zich niet zo goed concentreren op de lijst met broodjes en borrelhapjes en na een poos legde hij het gelamineerde menu weer op tafel. 'Luister, het spijt me dat ik zomaar uit het niets voor je neus stond,' zei hij. 'Maar ik heb nog even over ons laatste gesprek nagedacht.'

Dat was heel zacht uitgedrukt. Van het bestaan van Lydia en haar dochter af weten voelde alsof hij een brandende lucifer in zijn hand had. Hij hoefde maar een seconde niet op te letten en alles zou in rook op kunnen gaan.

Haar gezichtsuitdrukking bleef vriendelijk, maar ook angstig. Waarschijnlijk had ze gehoopt dat ze hem nooit meer tegen zou komen, en al helemaal niet in de winkel waar ze werkte. Ze droeg een paarsblauwe jurk met een riem om haar middel en roestkleurige laarzen die tot haar knieën reikten en kraakten wanneer ze haar benen over elkaar legde. Haar haar was dik en bruin, zo glanzend als een kastanje, en viel in golven om haar gezicht. Concentreer je, Dean, zei hij tegen zichzelf.

'Waar het op neerkomt, is dat ik het niet eerlijk vind.' Hij pakte een gevouwen bierviltje en draaide het rond, gewoon om iets met zijn handen te doen. 'Ik weet dat je zei dat je Patricks geld niet wilde, maar het zit me toch niet lekker. Ik denk dat je het nog steeds hoort te krijgen.'

'Oké,' zei ze, hem strak aanstarend. Hij kon zien dat ze wachtte tot de 'Maar...' zou volgen.

'Ja.' Hij kon de volgende woorden niet snel genoeg over zijn lippen krijgen. 'Er wordt goed voor zijn andere kinderen gezorgd, financieel gezien. Als in écht heel goed. Als ze achttien worden zullen er grote termijnbedragen voor hen klaarliggen. Wat mooi is, natuurlijk, ze hebben tenslotte hun vader verloren. Maar...' Hij aarzelde even. 'Maar jouw dochter verdient eigenlijk hetzelfde. Zij was ook zijn kind. En ik weet dat je zei dat je het geld nu niet nodig hebt, en dat respecteer ik volkomen, maar je kunt de maandelijkse betalingen altijd in een trustfonds stoppen, of zoiets. Misschien kun je een spaarrekening openen voor als ze ouder is, voor het geval ze naar de universiteit wil of wat dan ook. Wat denk je ervan?'

Zijn hartslag versnelde terwijl hij in spanning afwachtte hoe ze zou reageren. Hij probeerde niet aan Zoë te denken en hoe ze zou instorten als ze ooit te weten zou komen dat dit gesprek had plaatsgevonden. Was het wel legaal, wat hij voorstelde? Patricks zakelijke account was nog steeds actief, aangezien Zoë een van de bedrijfseigenaren en medeondertekenaars was, en Dean redeneerde dat hij niet per se iets fóút deed, het was meer dat hij simpelweg níéts deed. Hij ging de automatische incasso niet stopzetten, wat hij – nu hij erover nadacht – waarschijnlijk toch niet kon doen zonder toestemming van Zoë. Dus misschien was dit de beste uitkomst voor iedereen. Jezus, dat hoopte hij tenminste.

'Mijn god,' zei Lydia. Ze zag er versuft uit. 'Ik...' De tranen stonden in haar ogen. 'Meen je dat serieus?'

'Ik meen het,' antwoordde hij. 'Ik had echt een slecht gevoel over hoe ons gesprek is geëindigd. Patrick is mijn broer – wás mijn broer – maar het klinkt alsof hij nogal een klootzak tegen je is geweest. En, kijk, uiteindelijk is je dochter toch mijn nichtje, zoals je al zei. We zijn familie. Min of meer.'

Lydia knikte. Ze drukte haar lippen zo strak op elkaar dat de kleur verdween en ze trommelde met haar vingers op de tafel. Deans oog viel op een zilveren ring die eruitzag als een kleine Vikinghelm. 'Hoe zit het met...' Ze haalde diep adem. '... zijn vrouw? Ik kan me niet voorstellen dat ze hier erg blij mee is.'

Ja, daar was hij al bang voor. 'Ze weet er niets vanaf,' gaf Dean toe. 'Ze heeft het de laatste tijd zo moeilijk gehad. Ik denk niet dat het een goed idee zou zijn om het haar nu al te vertellen.' Hij zei deze woorden alsof hij hartstikke attent wilde zijn, maar hij wist dat zijn onwil om Zoë hiervan op de hoogte te brengen in werkelijkheid grotendeels te wijten was aan pure lafheid. 'Ik wil haar niet misleiden, maar voor de boekhouding is het misschien het beste als ik niets doe en de betalingen laat doorgaan zoals voorheen.' Hij trok een gezicht. Hij had zulke tegenstrijdige gevoelens. Had hij zichzelf zojuist genomineerd voor de prijs van slechtste zwager ter wereld? Laatst, toen Zoë Dean wilde terugbetalen vanaf de zakelijke rekening, was hij erin geslaagd om haar te stoppen, maar hij wist dat dit niet altijd zou lukken. Er zou een tijd komen dat Zoë het weer van Dean wilde overnemen en degene werd die de afschriften voor de boekhouder sorteerde. Hoe kon hij dan voorkomen dat ze iets over Lydia te weten zou komen? Misschien kon hij dan een of ander verhaal over een onderhoudsbedrijf uit zijn duim zuigen en de automatische incasso vanaf zijn eigen rekening doorzetten. Jezus, het was allemaal zo ingewikkeld. Er waren zoveel dingen waar rekening mee gehouden moest worden.

Lydia ademde zwaar uit, alsof ze tot op dat moment haar

adem had ingehouden. 'Dank je,' zei ze. 'Ik weet niet precies wat ik moet zeggen, anders dan dank je wel. Ik vind het heel netjes van je dat je het zo wilt oplossen.'

Hij keek naar de tafel. Het voelde helemaal niet netjes. Het was één ding om Jemima op dezelfde manier tegemoet te willen komen als Patricks andere kinderen, maar het ging wel om Zoë's geld op de zakelijke bankrekening, herinnerde hij zich. Was het eigenlijk niet een beetje achterbaks van hem om een oogje dicht te knijpen met betrekking tot de onderhoudsbetalingen? Was het niet zwak van hem? Maar wat kon hij anders doen zonder Zoë te attenderen op het bestaan van deze nieuwe familieleden?

Lydia praatte nog steeds en de kleur keerde langzaam terug naar haar gezicht. 'Om eerlijk te zijn had ik er spijt van dat ik me zo arrogant gedroeg tijdens onze vorige ontmoeting, dat ik had gezegd dat ik het geld niet wilde en zo. Het is niet alsof ik bakken met geld heb. Maar toch, wat je nu voorstelt... Ik wil niet tussen jou en je schoonzus komen of problemen veroorzaken.'

Dit was in ieder geval fijn om te horen. 'Ik wil ook geen problemen veroorzaken,' zei hij. 'Hopelijk komt ze er niet achter, niet meteen, in ieder geval. Ik kan de boekhouding aftekenen en doen alsof ik nooit verder heb gekeken dan mijn neus lang is. Ik weet dat het niet de ideale oplossing is, maar...'

Ze wisselden een voorzichtige glimlach uit over de tafel. 'Nogmaals bedankt,' zei ze.

'Geen probleem.' Dean hoopte dat hij met deze woorden de waarheid sprak. 'En als er ooit iets is wat ik voor jou of Jemima kan doen, laat het alsjeblieft weten.' Hij zat nog steeds met het bierviltje te spelen en legde het abrupt neer. 'Sinds Patricks overlijden heb ik meer tijd met zijn kinderen doorgebracht en...' Hij haalde beschroomd zijn schouders op. 'Nou, ik heb zelf geen kinderen en eerlijk gezegd geniet ik er echt van om ze een beetje beter te leren kennen.'

'Dat is mooi.' Haar ogen rimpelden aan de zijkanten. 'Jij en Patrick... hadden jullie een goede band met elkaar?'

'Min of meer. Op die grote-en-kleine-broermanier, denk ik,' antwoordde hij. 'Ik keek altijd naar hem op. Hij deed altijd alles eerst terwijl ik hem wanhopig probeerde bij te houden. Maar ja, op zich konden we het wel goed met elkaar vinden.' Zijn gezicht vertrok toen hij zich weer hun laatste ruzie herinnerde en hij ging snel verder. 'We waren heel verschillend, maar deden toch altijd alles samen toen we opgroeiden. Nu ben ik plotseling enig kind. Het voelt heel vreemd.'

'Dat geloof ik graag,' zei ze. 'Ik heb altijd al een broer gewild. En ik zou een zus ook niet erg gevonden hebben. Een enig kind zijn is soms een beetje waardeloos.'

Weer glimlachten ze voorzichtig naar elkaar. 'Kom je uit de buurt?' Plotseling wilde hij meer over haar te weten komen. 'Je accent klinkt erg West-Londen. Niet dat dat slecht is, ik ben zelf opgegroeid in Hammersmith.'

'South Acton,' antwoordde ze. Als hij goed keek, zag hij sproeten op de brug van haar neus. 'Laat me raden, jij was een William Morris-jongen.'

Hij lachte verrast. 'In één keer goed. Zat jij daar ook op school?'

'Nee, nog erger, ik ging naar een krot in Ealing, maar mijn vriendin Bridget was waanzinnig verliefd op een jongen van William Morris, dus we gingen naar veel feestjes waar leerlingen van die school ook heen gingen.' Ze rolde met haar ogen. 'Dat waren nog eens tijden. Wild en zonder verantwoordelijkheden.'

'Ja, we dachten dat we de hele wereld aankonden,' stemde hij in. 'Ik wilde een poosje popster worden. Ik had de haargel en alles wat erbij hoorde.'

Ze barstte in lachen uit. 'Serieus? Ik wilde modeontwerper

worden. Ik had coole outfits voor je kunnen maken.'

'Dat is waarschijnlijk waar het allemaal fout is gegaan,' zei hij. 'Mijn outfits waren niet cool genoeg.' Hij wierp een blik op zijn vervaagde blauwe overhemd en spijkerbroek. 'En op dat gebied ben ik niets veranderd. Verdomme.'

Het leek erop dat ze door het uitwisselen van hun tienerverhalen eindelijk op neutraal terrein waren aangekomen en hun harnassen uit konden trekken. 'Heb je nog familie in de buurt?' vroeg Lydia na een korte stilte.

'Mijn ouders wonen in Brentford,' zei hij. 'Ik doe mijn best om zoveel mogelijk bij ze langs te gaan,' voegde hij eraan toe. Dit was een beetje overdreven, maar hij was van plan om deze week weer een bezoekje te brengen, dus het was niet helemaal een leugen. Hij wilde indruk op haar maken, realiseerde hij zich een seconde later met een schok van zelfbewustzijn. Of hij wilde op zijn minst bewijzen dat hij een goede vent was.

'Ik durf te wedden dat ze dat erg fijn vinden,' zei ze, haar ogen zacht. 'Ik bedoel, ik kan me niet voorstellen hoe moeilijk het voor jullie allemaal moet zijn om met het verlies om te gaan.'

Hij knikte. 'Het blijft me verrassen,' gaf hij toe. 'En niet op een goede manier. Als ik bijvoorbeeld naar mijn moeders huis ga, denk ik de hele tijd aan hem. Als ik langs de pub loop waar we de laatste avond van zijn leven doorbrachten, denk ik weer aan hem. Zelfs de dode boom in mijn tuin doet me aan hem denken.'

'Een dode boom? Hoezo? Was het zijn schuld dat hij doodging, of zo?'

'Nee, hij zou me helpen met het omhakken en weggooien van dat ding, de dag na...' De rest van de zin bleef onverwachts in Deans keel steken en hij staarde naar het kastanjebruine tapijt, op zoek naar de juiste woorden. 'De ochtend dat hij...'

Hij schudde zijn hoofd. 'We zouden hem samen omhakken,' herhaalde hij uiteindelijk.

Ze leek het te begrijpen. 'En nu heb je het gevoel dat je het niet kunt?'

'Iets houdt me tegen,' mompelde hij, in de hoop dat ze dit – hém – niet raar zou vinden. Hij had zichzelf al verrast door emotioneel veel opener tegen haar te zijn dan hij een paar maanden geleden zou zijn geweest. Verdriet leek hem rauw te hebben gemaakt, alsof de bovenste laag die hem er meestal van weerhield om zijn gevoelens met zoveel eerlijkheid bloot te geven van hem was afgeschraapt. Hij schudde zijn hoofd en pakte het menu op om van onderwerp te veranderen. 'Ik ging je op een lunch trakteren. Wat zou je willen? En moeten we ons zorgen maken dat we eten bestellen in een tent waar ze niet eens "aardappel" kunnen spellen?'

Ze tuurde naar het menu in haar handen. 'Ik heb altijd al een aardappel met aarde willen eten,' merkte ze op. 'Ik ben bereid mijn leven te riskeren. En jij?'

Hij lachte weer. Ondanks alles was ze zo sympathiek, zo warm. 'Zeker weten,' zei hij.

19

Op woensdag had Dean een dagje uit met Ethan gepland. Ze gingen een kunstwandeling maken en hadden een route gevonden waarmee ze van het schiereiland van Greenwich over de Theems tot aan Queen Elizabeth Park langs allerlei interessante kunstwerken zouden lopen. Het was een stormachtige dag, met windstoten die sterk genoeg waren om een zeemeeuw uit koers te blazen, maar toen ze aankwamen in Greenwich was de lucht helder en blauw, evenals de Theems. Zodra ze het eerste kunstwerk op het pad zagen – een enorme stalen constructie die leek op een omgekeerde elektriciteitspaal – lichtte Ethans gezicht op en wist Dean dat de middag een succes zou zijn.

'Wauw,' zei de jongen vol verwondering terwijl hij naar de enorme sculptuur staarde. 'Hoe houden ze dit ding omhoog?'

Het was, zonder twijfel, een serieus stukje bouwtechniek. Met de glimmende torens van het Isle of Dogs in de verte en het eeuwige gerommel van bouwwerkzaamheden rond de O2 Arena op de achtergrond, maakte het beeld een bizarre en geestige indruk, een neergestort stuk onzin te midden van de moderne en groeiende industrie van Londen. 'Het heet *A Bullet From A Shooting Star*,' las Dean van zijn telefoon. 'Het weegt vijftien ton en... moet je horen wat ervoor nodig was om het op zijn plaats te verankeren: honderdtwintig ton beton en funderingen die vijfentwintig meter diep de grond in gaan. Jezus.'

Ze vergaapten zich samen aan het beeld.

'Ik vind het geweldig,' zei Ethan terwijl hij vanuit verschillende hoeken foto's nam. 'Ook al lijken de dingen die we bij SculptShed maken nu helemaal suf.'

'Het is inderdaad geweldig,' stemde Dean in. 'Belachelijk geweldig. En al dit hekwerk eromheen geeft het het gevoel alsof het iets uit de ruimte is, dat het gevaarlijk is om te dichtbij te komen. Pas op voor aliens. Je weet nooit wanneer iemand van achteren op je afsluipt...'

'Oom Dean!' schreeuwde Ethan lachend, toen Dean hem plotseling vastgreep.

'Breng me naar je leider,' dreunde Dean met zijn beste alienstem.

Een eind verder op het schiereiland passeerden ze een kunstwerk dat in feite een stuk van een roestende zandzuiger was. Het rustte in het ondiepe water van de Theems, waardoor het water en de wind vrij door het open benedendek stroomden. De wolkenkrabbers die glinsterden aan de andere kant van de rivier contrasteerden zo erg met de zuiger dat het deed denken aan een relikwie uit het verleden, oud en verlaten in vergelijking met de dure torens op de achtergrond.

'Cool,' ademde Ethan terwijl hij ver over de reling leunde. 'Het is net alsof er een dwarsdoorsnede van is gemaakt. Papa zou het geweldig gevonden hebben,' zei hij weemoedig. 'Hij hield ervan om rond te neuzen in oude havens en scheepswerven, toch?'

'Klopt,' beaamde Dean. Ze staarden samen naar de rivier. De wind trok aan hun jassen en haren en Dean probeerde niet te denken aan het levenloze lichaam van zijn broer in het water, heen en weer slingerend door de stroming. Hij onderdrukte een rilling. 'Laten we verder gaan.'

Ze liepen rond de O2 Arena, met de modderige wadden links en de kabelbanen die de rivier overstaken recht voor hen. Vervolgens bracht de kunstwandeling hen naar een licht verontrustende bronzen sculptuur van door elkaar gedraaide ledematen van een paspop, maar dan op een gigantische schaal ('Wauw!' was Ethans reactie), en toen kwamen ze bij *Quantum Cloud* van Antony Gormley, dat op een kleine afstand op een platform in het water stond. De sculptuur deed Dean aanvankelijk denken aan een zwerm vogels, hoewel hij naarmate ze dichterbij kwamen van gedachten veranderde en besloot dat het meer leek op een metalen paardenbloemenklok waarin een mannenfiguur zichtbaar was.

'Het doet me denken aan ruis op een beeldscherm,' besloot Ethan, 'waarin iemand gevangenzit.'

'Het is een beetje griezelig,' beaamde Dean.

'Blijkbaar stelt het de realiteit van het zelf in relatie tot de wereld op de proef en roept het het kwantumtijdperk op, wat wijst op een instabiele relatie tussen energie en massa,' las Ethan voor van een beschrijving die hij online had gevonden.

'Je haalt me de woorden uit de mond,' antwoordde Dean. Ze staarden een tijdje naar het kunstwerk, de wind ritselend door de bosjes aan de oever van de rivier. 'Hoewel ik op dit moment moet zeggen dat mijn maag een onstabiele relatie suggereert tussen honger en lunch. Zullen we ergens wat eten?'

Terwijl ze op een bankje broodjes zaten te eten, bracht Ethan Dean op de hoogte van het nieuws in zijn leven. Tot nu toe was hij deze vakantie met een paar vrienden naar de bioscoop geweest, had Zoë hem, Gabe en Bea meegenomen om een middagje te bowlen en naar een klimmuur te gaan, en waren ze zondag bij Deans ouders wezen lunchen. Dean, die inmiddels de sfeer in de familie van zijn broer een stuk beter kon beoordelen, als een menselijke seismometer die was afgestemd op emotionele trillingen, vatte dit positief op. Dat klonk allemaal heel goed, vond hij. Zoë zorgde ervoor dat ze bezig bleven en samen plezier hadden in plaats van te zitten jammeren. Dit was precies zoals een normale familie de vakantie zou doorbrengen.

Eenmaal uitgepraat werd Ethan afgeleid door een reeks pieptonen van zijn telefoon. Hij tuurde naar het scherm om de berichtjes te lezen en lachte zachtjes.

'Met wie ben je aan het praten?' vroeg Dean na een minuut, toen bleek dat hij was vergeten ten gunste van een digitaal gesprek.

'O! Sorry, oom Dean. Gewoon een vriend,' zei Ethan. Zijn duimen vlogen over het scherm. Toen hij weer een berichtje kreeg, lachte hij en zijn hele gezicht zag er vrolijker en opener uit dan Dean in weken had gezien. 'Ik stuurde hem een paar van de foto's die ik net had genomen en hij... We praten daarover.'

Terwijl zijn neefje bezig was met zijn sociale leven staarde Dean weer naar het beeldhouwwerk van Gormley. Vanwaar hij zat, kon Dean de vorm van de man niet meer zien in de wolk. Het maakte het tot de raadselachtige kwestie waarin iets niet zichtbaar, maar wel aanwezig was. Net zoals Lydia al die tijd was geweest, reflecteerde hij. Hij trok meteen een gezicht omdat zijn gedachten zo snel naar Lydia waren teruggesprongen. Eerlijk gezegd had hij sinds hun lunch veel aan haar gedacht. De dingen hadden een positieve, maar verwarrende wending genomen toen ze meer hadden gekletst en hij zich had gerealiseerd dat... oké, als hij eerlijk moest zijn... hij had zich gerealiseerd dat hij haar leuk vond. Heel leuk. Niet dat er iets zou kunnen gebeuren tussen hen, niet nadat zij en Patrick al een relatie hadden gehad en er een tikkende tijdbom tussen hen in hing. Het was ondenkbaar. En was het eigenlijk niet een beetje triest om iets met Patricks ex te willen, alsof hij iets moest bewijzen?

(Probeerde hij iets te bewijzen? Was dit zijn slappe poging tot wraak na wat Patrick hem had verteld tijdens hun laatste avond samen?)

Niet aan denken, Dean. O god, maar het was plotseling onmogelijk om op logische wijze na te denken, om zijn gedachten op een verstandige manier te ordenen. Het enige wat hij zeker wist, was dat hij had genoten van het gesprek met Lydia. Dat ze mooi en grappig was. Dat ze kleine, mooie sproeten, opvallende laarzen en lange, sierlijke vingers had. Zelfs haar oren waren schattig, had hij op een gegeven moment opgemerkt toen ze haar haar naar achteren streek. Kleine, perfecte schelpjes. Verdomme, hij zou deze dingen helemaal niet moeten opmerken, herinnerde hij zich ellendig. Hij mag alleen nog maar aan haar denken op een manier die –

'Oom Dean! Ik vroeg of ik de chips mocht openmaken?'

'Ja, natuurlijk.' Jezus, hij was helemaal in gedachten verzonken geraakt. 'Sorry, ik zat met mijn hoofd in de wolken.'

'Dat zag ik. Ik had je maltesers moeten jatten,' zei Ethan. Hij stak een handvol chips in zijn mond. 'Altijd wanneer ik zo keek, zei pa: "Hoe heet ze?"'

Hij verslikte zich bijna in zijn broodje. Was hij zo makkelijk te lezen? 'Nou –' sputterde hij, maar Ethan ging ongestoord door.

'Ik durfde niet tegen hem te zeggen dat ik meer interesse heb in jongens,' zei hij met een broze lach. 'Goeie ouwe pa en zijn argeloze aannames.'

Dean kreeg zijn broodje maar met moeite doorgeslikt. Wacht. Had hij dat goed gehoord? Was Ethan zojuist midden in het gesprek koeltjes uit de kast gekomen? Wauw. Hij dacht verwoed na, wetende dat wat hij nu ging zeggen precies goed moest zijn. Hij wilde dat Ethan wist dat hij hem steunde, accepteerde en liefhad. Hij was ook een beetje trots op zichzelf. Ethan vertrouwde hem, besefte hij. Hij vertrouwde hem genoeg om dit grote, belangrijke nieuws met hem te delen. 'Denk je dat je vader ervan wist?' vroeg hij terwijl hij probeerde nonchalant te klinken. 'Van... je interesse in jongens, bedoel ik.' Hij waagde een blik op het gezicht van zijn neefje en zag dat Ethan naar de rivier staarde en er opvallend onbekommerd uitzag.

'Nah,' antwoordde hij. De wind draaide rond een lok van zijn roodbruine haar en liet die toen weer vallen. 'Mam weet het, maar ik had aan haar gevraagd om het niet tegen hem te vertellen. Hij zou teleurgesteld zijn geweest, denk ik.'

Het enige wat verraadde dat Ethan niet zo onverschillig was als hij wilde zijn, was de lichte spanning rond zijn kaak. Dean wilde hem zo graag een knuffel geven. Het deed zelfs pijn in zijn eigen borst. Moest hij hem een knuffel geven?

'Hij zou misschien wat verbaasd zijn,' zei hij zachtjes. Hij wilde niet het risico lopen dat de knuffel het gesprek stopte voordat ze uitgepraat waren, dus besloot hij zich in te houden. 'En het had hem misschien wat tijd gekost om er helemaal achter te staan, maar ik weet zeker dat hij niet teleurgesteld zou zijn. Hij was trots op je, E.'

Ethan maakte een spottend geluid in zijn keel, voordat hij de chips opnieuw aanviel. 'Daar ben ik niet zo zeker van,' mompelde hij.

'Hij was je vader. Hij hield van je,' zei Dean. Patrick had heel wat onbenullige macho onzin uitgekraamd door klassieke muziek als "gay" te bestempelen, maar hij was geen neanderthaler als het ging om liefde en alle variaties daarop. 'Oké? Hij hield zoveel van je, zo ontzettend veel, en dat zou hij ook hebben gedaan als je het hem had verteld. Honderd procent.'

Ethan likte het zout van zijn vingers en vouwde het lege chipszakje in een nette driehoek. Hij leek nog steeds niet helemaal overtuigd. 'Misschien,' zei hij schouderophalend.

Een moment lang was het stil, afgezien van het ruisen van de wind en het gekletter van een leeg Red Bullblikje dat langs hen heen stuiterde. 'Weet je nog de eerste keer dat ik je ophaalde van SculptShed en je me vroeg wat er gebeurd was op de laatste avond dat ik je vader zag?' vroeg Dean. 'Je was nogal kortaf en fel tegen me omdat je je moeder dingen had horen zeggen en je vroeg me heel direct of het mijn schuld was dat hij is overleden.'

Ethan keek naar de grond. 'Ja, sorry daarvoor,' mompelde hij. 'Ik was gewoon –'

'Nee, je hoeft je niet te verontschuldigen,' zei Dean. 'Ik zeg het niet om je slecht te laten voelen. Wat ik wil zeggen is dat toen je me zo aanviel, ik zat te denken hoe trots je vader op je zou zijn. Het was best dapper van je om dat te doen, om me op de man af te vragen hoe het zat.'

'Nou...'

'Nee, echt. Ik zweer het. Ik stelde me voor hoe trots hij zou zijn geweest als hij jou zo een gesprek had zien aangaan, jou zo in de verdediging had zien springen.' Hij wierp opnieuw een blik op zijn neef en besloot dat dit het juiste moment was om een arm om zijn schouders te slaan. 'En als je hem had verteld wat je mij net vertelde, zou hij ook hebben ingezien dat daar ballen voor nodig waren. Daar twijfel ik geen seconde over.'

Ze zaten een paar seconden samen naar de modderige Theems en de glinsterende wolkenkrabbers te staren. Ja, hij was er vrij zeker van dat hij het gesprek goed had doorlopen en dat hij de juiste dingen had gezegd, dacht Dean bij zichzelf. Totdat Ethan onder hem vandaan kronkelde en zei: 'Oké, dit is ongemakkelijk. Mag ik nu de maltesers opeten?'

Dean lachte. 'Ja, is goed. We moeten sowieso weer verder. Volgende halte: de kabelbaan. Ik heb die nog nooit genomen, jij wel?' Hij grijnsde en voelde een uitbarsting van kinderlijke opwinding bij het vooruitzicht van de kabelbaanrit. Misschien deed hij dit niet alléén uit de goedheid van zijn hart.

Terwijl ze verder liepen en kletsten over kabelbanen, veerboten en schepen, leek het bijna alsof hun eerdere gesprek nooit had plaatsgevonden. Maar dat had het wel en het voelde speciaal, alsof Ethan hem iets heel kostbaars had toevertrouwd. Dean gaf hem de rest van de dag honderden mentale knuffels.

20

Hé Dean, begon de achterkant van de ansichtkaart. De voorkant toonde een mank ogende alpaca – of lama? – in lang gras, met bergen op de achtergrond. *Bolivia is geweldig! Ik ben naar Salar de Uyuni geweest – ik heb nog nooit zoveel flamingo's en cactussen gezien – en heb heerlijk gebadderd in heetwaterbronnen onder een door de maan verlichte hemel, met een glas* singani *(witte druivenbrandewijn – gevaarlijk lekker). Morgen ga ik naar een of ander nationaal park waar je kan zandboarden en jaguars kan zien! Liefs Tiggy x*

Het was moeilijk om de ansichtkaart te lezen zonder een steek van jaloezie te voelen, maar Dean wist zichzelf op te vrolijken met het feit dat, naarmate de paasvakantie vorderde, de goede daden op zijn spreadsheet zich al snel opstapelden. Hij had een onbetrouwbare radiator en een kapotte lichtarmatuur gerepareerd en was blij om te horen dat er al verschillende bezichtigingen bij het appartement op Whitecliffe Road waren geweest, vooral nadat hij zoveel tijd had gestoken in het schilderwerk. 'Nog geen bod, maar er is veel interesse,' had de makelaar vol optimisme laten weten. Na het succes van zijn kunstwandeling met Ethan had hij Bea de volgende dag mee op een fietsavontuur genomen en aan Gabe beloofd dat hij binnenkort een tweede skateboardles in zou plannen, dit keer alleen voor Gabe. Hij had ook aangeboden om komende vrijdagavond voor Zoë op de kinderen te passen, waarvoor ze hem gretig had bedankt.

Dean kon nu naar de doelen die hij zichzelf een aantal weken geleden had gesteld kijken, naar de lijst van Patricks beste kwaliteiten – geweldige vader, liefhebbende echtgenoot, succesvolle zakenman – en vaststellen dat, ja, hij de leegte vulde. Hij veranderde Patricks afwezigheid in zijn aanwezigheid en was er wanneer het telde. Hij was dus toch niet zo'n loser, zei hij tegen zichzelf met een knikje van voldoening. Kortom, hij was – durfde hij het echt te zeggen? – tevreden met wat hij tot nog toe had bereikt.

Toen hij op donderdagmiddag voor het huis van zijn ouders parkeerde, was hij helemaal klaar voor een nieuwe kans om te laten zien wat een zorgzame zoon hij was. Deze keer was hij beter voorbereid. Hij had een bos bloemen voor zijn moeder en een boek waarvan hij wist dat zijn vader het had willen lenen meegenomen, en had een lading foto's op zijn telefoon van Bea op haar fiets. Ze waren samen geruime tijd bezig geweest met het versieren van haar fiets om hem op een eenhoorn te laten lijken en tijdens het fietsen had ze constant 'Vlieg, Mirabelle, vlieg!' geschreeuwd, wat ongelooflijk schattig was. Hij had ondertussen door dat mensen het niet konden laten om elkaar op de eenhoornfiets en de schattige fietser te wijzen en te glimlachen. Maar toen dacht hij aan Jemima, Lydia's dochter. Was zij ook een eenhoornliefhebber met een even rijke, denkbeeldige fantasie? Gingen zij en Lydia samen fietsen? Was ze uitbundig zoals Bea of een meer introvert type zoals Ethan?

De vragen bleven de hele ochtend zonder antwoorden door zijn hoofd gonzen. Kon hij het maken om Lydia weer te bellen?

vroeg hij zich af. Kon hij vragen of hij Jemima kon ontmoeten? Misschien kon hij ergens wat foto's van Patrick vandaan halen en een beknopte biografie schrijven, zodat wanneer Jemima in de toekomst – wat ze zeker zou doen – serieuze vragen over haar vader stelde, Lydia haar iets kon laten zien. Bovendien zou het een excuus zijn om opnieuw contact met haar op te nemen, dacht hij gretig voordat hij Zoë weer voor zich zag en zich meteen een bedrieger voelde. Hij zuchtte, wetende dat het een groot verraad zou zijn, zowel tegenover haar als zijn eigen broer. Waar was hij mee bezig? Aan wiens kant stond hij eigenlijk? En toch leek niets doen ook geen optie. Dat voelde als de laffe uitweg.

Toen hij bij zijn ouders arriveerde, werd hij al snel afgeleid toen hij zag dat de foto van hem en Patrick waar hij zo'n hekel aan had weer recht in het zicht was gezet. Hij schoof hem achter een grote foto van de kleinkinderen terwijl Liz de bloemen die hij had meegenomen in het water zette en nam vervolgens plaats in de oververhitte woonkamer, waar hij plichtsgetrouw naar haar verhalen luisterde. Hij was vergeten hoelang ze erover kon doen om een tamelijk saai verhaal over tamelijk saaie mensen die hij nog nooit had ontmoet – en nooit wilde ontmoeten – te vertellen, maar hij deed zijn best om er toch geïnteresseerd en betrokken uit te zien. Hij dacht dat het hem goed afging, maar toen gooide Liz haar handen omhoog en realiseerde hij zich dat zijn gedachten een paar momenten waren afgedwaald.

'Je hebt geen woord gehoord van wat ik zei, of wel?' vroeg ze.

'Jawel,' protesteerde hij.

'Ik weet dat je niet luisterde, want ik vertelde je net dat Arthur van hiernaast is verloofd met een golden retriever en jouw antwoord was "Dat is leuk".' Ze vouwde haar armen over haar borst en keek hem achterdochtig aan. Liz Sheppard had altijd een laserachtige blik gehad waarmee ze van een kilometer afstand kon zien dat een van haar zonen had gespijbeld van school, zijn groenten niet had opgegeten of iets voor haar achterhield. 'Hij is met niemand verloofd, al helemaal niet met een hond,' zei ze. 'Maar nu vraag ik me af wat er met jou aan de hand is, vooral daarbinnen.' Ze tikte met een vinger tegen haar slaap en wierp hem haar meest indringende blik toe. Ze scheen nog net niet een fel licht in zijn ogen, maar dat had ze net zo goed wel kunnen doen. 'Vooruit, laat maar horen. Waar zit je mee?'

'Mam! Het is niets.' Hij moest echt aan zijn pokerface werken.

'Gaat het om een meisje? Ik zei een paar dagen geleden nog tegen je vader dat het leuk zou zijn als je iemand anders kon vinden. Dat je Rebecca voor eens en altijd achter je kan laten.' Toen klemde ze met een schuldige gezichtsuitdrukking haar lippen strak op elkaar, alsof ze voor haar beurt had gesproken.

'Wat?' vroeg Dean. 'Waarom kijk je zo?'

'Ach...' Liz en Derek Sheppard waren al sinds hun zestiende samen en behoorden tot de generatie die hardnekkig volhield dat het huwelijk voor het leven was, hoe vreselijk de relatie ook uitpakte. Ze hadden het nooit hardop uitgesproken, maar Dean wist dat met name zijn moeder zich sinds zijn scheiding veel zorgen maakte omdat ze van mening was dat het een catastrofale vergissing was. 'Nou...'

'Mam, zeg het gewoon. Wat is er aan de hand?'

Liz verschoof een beetje in haar stoel en vouwde haar handen in haar schoot. 'Ik kwam haar vader vorige week tegen op straat en die vertelde me dat ze... nou ja, dat ze zwanger is.'

Een moment lang was het muisstil. Dean haalde zich Rebecca's laatste cryptische bericht op Facebook voor de geest. *Grote dag morgen!* Vermoedelijk ging ze voor het eerst een scan laten maken of zo. Geen sollicitatiegesprek. Hij slikte. 'Zwanger.' Zijn maag draaide zich om. Hoe kon ze? dacht hij. Hoe kon ze dat doen?

'Ik wil geen kinderen,' had ze de laatste keer dat hij het onderwerp aan de orde had gesteld tegen hem gezegd. Het was enkele jaren na Gabes geboorte, waarschijnlijk rond dezelfde tijd dat Patrick aankondigde dat hij en Zoë in verwachting waren van baby nummer drie, en Deans gevoelens met betrekking tot het vaderschap waren een permanente pijn in zijn borst. Maar Rebecca was in al die jaren niet van gedachten veranderd over kinderen, verre van. 'Ik wil gewoon geen moeder zijn,' had ze gezegd. 'Sorry, Dean. Maar ik vind het er echt saai uitzien, om eerlijk te zijn, en het is verdomd hard werken.'

Dean had haar beslissing geaccepteerd – je kon iemand van wie je hield niet dwingen om een kind te krijgen dat ze niet wilde – maar vanbinnen was hij gebroken. Hij vond Patrick en Zoë's leven met de kinderen er helemaal niet saai uitzien. Het zag er echt prachtig uit. Gelukkig. Betekenisvol.

'Het is vast heel vreemd om dit te horen,' zei zijn moeder, haar onderzoekende blik nu veranderd in een zorgelijke.

Vreemd... Zo zou je het kunnen noemen. Bedrieglijk zou ook kunnen. Dus misschien wilde Rebecca al die tijd al kinderen, alleen niet met hém. Het krijgen van een baby met de knappe Rory was blijkbaar een veel aantrekkelijker vooruitzicht. 'Ja,' slaagde hij erin uit te brengen om te verbergen hoeveel pijn het werkelijk deed. 'Ach ja. Het heeft niets meer met mij te maken.'

Liz was geen sentimentele moeder – ze was altijd meer geneigd om haar jongens met een theedoek te slaan dan ze te overspoelen met kusjes en knuffels – maar nu reikte ze naar zijn hand en gaf hem een kneepje, wat zo ongeveer het meest warme gebaar was dat ze ooit zou geven. 'Vroeg of laat komt er iemand op je pad die veel beter bij je past,' zei ze. 'Ik weet het zeker, Dean. Je bent een goede jongen, dat heb ik altijd al gezegd. Onze familie heeft de laatste tijd iets verschrikkelijks meegemaakt, maar er liggen betere dagen in het verschiet, wacht maar. We komen er wel.'

'We komen er wel,' herhaalde hij, geraakt door haar zeldzaam tedere woorden. Daarna veranderde hij van onderwerp. 'Voordat ik het vergeet, ik heb wat foto's van Bea die ik je wil laten zien,' zei hij, en hij haalde zijn telefoon tevoorschijn. Terwijl hij haar vol liefde door de foto's zag scrollen, drong het plotseling tot hem door dat de ontdekking van Lydia en Jemima ook grote gevolgen zou hebben voor zijn ouders. Nog een kleinkind om lief te hebben, nog een stuk van Patrick om te koesteren. Ze zouden haar in de familie verwelkomen en willen leren kennen, toch? Was het wel aan hem om hun dit te ontzeggen?

Hij staarde naar zijn knieën, zijn gedachten één grote puinhoop. Hoe langer hij rondliep met zijn geheimen, hoe meer het voelde alsof hij gevangenzat in een leugen en de mensen van wie hij hield verraadde. Wat moest hij in hemelsnaam doen?

'Dus wat hij ook zegt, Gabe moet om uiterlijk negen uur in bed liggen. Lichten uit, de hele mikmak, oké? We weten allemaal dat hij anders niet te harden zal zijn morgen.'

'Ik ben diep beledigd,' zei de jongen, die aan de andere kant van de kamer een tennisbal op zijn hoofd probeerde te balanceren.

'Maak je geen zorgen, ik heb mijn veeprikker,' zei Dean. 'Ik zal ervoor zorgen dat hij zijn schoonheidsslaapje krijgt.'

'Hé,' mompelde Gabe. De tennisbal viel van zijn hoofd en rolde over het tapijt. 'Ik heb echt geen schoonheidsslaapje nodig. Gatver. Waarom zou ik een schoonheid willen zijn?'

'Lelijkheidsslaapje dan,' zei Zoë, en ze stak haar tong uit richting Dean. Ze had voor het eerst in lange tijd met haar vriendinnen afgesproken voor een meidenavond en zou bij Clare blijven slapen. Ze keek er al naar uit sinds Dean had aangeboden om die avond op te passen. Het voelde verrassend goed om haar make-up te doen en zichzelf te besproeien met parfum, maar nu ze helemaal opgedoft was en op het punt stond om te vertrekken, begon ze toch nerveus te worden. Een deel van haar snakte ernaar om een paar cocktails te drinken en los te gaan op een plakkerige dansvloer en haar verdriet voor één nacht bij de deur achter te laten, maar er was een ander deel van haar dat bang was om dit te doen. Bang om zich onder de flikkerende lichten te begeven, omringd door dronken mensen die het grootste plezier hadden terwijl zij slechts een gekneusde en beschadigde versie van haar oude zelf was, voor alles kwetsbaar.

Trouwens, wat voor beeld zette ze neer als rouwende weduwe als ze de hele nacht ging dansen? Wat zei het tegen de rest van de wereld? Dat de dood van haar man haar niets kon schelen? Ze was bang om een van de schoolmoeders tegen het lijf te lopen, bijvoorbeeld, en dat het gerucht dat ze een harteloze trut was op het schoolplein de ronde zou doen. Eerder die dag was ze langs de huisarts geweest en had ze haar zorgen kenbaar gemaakt, maar Dr. Gupta was heel duidelijk geweest. 'Je mag nog steeds gelukkig zijn, zelfs als je verdrietig bent,' zei ze standvastig, en ze keek Zoë recht in de ogen. 'Sterker nog, ik moedig je echt aan om zoveel mogelijk dingen te vinden waar je gelukkig van wordt. Het definieert of bagatelliseert je verdriet op geen enkele manier. Ik zou zelfs zeggen dat het het tegenovergestelde doet. Momenten van geluk zullen je door deze tijd heen slepen, oké? Goed.' Ze had haar vingers in elkaar gevouwen en haar blik was geen enkel moment van Zoë afgeweken. 'Hoe zit het met de therapie waar we het vorige keer over hadden? Heb je stappen ondernomen om met een psycholoog te praten?'

'Nog niet,' bekende Zoë. De brochure brandde in haar handtas, waar ze hem twee weken geleden had weggestopt.

'Ik denk echt dat het zou helpen als je die stap kunt zetten. Wat heb je te verliezen?'

'Is er nog iets wat ik moet weten?' vroeg Dean nu, en Zoë werd met een ruk teruggetrokken naar het heden.

'Eh... Nee. Ik ben morgenochtend om tien uur terug. Als er iets is, vraag het eerst aan Ethan en anders bel je me. Bea zal nu hopelijk blijven slapen, maar als ze een nare droom heeft, probeer dan met een langzame stem een verhaaltje voor te lezen. Het kan ook zijn dat ze in bed plast – sorry – maar als het midden in de nacht is, pak dan gewoon een slaapzak uit de kast. Ik zal je laten zien waar –'

'Maak je niet druk, ik kan het wel aan.' Dean legde al een hand op haar arm voordat ze de trap op kon lopen. 'Echt. Het is maar een nachtje. Ik zorg voor ze. Ga jij maar lekker met je vriendinnen op stap.'

'Wat als er wordt ingebroken?' vroeg Gabe, die de tennisbal langs zijn arm probeerde te rollen. Hij was dit al de hele week aan het oefenen, wat betekende dat ze constant kleine dreunende geluiden en wanhopig gekreun uit zijn kamer hoorde komen.

'Er zullen geen inbrekers zijn, maar als ze toch gek genoeg zijn om het te proberen, zullen we ze met een waterpistool uit je raam schieten,' zei Dean, wat een enthousiaste 'Cool!' als antwoord kreeg.

Zoë wilde ze nu al helemaal niet meer weggaan. Inbrekers, bedplassen, overenthousiaste kinderen... Er waren te veel dingen die fout konden gaan. Bovendien had ze al twijfels over haar jurk, een zwart ding dat een beetje te strak zat na alle chips die ze de laatste tijd had gegeten en ze herinnerde zich net dat hij tijdens het dansen altijd omhoogkroop. Daarnaast werd haar uitgroei steeds zichtbaarder omdat ze in tijden niet meer naar de kapper was geweest en... O, waarom zou ze eigenlijk gaan stappen? Het was beter als ze thuisbleef, ze was hier nog niet klaar voor.

'We redden ons wel,' zei Dean, die de spanning van haar gezicht kon lezen. 'Vooruit, wegwezen. Ga uit je dak, heb plezier en waag het niet om morgen thuis te komen zonder een vreselijke kater.'

Ze glimlachte zwakjes. Verdorie, ze ging uit met haar oude vrienden van de universiteit. Die gaven niets om haar jurk of haar haar, herinnerde ze zich. En als ze iets stoms zou doen, zouden ze haar meteen uit de brand helpen, net zoals zij voor hen zou doen. 'Oké. Dank je,' zei ze. 'Ik zal mijn best doen. Ik zie je morgenochtend. Dag, jongens. Gedraag je!'

En toen liep ze door de deur met haar logeertas over haar schouder en ademde ze de koele avondlucht in. De straatlantaarns gloeiden vlekkerig door de duisternis en ze rook de boventonen van amber van haar eigen parfum. Plots ging er vanwege de pure onwennigheid van het alleen zijn rond dit tijdstip een rilling door haar heen. Het was lang geleden dat ze dit voor het laatst had gedaan. Maanden geleden. Maar ze kon het, zei ze tegen zichzelf terwijl ze haar tas een beetje strakker vastgreep en begon te lopen.

Enkele uren later stond Zoë in een club genaamd Market. Ze wankelde al een beetje na de vele goedkope happyhourdrankjes, maar tot haar opluchting had ze het tot nu toe erg naar haar zin. Eerst waren ze wat gaan eten in een Mexicaans restaurant, waar iedereen grappige verhalen had uitgewisseld (zelfs zij!) en elkaar op de hoogte had gebracht van de laatste roddels, en toen, eenmaal bij de club aangekomen, hadden ze gedanst alsof ze weer achttien waren. Ze verzonnen domme dansroutines, kletsten met alles en iedereen en hadden de grootste lol. Durfde ze het toe te geven? Ze voelde zich zowaar weer een keertje normaal, alsof ze voor een korte zorgeloze dag uit haar ellendige gevangenis was vrijgelaten. Het was zo fijn dat ze zichzelf even kon verliezen in de muziek! Nu stond ze aan de bar terwijl ze wachtte om bediend te worden, nog steeds een beetje te wiegen op het ritme van de muziek.

'Zo, jij hebt sexy benen, schat,' hoorde ze. Ze draaide zich om en zag dat er een man in een afschuwelijk nepleren jasje naast haar was verschenen.

'Sorry?' zei ze. Hij had een zweterig gezicht en zijn ogen bleven van links naar rechts bewegen alsof hij iets meer dan alleen drank ophad. Midden veertig, mager, een gluiperig type, constateerde ze.

'Sexy benen! Jij!' Hij stak een vinger naar haar uit. 'Je hebt sexy benen!'

Zoë deed een stap achteruit omdat er spuug in haar gezicht vloog. 'O, oké. Dank je,' zei ze automatisch. Toen draaide ze weer terug naar de bar en probeerde ze de aandacht van de barman te trekken. Ze had er meteen spijt van dat ze dank je tegen die vieze slijmbal had gezegd. Het kon haar helemaal niets schelen wat hij van haar dacht en ze was hem absoluut niet dankbaar.

'Heel sexy. Zou het niet erg vinden om die benen om me heen te hebben,' zei hij met een onprettige blik in zijn ogen.

Ze negeerde hem, maar jammer genoeg was het niet zo makkelijk om van hem af te komen. Hij kwam alleen maar dichter bij haar staan.

'Hé! Ik praat tegen je. Ik zei dat ik het niet erg zou vinden om die sexy –'

'Ik heb je gehoord.' Ze legde haar elleboog op de plakkerige bar en probeerde een barrière tussen zijn lichaam en het hare te creëren. Haar goede humeur was snel aan het afnemen. Waarom liet hij haar niet met rust? 'Maar ik ben niet geïnteresseerd.'

Hij leunde tegen haar schouder. De geur van zijn vieze aftershave mengde zich met de stank van bier en drong door in haar neus. 'Je bent niet geïnteresseerd?' herhaalde hij. Ze weigerde om hem direct aan te kijken, maar toch kon ze zijn stemming in een halve seconde voelen omslaan. Een boze uitademing, gevolgd door: 'Nou, val dan maar dood. Je hoeft je niet zo druk te maken, schat, ik zei alleen dat je mooie benen had. Jezus christus. Stomme trut.'

Ooit had ze zich misschien geïntimideerd gevoeld door zulke rotopmerkingen, maar haar leven was de laatste tijd zo verschrikkelijk geweest dat ze het gevoel had dat niets haar nog kon raken. Denk je dat ik daar overstuur van raak? Dacht het niet, vriend. 'Het kan me geen reet schelen wat je van mijn benen vindt. Het is niet aan jou om daar commentaar op te geven,' kaatste ze terug, maar hij luisterde niet.

'Ik gaf je een compliment en dat is alles wat je kunt zeggen: geen interesse?' ontplofte hij. Zijn speeksel vloog alle kanten op. 'Kijk naar wat je aanhebt! Een slet, dat is wat je bent. Ik probeer je alleen maar een compliment te geven. Waarom moet je dan zo'n trut zijn?'

God, ze haatte het wanneer mannen dachten dat je ze de verdomde wereld verschuldigd was, alleen maar omdat ze een of andere ongevraagde perverse opmerking over je lichaam hadden gemaakt. 'Ik wil je complimenten niet. Snap dat dan!' schreeuwde ze terug, plotseling ziedend van woede. Alles wat ze sinds Patricks dood had onderdrukt kwam er nu uit als een stortvloed van hete razernij. Hoe durfde hij? 'Ik ben geen trut, ik ben geen slet, ik ben simpelweg een avondje uit met mijn vrienden. Wat valt daar niet aan te begrijpen? Vier mojito's en een gin-tonic, alsjeblieft,' maakte ze verwoed een einde aan haar preek toen ze de barman haar kant op zag kijken.

'Kutwijf,' zei de man, maar gelukkig wankelde hij weg van de bar en liet hij haar eindelijk met rust. Ze twijfelde er niet aan of hij ging recht op een andere vrouw af in de hoop op een betere reactie op zijn 'complimenten'. Walgelijk. Opgeruimd staat netjes.

Ze voelde haar weerstand plaatsmaken voor opluchting. De adrenaline van haar woede stroomde weg en haar handen begonnen zo hevig te trillen dat ze de bar moest vastpakken. De tranen prikten in haar ogen. Het is in orde. Je bent in orde, zei ze tegen zichzelf. Maak je niet druk om klootzakken zoals hij. Maar toch, het was angstaanjagend hoe snel hij op agressie was overgegaan. Ze wilde opeens naar huis. Ze was niet sterk genoeg voor dit soort confrontaties. Daarnaast deden haar voeten pijn en stond de muziek veel te hard. Ze wilde dat ze zich op dit moment naar de veiligheid van haar bank kon teleporteren, wetende dat haar baby's op enkele meters afstand veilig lagen te slapen.

'Vier mojito's en een... wat was het, een wodka-tonic?' schreeuwde de barman.

'Gin-tonic, alsjeblieft,' antwoordde ze terwijl ze een zakdoekje onder haar ogen depte en hoopte dat haar mascara niet was uitgesmeerd. Het was half twee 's ochtends. Ze had het in geen weken (bewust) zo laat gemaakt en ze was kapot. Een grijze wolk groeide in haar hersenen terwijl ze de onaangename ontmoeting bleef herbeleven. Was dit hoe het van nu af aan zou zijn, als alleenstaande vrouw? Moest ze de hele avond walgelijke idioten ontwijken om vervolgens naar een huis te gaan waar niemand op haar zat te wachten? Ze vroeg zich af of ze ooit weer door een man zou worden vastgehouden, ooit die wederzijdse vonk van aantrekking zou voelen. Waarschijnlijk niet. Ze was van nu af aan voorbestemd om liefdeloos en alleen te zijn.

'Hé, gaat het?' Clare stond plotseling achter haar en Zoë

slaakte een klein gilletje dat werd verdoezeld door de muziek. 'Heb je het naar je zin? O, ik hou van dit nummer!' riep ze voordat Zoë kon antwoorden.

'Ik ook,' zei Zoë terwijl ze probeerde haar verdriet in bedwang te houden en de barman te betalen. Adem diep in. Vergeet de klootzak. Je had zoveel lol voordat hij het verpestte, weet je nog?

'Echt goed om je weer te zien, schat,' schreeuwde Clare. Haar kortgeknipte blonde haar veranderde van rood naar paars in de knipperende lichten en haar lippenstift was uitgesmeerd. 'O, is dat voor mij? Dank je! Weet je zeker dat alles goed gaat?'

'Ja,' zei Zoë, en ze deed haar best om te glimlachen. Niemand zat te wachten op een huilebalk op een avondje uit.

'Ik zal je helpen de drankjes te dragen,' zei Clare, en ze pakte een paar glazen. 'Laten we straks weer de dansvloer op gaan!'

Zoë ademde diep in. Fijne dingen, denk alleen aan fijne dingen. 'Ik loop achter je aan,' zei ze.

21

Als Dean dacht dat oppassen makkelijk was, dan realiseerde hij zich al snel dat hij zichzelf voor de gek had gehouden. Hij had er moeite mee om Gabe op de gewenste tijd naar bed te krijgen – aanvankelijk omdat zijn neefje grappig en charmant aan het doen was en Dean niet zo'n strenge, bazige oom wilde zijn die altijd nee zei. Dit liep echter spectaculair uit de hand toen de jongen oververmoeid een driftbui kreeg en schreeuwde dat Dean hem niet kon vertellen wat hij moest doen en hem niet kon dwingen om naar bed te gaan. Het was geëindigd in een thermonucleaire meltdown vol geschreeuw en boze tranen – van Gabe, hoewel Dean moest toegeven dat hij ook niet ver verwijderd was van eenzelfde soort uitbarsting – en Gabe die kwaad weigerde welterusten te zeggen tegen zijn oom en zijn slaapkamerdeur in zijn gezicht dichtsloeg. Oké, dus dat was iets wat hij voortaan anders aan zou moeten pakken, dacht Dean uitgeput toen hij terug naar beneden liep.

Wat Ethan betreft was Dean nogal verbaasd dat hij zich enigszins afstandelijk en onvriendelijk gedroeg. Hij had het gevoel dat ze een band hadden gekregen tijdens hun kunstwandeling – vooral toen Ethan uit de kast was gekomen – dus Dean had het niet aan zien komen dat de jongen deze keer zo kortaf zou zijn. Dean had voorgesteld om binnenkort samen naar een klassiek concert te gaan en had daarbij de grap gemaakt dat Ethan hem waarschijnlijk nog een aantal dingen kon leren, maar zelfs dat kreeg alleen maar een opgehaalde schouder zonder oogcontact als reactie. In zijn laatste poging om deze avond samen wat tijd door te brengen, zei hij dat er een goede zombiefilm op tv was die ze konden kijken.

'Nah,' zei Ethan. Hij speelde een of ander schietspel op zijn laptop en keek na een korte stilte om naar Dean met een blik die duidelijk maakte dat hij zich afvroeg waarom Dean nog steeds in zijn kamer was. Dean begreep de hint en verliet de kamer. Hij had het in ieder geval geprobeerd, zei hij tegen zichzelf terwijl hij weer verslagen naar beneden sjokte.

Uit verveling opende hij Facebook op zijn telefoon. Hij kon zichzelf er niet van weerhouden om Rebecca op te zoeken. Sinds zijn moeder hem het nieuws had verteld, was de bitterheid binnen in hem alleen maar gegroeid. Hoe durfde ze vrolijk verder te gaan met haar leven na wat ze hem had aangedaan? Het was alsof iemand wegliep van een auto-ongeluk zonder achterom te kijken. Ik geef niets om jou, was wat het betekende.

O Jezus, daar was het. Een zwart-witfoto van een echo met Rebecca's bijschrift: 'Superblij om het nieuws te delen dat Rory en ik ouders gaan worden. Uitgerekend op Halloween, het is niet te geloven! Geen gemene opmerkingen!!'

Gal kwam op in zijn keel. Over zelfvoldaan gesproken. 'Superblij om het nieuws te delen', alsof ze lid was van de koninklijke familie of zoiets. Hoe was het mogelijk dat Rebecca hem zo kon bedriegen, hem zo kon verraden, en dat er toch goede dingen gebeurden in haar leven? Je zou kunnen zeggen dat als Rebecca hem niet had verraden – en deze gedachte was al meerdere malen in hem opgekomen – Patrick misschien nog steeds in leven was geweest. Het leven zou doodnormaal zijn doorgegaan en Dean zou op dat moment samen met Tiggy en een mooie bruine tint op zijn huid de Boliviaanse zoutvlaktes verkennen, maar in plaats daarvan probeerde hij alle verdriet van zijn broers familie in zich op te nemen, als een menselijke spons.

'Krijg de klere,' fluisterde hij. Ineens werd hij overspoeld door haat, werd erdoor verteerd. Hij kon niet zwijgen. Hij was te kwaad, te wraakzuchtig.

Hij tikte op het berichtje dat ze hem had gestuurd – *Wat een verschrikkelijk nieuws over Patrick* – en, voordat hij zichzelf kon stoppen, begon hij met bevende vingers een antwoord te typen. *Je hebt wel lef, Bex. Hij heeft me alles verteld, je weet wel, over jullie twee. Jullie rotgeheimpje. Waag het niet me je valse sympathie en krokodillentranen te geven. Het kan me niet schelen wat je denkt.* En toen, omdat hij simpelweg te blind van woede was om er nog een keertje over na te denken, drukte hij op Verzenden.

Hij had er verdomme genoeg van om de andere wang toe te keren. Hij had er genoeg van de schuld te krijgen voor wat er met Patrick was gebeurd terwijl er andere mensen waren die ook een rol hadden gespeeld. Het was niet alleen mijn schuld, dacht hij, en hij liet zijn telefoon op de bank vallen.

De volgende ochtend, na een vreselijke nachtrust, had Dean het gevoel dat de kinderen hadden samengespannen om hem voor de ene na de andere uitdaging te stellen. Of misschien kreeg hij gewoon voor het eerst te maken met de realiteit van het ouderschap. Allereerst werd Bea bij het krieken van de dag wakker – terwijl Dean de kasten afging op zoek naar ontbijtgranen – en zuchtte: 'Papa maakte altijd pannenkoeken in het weekend.' Misschien kwam het door zijn schuldgevoel over zijn berichtje naar Rebecca (tot nu toe geen antwoord), of misschien kwam het doordat hij de kans om weer een goede daad aan zijn spreadsheet toe te kunnen voegen niet kon weerstaan, maar wat het ook was, hij was blijkbaar makkelijk beïnvloed door dergelijke emotionele manipulatie, en een paar seconden later googelde Dean een pannenkoekenrecept op zijn telefoon en begon hij aan een klonterig beslag.

Toen de jongens eindelijk de keuken binnen kwamen strompelen – Ethan zag heel bleek, alsof hij de hele nacht op zijn laptop op gangsters had zitten schieten – voelde Dean zich verplicht om ze roerei op toast aan te bieden zodat ze de dag goed konden beginnen. Zie je wel, ik kan goed voor ze zorgen, ik kan dit wel aan, zei hij hardnekkig tegen zichzelf, maar toen kregen ze ruzie en gooide Gabe een vork vol roerei naar zijn broer. De eispetters die langs het raam en de muur naar beneden dropen waren de druppel die de emmer deed overlopen en Dean verloor eindelijk zijn geduld. 'Jongens!' riep hij boos, wat er alleen maar voor zorgde dat Ethan kwaad werd omdat hij niets had gegooid en toch werd betrokken in de preek. Hij stormde naar boven en liet de rest van het ontbijt onaangeroerd achter. Dus nee, het oppassen was over het algemeen geen groot succes.

Wetende dat Zoë elk moment terug zou komen, ruimde Dean alles snel op en probeerde hij het goed te maken tussen zijn neefjes. Hij wilde dat het huis in perfecte harmonie was wanneer hun moeder thuiskwam. Maar het mocht niet zo zijn. Beide jongens waren moe en nors, hoogstwaarschijnlijk als gevolg van de avond ervoor en Deans onvermogen om hun bedtijdritueel aan te houden. Ze waren ook nog zo boos, realiseerde hij zich. Boos op de wereld en hoe het mogelijk was dat hun vader zonder waarschuwing van hen afgepakt kon worden. De openbaring was ontnuchterend, vooral omdat Dean stiekem trots was geweest op hoeveel tijd hij met hen had doorgebracht de afgelopen weken. Hij hield zichzelf voor de gek als hij werkelijk dacht dat dat iets had veranderd. Dat hij zijn neefjes en nichtje een paar keer had meegenomen om iets leuks te gaan doen was lang niet genoeg om het verlies van hun vader te compenseren. Het kwam niet eens in de buurt. Voor het eerst sinds zijn sabbatical was begonnen, voelde Dean het gewicht van wat hij probeerde te bereiken en vroeg hij zich af of het eigenlijk wel mogelijk was.

Hij had Zoë tenminste een avondje voor zichzelf gegeven, probeerde hij zichzelf op te vrolijken. Hij droogde de koekenpan af en plaatste hem terug in de kast. Even later kwam Zoë wankelend en misselijk kijkend binnen. Ze vernauwde haar ogen, alsof het zwakke ochtendlicht alleen al haar hoofdpijn verergerde van Afschuwelijk naar Levensbedreigend.

'Heb je het naar je zin gehad?' vroeg hij terwijl ze naar de espressomachine liep.

'Over het algemeen wel,' zei ze cryptisch.

Hij besloot niet te lang rond te blijven hangen – soms was het het beste om een kater alleen uit te zitten – maar toen hij op het punt stond te vertrekken, verraste ze hem met het nieuws dat ze volgende week met de kinderen naar haar moeder in Zuid-Wales ging. 'O,' zei hij terwijl zijn schouders naar beneden zakten. Was dat teleurstelling wat hij voelde? 'De hele week?'

'Ja, we vertrekken maandag. Ik moet er even tussenuit, om eerlijk te zijn. Ik heb mijn moeder nodig. En mijn broer woont ook in de buurt, en hij en zijn man hebben me zoveel geholpen. Het is goed om wat tijd met ze door te brengen.'

'Ze hebben me zoveel geholpen,' herhaalde een gemeen stemmetje in Deans hoofd, niet in staat om een steek van jaloezie tegen te gaan. Meer dan hij? wilde hij bijna vragen, alsof het een soort wedstrijd was. Hij vroeg zich af of Ethan zijn andere oom – zijn homoseksuele oom – in vertrouwen zou nemen, zoals hij dat met Dean had gedaan, en was daar ook jaloers op. Hij moest toegeven dat het heel zielig van hem was om zo te denken. 'Goed,' zei hij. 'Mooi.' Verdomme, dit zou de statistieken van zijn spreadsheet naar beneden halen. 'Kan ik iets voor jullie doen wanneer jullie weg zijn?' vroeg hij bij de voordeur. 'Ik kan af en toe even langskomen om een oogje in het zeil te houden, als je wilt. Of ik kan in de tuin aan de slag gaan...?'

Hij klampte zich vast aan een strohalm – vooral omdat hij zijn tuiniersdiensten al eens eerder had aangeboden en ze hem toen snel op zijn plek had gewezen – dus hij was licht verbaasd toen Zoë tegen de muur leunde en er dankbaar uitzag.

'O, zou je dat willen doen? De tuin, bedoel ik. Alles is plotseling uit de hand gelopen en ik heb niet de energie gehad om het te herstellen. Dank je, Dean. Hier, ik zal je de reservesleutel geven.' Ze opende een la en haalde een paar sleutels tevoorschijn. 'Deze twee zijn voor de voordeur,' zei ze, en ze liet ze in zijn uitgestrekte hand vallen. 'Maar maak je geen zorgen als je het te druk hebt. Je hoeft het alleen te doen als je tijd hebt.'

Even kon hij geen woord uitbrengen, want de sleutels die nu in de palm van zijn hand lagen zaten vast aan een bekende, beschadigde sleutelhanger van de Fulham Football Club. Patricks oude huissleutels, die vermoedelijk uit zijn jaszak in het mortuarium waren gehaald. Kippenvel prikte langs Deans armen. 'Dank je,' wist hij eindelijk uit te brengen. 'Ik doe het graag. Nou, veel plezier en ik zie je wel weer op...?' Hij wist niet wanneer hij haar weer zou zien, besefte hij.

'Eh, nou, over twee weken, denk ik. Gabes verjaardagsfeestje,' antwoordde ze.

'Gabes...?' Shit. Waarom wist hij niet wanneer zijn eigen nichtje en neefjes jarig zijn?

'Heeft hij je geen uitnodiging gegeven? Sorry, ik had het

eerder moeten zeggen. Hij wil echt dat je erbij bent,' zei Zoë, waardoor de zon rond Deans hoofd begon te schijnen en er een feestelijk deuntje in zijn hoofd klonk. 'En ik ook – ik kan wel een paar extra handen gebruiken, als je het niet erg vindt. Wacht even.'

Terwijl ze op zoek ging naar de uitnodiging stopte Dean de sleutels in zijn zak. Hij was meteen weer in een goed humeur. Gabe wilde dat hij op zijn verjaardag kwam. Zoë ook. Dit was goed: hij was nuttig. Nodig, zelfs. Toen kwam ze terug met een klein kleurrijk papiertje.

'Een superheldenfeest. Cool,' zei hij, nog steeds met zijn hoofd in de wolken.

'Ja,' zei Zoë. Misschien was het de kater, maar ze deed plotseling een beetje geheimzinnig. Schichtig, zelfs. Toen flapte ze eruit: 'Er is wel één dingetje. Gabe heeft iedereen gevraagd zich te verkleden en... Nou ja, een hele tijd geleden, toen hij voor het eerst met het idee kwam van een superheldenfeest, had Patrick beloofd om zich ook te verkleden. Dus we vroegen ons af of jij dat misschien ook zou willen doen?'

Het duurde even voordat het kwartje viel. 'Of ik me wil verkleden? Als een superheld? Wat, in een legging en zo?'

'Nou, ja, eigenlijk wel. Kun je dat doen? En helpen met de spelletjes en dat soort dingen?' Ze beet op haar lip. 'Ik weet dat het veel gevraagd is en dat je misschien andere plannen hebt, maar...' Haar smekende ogen keken hem aan. 'Gabe zou het echt leuk vinden.'

'Tuurlijk.' Dean wist dat hij dit met geen mogelijkheid kon weigeren. Niet alleen zou hij in Patricks voetsporen treden, maar ook letterlijk in zijn verkleedkleren. Natuurlijk ging hij dat doen. En hallo? Verkleden als een superheld: symbolischer dan dat kon niet. 'Natuurlijk doe ik dat voor jullie,' zei hij.

Dean had zijn vrienden niet meer gezien sinds de nacht in de pub die was geëindigd met zijn dronken hoofd boven Marks toiletpot. Hoewel hij had geprobeerd om verdere sociale bijeenkomsten te vermijden, lieten de anderen dat blijkbaar niet zo makkelijk gebeuren. Het was duidelijk dat ze de situatie achter zijn rug om hadden besproken en hadden besloten dat een soort interventie noodzakelijk was. Ze hadden een voor een met verschillende smoesjes contact met hem gezocht. Steve probeerde Dean over te halen om een keer mee te gaan naar de roeivereniging – 'Je zou mij er een plezier mee doen. Ik heb iemand nodig die er net zo slecht in als ik' – terwijl Neil hem berichtjes bleef sturen wanneer er weer een slechte punkband in de buurt optrad en Mark hem regelmatig had lastiggevallen met het idee om samen te gaan hardlopen. Tot nu toe was Dean erin geslaagd ze te negeren, maar toen hij die zaterdagochtend thuiskwam van Zoë's huis, kwam Mark hem tegemoet lopen met een blik op zijn gezicht die zei dat hij geen nee zou accepteren.

'Kom op, loser, doe je sportschoenen aan. We gaan een stukje rennen,' zei hij, en hij klapte in zijn handen als een gymleraar.

Dean zat waarschijnlijk nog steeds lekker in zijn vel vanwege zijn nieuwe superheldenmissie, want zowel hijzelf als Mark was verbaasd toen hij instemde. Nadat hij een oude sportbroek en een nieuw, ongedragen T-shirt dat hij had gekocht voor zijn reis naar Zuid-Amerika had aangetrokken, duurde het niet lang voordat ze samen over de brug Hammersmith uit jogden. Toen Deans aanvankelijke kortademigheid was afgenomen, praatten ze over van alles en nog wat: voetbal, politiek, de nieuwe auto die Mark op het oog had. Deans longen deden pijn van de onwennige, intense lichaamsbeweging, maar het bloed zong door zijn aderen terwijl hun voeten eendrachtig over de grond beukten. Onder hen op de rivier peddelde een groep kinderen in kajaks. Terwijl ze een van de oude stoomboten vol met toeristen inhaalden, werden hun schelle, opgewonden stemmen meegevoerd door de wind. Dean kon zich niet herinneren wanneer hij voor het laatst te voet de brug was overgestoken. Hij besefte nu pas wat een luxe het was om naar beneden en om zich heen te kunnen kijken.

'Gaat het?' vroeg Mark toen ze de andere kant bereikten en het pad op draaiden dat langs de drassige rivieroever slingerde. Het was aan het motregenen, maar Dean vond de koele nevel van water op zijn gezicht en haar eigenlijk wel prettig.

'Ja,' zei hij. 'Ja, dit is fijn. Dank je.' Dankzij het hardlopen had hij ook even niet aan Rebecca gedacht. De afgelopen nacht had hij grotendeels doorgebracht in een vreselijke tweestrijd tussen schaamte, vanwege zijn genadeloze berichtje, en opstandigheid, waarbij hij zichzelf wijsmaakte dat ze het had verdiend. Had ze het al gelezen? Hoe zou ze antwoorden, nu ze wist dat hij het wist? Dean ademde langzaam uit en probeerde zijn hoofd daarmee leeg te blazen. Ga weg, Rebecca. Je hebt genoeg schade aangericht.

Alsof hij aanvoelde dat Dean afleiding nodig had, vroeg Mark naar Zoë en de kinderen, en Dean kwam erachter dat hij meer dan genoeg te vertellen had. Door de laatste tijd meer tijd met hen door te brengen, waren ze een veel groter onderdeel van zijn leven geworden. Ze waren Ethan, Gabe en Bea geworden, echte mensen in plaats van drie kinderen die af en toe kort in zijn leven voorkwamen. 'En raad eens, ik moet me over twee weken verkleden als een superheld voor Gabes feestje,' eindigde hij zijn verhaal.

Mark bulderde van het lachen. 'Jezus, mijn ogen branden al bij de gedachte,' antwoordde hij. 'Hebben we het over spandex en zo of...?'

'Ja,' zei Dean. 'Ik hoop alleen dat ik geen van de kinderen aan het huilen maak zodra ze me zien.'

'Of de moeders flauw laat vallen,' grijnsde Mark.

Dean snoof. 'Ik ben er vrij zeker van dat dat niet zal gebeuren. Tenzij het van de schrik is.'

'Dean? Dean Sheppard!' klonk er toen opeens een stem, en Dean keek om zich heen en zag een man met een chocoladebruine labrador naar hem zwaaien.

'Gareth!' zei Dean terwijl hij verbaasd tot stilstand kwam. Gareth Chappell was een collega wiens pad hij meestal kruiste op een saaie kantoorvloer met airconditioning, gekleed in pakken en stropdassen, en niet buiten langs de oever van de rivier, met Dean in bezwete hardloopkleren. 'Hoe gaat het? Dit is Mark, trouwens. Mark, Gareth, een collega van me.'

'Oké,' zei Mark terwijl hij een paar keer op de fitnesstracker op zijn horloge tikte en vervolgens op zijn plek bleef joggen.

'Hallo,' zei Gareth beleefd voordat hij zich weer tot Dean wendde. 'Ja, alles is prima. Het werk is een gekkenhuis, zoals altijd, je kent het wel.' Er was een korte pauze en toen vroeg hij: 'Hoe was Thailand? Wás je naar Thailand? Wanneer ben je weer op kantoor?'

'Begin juni,' antwoordde Dean terwijl hij naar beneden reikte om de hond die tegen zijn benen op was gesprongen te aaien. Zijn oren voelden als vochtig suède door zijn vingers. Hij ging weer rechtop staan, zich ervan bewust dat Gareth verdere toelichting verwachtte. 'Ik ben nu nog met... wat andere dingen bezig.'

Gareth trok een wenkbrauw op. 'Ben je wat zwart geld aan het verdienen? Nee, dat was maar een geintje. Nou, je mist niet veel. Duncan Smith is ontslagen voor fraude, dus er is een controleteam dat momenteel overal zijn neus in steekt. Het is alsof je onder de Stasi leeft – alle geruchten en geheimzinnigheid... Maar goed! Ja, oké, Mungo,' zei hij toen de hond aan de riem begon te trekken. 'Ik ga weer verder. Goed dat ik je weer even heb gezien.'

'Insgelijks,' zei Dean, en hij vertrok weer.

'Ik was vergeten dat je niet aan het werk was,' zei Mark tijdens het hardlopen. 'Hoe voelt het om straks weer terug te gaan?'

Dean verlengde zijn pas een beetje. 'Ik had er nog niet echt over nagedacht,' bekende hij. In de afgelopen weken had hij nauwelijks aan zijn werk gedacht, realiseerde hij zich, laat staan dat hij zich afvroeg wat daar in zijn afwezigheid gebeurde. Zijn kantoortje verscheen in zijn hoofd als een visioen. Zijn bureau en archiefkast, het computerscherm en de telefoon, in stilte wachtend op zijn terugkeer. De drie pakken die in zijn donkere garderobe hingen, stropdassen die als slangen aan een hanger bungelden. Dat leven voelde allemaal zo ver weg, alsof het compleet aan iemand anders toebehoorde. Die vroege ochtenden dat je als sardientjes in een blik in de Circle Line-metro zit, een leger van slaperige negen-tot-vijf-robots om je heen die ieder op weg waren naar hun eigen identieke kantoorblokken om aan hun identieke bureaus op hun identieke toetsenborden te typen, koffie te drinken, over hun collega's te zeuren (terecht of niet), formulieren in te vullen, vergaderingen bij te wonen, telefoongesprekken aan te nemen, naar huis te gaan en het de volgende dag weer opnieuw te doen. Zevenenveertig weken per jaar.

Dat was min of meer zijn leven geweest. Hij werkte zo hard dat het 90 procent van zijn energie absorbeerde, waardoor er weinig ruimte over was voor iets anders van betekenis of waarde. Al het geld dat hij de afgelopen jaren had verdiend stond als bevroren op zijn rekening, omdat hij toch geen tijd had om het uit te geven en niemand in zijn leven had om het mee uit te geven. Pas nu hij zich van de loopband had losgemaakt, realiseerde hij zich hoe weinig hij zijn ouders en de rest van de familie in de afgelopen jaren had gezien. Hoe zelden hij eigenlijk contact had met iemand buiten zijn kantooromgeving.

Op de laatste werkdag voordat zijn sabbatical zou beginnen, had hij met een nerveus gevoel zijn spullen ingepakt. Het had toen zo vreemd gevoeld om het gebouw uit te lopen, wetende dat hij drie hele maanden geen contact zou hebben met zijn klanten of collega's. Diep vanbinnen was hij bang dat hij die centrale stok van het kantoor nodig zou hebben om te voorkomen dat zijn leven als een kapotte tent zou instorten, hoe ver hij ook reisde. Maar toen trad hij in Patricks schoenen en leek het kantoorleven plotseling compleet onbelangrijk. Banaal zelfs. De afgelopen weken waren zeker chaotisch geweest – het oppassen van gisteravond was een goed voorbeeld – maar hij had het gevoel dat hij nieuwe rijkdommen ervaarde en een voller, meer gestructureerd bestaan had dan eerst.

Maar dit kon natuurlijk niet zo door blijven gaan. Eenmaal terug op het werk zou hij het normale leven weer op moeten pakken en een stapje terug moeten doen van Zoë en de kinderen. Net wanneer de kinderen echt wat structuur konden gebruiken, om nog maar te zwijgen van wat extra liefde.

'Ik denk niet dat ik nog wil werken, nu ik erover nadenk,' zei hij tegen Mark terwijl ze om een grote plas heen renden.

'Ja, jij, ik en elke man van middelbare leeftijd die ik ken,' zei Mark nogal pessimistisch. 'Kom maar op met dat pensioen, of niet?'

Precies op dat moment ging Deans telefoon. Hij slaagde erin om hem uit zijn achterzak te halen zonder zijn tempo te verliezen. 'Lastpost' stond er op het scherm en hij kreunde voordat hij het naar de voicemail liet gaan. Dat Patricks huurders constant dingen van hem wilden – hoe lief ze ook waren – was iets wat hij zeker weten niet zou missen wanneer hij terugkeerde naar zijn kantoorbaan. Rosemary kon wachten. Op dit moment moest hij rennen.

22

Tegen de tijd dat het zaterdagavond zeven uur was, was Dean uitgehongerd. Hij had Rosemary's telefoontje zo lang mogelijk uitgesteld – mocht hij soms niet een dag voor zichzelf hebben? – maar later in de middag gaf hij er toch aan toe toen hij eindelijk naar haar voicemail luisterde en hoorde hoe haar stem trilde alsof ze op het punt stond om in tranen uit te barsten. Noem hem een idioot, maar hij ging er toch met een gereedschapskist en tandenknarsend op af om uit te zoeken wat er nu weer aan de hand was. Het bleek om een lekkende radiator en een nieuwe vochtige plek op het plafond van de slaapkamer te gaan, die volgens haar te wijten was aan een losse dakpan.

Nadat hij alle klusjes had afgehandeld en met tegenzin een koffie en een jamtaartje had aangenomen, was hij eindelijk op weg naar huis, moe na de slapeloze nacht bij Zoë. Hij keek ernaar uit om weer op zijn eigen bank te zitten, waar hij helemaal niets hoefde te doen. Het was donker en druilerig buiten. De ruitenwissers van zijn auto maakten schrapende geluiden waar de rubberen randjes begonnen te slijten en hij vervloekte het drukke verkeer dat de straten vulde. Hij stopte bij de verkeerslichten en zijn oog viel op de felroze jurk van de vrouw bij de bushalte (ja, oké, en op de benen van de vrouw) en hij besefte dat de persoon naar wie hij staarde Lydia was. Hij keek opnieuw om er zeker van te zijn dat zijn verbeelding hem niet voor de gek hield, maar nee, het was haar echt. Ze zag er koud en een beetje moe uit, rillend in een donkerblauw spijkerjack. Ze hield een kleine zilveren cadeautas in haar handen, maar geen paraplu.

Dank je, lot, dacht Dean terwijl hij zijn raam naar beneden rolde. Hij kon niet geloven hoe opgewekt hij zich plotseling voelde nu hij haar zag, alsof ze een lichtpuntje was in de sombere avond. 'Kan ik je een lift geven?' riep hij.

Haar gezicht verzachtte van opluchting toen ze hem zag. 'O god, ja, dat zou geweldig zijn,' zei ze terwijl ze haastig naar zijn auto liep. 'Ik wacht hier al twintig minuten, ik weet niet wat er aan de hand is met de bussen vanavond.' Toen ze eenmaal in de passagiersstoel zat, rook Dean haar parfum: kruidig, iets wat hem deed denken aan winteravonden en houtrook. Haar lange bruine haar viel los over haar schouders en schitterde van de regendruppels. Ze deed haar gordel om en schopte haar hoge hakken uit in de voetenruimte. 'Dank je,' ging ze verder terwijl ze de cadeautas bij haar voeten neerlegde. 'Wat een vreselijk weer!'

'Ik weet het,' zei Dean, zich bewust van hoe dicht ze bij elkaar zaten in de kleine, afgesloten ruimte. Al zijn gespreksvaardigheden verdwenen als sneeuw voor de zon, zijn hersenen leeg.

Lydia was de eerste die de stilte verbrak. 'Wauw, wat is jouw auto netjes!' Ze keek rond. 'Is hij nieuw?'

'Nee, ik ben gewoon –' Hij voelde zich beschaamd als hij het vanuit haar oogpunt bekeek. Nam ze hem in de maling? Ja, hij had een mini-autostofzuiger en hij schaamde zich er niet voor, maar hij was zich er wel pijnlijk van bewust hoe ongebruikelijk het was. Rebecca had hem altijd geplaagd met zijn netheid. Tegen het einde van hun huwelijk was ze zelfs met haar ogen gaan rollen en nare opmerkingen gaan maken over zijn gewoontes. Maar wat was er mis mee om goed met je spullen om te gaan? 'Nee, hij is eigenlijk best oud,' mompelde hij, en toen sprong het stoplicht op groen en begonnen de voorste auto's te rijden. 'Waar zal ik je heen brengen?'.

'Lucinda's,' antwoordde ze. 'Weet je waar dat is? Het is die cocktailbar bij Chiswick High Road. Is dat goed? Ging je die kant op?'

'Ja, ongeveer,' zei hij, ook al was dat niet helemaal waar. 'Geen probleem.' Hij wierp een blik op haar en nam haar roze lippenstift en mascara in zich op. Ze had iets met haar ogen gedaan waardoor ze er nog groter en bruiner uitzagen. Hij voelde zich een beetje gewoontjes in haar bijzijn met zijn eenvoudige geruite shirt en spijkerbroek. Zeg iets, beval hij zichzelf, bang dat er nog een ongemakkelijke stilte zou vallen. 'Je ziet er goed uit,' wist hij uit te brengen. 'Heb je een date of zo?'

'Nee,' antwoordde ze. 'Een vriend viert zijn zestigste verjaardag. Jonathan, mijn baas, de man die je laatst in de winkel zag.'

'Ah,' zei Dean. Hij moest denken aan de kantoorfeesten waar hij in het verleden was geweest. Over het algemeen waren het saaie aangelegenheden waar iedereen zich afvroeg waar ze het over konden hebben afgezien van hun klanten en wat voor iets stoms de receptionist dit keer had gedaan. Dean was er nooit in geslaagd om de nepvrolijkheid lang te verdragen. 'Dus dan moet je je zeker van je beste kant laten zien?' vroeg hij.

Lydia lachte. 'Echt niet! Jonathan zal dat zelf ook niet doen. Hij is zowel mijn peetvader als mijn baas en zijn feestjes zijn legendarisch. Ze staan bekend om alle wilde dingen die er gebeuren. Geef het vijf minuten en iemand zal op de bar staan dansen, dat soort dingen.' Ze trok de passagiersspiegel naar beneden en bekeek haar lippenstift. 'Blijkbaar was het nog een uitdaging om een nieuwe locatie te vinden omdat zijn twee favoriete bars niet zaten te wachten op weer zo'n schandalig feest van hem.'

'Okééé,' zei Dean. 'Zo'n soort feestje is het dus.' Zijn eigen zaterdagavondplannen leken opeens oersaai.

'Hoe zit het met jou, was je onderweg naar iets leuks?' vroeg Lydia alsof ze zijn gedachten kon lezen. Ze klapte de spiegel weer dicht en keek naar hem.

'Nee.' Hij wilde dat hij haar een ander, indrukwekkender antwoord kon geven. 'Ik ben net klaar met werken,' voegde hij eraan toe omdat hij sterk de behoefte voelde om zijn gebrek aan plannen voor de avond te rechtvaardigen. 'Mijn avond zal bestaan uit een afhaalpizza, een paar biertjes en de televisie, denk ik.'

'Wat een wildebras, jij,' plaagde ze. 'Was het een drukke dag? Ben je al van die boom af?'

'Die...? O, de boom. Ik was vergeten dat ik dat aan je had verteld. Nee, nog niet. Het staat op mijn lijstje, maar...' Hij trok een gezicht. 'Je weet hoe het is: sommige dingen blijf je maar uitstellen in de hoop dat ze vanzelf weggaan.'

'Zeker. Gloeilampen vervangen. Gebroken spullen naar de stort brengen... Ik wil er niet eens over beginnen. Of beter gezegd, laat ik dat nou juist wel doen, want dan worden die dingen misschien eindelijk eens gedaan.'

Hij lachte. 'Het klinkt me bekend in de oren.'

'Misschien moet je er een hele gebeurtenis van maken,' stelde ze voor. 'Van de boom omzagen, bedoel ik. Creëer er een ceremonie omheen: gebruik het hout voor een vreugdevuur, rooster marshmallows, dat soort dingen. Ik kan wel helpen, als je wilt,' voegde ze eraan toe, enthousiast over haar eigen idee. 'Ik hou wel van een beetje brandstichten. Om nog maar te zwijgen van kettingzagen.'

'Dank je,' zei hij. 'Ik zal dat in gedachten houden.'

Hij had niet het gevoel dat hij haar kon vertellen over de oppassaga, hoe graag hij het ook bij iemand kwijt wilde. Het voelde verkeerd om met Lydia over Patricks andere kinderen te praten. Gelukkig verliep hun gesprek toch nog heel soepel. Hij vertelde haar over het hardlopen met Mark en het bezoek aan Rosemary en zij verraste hem met vurige verhalen over haar vader die recentelijk weer was begonnen met daten, zoals toen haar vader haar in paniek had gebeld omdat zijn date weeën had gekregen.

'Ze ging bevallen?' herhaalde Dean, verbijsterd door de onverwachte wending die het verhaal had genomen. 'Jezus, ik weet niet eens waar ik moet beginnen. Ik heb zoveel vragen.'

'Ik weet het! Gelukkig hoeft hij vanavond alleen maar mijn dochter te vermaken,' giechelde Lydia. 'O, hier naar links, trouwens.' Ze tuurde door de regen. 'Dan is het de volgende weg rechts, denk ik. Wacht, kun je wat langzamer gaan? Deze weg? Nee, sorry. Het is de volgende. Ja, deze.'

En daar was het: Lucinda's, een felverlichte bar waarvan de naam in neonroze, zwierige letters boven de deur hing. Dean vond een plek om te parkeren en stopte. Kon de rit nog maar wat langer duren, dacht hij. 'Nou, nog een fijne avond,' zei hij. Het had niet veel gescheeld of hij had met zijn ogen gerold om hoe formeel hij plotseling klonk.

'Bedankt voor de lift,' zei ze terwijl ze haar gordel losmaakte. Toen aarzelde ze, alsof ze ergens hard over na moest denken. 'Als je wilt kun je mee naar binnen komen voor een drankje,' bood ze aan.

'O.' Een hele lijst met redenen waarom hij dat beter niet kon doen flitste meteen door zijn hoofd – hij was uitgeput, hij had honger, hij was niet gekleed voor een feestje, hij zou daar niemand kennen – maar toen keek hij Lydia weer aan, zo mooi met haar glimlach en heldere ogen, en plotseling was hij het helemaal zat om altijd de veilige route te kiezen. Hij dacht aan Tiggy's laatste Facebookbericht, waarin ze beschreef hoe ze op een mountainbike de opwindend klinkende Death Road had afgelegd. *Nieuw motto: zeg ja tegen alles!* had ze erbij geschreven. En waarom ook niet? 'Oké,' zei hij voorzichtig. 'Weet je zeker dat Jonathan het niet erg zou vinden?'

Ze snoof en glimlachte naar hem. 'Natuurlijk. Volgens mij is zijn motto "Hoe meer zielen, hoe meer vreugd". Hij zal het absoluut niet erg vinden. Is dát dan een ja?'

'Ja,' zei Dean, en hij herhaalde zichzelf met meer overtuiging, omdat zijn stem nog steeds twijfelachtig had geklonken. 'Ja. Gezellig!'

Er heerste al een gezellige sfeer in Lucinda's toen ze naar binnen liepen. Zwart met goud gevederde slingers hingen zigzag door de ruimte en enorme gouden helium ballonnen met de nummers zes en nul deinden op en neer waar ze vastgebonden zaten aan de bar. De jarentachtigpopmuziek dreunde uit de luidsprekers en er stonden een heleboel mensen met elkaar te kletsen, sommige heel glamoureus en bohemien gekleed, maar andere droegen gelukkig een spijkerbroek en shirt, zoals Dean. Hij voelde zich enigszins overweldigd toen hij Lydia naar binnen volgde. Overdonderd, zelfs. Er hing zo'n uitbundige sfeer in de lucht dat hij half verwachtte dat hij alleen daarvan al dronken zou worden.

'Wat wil je drinken?' vroeg Lydia terwijl ze naar de bar liepen. 'O, daar is Jonathan. Hé, Jon! Gefeliciteerd!'

Dean volgde haar terwijl ze naar Jonathan liep en hem omhelsde. Jonathans ogen vernauwden zich slechts een fractie toen hij Dean in haar kielzog zag. 'Dean heeft me een lift gegeven,' legde Lydia uit. 'Hij was laatst in de winkel. Weet je nog? Ik heb hem uitgenodigd voor een drankje. Hopelijk vind je dat goed.'

'Natuurlijk,' zei Jonathan. Zijn stem was zacht en charmant, maar zijn blik bleef een halve seconde langer op Dean rusten dan comfortabel was. 'Jij nam Lydia toen mee naar de pub, nietwaar?' vroeg hij. 'Ik ben er nooit precies achter gekomen waar dat allemaal over ging.'

'Er is ook niets waar je achter moet zien te komen,' zei Lydia snel terwijl ze Dean een blik gaf. 'Kan ik een drankje voor je halen, Jon? En hier is je cadeau. Ik hoop dat je het leuk vindt.'

Hij ontspande. 'Bedankt, schat,' zei hij. 'Niet doorvertellen, maar de eerste twee uur is er een open bar, dus ga snel iets halen. Neem iets lekkers en duurs op mijn kosten.' Hij hield een leeg glas omhoog. 'Ik had een caipirinha, als je erop staat.'

'O, zeker weten,' zei Lydia. 'Kom, Dean.'

In eerste instantie voelde Dean zich een beetje geïntimideerd en ongemakkelijk op het verjaardagsfeestje van iemand die hij niet kende, maar dat duurde gelukkig niet lang. Nadat ze het cocktailmenu uitvoerig hadden bestudeerd, vroeg Lydia om een manhattan en ging Dean voor iets wat een Lion of Soho heette. De drankjes gingen er zo makkelijk in dat het niet lang duurde voordat ze een tweede ronde bestelden. Dean besloot ter plekke dat hij een taxi naar huis zou nemen. Ze raakten aan de praat met een dragqueen die bevriend was met Jonathan, Bella Doner – 'Net zoals de kebab, lieverd' – wiens smerige verhalen er al snel voor zorgden dat ze de slappe lach kregen, en net toen ze allebei een nieuwe cocktail in handen hadden, hoorde Lydia een nummer waar ze van hield. 'Kom dansen!' riep ze en voordat Dean nee kon zeggen had ze hem al mee de dansvloer op getrokken. Wanneer had hij voor het laatst gedanst? Hij kon het zich niet eens herinneren, en toch, ondanks het feit dat hij van nature geen geweldige danser was en houterig en terughoudend begon, kon hij er al snel geen genoeg van krijgen. Hij danste met een mooie, lachende vrouw, haar roze jurk in het rond vliegend terwijl ze om hem heen draaide. Wat wilde hij nog meer?

Een paar cocktails later haalde iemand een microfoon tevoorschijn en begon een karaokesessie. Normaal gesproken zou Dean zich op dat moment hebben teruggetrokken richting de bar, maar toen zei Lydia: 'Ik heb ons opgegeven voor een duet. 'Islands in the Stream' of 'Don't Go Breaking My Heart', wat heb je liever?' en tot zijn eigen verbazing voelde hij niet eens de behoefte om zich met een stom smoesje uit de voeten te maken. Hij moest al half dronken zijn – of in ieder geval beïnvloed door de sfeer in de bar – want in plaats daarvan hoorde hij zichzelf antwoorden: 'Kenny en Dolly, natuurlijk!' Toen het hun beurt was, brulde hij het in een verschrikkelijke harmonie met haar uit, wat ze een applaus opleverde, evenals een paar grimassen van degenen die wel van muziek hielden.

Er volgden nog meer drankjes – inmiddels prikten ze willekeurig op het cocktailmenu tijdens het bestellen – en nog meer tijd op de dansvloer, en plotseling realiseerde Dean zich dat hij gelukkig was, dat hij zich licht en vrij voelde, voor het eerst in maanden, alsof hij al zijn zorgen en problemen bij de deur van Lucinda's had achtergelaten. 'Ik heb het ontzettend naar mijn zin,' zei hij in Lydia's oor toen een of ander disconummer ten einde kwam en ze een seconde hadden om op adem te komen op de dansvloer.

'Ik ook!' schreeuwde ze terug. Haar wangen waren rood en er zaten zwarte vegen mascara rond haar ogen. 'Zullen we nog wat te drinken halen?'

'Hell yeah!'

Hij zou zo kunnen leven, dacht hij terwijl hij op hun drankjes wachtte en verdwaasd om zich heen keek. Hij kon zijn leven vullen met kleuren, muziek en dans. Als hij dat wilde. Als hij zulke dingen weer toeliet. Het idee was bevrijdend. Spannend. Verleidelijk. 'Ik ga het anders doen, weet je,' bekende hij dronken aan Lydia, die naast hem in de rij stond te wachten.

'Je gaat op honeymoon? Ik wist niet dat je ging trouwen,' schreeuwde ze terug.

'Dóén! Ik ga alles anders doen!' schreeuwde hij, net toen de twee vrouwen op het podium een karaokeversie van 'Bohemian Rhapsody' afrondden. 'Ik ga mijn leven veranderen!'

Hij had luider geschreeuwd dan zijn bedoeling was en een aantal mensen om hen heen draaide zich om. Toen gooide een man aan de bar met kortgeknipt, gebleekt haar zijn vuist in de lucht en riep: 'Yeah, baby!' en een vrouw in een met juwelen versierde sluier rechts van hem juichte 'Ga ervoor!' en iedereen lachte.

Deans uitgelatenheid bleef om hem heen gloeien – hij voelde zich onoverwinnelijk, niet in staat om te stoppen met glimlachen – totdat hij even later van het herentoilet kwam en onderweg terug naar de dansvloer werd tegengehouden door Jonathan. 'Waag het niet om zomaar wat aan te rommelen met haar, oké?' zei hij. Hij had een aangename uitdrukking op zijn gezicht, maar zijn stem en ogen maakten duidelijk dat Dean deze waarschuwing maar beter serieus kon nemen.

Deans goede humeur verdween als sneeuw voor de zon. 'Wat? Maar zo is het helemaal niet,' zei hij verbaasd.

Jonathan deed een stap dichterbij. Hij was een goede vijf centimeter langer dan Dean en zo breed als een schuurdeur. 'Dat meisje is me dierbaar, begrepen? En ik wil niet overkomen als een arrogante eikel, maar ze heeft een moeilijke tijd achter de rug. Dankzij jouw broer, geloof ik.'

Hij nam alle wind uit Deans zeilen. 'Dat weet ik, maar –'

'Ik heb het haar moeder beloofd. Als je haar hart breekt, krijg je met mij te maken. Begrepen?'

'Ja, maar –'

'Mooi.' Hij liep langs Dean naar een paar kerels in rugbyshirts en viel moeiteloos terug in de rol van de gezellige gastheer. 'Bob! Alex! Waar bleven jullie nou, jullie dikke klootzakken?' schreeuwde hij.

Dean glipte ondertussen weg. Hij voelde zich op zijn plek gezet, alsof de bubbel waarin hij zich de hele avond had bevonden kapot was geprikt. Misschien was het tijd om te gaan. Jonathan wilde ongetwijfeld alleen maar zijn petekind in bescherming nemen, maar Dean had toch het gevoel dat hij langer was gebleven dan hij welkom was. Hij trof Lydia op de dansvloer met een paar oudere vrouwen. 'Ik ga ervandoor,' zei hij vlak bij haar oor. 'Maar bedankt voor –'

'Ga je weg?' onderbrak ze hem. 'Nu al? Blijf nog even dansen, Dean!'

'Ja, Dean,' herhaalde een van de andere vrouwen. Ze droeg een Cleopatra-achtige pruik die al half van haar hoofd was gegleden. 'Blijf en dans!'

'Ik kan maar beter –' Hij keek op en zag dat Jonathan hem in de gaten hield. Er schoot een prikkel van irritatie door hem heen. Ja, oké, ik ga al, dacht hij. 'Nee, ik moet ervandoor,' zei hij tegen Lydia. 'Bedankt dat je me hebt uitgenodigd. Ik heb een fantastische avond gehad.'

'Ja, ik ook.' Toen sleepte ze hem van de dansvloer naar een rustigere hoek. 'Ik ben blij dat je er was.'

'Ik ook,' antwoordde hij. Ze stond recht voor zijn neus en plotseling wist hij niet meer waarom hij zo'n haast had om te vertrekken. Haar haar was compleet in de war door het dansen en haar make-up was een ramp op haar gezicht, maar ze straalde en glimlachte naar hem met kuiltjes in haar wangen. Hij had zin om haar in zijn armen te nemen en haar te kussen, realiseerde hij zich, maar dat was zeker weten een slecht idee.

Niet het minst omdat Jonathan elk moment achter hem zou kunnen verschijnen en hem bij zijn nekvel zou kunnen wegslepen. 'Lydia, ik...' begon hij, maar hij had geen idee wat hij wilde zeggen. Hij was compleet in beslag genomen door haar, alsof hij betoverd was. Was dit hoe Patrick zich had gevoeld? vroeg hij zich af. Hij had direct spijt van zijn eigen vraag. Dat was het laatste waar hij nu aan wilde denken.

Ze sloeg haar armen om zijn middel, zo dichtbij dat hij de kokosgeur van haar haar kon ruiken. 'Ik vind je echt leuk, Dean,' zei ze. 'Ik ben blij dat we elkaar hebben ontmoet.'

'Ja,' zei hij hees. Hij mocht haar niet kussen. Dat kon gewoon niet. Ze was dronken en het zou de hele situatie tussen hen alleen maar nog ingewikkelder maken. Kus haar niet, hij zei wanhopig tegen zichzelf, ook al staarde hij naar haar mond en voelde hij zichzelf naar haar toe leunen.

'Tien!' schreeuwde iemand op dat moment en ze namen gauw afstand van elkaar. 'Negen! Acht!'

'Wat gebeurt er?' vroeg Dean. Hij knipperde met zijn ogen nu de magie was verbroken en realiseerde zich dat de muziek was gestopt en een menigte zich rondom Jonathan had verzameld.

'Zeven!'

'Ze tellen af voor zijn verjaardag,' zei Lydia terwijl ze haar armen losmaakte. 'Zes!' brulde ze. 'Jon is eigenlijk – vijf! – morgen jarig. Vier!'

'Drie! Twee! Een!' schreeuwde de menigte. 'Gefeliciteerd!'

Iemand baande zich een weg door de menigte met een taart met brandende kaarsen terwijl een man met een zilveren cowboyhoed aan de piano ging zitten en een daverende versie van 'Happy Birthday' begon te spelen. Toen iedereen begon te zingen, wist Dean dat hij geen beter moment zou krijgen om ertussenuit te knijpen. Hij pakte Lydia's hand. 'Doei,' zei hij, en hij gaf haar een kus op haar wang. 'Tot snel.'

De sterren schitterden aan de heldere hemel toen hij naar buiten stapte. Hij ademde de koude nachtlucht in. Hij had het juiste gedaan door te vertrekken voordat er iets gebeurde, zei hij tegen zichzelf. Hij had zeker weten het juiste gedaan, al helemaal onder de huidige omstandigheden.

Terwijl hij op de taxi wachtte, sloeg hij zijn armen om zich heen voor warmte.

Waarom voelde het dan zo verkeerd om alleen naar huis te gaan?

23

Van het sublieme tot het belachelijke, of beter gezegd van het sublieme tot het brandgevaar: Dean werd de volgende ochtend wakker met een bonzende kater en een dringend telefoontje op Patricks werktelefoon. De Hossains – de huurders in Shepherd's Bush – hadden net de schrik van hun leven gekregen omdat hun wasmachine veertig minuten eerder in brand was gevlogen. De brand was geblust, maar de keuken was een puinhoop. Of hij even kon komen helpen?

Dit was natuurlijk niet de ontspannende zondagochtend waar Dean op had gehoopt, vooral nadat hij weer zo slecht had geslapen. Gedachten over Lydia hadden de hele nacht door zijn hoofd getuimeld, met vragen die onbeantwoord bleven en emoties die door zijn lichaam tierden. Op het moment dat ze zo dicht bij elkaar stonden, haar armen om hem heen, had hij niets liever gewild dan haar kussen… Als het aftellen hen niet had onderbroken, zouden ze dat vast hebben gedaan. En wat dan?

O god. Het was het 'wat dan?' dat hem de hele nacht wakker had gehouden, de herinnering aan haar lichaam warm tegen het zijne, de geur van haar haar, haar glimlach…

Stop! Hij sloeg met een platte hand tegen zijn voorhoofd. Hij trok wat kleren aan en slikte twee paracetamol weg met wat sinaasappelsap dat hij rechtstreeks uit het pak dronk. Hij kon absoluut niet op een romantische manier aan Lydia gaan denken, gezien wie ze was. Hij moest honderd procent loyaal aan Zoë zijn.

Maar hij had zich niet ingebeeld wat er gisteravond tussen hem en Lydia was gebeurd, toch? Ze zou hem toch niet zomaar omhelzen als ze niet ook iets voor hem voelde? Of was hij gewoon een vervanger voor Patrick? Ze had de eerste keer dat ze elkaar ontmoetten gezegd dat hij op Patrick leek. Had ze de twee broers in haar dronken gemoedstoestand door elkaar gehaald?

Misschien was het maar goed ook dat hij zich bezig moest gaan houden met de exploderende wasmachine van de Hossains, dacht hij terwijl hij een paar minuten later door de rustige straten fietste omdat zijn auto nog steeds in Chiswick stond. Een vernielde keuken zou hem tenminste voldoende afleiden van zijn verwarde gevoelens.

Hij had nog geen contact gehad met deze specifieke familie, maar toen hij de straat in reed en de huisnummers begon te tellen, zonk het hart hem in zijn schoenen toen hij ontdekte dat huis met het gebarsten raam, de slecht geschilderde voordeur en de natte strepen onder de goot dat van hen was. Terwijl meneer Hossain – Tamal – hem binnenliet en naar de zwartgeblakerde, naar rook stinkende keuken leidde, kwam hij er al snel achter dat de staat van het huis vanbinnen niet veel beter was.

'Hij vloog in brand,' zei Tamal, gebarend naar de verschroeide machine. Hij was lang en bebaard, stekelig door shock en een slecht humeur, en Dean kon het hem niet kwalijk nemen. Hij zou ook van streek zijn als iets in zijn huis geheel onverwachts in brand vloog vroeg op een zondagochtend. 'Ik heb kinderen, man. Het hele huis had in rook op kunnen gaan. Er was overal rook. Jana heeft ze meegenomen naar haar moeder, omdat onze jongste astma heeft. We kunnen dit niet door de vingers zien. Begrijp je me?'

Dean begreep hem absoluut. Hij verontschuldigde zich uitbundig en beloofde dat hij de geruïneerde machine mee zou nemen en zo snel mogelijk een nieuwe zou laten installeren. Maar telkens wanneer hij naar een ander deel van de kleine, smerige keuken keek, zag hij weer iets wat hun leefsituatie verergerde: het vocht dat een schaduw over een muur wierp, de kast die een deur miste, het gescheurde, aftandse linoleum waar nu een enorme brandvlek in zat, hoewel iemand duidelijk zijn best had gedaan om het schoon te maken.

Verdomme, Patrick. Het maakte niet uit hoe je ernaar keek, de Hossains woonden in een krot, en wat het nog erger maakte, was dat Patrick veel geld van ze vroeg om hier te wonen.

'Mijn broer was jullie huisbaas. Ik heb de zaak pas onlangs van hem overgenomen,' legde Dean uit, 'maar het lijkt erop dat er nog veel meer werk aan de winkel is.'

Tamal snoof. 'Je meent het. Mijn kleine meid zit onder de beten van het een of ander en op de slaapkamer groeit schimmel achter de kledingkast waar het dak lekt. Maar die broer van jou wil er niets mee te maken hebben. Te druk, zegt hij altijd. De laatste keer dat ik hem sprak was… Wat? Zes of zeven weken geleden. Ik heb alles toen heel duidelijk gemaakt, maar zelfs toen nam hij niet de moeite om te reageren. Ik heb het vragen opgegeven, om eerlijk te zijn, maar vandaag…' Hij spreidde zijn handen uit in een fel en wanhopig gebaar. 'Soort van de laatste druppel.'

Dean voelde zich afschuwelijk. Hij was ontzet en boos omdat Patrick deze familie in zo'n slechte toestand had laten leven, en beschaamd omdat hij zelf nog niet eerder contact met hen had gezocht. 'Het spijt me,' zei hij. 'U hebt helemaal gelijk. Het punt is, hij is zeven weken geleden overleden. Daarom heeft hij geen contact opgenomen.'

'O, gecondoleerd,' mompelde Tamal en Dean haalde zijn schouders op en probeerde in te schatten waar de prioriteiten lagen. Het dak moest uiteraard gerepareerd worden, maar in de tussentijd kon een luchtontvochtiger het vocht verminderen, dus daar moest hij achteraan gaan. Ook moest de ongediertebestrijding zo snel mogelijk langskomen zodat het kleine meisje niet meer gebeten werd... Hij zag voor zich dat Bea's armen bedekt waren met rode vlooienbeten of uitslag van bedwantsen, en voelde zich slechter dan ooit. Het zou een fortuin kosten, maar deze dingen moesten gedaan worden en hij was er vrij zeker van dat Zoë het daarmee eens zou zijn en de kosten zou goedkeuren. Niemand zou zo mogen leven.

'Laten we eerst de wasmachine in de voortuin zetten, dan kun je me daarna misschien meenemen door de rest van het huis zodat ik kan beginnen met het maken van een lijst.'

Misschien had hij de kant van zijn broer moeten kiezen, dacht Dean terwijl ze samen de stinkende, verbrande wasmachine onder de gootsteen uit haalden en naar de voordeur schoven. Misschien had hij Patrick meer vastberaden moeten verdedigen. Misschien had hij een excuus moeten verzinnen waarom Patrick dit huis zo'n staat van verval had laten bereiken, maar de woorden bleven steken in Deans keel. Wat was er mis met jou? dacht hij boos over zijn broer terwijl Tamal hem een rondleiding in de ellendige woonvoorziening gaf. Dean kon bijna overal wel iets toevoegen aan de lijst van dingen waarvan hij vond dat die aangepakt moesten worden. Gebroken trapleuning, los tapijt, lekkend toilet, tochtende ramen, verouderd leidingwerk. En zag hij daar nou openliggende bedrading in de slaapkamer van het meisje? Ja. Allemachtig, deze plek was levensgevaarlijk. Elke stap die hij zette, zag hij iets wat een ongeluk zou kunnen veroorzaken.

'Ik ga dit oplossen,' zei hij tegen Tamal. Bij elk ding dat ze tegenkwamen, voelde hij zich meer en meer misselijk worden. 'Ik beloof het.'

Maar Tamal had dat al eens eerder gehoord, te oordelen naar zijn kille stilte. Eerst zien, dan geloven, zeiden zijn ogen toen Dean vertrok.

Zodra hij afscheid had genomen, fietste Dean de hoek om en stopte hij om over het stuur te leunen en diep adem te halen. 'Godverdomme, Patrick,' mompelde hij in de rustige straat. 'Wat de fuck?' Hij had zich nog nooit zo erg geschaamd voor de tekortkomingen van zijn broer. Hij wilde het niet toegeven, maar het was de waarheid. 'Jij gierige strontzak,' zei hij. 'Steeds weer liet je mensen in de steek. Waarom?'

Hij dacht aan alles wat Patrick meehad – Zoë en de kinderen, een prachtig huis, een bloeiende zaak – en wat een prachtig leven dat was geweest. Waarom had hij dan de behoefte gevoeld om andermans leven te verzieken: Lydia en Jemima, Tamal en zijn familie... Ongetwijfeld waren er anderen waar Dean nog niet eens van op de hoogte was. Waarom gaf Patrick niet meer om de mensen om hem heen? Waarom was het niet genoeg voor hem?

Iets wat Tamal had gezegd, zat hem dwars. Het knaagde aan een vage herinnering aan die laatste avond toen hij met Patrick in de pub had afgesproken. Zijn broer had aan de telefoon gezeten toen Dean binnenkwam. Hij had er gestrest uitgezien toen Dean hem benaderde en zich ongenaakbaar over zijn telefoon gebogen. Wat had hij gezegd? 'Ja, oké, oké, geef me gewoon even de tijd,' of zoiets. Hij had er gefrustreerd uitgezien, maar had zijn gevoelens weggewuifd zodra Dean vroeg of alles in orde was. Maar wás alles wel in orde geweest? Was het een doorgedraaide huurder geweest – misschien Tamal zelf – die hem eens aan de tand voelde? Voelde Patrick zich in het nauw gedreven, verslagen door zijn werklast, tot het uiterste gedreven?

Dean legde een hand tegen zijn hoofd. Hij dacht niet graag aan zijn broer in die staat. Waarom had hij niet beter zijn best gedaan om uit te zoeken wat er werkelijk aan de hand was? Waarom had Patrick hem niet in vertrouwen kunnen nemen als hij te veel dingen aan zijn hoofd had? In plaats daarvan hadden ze die stomme, zinloze ruzie gehad waardoor Dean hem van zich af had geduwd. Wat als het hem allemaal te veel was geworden en Patrick was doorgeslagen? Dat gebeurde weleens, toch? Vooral bij mannen van middelbare leeftijd die het zicht op de toekomst uit het oog verloren hadden.

Hij zuchtte. Was er maar een manier waarop hij kon weten, kon begrijpen, wat er door zijn hoofd was gegaan in zijn laatste momenten. 'Wat is er gebeurd?' mompelde hij terwijl hij zijn auto ging ophalen. 'Wat is er die nacht gebeurd?'

Het had geen zin om er te lang bij stil te staan, dus besloot hij zijn aandacht te richten op praktische dingen. Hij reed naar de dichtstbijzijnde elektronicawinkel en kocht een nieuwe wasmachine. Hij regelde dat hij de volgende dag bij de Hossains geleverd en geïnstalleerd zou worden en dat ze de oude machine mee zouden nemen. Ook bestelde hij maar meteen een koel-vriescombinatie, aangezien die van hen eruit had gezien alsof hij uit de middeleeuwen kwam. Het was een begin, zei hij tegen zichzelf. Hij appte Tamal om hem op de hoogte te brengen van de levering en voegde eraan toe dat, indien nodig, hij morgen zelf langs kon komen om de installateurs binnen te laten.

Maar daarna wist hij niet zo goed wat hij kon doen. Hij was op weg naar huis toen een impuls hem op de rotonde deed afslaan in de richting van Kew Bridge, naar de begraafplaats. Iets in hem hoopte dat het hem de troost zou bieden die hij nodig had.

De begraafplaats was rustig en stil. Het had eerder die ochtend geregend en elke keer dat een briesje de takken van de bomen liet schudden, vielen er weer druppels van de nieuwe bladeren. Toch leek de zon elk moment door de wolken te kunnen breken, waardoor de lucht een parelmoerachtig, gemarmerd effect kreeg. Paardenbloemen en wilde hyacinten dansten tussen de verweerde grafstenen en een aantal vrolijke gele tulpen groeide uit een door gras overgroeid graf. Voor hem sprintte een eekhoorn over de tak van een kersenboom die versierd was met suikerspinroze bloesem.

Deans ademhaling werd kalmer en zijn innerlijke beroering begon langzaam weg te trekken te midden van de rust. Zijn vuisten ontspanden terwijl hij verder liep. Maak je niet druk, zei hij tegen zichzelf. Het zou allemaal wel goed komen. Hoewel zijn gevoelens met betrekking tot zijn broer op dit moment heel tegenstrijdig waren, kon hij nog steeds doorgaan met zijn goede daden voor Zoë en de kinderen, besloot hij. Ook voor Lydia en Jemima, en voor de huurders. Hij zou Patricks werk doen, maar dan beter. Alles om deze lege dagen door te komen.

Toen gingen zijn gedachten terug naar de vorige avond en vroeg hij zich af wat Lydia vandaag aan het doen was. Het leek net een droom: het dansen en karaoke zingen te midden van de zwart-gouden feestversieringen. Hij had zich zo vrij en ongebonden gevoeld, alsof al het andere er simpelweg niet toe deed. Hij dacht aan de geur van haar haar, hoe ze naar hem had gelachen en 'Ik ben blij dat je er was' had gezegd. Misschien moest hij haar aanbod aannemen om te helpen met de boom in zijn tuin, dacht hij, totdat hij zich herinnerde dat hij afstand van haar moest houden, dat het onmogelijk was om iets anders te doen, dat het de situatie alleen maar honderd keer ingewikkelder zou maken als er iets tussen hen zou gebeuren. Lydia was al gedumpt door Patrick. Wat hij ook deed, Dean zou niet met haar gaan rotzooien, einde verhaal.

Hij versnelde zijn pas en ging naar de Tuin van Herinnering, waar Zoë een gedenkplaat had laten plaatsen. Zijn ouders bezochten de begraafplaats elke week en hij wist dat Zoë de kinderen ook een aantal keren had meegenomen om hun respect te betuigen en met Patrick te praten, maar Dean was hier nog niet eerder geweest. Hij wist niet met zekerheid te zeggen waarom niet. Deels omdat het een heel publieke manier was om je verdriet te tonen – het was bijna alsof je aan de rest van de wereld aankondigde: hier ben ik, verdrietig over iemand die ik liefhad, wees getuige van mijn verdriet – terwijl hij, als hij kon kiezen, dit soort dingen altijd liever in een privéomgeving verwerkte. Maar vandaag blijkbaar niet.

De Tuin van Herinnering leek leeg toen hij aankwam, maar toen zag hij een vrouw in een lichtblauwe jas op een bankje zitten, haar handen in haar schoot. Hij herkende haar niet en nam aan dat ze familie van iemand anders was, dus hij was verbaasd toen ze naar hem keek, opstond en vroeg: 'Ben jij Patrick Sheppards broer?'

'Ja.' Hij probeerde haar te plaatsen. Rossig haar, eind dertig, slank, angstig ogend... Nee. Er ging geen belletje rinkelen. 'Het spijt me,' zei hij, 'mijn geheugen is verschrikkelijk. Kennen wij elkaar?'

Ze haalde een zakdoekje uit haar jaszak en depte onder haar ogen. 'Ik was op de begrafenis,' zei ze. 'Mijn man en ik waren vrienden van hem en Zoë. Hij was zo'n geweldige vent.'

O, hier gaan we weer. Net waar hij op dat moment niet op zat te wachten. 'Ja,' zei hij, moe. Tot zover de stille reflectie die hij hoopte te hebben in het bijzijn van zijn broer.

'Hoe gaat het met je? Het rouwproces is zo traag, hè? Je bent er waarschijnlijk nog steeds kapot van,' zei de vrouw terwijl ze hem met veel sympathie aankeek. Er was iets onaangenaam gretigs aan haar manier van doen, dacht hij. Hij deed een stap terug en probeerde niet te huiveren. Het had iets weg van een parasiet, hoe sommige mensen genoten van de pijn van anderen en het liefst alle tragische details wilden horen. Het was walgelijk hoeveel van dat soort mensen hij de afgelopen paar maanden was tegengekomen.

Hij wilde haar absoluut niet geven waar ze naar op zoek was. 'Ik hou mezelf bezig,' antwoordde hij kort. Hij hield zichzelf bezig, ja, met de gevolgen van Patricks dood en alle geheimen die daarmee aan het licht bleven komen, en met kwellende gedachten aan Patricks laatste momenten. 'Hoe dan ook.' Hij had geen zin om over zijn broer te praten met een vrouw die hij niet eens kende. 'Moet ik Zoë vertellen dat ik je tegen ben gekomen of –'

Het was vreemd, maar haar gezicht vertrok bij het horen van Zoë's naam. Haar neusvleugels trilden als een geschrokken paard. Interessant... 'Eh...' Heel even stond ze perplex, maar toen keerde haar kalmte terug. 'Nee, dat is niet nodig. Ik zie haar waarschijnlijk volgende week op school, maar toch bedankt.' Ze wierp een te snelle blik op haar horloge, waardoor Dean wist dat ze slechts deed alsof. 'O, jeetje! Ik ben helemaal de tijd uit het oog verloren,' zei ze. 'Ik moet gaan.' Ze stond op, veegde haar jas af en stapte terug in de rol van een door verdriet geteisterde vriendin. 'Gecondoleerd,' zei ze terwijl ze een hand lichtjes op Deans arm legde, en toen liep ze weg.

Dean keek haar na, haar parfum zwevend in de lege ruimte die ze achterliet, sterk en een beetje misselijkmakend. Toen zakte hij met een frons neer op de dichtstbijzijnde bank. Dat was heel vreemd, dacht hij bij zichzelf. Iets klopte niet. Het was bijna alsof ze niet echt was, alsof ze de hele interactie had geacteerd.

Hij legde zijn hoofd in zijn nek en staarde naar de hemel terwijl hij het gesprek in zijn hoofd opnieuw afspeelde. Toen zuchtte hij. Opeens werd het hem duidelijk. 'Vertel me alsjeblieft dat het niet waar is, Patrick,' kreunde hij. 'Kom op man. Serieus? Nog een?' Hij kreunde nog een keer en hoopte met alles in hem dat hij overhaaste conclusies trok. Maar toen hij weer naar de roodharige vrouw keek, die nu bijna uit het zicht was verdwenen, werd hij overspoeld door een vreselijk gevoel van déjà vu. 'Ik wil het niet weten,' zei hij hardop. 'Deze keer bemoei ik me er niet mee. Begrepen?'

24

Die week deed Dean er alles aan om Tamal en Jana Hossain te laten zien dat hij zich aan zijn woord zou houden. Op maandag was hij erbij toen hun nieuwe witgoed werd geleverd en de wasmachine werd geïnstalleerd, en bleef hij net zolang tot hij ervan overtuigd was dat hij goed werkte. Dinsdag kwamen een paar dakdekkers en een klusjesman met offertes voor de verschillende reparaties en Dean had diezelfde dag nog een van de dakdekkers ingehuurd om zo snel mogelijk te beginnen. Daarnaast zou er die week een ongediertebestrijder langskomen om te kijken wat de dochter van de Hossains lastigviel. In de tussentijd had Dean een nieuwe stofzuiger gekocht die werd aangeprezen als de beste voor kinderen met allergieën en had hij nieuw linoleum besteld dat de week erop in de keuken zou worden gelegd. Hij liet Tamal en Jana weten dat hij, zodra al het werk was afgerond, het huis van boven naar beneden zou schilderen.

Het was fijn om te zien dat er vooruitgang werd geboekt. Het voelde alsof hij echt een verschil maakte in het leven van de familie, alsof hij een schuld had afbetaald of een fout eindelijk had rechtgezet. Bovendien hield het hem bezig. Hij was te druk om veel aan Lydia te denken (waarschijnlijk maar beter ook) of om stil te staan bij Rebecca en wat ze van zijn berichtje had gevonden. Er was zelfs zoveel te doen dat hij pas woensdag tijd had om bij Zoë langs te gaan om iets aan de tuin te doen, zoals hij had beloofd. Hij liet zichzelf binnen met Patricks sleutels. Over in zijn broers voetsporen treden gesproken... 'Hallo?' riep hij, hoewel hij er vrij zeker van was dat Zoë had gezegd dat ze pas op tweede paasdag terug zouden zijn.

Het huis voelde vreemd stil aan zonder de gebruikelijke luidruchtige bewoners. De avond ervoor had Dean op zijn sociale media gezien dat Zoë een aantal foto's en video's had geüpload van haar en de kinderen met haar ouders en broer in Penarth, en hij had ze allemaal bekeken. In een filmpje renden de twee jongens over het strand, hun jassen als superheldencapes achter hen aan flapperend in de wind. (Wat hem eraan hielp herinneren dat hij nog een kostuum moest regelen voor Gabes verjaardag.) In een ander filmpje stond Bea in haar gele regenlaarzen bij het water en draaide ze zich om om naar de camera te zwaaien en een nieuw gat in haar voortanden te laten zien. Zoë had ook een foto van zichzelf gepost waarop ze haar armen om twee mannen had geslagen – een die precies dezelfde neus had als haar, vermoedelijk haar broer Niall, en de andere met een donkere popsterachtige kuif en een licht behaarde kaak, die ze had getagd als 'Marc': Nialls echtgenoot, gokte Dean. Hij vond ook nog een groepsfoto van de familie en had op elk van hun gezichten ingezoomd om te kijken of ze lachten en had vastgesteld dat ze er allemaal ontspannen en gelukkig uitzagen. Mooi. Dean was zo opgelucht dat hij deze keer niet eens een prikje jaloezie voelde.

Hij raapte de post van de deurmat en legde het stapeltje op de bijzettafel in de gang. Vervolgens liep hij met zijn vingertoppen langs de muur door het huis. Als Patricks geest ergens was, zou het hier zijn, en niet in de winderige herdenkingstuin, dacht hij. De jas van zijn broer hing nog steeds aan de kapstok en hij lachte Dean toe vanaf de trouw- en familiefoto's aan de muren. Zelfs zijn sportschoenen lagen nog in de schoenenmand, merkte Dean op. In een opwelling trok hij zijn eigen jas uit en trok die van Patrick aan, gewoon om te zien hoe het voelde. De binnenkant van de mouwen was koud tegen zijn armen en een vleugje van zijn aftershave was in de stof blijven hangen. Het was natuurlijk een maat te groot voor hem: te breed op de schouders, te lang langs zijn lichaam. Als jongen had Dean er altijd naar uitgekeken om zo groot en sterk te worden als zijn broer, maar hij had hem nooit ingehaald. Hem overleven was niet bepaald de troostprijs waarop hij had gehoopt.

Hij wierp een blik in de gangspiegel en kreeg opeens een naar gevoel bij het dragen van Patricks jas, alsof iemand hem erop zou betrappen en hem ervoor zou berispen. Hij trok hem uit en hing hem voorzichtig naast de andere jassen. Hij vroeg zich af hoelang Zoë hem daar zou laten hangen. Waarschijnlijk vulden Patricks overhemden en jasjes ook nog steeds zijn kant van de garderobe en waren de lades nog steeds gevuld met zijn T-shirts, spijkerbroeken, sokken en onderbroeken. Wanneer begon je met het verwijderen van de fysieke spullen uit je huis? vroeg hij zich af. Hij twijfelde er niet aan dat het zou helpen om dingen af te sluiten en te accepteren, maar tegelijkertijd was het opruimen van bezittingen zo definitief. Misschien was het de omvang van de operatie die Zoë ervan weerhield om actie te ondernemen, dacht hij terwijl hij door de keuken naar de schuur liep. Kon hij haar hierbij helpen? Misschien kon hij een voorzichtige suggestie doen om met iets kleins te beginnen, want hij kon zich heel goed voorstellen dat het te moeilijk was om alles alleen een plekje te willen geven.

Hij opende de schuur en haalde de stoffige en onder de spinnenwebben zittende grasmaaier eruit. Daarna vond hij een verlengsnoer en ging aan de slag. Het was aan de tuin te zien dat de lente was aangebroken: witte tulpen omrandden het grasveld en de magnolia zat vol verfrommelde stervormige bloemen. De blauwe lucht werd in stukken gesneden door de sporen van vliegtuigen en het was warm en rook zoet. Het voelde als een zegening. Het was woensdagochtend en hier stond hij buiten een grasveld te maaien met de zon op zijn gezicht, omringd door de steeds sterker wordende geur van gemaaid gras. Over iets meer dan een maand zou hij weer plaatsnemen in zijn kantoor en dit soort dingen waarschijnlijk niet eens meer opmerken, behalve tijdens zijn dagelijkse korte wandeling naar het metrostation en terug.

De tuin was niet groot genoeg om lang met het klusje bezig te zijn, maar Dean pakte het zo grondig mogelijk aan. Hij zorgde er zelfs voor dat de messen van de grasmaaier schoon en scherp waren voordat hij hem terug in de schuur zette. Wat nu? vroeg hij zich af terwijl hij het verlengsnoer weer op de haspel wikkelde. Hij ging terug naar binnen, nog steeds half in de veronderstelling het geschreeuw van de kinderen te horen of Zoë als een angstige geest door het huis te zien zweven. Het viel hem op hoe smerig de keuken eigenlijk was, hoe verwaarloosd en verdrietig het hier aanvoelde. De hele kamer kon wel een likje verf en een goede schoonmaakbeurt gebruiken, al was het alleen maar om iedereen in een beter humeur te krijgen. Hij had het appartement op Whitecliffe Road een ware transformatie kunnen geven met behulp van een paar blikken muurverf en glans. Hij vroeg zich af of... Hij zou hetzelfde kunnen doen voor Zoë, toch? Hij kon de boel een opknapbeurt geven en een beetje opfleuren als een leuke verrassing voor hun thuiskomst.

Het idee won momentum als een auto die omhoogklom door zijn versnellingen. Laten we eerlijk zijn, ze had Patricks jas nog niet eens van de kapstok gehaald, dus schilderen en schoonmaken waren op dit moment echt geen prioriteiten voor haar. En dat terwijl hij nu een paar dagen tot zijn beschikking had... Hij liep rond en zijn handen trilden bijna van al zijn goede bedoelingen. Kon hij dit doen?

Zijn oog viel op de groezelige plinten, de krassen en strepen op de muren, de vettige vlekken die waren achtergebleven nadat Gabe in het weekend roerei naar zijn broer had gegooid. Hij stelde zich voor dat Zoë thuiskwam van hun vakantie en naar adem hapte bij het zien van een schone, heldere keuken. Ze zou zo blij en dankbaar zijn! Weer een ding minder waar ze aan hoefde te denken.

Het was een no-brainer. Natuurlijk ging hij dit doen. Fluitend greep Dean zijn autosleutels om rechtstreeks naar de dichtstbijzijnde bouwmarkt te gaan, maar toen ging zijn telefoon. 'Rebecca' stond er op het scherm en hij voelde een steek in zijn borst. Shit. Dit zou zeker een onaangenaam gesprek worden. Of misschien toch niet? Misschien belde ze om diep door het stof te gaan. Hij stelde zich voor dat ze hem snotterend te woord zou staan. Zeg het alsjeblieft niet tegen Rory, ik smeek het je. Dat zou kunnen gebeuren, toch?

Hij leunde tegen de gangmuur, haalde diep adem en beantwoordde de oproep. 'Hallo?'

'Dean, wat de fúck?' was hoe ze hem begroette. Ze klonk woedend in plaats van vernederd. 'Ik heb er heel lang over nagedacht hoe ik moet reageren op je kloteberichtje op Facebook, maar vandaag dacht ik gewoon: weet je wat, ik moet met hem praten en erachter komen waar hij het in godsnaam over heeft. Was je dronken? Had je een zenuwinzinking? Ik bedoel, wat de fuck is jouw probleem?'

Haar stem was erg luid in zijn oor, met een schelle toon die hij herkende uit de laatste dagen van hun huwelijk. Het deed hem denken aan de ruzie die ze hadden gehad in een tapasrestaurant in Notting Hill, die ten einde was gekomen toen ze haar servet in haar bord gooide en schreeuwde: 'Ik kan dit niet meer!'

'Wat is mijn probleem?' herhaalde hij en hij probeerde zichzelf moed in te praten. Hij was van nature geen strijdlustig persoon, maar gelukkig wist hij dat hij het deze keer bij het rechte eind had. Zij was degene die fout zat, zei een stem in zijn hoofd. Ze had dit allemaal aan zichzelf te danken. 'Mijn probleem is dat je achter mijn rug om met mijn bróér zat te flikflooien, Bex.' Zij en alle andere vrouwen, zo te horen. 'Hij heeft het me verteld, dus als iemand hier een probleem heeft –'

Ze maakte een minachtend geluid voordat ze recht over hem heen walste. 'Jij schijnheilige lul. Hoe durf je zo tegen me te praten? Ik heb nog nooit iets met je broer gedaan. Ik móch je broer niet eens. Zo, ik heb het gezegd. Ik heb een dood persoon afgekraakt. Sorry, maar het is waar. En er is niets gebeurd! Oké? Omdat ik met jóú getrouwd was. Je kunt van alles van me vinden, maar ik ben nooit vreemdgegaan. Nooit!'

Ze schreeuwde bijna tegen het einde van deze kleine toespraak, maar Dean onderdrukte de vage steek van twijfel die in hem opkwam en zette zichzelf vast in zijn zekerheid. Ja, natuurlijk zou ze het ontkennen, toch? 'Dat is niet wat Patrick me vertelde,' zei hij koeltjes.

'Nu ben ik benieuwd,' zei ze. 'Wat heeft hij tegen je gezegd? Ik hou van een goed verhaal. Klassieke fictie. Een beetje fantasie. Wacht, geen spoilers, laat me raden. Ik probeerde hem te versieren, of zo. Ik viel op hem en greep mijn kans. Heb ik gelijk? Is dat wat hij je heeft verteld?' Ze lachte, maar het was geen aangenaam geluid, het klonk hard en onaardig. 'En jij geloofde hem? Nou, dat is mooi. Heel fijn dat je hem zo blind vertrouwde.'

'Hij zei...' Rebecca's felle zelfverdediging had de wind recht uit zijn zeilen genomen. 'Ja, daar kwam het wel op neer,' mompelde hij. Hij wierp een blik op de dichtstbijzijnde foto aan de muur: van Patrick en Zoë's trouwdag, hun gezichten zo teder, zo vol liefde. En toen dacht hij terug aan die laatste avond in de pub met Patrick, met de regen die tegen het zwarte raam kletterde. Ze zaten al aan hun vierde of vijfde glas bier toen Patrick het had gezegd: 'Ze was niet bepaald loyaal tijdens jullie huwelijk, of wel? Je weet vast wat ik bedoel.'

Dean kon hem de woorden zo horen zeggen, kon nog steeds de grijns op zijn gezicht voor zich zien. Hij had er niet eens aan getwijfeld dat Patrick de waarheid sprak toen hij hem dit vertelde. Waarom zou iemand daarover liegen? Maar nu leek het alsof de grond onder zijn voeten wankel werd, alsof de wereld compleet wegviel. Had Patrick gelogen? Rebecca leek onvermurwbaar dat zijn beweringen nergens op sloegen. Maar als het niet waar was, dan betekende dat...

'En jij geloofde hem,' zei ze opnieuw, haar stem vol minachting. 'Heel erg bedankt. Jezus, Dean, ik –' Toen klonk ze plotseling een stuk verder weg. 'Nee, het is goed, ik ben in orde,' hoorde hij haar tegen iemand zeggen. 'Ja, is goed, ik denk het wel.' Toen was ze weer aan de lijn, kortaf en ijzig. 'Mijn man wil dat ik niet meer tegen je praat. Deze idiote ruzie is waarschijnlijk het laatste wat mijn bloeddruk nodig heeft. Dus –'

Het gesprek glipte door zijn vingers en veranderde in iets totaal anders: een slechte grap, waarvan Dean de punchline was. Had hij zojuist de vrouw waar hij ooit het meest van had gehouden op de hele wereld diep beledigd? Had hij het echt mis? Hij werd overspoeld door zijn schuldgevoel. Maar waarom zou Patrick hebben gelogen? Hij voelde zich in het nauw gedreven en deelde uit wanhoop nog een laatste klap uit. 'Ach, ja, ik zag dat je zwanger was,' snauwde hij. 'Was het een ongelukje? Het moet haast wel, aangezien je altijd gezegd hebt dat je nooit –'

Maar ze had al opgehangen. Hij kon het haar niet kwalijk nemen. De adrenaline verdween bijna onmiddellijk en in plaats daarvan vloeide er alleen nog maar schaamte door zijn aderen. Hij wilde dat hij niet zo ver was gezonken om zo'n afschuwelijke laatste opmerking te maken, om te proberen haar geluk van haar af te nemen.

Hij ademde lang en trillend uit. Daar stond hij dan, alleen in de gang, zijn hoofd een tumult van vreselijke gedachten. Stukken van een puzzel kwamen samen en begonnen een vreselijk nieuw beeld te vormen. Hij had zojuist alles verergerd door zijn ex-vrouw te beledigen en die nare opmerking te maken over haar zwangerschap, als een ultieme klootzak.

Hij wás een ultieme klootzak. Hij had alles verkeerd begrepen. Hij wreef met zijn hand over zijn gezicht en wenste dat hij al die weken kon terugspoelen, dat hij een tweede kans kreeg om de nacht waarop alles fout ging anders aan te pakken.

Het was allemaal in februari begonnen met de dode boom in Deans achtertuin. De buren hadden erover geklaagd nadat een tak in hun tuin was gevallen en hun fontein op zonne-energie had beschadigd, en hij had beloofd dat hij de boom zou omhakken voordat hij een paar dagen later naar Santiago zou vliegen.

'Tuurlijk, geen probleem,' zei Patrick toen Dean hem vroeg om hem te helpen. De grote oude esdoorn uit de grond halen zou absoluut een klus voor twee man zijn. 'Gaan we trouwens donderdagavond nog een biertje drinken? Als dat zo is, kan ik daarna met jou mee naar huis en kunnen we de boom vrijdagochtend afhandelen.'

Ze waren er helemaal klaar voor. Dean had een ladder en

kettingzaag gehuurd voor de volgende dag en ze spraken af in The Rutland Arms, een pub bij de rivier. En de avond begon hartstikke goed. De pub leek door de koude, winterse regen die tegen de ramen sloeg nog gezelliger dan normaal, en ze praatten over Zoë en de kinderen, de knieoperatie van hun vader, Deans reisplannen, de halve marathon waar Patrick voor trainde en nog veel meer. Ondertussen sloegen ze biertje na biertje achterover. Dean was jubelend en opgewonden. Hij had net zijn laatste werkdag voor zijn vakantie erop zitten en zijn hersenen zaten al in het vliegtuig. Nog een drankje? Ja, waarom ook niet? De regen viel met bakken uit de hemel en geen van beiden had zin om nu al op huis aan te gaan.

Het gesprek ging over Deans aanstaande avontuur. 'Denk aan al die vrouwen die je gaat versieren,' had Patrick hem geplaagd. 'Ik durf te wedden dat je nu eindelijk al die verloren jaren die je als monnik hebt geleefd in gaat halen!'

'Ik ben niet – het is niet zo'n soort vakantie,' protesteerde Dean.

'Ja, maar... Kom op. Het is al jaren geleden dat jij en Bex zijn gescheiden. Je snakt er vast naar.'

'Drie jaar. Het is nauwelijks –'

'Precies, en hoeveel vrouwen heb je sindsdien gehad?'

Ze hadden dit gesprek al eens eerder gevoerd en het was altijd hetzelfde liedje, Dean werd altijd in de verdediging gedrongen. Wat was het met zelfvoldane, gelukkig getrouwde mensen dat hen deed geloven dat ze het recht hadden om zich met andermans liefdesleven te bemoeien en kritiek te leveren? Zijn scheiding was het ergste wat Dean ooit had meegemaakt. Hij had het gevoel gehad dat zijn leven uit elkaar was gevallen, als een geschilde sinaasappel gefragmenteerd was. Wat had hij moeten doen: direct na het tekenen van de scheidingspapieren met de eerste de beste vrouw aanpappen, alsof hun huwelijk nooit was gebeurd, alsof het er niet toe deed? 'Luister,' zei hij. 'Het gaat niet over –'

'Het is niet alsof zij er veel gras over liet groeien. Ze was niet bepaald loyaal tijdens jullie huwelijk, of wel? Je weet vast wat ik bedoel.'

Dean had toen genoeg gedronken dat de pub er wazig uit begon te zien, zijn hoofd aangenaam draaierig, maar de woorden van zijn broer sneden als een ijspegel door de waas van alcohol heen. Nee, dacht hij. Ik heb geen idee wat je bedoelt. Waar de fuck heb je het over? Hij staarde Patrick aan. 'Wat probeer je te zeggen?' vroeg hij.

Het was de grijns op Patricks gezicht die hem het meest dwarszat. De verwaande blik die hij had, alsof dit allemaal één grote grap was. 'Nou, je weet wel. Die keer dat ze het bij mij probeerde,' zei hij.

Die keer dat ze – wát? Dean dacht even dat hij het verkeerd had verstaan. Hij wilde dat hij het verkeerd had verstaan. Plotseling voelde hij zich compleet nuchter, elk deeltje van zijn lichaam gefocust op dit gesprek. 'Waar heb je het over?'

'Shit. Heeft ze het je nooit verteld? Ik dacht –' Patricks hersenen hadden duidelijk zijn mond voorbijgepraat, want zijn bravoure maakte nu plaats voor gestotter, zijn grijns een ongemakkelijke glimlach. 'Ik bedoel... het was niets, niet echt. Het was geen affaire of zo. Maar ja, ze probeerde me te versieren. Het was gewoon een... je weet wel. Een voorvalletje.'

'Een voorvalletje,' herhaalde Dean, misselijk bij de gedachte dat Rebecca een oogje op zijn broer had gehad, dat ze haar romige sproetengezicht naar hem toe had gedraaid en met een veelbetekenende blik in haar ogen een wenkbrauw had opgetild. Ze droeg haar lange kastanjebruine haar vaak in een dikke zijvlecht en Dean zag voor zich dat ze het uiteinde ervan om haar vingers draaide. Hij had altijd al van Rebecca's haar gehouden. Hij had van elk stukje van haar gehouden.

'Blijkbaar ben ik gewoon heel moeilijk te weerstaan, of niet?' Je kon hem het voordeel van de twijfel geven – misschien probeerde hij er een grap van te maken, de stemming te verlichten – maar Patrick duwde zijn borst naar voren als een soort geile aap, als het stomme, achter zijn lul aan lopende alfamannetje dat hij was.

Dean lachte, maar het was een verre van vrolijk geluid. 'Jij bent echt niet te geloven.'

'Wat?'

'Je hebt me wel gehoord.' En toen liet hij het allemaal los, de schok en pijn en woede. 'Je zit hier serieus op te scheppen dat mijn ex-vrouw, de vrouw waar ik van hield, je probeerde te versieren. Alsof het zo grappig is! Vertel eens, waarom zou je hier zelfs maar over beginnen? Om mij kapot te maken? Om me weer slecht te laten voelen? Zo is het altijd geweest bij jou, of niet soms? Ik wed dat het andersom was. Ik wed dat jij met haar flirtte. Ik wed dat het –'

'Hé! Wauw!' Patrick stak zijn handen in de lucht. 'Kalm aan, Dean. Maak je niet zo druk, man.'

Daar was het, precies zoals hij had verwacht: kalm aan, wees niet zo snel op je teentjes getrapt. Patrick zou nu elk moment gaan zeggen dat het slechts een beetje geplaag was, en als Dean dat uit zijn mond hoorde komen, zou hij hem slaan. 'O, rot toch op. Ik ga naar huis,' zei hij terwijl hij wankelend opstond. Zonder achterom te kijken liep hij naar de deur en trok zijn jas aan.

Patrick had hem ingehaald tegen de tijd dat hij buiten was, zijn mond nog nat van de laatste halve liter bier die hij snel moest hebben opgedronken. Patrick zou nooit een goed glas bier verspillen. 'Wacht! Wat bezielt je, man? Jezus! Het was maar één nacht. Ik bedoel –'

'Ik wil het niet weten,' schreeuwde Dean, en hij duwde hem weg. Patrick wankelde – het was een harde duw – maar Dean was te boos om er iets om te geven. Eén nacht. Welke nacht? En wat hadden ze de hele nacht gedaan? Elke keer dat Patrick zijn mond opentrok, werd de situatie alleen maar erger. Dean zag voor zich hoe ze elkaar innig omhelsden, Rebecca's zachte, brede mond tegen die van Patrick. Gal rees op in zijn keel. Hij kon het niet verdragen. 'Godverdomme, ik wil het niet horen. Hou je bek!'

Hij was kwaad. Zo kwaad dat hij stond te trillen op zijn benen. Patrick had in hun jeugd vaak genoeg Deans speelgoed afgepakt en kapotgemaakt of helemaal niet meer teruggegeven. Bijvoorbeeld toen Dean als tiener maandenlang voor een mooi shirt had gespaard en Patrick het zonder te vragen had geleend en daarna gekreukeld en onder de vlekken op de vloer van zijn slaapkamer had achtergelaten. Of toen Dean op zijn twintigste vol trots en vreugde een motor had gekocht en Patrick een rondje was gaan rijden en hem met een deuk in de uitlaat en zilveren krassen op het frame teruggaf. Hij moest altijd laten zien wie de baas was, wie de oudere broer was. Maar Dean had nooit gedacht dat Patrick zo laag zou zinken om het met Rebecca, zijn vróúw, te proberen. En om vervolgens zo weinig om Deans gevoelens te geven dat hij het als een grappig verhaaltje vertelde. Had hij wel een hart, of had hij alleen een enorm ego en niets meer dan dat?

Patrick volgde Dean langs het pad. De donkere lucht werd afgewisseld door gele straatlantaarns, de rivier breed en zwart aan hun linkerzijde. Een koude windvlaag rolde een leeg bierflesje over het beton. De regen sloeg in hun gezicht, maar Dean trok zijn kraag omhoog en versnelde zijn pas.

'Kom op,' kreunde Patrick van achter hem. 'Luister, het spijt me, oké? Het spijt me.'

Eindelijk kwam het in hem op om sorry te zeggen. Nou, het was nu te laat. Iedereen wist dat een verontschuldiging niets betekende als je die alleen maar uit verplichting deed. 'Sorry voor wat? Dat je met mijn vrouw naar bed bent gegaan of dat je stom genoeg was om het me te vertellen?' Dean hield zijn vuisten gebald langs zijn zij. Hij stelde zich voor hoe het zou zijn om de neus van zijn broer te breken, om zijn knappe gezicht verrot te slaan. 'Geef daar maar geen antwoord op. Zeg maar helemaal niets meer. Ga naar huis. Ik wil je niet meer zien.'

'Hoe bedoel je, je wilt me niet – Ik ben je broer. Ik zou je helpen met die dode boom in je achtertuin, weet je nog?'

Dean draaide zich om en staarde hem aan. 'Vergeet de boom. Ga gewoon weg. Je bent niet meer welkom bij mij thuis.'

Hij wist dat hij melodramatisch was en als een vijfjarige klonk, maar hij kon zichzelf niet stoppen. Hij wilde Patrick straffen, voor één keer in zijn leven. Hij wilde weer wat macht terugpakken door hem af te wijzen, hem weg te sturen. Over een paar dagen zat hij in het vliegtuig naar Chili, maar op dit moment leek zelfs de andere kant van de wereld niet ver genoeg van zijn broer.

Patricks gezicht was geel onder het straatlicht, dus het was moeilijk om zijn uitdrukking te lezen. Hij haalde zijn schouders op. 'Wat jij wilt,' zei hij, en toen liep hij langs Dean en verder over het pad.

Dean keek hem even na en ging toen rechtsaf. Hij slingerde door de straten die hem door Hammersmith naar zijn huis leidden. Woede gierde door zijn lichaam. Zijn broer had niet eens de moeite genomen om zich tegen Dean te verzetten. Het feit dat Patrick niet eens had geprobeerd om Deans vergiffenis te vragen maakte het nog zoveel erger. Wat jij wilt... Wat Dean zou willen was dat het bedrog om te beginnen nooit had plaatsgevonden, of op z'n minst dat deze smakeloze saga een geheim was gebleven zodat Patricks geweten hem af en toe kon helpen herinneren wat een klootzak hij was. Een woedende grom ontsnapte uit zijn keel toen hij tegen een vuilnisbak trapte. De pijn schoot door zijn been en Dean greep meteen naar zijn voet. Dit was ook Patricks schuld. Het was allemaal Patricks schuld!

'Ik kan niet geloven dat je hem alleen naar huis liet lopen,' raasde Zoë de dag voor de begrafenis, toen de emoties hoog opliepen. 'Wat voor soort broer ben je? Waarom kon je hem niet mee naar huis nemen? Waarom kon je die ruzie niet achter je laten?'

Het was een goede vraag. Een die Dean sindsdien had achtervolgd. En een waarop hij absoluut geen antwoord had. Het is jouw schuld, zei ze met andere woorden. Dit is allemaal jouw schuld. Ik zal het je voor altijd kwalijk nemen!

Maar nu had het verhaal plots een andere verwoestende wending genomen. Blijkbaar was die hele ruzie met Patrick gebaseerd op een leugen. Een zinloze, gemene leugen die Patrick hem had verteld om… Waarom? Om Dean ellendig te laten voelen. Om hem vlak voordat hij op reis ging op de kast te jagen, zodat zijn humeur tijdens de rest van zijn avontuur was verpest.

'Fucking idioot,' mompelde hij, nog steeds in de koele hal van het huis van zijn broer terwijl de familiefoto's hem stil aanstaarden. Hij sloeg tegen de muur, volkomen radeloos. Wat een verkwisting, dacht hij terwijl de tranen over zijn gezicht begonnen te lopen. Tranen van frustratie, ongeloof en ellende. Was Patrick echt voor niets gestorven, voor een stomme leugen? Hij hapte naar lucht en huilde nu echt. Zijn eerste tranen sinds Patricks dood en ze waren niet eens alleen voor zijn broer, maar ook voor hemzelf, voor de afschuwelijke ironie van de situatie. 'Nou, dat werkte averechts, of niet?' zei hij ellendig in de leegte. ‘Blijkbaar had je vooral jezelf ermee, Patrick.’

Maar het was niet grappig. En hij lachte niet. Niet eens een beetje.

25

Het telefoongesprek met Rebecca bleef nog dagenlang door zijn hoofd spoken. Hij was zo geschokt dat hij gevoelloos door het leven ging, alsof niets hem kon raken. Hij zag of sprak niemand. Het enige wat hij deed was blikken crèmekleurige muurverf en witte lak kopen om als een robot Zoë's keuken te schilderen, elke streek met de kwast een stille Waarom? in zijn hoofd. Was het slechts wat geplaag geweest? Zo ja, waarom had Patrick het zo uit de hand laten lopen? Waarom gaf Patrick niet toe dat het een stomme grap was toen Dean kwaad werd en hem van zich afduwde? Oké, Dean zou het niet grappig hebben gevonden, maar in ieder geval hadden ze het dan kunnen laten rusten, bij wijze van spreken, en hadden ze elkaar niet boos en gefrustreerd achtergelaten. Misschien was Patrick dan niet in zijn eentje zijn dood tegemoet gelopen.

Nu hij erover nadacht, realiseerde Dean zich dat Patrick die hele avond al in een rare bui was geweest, kwetsbaar en met zijn gedachten heel ergens anders. Hij had Dean geplaagd over Tiggy en volgehouden dat ze hem leuk vond en vice versa, ook al had Dean gezegd dat Tiggy niet echt zijn type was. 'Ach, dat maakt na *dos cervezas* niet meer uit, of wel?' zei hij terwijl hij Dean met een elleboog in zijn zij porde. 'Toch?' Toen had Patrick een berichtje gekregen op zijn telefoon, waarna zijn toon abrupt was veranderd. 'Maar luister niet naar mij, Dean. Ik ben een sukkel, echt. Ga jij maar met elke vrouw rond de Andes naar bed terwijl ik het hier allemaal verpest.'

Dit deed Patrick wel vaker wanneer hij dronken was. Dan had hij plotseling een slecht humeur en werd hij somber en op een heel negatieve manier introspectief. Daarom was Dean er gewoon van uitgegaan dat hij dronken was en had hij er verder niet veel aandacht aan besteed. Patricks leven was tenslotte perfect. Hij had niets te klagen, toch? Maar het is duidelijk dat er iets aan de hand moest zijn geweest en dat hij het op Dean afreageerde door over Rebecca te beginnen.

Zijn gedachten keerden terug naar het telefoongesprek waar Patrick midden in had gezeten toen Dean die avond de pub binnen was gelopen, hoe opgefokt zijn broer had geleken. Was er iets wat Patrick dwars had gezeten? Iets waar hij over wilde praten, maar niet wist hoe? Waren zijn onbezonnen beweringen eigenlijk een ondoordachte schreeuw om hulp?

Dean haatte het dat er nog zoveel losse eindjes, zoveel onzekerheden, waren rond de dood van zijn broer. Hij haatte het dat hij niet wist wat er die nacht met hem was gebeurd, hoe en waarom Patrick in de rivier was beland. Ze waren er allemaal van uitgegaan dat het een tragisch ongeluk was… of een uit de hand gelopen overval… maar Dean had er zo zijn bedenkingen bij. Wat had Patrick zo gekweld? Wat was er zo erg dat hij het gevoel had dat hij er niet over kon praten? Waarom gedroeg hij zich zo afschuwelijk, zo anders?

Het spijt me, appte hij Rebecca op zaterdagochtend. Hij had spijt van zijn beschuldigingen en dat hij aan het eind van het telefoongesprek zijn ware aard had laten zien met die nare opmerking over haar zwangerschap. Hij had zichzelf tot nu toe nooit als een wreed persoon gezien. *Het spijt me echt. Ik had meer vertrouwen in je moeten hebben. Patrick moet het hebben verzonnen om me pijn te doen. Ik weet niet waarom. Dat was mijn laatste gesprek met hem, dus het is in mijn hoofd blijven hangen. Sorry dat ik die dingen tegen je zei. Ik ben nogal een puinhoop. Ik hoop dat het goed met je gaat.*

Daar. Nederig en oprecht. Ze zou waarschijnlijk niet antwoorden – misschien had ze hem zelfs geblokkeerd – maar hij had zich tenminste verontschuldigd. En het schilderen van de keuken bleek rustgevend te zijn: een rechttoe rechtaan, nogal hersenloze taak en een nieuwe vorm van boetedoening voor de wirwar van gebeurtenissen die Patricks einde hadden betekend. Achteraf gezien was hij heel blij dat hij de moeite had genomen om dit te doen. Hij had de hele keuken twee lagen crèmekleur gegeven en het houtwerk van een mooie, witte lak voorzien, en hij moest toegeven dat het een enorme verbetering was. De muren schitterden in de aprilzon en de kamer voelde lichter, helderder en hoopvoller aan. Zo konden ze opnieuw beginnen, dacht hij, trots op zijn eigen werk. Een schone lei. Zoë zou dolblij zijn wanneer ze maandag terugkwam.

Om het helemaal af te maken, ging hij naar de supermarkt en kocht brood en melk voor ze – attent, prees hij zichzelf – evenals een paasei voor elk van de kinderen. Toen, omdat het wel zo eerlijk was, koos hij ook een ei voor Jemima. Het voelde vreemd beklemmend om het bij de andere drie te leggen, maar waarom zou hij dit niet doen? Ze was tenslotte familie, dit mysterieuze nichtje van hem. En ja, oké, misschien was hij ook op zoek naar een nieuwe reden om contact op te nemen met Lydia. Sinds de avond van Jonathans feestje kon hij niet stoppen met aan haar denken. Zijn hersenen werden overspoeld door de levendige herinneringen aan hun wilde dansen, de huiveringwekkende cocktails die ze elkaar hadden uitgedaagd om te proberen, en haar lichaam, zo dicht bij dat van hem, de geur van haar kokosnootshampoo in zijn neus. *Ik heb een afschuwelijk gevoel dat ik mezelf gisteravond voor schut heb gezet... Het komt allemaal door die cocktails!* had Lydia de volgende ochtend geappt en hij had gepeinsd over zijn antwoord. Hij wilde grappig en charmant zijn, maar wist ook dat hij afstand moest houden. *Geweldige avond!* was alles wat hij uiteindelijk typte, saai en nietszeggend. Ze had niets meer gestuurd.

Vandaag had hij tenminste een goed excuus en het kwam verpakt in glimmende folie. *Ik heb iets voor Jemima,* had hij geappt. *Ik kan het afgeven bij de winkel als je aan het werk bent?*

Het duurde niet lang voordat Lydia had geantwoord. *Week vrij! Kun je het bij mij thuis komen afgeven?* gevolgd door haar adres.

Dus dat was wat hij nu aan het doen was. Hij parkeerde voor het flatgebouw en liep naar de hoofdingang. Zijn hart bonsde, besefte hij, en hij legde zijn hand op zijn borst terwijl hij aanbelde. Was dit werkelijk net zo'n goed idee als toen hij voor die schappen met snoepgoed stond? Zou Lydia de deur opendoen, een blik op het paasei in zijn handen laten vallen en hem meteen doorhebben? Hij zag haar reactie al voor zich: ik weet wel waar jij mee bezig bent, vriend. Hij had nooit echt een goede pokerface gehad...

'Het is Dean,' zei hij toen hij haar stem over de intercom hoorde. Het deurmechanisme zoemde en hij liep verder naar binnen. Haar appartement was op de eerste verdieping, zei ze, dus ging hij de trap op, met het chocoladecadeautje in zijn hand. Toen hij de overloop bereikte, stond ze in haar open deuropening. Ze droeg een rode jurk met een patroon van blauwe paradijsvogels, haar haar in twee vlechten opgerold aan weerszijden van haar hoofd. De stijl deed hem denken aan prinses Leia, en dat was op zichzelf al een beetje erotisch.

'Hallo,' zei ze. Ze had blote voeten met pastelblauw geverfde teennagels. 'Wil je binnenkomen?'

'Eh...' Hij aarzelde en hield het paasei omhoog. 'Ik wilde alleen deze even langsbrengen en –' Waarom ging hij niet in op de uitnodiging? 'Ja, dat zou fijn zijn,' zei hij. Een kleine piraat kwam toen naar de deur lopen, compleet met ooglapje en viltstiftstoppels op haar kin. Dat moest Jemima zijn. Haar wipneusje was precies hetzelfde als dat van Bea, merkte hij meteen op. 'Hallo daar,' zei hij. 'Ik bedoel – goeie genade, wie in Davy Jones' naam is deze angstaanjagende piraat?'

Ze hield een schuimrubber zwaard indrukwekkend dreigend omhoog. Ze was ongetwijfeld Patricks dochter, met haar harde blik en lange, donkere wimpers. Het gaf hem een vreemd gevoel. 'Arrgg!' gromde ze.

'Jemima gaat vanmiddag naar een feestje,' legde Lydia uit. 'Ga even aan de kant, schat, laat Dean binnenkomen. En pas op met dat zwaard, oké? Ik wil niet dat je iemand neersteekt, en al helemaal niet iemand die een cadeautje voor je heeft meegenomen.'

Jemima's ene zichtbare oog glinsterde vol interesse. 'Vraagje: zei er iemand... cadeautje?'

'Ik geloof het wel, ja,' antwoordde Dean, die het bijna onmogelijk vond om serieus te blijven. Hij kende haar net tien seconden, maar hij vond zijn nieuwe nichtje nu al heel schattig. Hij hield het paasei in zijn open handpalm, alsof hij een pony verleidde met een suikerklontje.

Jemima's blik zwaaide van het paasei naar haar moeder en terug naar Dean. 'Voor mij?' vroeg ze, en ze sprong van de ene voet op de andere.

'Voor morgen,' zei Lydia. 'Van...' Ze aarzelde en wisselde een snelle blik met Dean. 'Van oom Dean.'

'Dank je! Dank je! Dank je!' riep Jemima, op en neer stuiterend. Toen stopte ze en keek achterdochtig van Dean naar haar moeder. 'Wacht even. Vraagje: is hij je nieuwe vriendje of zo?'

Dean verslikte zich bijna door de onverwachte vraag. 'Nee!' zei Lydia terwijl haar wangen roze kleurden.

'Nee,' stemde Dean snel in, in de hoop dat zijn gevoelens niet van zijn gezicht af te lezen waren.

'Hm,' zei Jemima, niet helemaal overtuigd. 'Dylan van school zei dat zijn moeder altijd ooms meeneemt en dan blijken ze haar vriendjes te zijn.' Ze zwaaide met haar zwaard door de lucht en draaide zich toen om en rende door de gang. 'Oké, doei,' schreeuwde ze over haar schouder. 'Bedankt!'

Lydia schraapte haar keel en rolde met haar ogen. 'Sorry daarvoor. Ze heeft heel veel zin in het feestje en probeert stoer te doen. Eh, had ik je al koffie aangeboden?' Ze legde een hand op haar voorhoofd. 'Ik ben helemaal van de wijs gebracht. Waarom zijn kinderen zo gênant?'

Dean lachte. 'Ik denk dat dat hun specialiteit is. Koffie zou geweldig zijn, graag.'

Hij volgde haar door een smalle, felroze geschilderde gang. Aan de muren hingen foto's van Lydia en Jemima, een LEGO-Batmanposter en enkele vlekkerige vingerverfschilderijen. Door een open deur aan de linkerzijde zag Dean een gezellige woonkamer, met jadegroen behang met palmbladeren, een boekenkast gevuld met paperbacks en een donkerpaarse, met kussens bezaaide bank. Een naaimachine, stapels stof en een ouderwetse naaidoos die leek op die van zijn moeder namen een tafel in beslag. Ze liepen echter door naar een kleine moderne keuken met printjes en ansichtkaarten verspreid over de muren. Langs de vensterbank stond een rij planten en de zoete, zware geur van siroop hing in de lucht. 'We hebben net havermoutkoeken gebakken, sorry voor de rommel,' zei Lydia met haar hand naar een stapel afwas in de gootsteen zwaaiend. Een dienblad met karamelkleurige koeken lag op het aanrecht af te koelen. 'Wil je er eentje? Ze zijn een beetje klef. Je hebt dit niet van mij gehoord, maar ik denk dat mijn assistent een beetje enthousiast was met de siroop.'

'Ja, lekker,' zei hij. Zijn ogen gleden over de muren. Sommige dingen waren in zijn ogen een beetje vreemd – waarom zou iemand oude kledingpatronen aan de muur plakken? – maar andere vertelden verhalen: een Perfecte Spelling-certificaat op de koelkast, verouderde, zwart-witte trouwfoto's, vermoedelijk van Lydia's ouders, en een grote kaart van Sydney met een ingelijst, handgeschreven lijstje ernaast. 'Favoriete plekken om Lyddie mee naar toe te nemen,' las hij en hij werd meteen nieuwsgierig. 'Bronte Beach. Murphy's Café. Rosie's Threads...'

'Dus, ik zie dat je bent hersteld van afgelopen zaterdag,' zei Lydia terwijl ze de koeken in rechthoekjes sneed.

Dean draaide zich weg van het lijstje met het gevoel alsof hij ergens aan het rondsnuffelen was waar hij geen toestemming voor had gekregen. 'Ja,' zei hij. 'Een noodoproep van een van Patricks huurders de volgende ochtend was behoorlijk ontnuchterend.'

'O, nee, nachtmerrie,' zei ze met een sympathieke lach. Ze schoof vier koeken op een bord. 'Hier. Val maar aan. Ik zal wat koffiezetten. Gebeurt dat dan vaak? Word je vaak in de donkere uurtjes gebeld door woedende huurders?'

'Vaker dan je zou denken,' antwoordde hij, en hij nam een hap uit een van de koeken. 'O, wauw,' zei hij terwijl de zoetigheid hem overviel. 'Deze zijn heel lekker.' Zijn telefoon ging af en hij haalde hem uit zijn zak. Het woord 'Lastpost' staarde hem in het gezicht. Het universum speelt een spelletje met me, dacht hij terwijl hij zijn best deed om zijn frustratie in bedwang te houden. 'Over de duivel gesproken,' zei hij. Rosemary belde waarschijnlijk weer over een of ander niet-bestaand probleem zoals die piepende vloer. Kon hij het telefoontje negeren? Hij zag weer voor zich hoe eenzaam ze de laatste keer klonk en zuchtte, wetende dat hij het niet over zijn hart zou verkrijgen. 'Hier belt er weer eentje. Geef me een minuutje.' Hij veegde over het scherm en hield het apparaat tegen zijn oor. 'Hallo?'

'Dean? Je spreekt met Rosemary Verlaine. Het spijt me dat ik je in het weekend stoor, maar...' Haar stem trilde. 'Ik ben gevallen en het lukt me niet om weer op te staan.'

Zijn cynisme verdween onmiddellijk. 'Rosemary! Ben je gewond? Moet ik een ambulance bellen?'

'Hemel, nee, ik wil geen ophef veroorzaken. Het is alleen dat ik Alan probeerde te bellen, je weet wel, mijn neef, maar hij neemt de telefoon niet op. Ik denk dat hij zei dat ze naar Marbella zouden gaan voor het paasweekend, dus hij heeft waarschijnlijk geen zin in een domme, oude vrouw tijdens zijn vakantie, maar...'

Ze klonk overstuur, haar stem vol tranen. Ze was nu een heel ander persoon dan de charmante, spraakzame Rosemary die hij eerder had ontmoet. 'Ik kom eraan,' zei hij voordat ze het kon vragen. Hij zou eerst naar zijn huis moeten om haar sleutels uit de doos met Patricks spullen te halen, anders kon hij zichzelf niet binnenlaten, dacht hij snel. 'Ik ben er over veertig minuten. Kun je zo lang wachten? Weet je zeker dat je niet liever hebt dat ik een ambulance bel zodat er al eerder iemand bij je is?'

Hij was zich er vaag van bewust dat Lydia angstig naar hem keek terwijl Rosemary antwoordde. 'Dank je, Dean, dat is erg aardig van je. Je hoeft geen ambulances of iets dergelijks te bellen. Ik ben uitgegleden en heb mijn hoofd gestoten, maar ik ga niet dood, dat beloof ik. Sorry dat ik zo vermoeiend ben, lieverd, maar ik wist niet wie ik anders moest bellen.'

Dean zuchtte. Zijn ouders waren ook zo. Zelfs toen zijn moeder een paar jaar geleden ernstig ziek was geweest en een longontsteking had, had ze zich eindeloos druk gemaakt dat ze 'hen tot last was' en 'ophef veroorzaakte', en nu deed Rosemary precies hetzelfde. Maar het leek erop dat ze toch niet in staat zou zijn om de deur open te maken als hij een ambulance belde en ze er eerder waren, en dan zouden ze hem moeten intrappen. 'Ik ben er zo snel mogelijk,' beloofde hij.

26

Verdomme, dacht Dean een paar minuten later in de auto. Natuurlijk kon hij het Rosemary niet kwalijk nemen dat ze hem had gebeld, maar de timing had beter gekund. Net wanneer hij met succes een bezoekje aan Lydia had geregeld, werd hij weer weggetrokken. Nog geen minuut later walgde hij van zijn egoïsme. Het was niet alsof Rosemary ervoor had gekozen om te vallen en zichzelf pijn te doen.

Nadat hij bij haar flat was aangekomen en zichzelf binnen had gelaten, werd het al snel duidelijk dat haar 'geen ophef willen veroorzaken' te optimistisch was. Dean was geen verpleger of dokter, maar zelfs hij kon zien dat ze haar pols had gebroken en ook veel pijn had in haar heup. Hij wist dat een gebroken heup behoorlijk catastrofaal was voor een oudere persoon. Zijn oma was een keer gevallen toen ze tachtig was en had toen haar heup gebroken. Hij herinnerde zich nog wat de dokter tegen zijn vader had gezegd: 'Ik ben bang dat een gebroken heup zo goed als een doodvonnis is voor een vrouw van haar leeftijd.'

'Je moet toch echt naar het ziekenhuis,' zei hij op zijn knieën naast Rosemary. Ze lag in een ongemakkelijke draai op het tapijt, stofdeeltjes dansten rond in een strook zonlicht. 'En ik zou je meenemen in mijn auto, maar ik wil het niet nog erger maken door je te verplaatsen, dus ik ga toch de spoedeisende hulp bellen.'

Rosemary moest wel heel veel pijn hebben, want ze ging er niet eens tegen in. Ze knikte en sloot haar ogen. Onder haar wimpers zaten vlekken van haar mascara, merkte Dean op terwijl hij 999 belde. Had ze hier in haar eentje liggen huilen? Hij moest er niet aan denken.

'Wat ben ik toch een sukkel,' zuchtte ze nadat hij haar had laten weten dat de ambulance onderweg was. 'En nu heb ik jouw weekend ook verpest. Alsjeblieft, je hoeft hier niet te blijven wachten. Laat de deur op een kiertje zodat ze erin kunnen, dan komt het verder wel goed.'

'Alsof ik dat zou doen,' spotte hij. 'Ik ga je niet zo achterlaten.' O god, was dat urine wat hij rook? Hoelang lag ze hier al? Hij vervloekte zichzelf opnieuw voor zijn slecht gehumeurde reactie in de auto. Ondertussen had zij hier pijn liggen lijden en zich waarschijnlijk kapot geschaamd. Moest hij er iets over zeggen of zou ze zich daardoor alleen maar slechter voelen? Het laatste, besloot hij. 'Kan ik iets voor je doen terwijl we wachten?' vroeg hij bescheiden. 'Wil je dat ik iets te eten of te drinken voor je pak?' Toen kwam er een gedachte bij hem op. Als ze een operatie nodig had – als haar heup gebroken was bijvoorbeeld – dan zou ze waarschijnlijk geen van beide mogen nuttigen. Moest je niet compleet nuchter zijn voor een operatie?

'Nee, dank je,' zei ze, wat dat dilemma gelukkig oploste. Ze sloot haar ogen weer, alsof ze al haar energie had verbruikt sinds hij was gearriveerd. De huid van haar oogleden was glazig, haar gezicht erg bleek en haar haar viel in losse plukken over haar schouders. Het was de eerste keer dat hij haar zonder knotje zag, realiseerde Dean zich. Dat betekende dat ze de vorige keren dat hij langs was geweest moeite had gestoken in haar verschijning. Het gaf hem een hartverscheurend gevoel.

De ambulancebroeders arriveerden binnen tien minuten en bevestigden meteen dat Rosemary's pols was gebroken, maar Dean kon zien dat ze zich meer zorgen maakten over een mogelijke hersenschudding en de pijn in haar heup. Ze gaven haar wat pijnstillers voordat ze haar vakkundig op een brancard manoeuvreerden en in de wachtende ambulance legden. Dean beloofde dat hij het huis zou afsluiten en zo snel mogelijk achter hen aan naar de spoedeisende hulp zou komen. 'Dean, dat is echt niet nodig. Ik red me wel,' bracht Rosemary trillend uit in protest, maar Dean trok simpelweg een wenkbrauw op en zei dat hij haar in het ziekenhuis zou zien, en dat was dat.

Even later, nadat hij eindelijk een plekje had gevonden in de drukke parkeergarage, trof hij haar in de wachtruimte van de röntgenafdeling. Ze zag nog steeds lijkbleek, maar ze bleef volhouden dat ze het wel in haar eentje zou redden en dat hij er echt niet bij hoefde te zijn. 'Ik weet dat ik hier niet hoef te zijn,' antwoordde hij, 'maar als dit mijn moeder was overkomen en ik niet naar het ziekenhuis kon komen, zou ik willen dat er iemand anders was die haar gezelschap kon houden, oké? Dus geen gekibbel meer. Ik blijf.'

'Lieve hemel,' zei Rosemary, en hij was blij om een zwakke fonkeling in haar ogen te zien. 'Het is best spannend als je zo streng bent, Dean. Ik vind het best aantrekkelijk.'

Hij lachte en stond op het punt te antwoorden toen zijn telefoon piepte. Een appje van Lydia. 'Excuseer me heel even,' zei hij. Hij kon het niet laten om het meteen te lezen.

Hoe is ze? Ik hoop dat jullie in orde zijn x, las hij.

'Sorry, ik hoef alleen maar...' zei hij terwijl hij een snel antwoord met wat details typte. Aardig van haar om ernaar te vragen, dacht hij. Het gaf hem een warm gevoel.

Hij keek op en zag dat Rosemary hem op een onderzoekende manier aankeek. 'Is dat je vriendin?' vroeg ze.

'Wat? Waarom vraag je dat?' blunderde hij als reactie.

'Ik zie het aan je gezicht.' Ze was opeens een stuk vrolijker, dacht Dean terwijl hij probeerde niet met zijn ogen te rollen. 'Hier had je het vorige week toch over? Hoe heet ze? Of hij, natuurlijk. Ik ben vrij modern met dat soort dingen, weet je.'

Dean voelde zijn wangen rood worden. Wat was dit, Trek Je Eigen Conclusie-dag? Eerst begon Jemima moeilijke vragen over hem en Lydia te stellen, nu Rosemary... De nieuwsgierigheid was bijna genoeg om ervoor te zorgen dat een man spontaan op de vlucht zou slaan.

'Je kunt het me net zo goed vertellen,' zei ze. 'We kunnen hier nog uren zitten wachten aan die wachtrij te zien. Heb toch medelijden met een arme oude vrouw en vertel over je liefdesleven om de tijd te verdrijven. Zorg voor een beetje afleiding.'

Op elke andere dag zou Rosemary zichzelf absoluut geen arme oude vrouw hebben genoemd, en dat wisten ze allebei, maar Dean wist ook dat het een onmogelijke opgave was om te proberen van gespreksonderwerp te veranderen.

'Nou...' begon hij. 'Het is een lang verhaal.'

'Dat zijn mijn favoriete verhalen,' zei ze opgetogen. 'Begin bij het begin.'

Het duurde even voordat het hele relaas op tafel lag. Ze werden constant onderbroken doordat er een reeks röntgenfoto's moesten worden gemaakt: eerst van Rosemary's pols en vervolgens van haar heup. Tegen de tijd dat Dean uitgepraat was, waren ze verplaatst naar een hokje dat door een gordijn werd afgeschermd van de rest van de zaal om te wachten op een dokter. 'Dus dat is ongeveer alles,' rondde Dean af.

'Maar je vindt haar leuk,' vatte Rosemary met priemende ogen samen.

'Ja,' zei hij. 'Maar...'

'Wat is het probleem? Ze klinkt erg aardig. En je schoonzus zal het na verloop van tijd vast begrijpen.'

'Ik ben daar niet zo zeker van,' zei Dean somber. 'Ik bedoel, dit is de vrouw met wie Patrick Zoë bedroog, met wie hij een kind kreeg. Geloof me, het is beter als Zoë daar niets vanaf weet. Het zou haar kapotmaken. Wat betekent dat er nooit iets kan gebeuren tussen mij en Lydia.' Hij spreidde zijn handen. 'Zoë geeft mij toch al de schuld van Patricks dood. Ik kan het niet maken om hier alles voor op het spel te zetten.'

Rosemary knipperde. 'Ze geeft jou de schuld van zijn dood? Hoezo dat?'

Hij was er met open ogen in gelopen. 'Het is weer een lang verhaal,' mompelde hij.

'Goeie genade, Dean. Jouw leven is net een soap,' zei ze tegen hem, maar toen ze zijn neerslachtige uitdrukking zag, stak ze haar goede hand uit om voorzichtig op zijn arm te kloppen. 'Het spijt me. Dit moet allemaal erg moeilijk voor je zijn. Maar waarom zou Zoë jou in hemelsnaam de schuld geven van wat er met Patrick is gebeurd?'

Dean hoefde haar niet alles te vertellen, dat wist hij, maar er was iets in Rosemary's bezorgde, open gezicht wat hem machteloos maakte. Zelf was hij nogal de weg kwijtgeraakt, vooral na het telefoongesprek met Rebecca, dus misschien zou het helpen om eindelijk alles eruit te gooien. Voor het eerst vertelde hij iemand over die avond, de ruzie over Rebecca, Deans kwade woorden waarmee hij zijn broer had weggestuurd, alles.

'Lieve hemel,' zei Rosemary. 'Je hebt echt een moeilijke tijd achter de rug. Het spijt me zo erg.'

Dean wist niet zeker of hij haar medelijden had verdiend,

met zijn uitval naar Rebecca nog zo vers in zijn hoofd. 'Ik probeer dingen recht te zetten,' zei hij, en hij gaf een korte uitleg van zijn spreadsheet.

'Dus het is een beetje alsof je punten scoort door klusjes voor ze op te pakken?' vroeg ze.

'Ja, zoiets,' antwoordde hij, hoewel hij liever een iets heldhaftigere analogie had gehoord. 'Ik probeer op veel verschillende manieren te helpen. Elk klusje is een geheime verontschuldiging. Zoals voor haar kinderen zorgen en Patricks werkzaamheden overnemen. Dingen die hij normaal gesproken zelf zou hebben gedaan. En nog wat extra dingen: ik heb bijvoorbeeld de keuken geverfd als verrassing voor wanneer Zoë thuiskomt en –'

Haar ogen vernauwden zich. 'Je hebt haar keuken geverfd? Zonder het eerst te vragen?'

'Eh... ja?' antwoordde Dean, zich afvragend waarom ze er zo bedenkelijk uitzag. 'Ik dacht dat ze –'

Voordat hij 'blij' kon zeggen, werd het gordijn opengetrokken en verscheen er een dokter met een notitieboekje. 'Mevrouw Verlaine?' vroeg ze. 'Ik ben Dr. McCarthy. Ik heb net naar uw röntgenfoto's gekeken en ik heb goed en slecht nieuws.'

Rosemary gaf Dean een betekenisvolle blik. 'We zijn hier nog niet over uitgepraat,' zei ze voordat ze haar aandacht weer op de dokter richtte. 'Hallo, lieverd, heel erg bedankt. Het spijt me dat ik jullie tot last ben. Wat een mooie nagellak is dat trouwens. En je mag Rosemary zeggen. Ik ben niet zo van de oude stempel. Ik ben ook nooit getrouwd. Jammer genoeg voor al die mannen!'

De dokter glimlachte beleefd. 'Laten we beginnen met het goede nieuws, Rosemary: je heup is niet gebroken, hoewel ik begrijp dat je daar wat pijn ervaart. Waarschijnlijk is het erg gekneusd. Is het goed als ik even een kijkje neem?'

Dean zag dit als zijn teken om te vertrekken en stond op. 'Ik wacht buiten.'

'Hij schaamt zich omdat ik hem zat te ondervragen over zijn liefdesleven,' hoorde hij Rosemary door het gordijn tegen de dokter zeggen. 'En omdat hij mijn oude benen niet wil zien. Laat staan als hij iets anders te zien krijgt!'

Dean rolde weer met zijn ogen, maar hij kon Rosemary's beweringen ook niet ontkennen. Hij hoorde het geritsel van kleding, de zachte stem van de dokter en wat klonk als Rosemary die een paar keer jammerde van de pijn. Dat laatste was verschrikkelijk om aan te moeten horen.

Hij haalde zijn telefoon uit zijn broekzak om zijn handen iets te doen te geven en tikte op een sportnieuwsapp om te zien wat er die middag in het voetbal gebeurde. Hij deed zijn best om op de hoogte te blijven van het laatste nieuws zodat hij met Gabe over Fulham en andere clubs kon praten.

Maar nog voordat de pagina was geladen, hoorde hij iemand zijn naam roepen. Hij keek op en zag tot zijn grote verbazing dat Lydia door de gang van het ziekenhuis naar hem toe liep.

'Hoi,' zei hij. Hij kon niet geloven wat hij zag. Hij wilde bijna met zijn vuisten in zijn ogen wrijven, als een of andere tekenfilmfiguur. 'Wat doe jij hier?'

Ze overhandigde hem een katoenen tas. 'Het klonk alsof je hier wel een tijdje zou zijn, dus ik heb wat eten meegebracht. Hoe gaat het met haar? En met jou?'

Hij was zo ontroerd dat hij even geen woord uit kon brengen. 'Dat is heel aardig van je. Dank je.' Hij keek in de tas en zag een paar belegde boterhammen in plastic folie, een paar appels en nog iets wat in aluminiumfolie zat verpakt. 'Ze ligt achter dit gordijn,' voegde hij eraan toe, en hij knikte met zijn hoofd in de richting van Rosemary. 'Haar heup is gelukkig niet gebroken, maar –'

‘Dean?’ riep Rosemary op dat moment. ‘Met wie praat je?’

‘Eh...’ Zijn mond werd droog. O nee. Hij wilde absoluut niet dat de twee vrouwen elkaar zouden ontmoeten, niet nadat hij net zijn gevoelens over Lydia had gedeeld met Rosemary. Haar kennende zou ze het niet kunnen weerstaan om de boel op stelten te zetten. ‘Een vriendin,’ riep hij terug, en hij trok een gezicht naar Lydia.

‘Eh... hallo,’ zei Lydia.

Hij had geen idee wat de dokter wel niet moest denken over de nieuwsgierigheid van haar patiënt, maar de situatie werd alleen maar erger toen ze Rosemary opgewonden hoorden vertellen: ‘Nou, wat een toeval! Ik denk dat dat de mooie vriendin is waar Dean me over heeft verteld. Wat spannend!’

Dean kromp ineen. Kon de aarde hem geen plezier doen en hem onmiddellijk door de grond laten zakken? ‘We kunnen je horen, weet je,’ zei hij, niet in staat om naar Lydia te kijken. ‘Sorry,’ mompelde hij in haar richting.

‘Als u even stil kunt blijven zitten,’ zei de dokter tegen Rosemary, maar die had het veel te druk met het geven van haar eigen instructies.

‘Open het gordijn dan, Dean. Kom binnen! Ik wil graag gedag zeggen aangezien ze zoveel moeite heeft gedaan om langs te komen.’

Dean gaf Lydia een gekwelde blik, maar die zag er eerder uit alsof ze op het punt stond om in lachen uit te barsten dan dat ze zich beschaamd of beledigd voelde. ‘Het is prima,’ siste ze.

‘Weet je zeker dat je weer toonbaar bent daarbinnen?’ checkte Dean, alleen om een zeer ongeduldig ‘Ja!’ terug te krijgen. ‘Oké,’ zuchtte hij, en tegen Lydia zei hij: ‘Het spijt me heel erg.’ Toen trok hij het gordijn aan de kant. ‘Lydia, Rosemary. Rosemary, Lydia,’ zei hij. ‘Lydia heeft wat te eten meegebracht.’

‘Wat een schat,’ zuchtte Rosemary terwijl ze Lydia van top

tot teen bekeek en een goedkeurend knikje gaf. Vervolgens gaf ze Dean het meest onsubtiele duimpje omhoog dat hij ooit had gezien. God, sta me bij, dacht hij terwijl hij probeerde niet hardop te kreunen. 'Dus jij bent Lydia,' zei Rosemary. 'En je bent helemaal hierheen gekomen om Dean te zien. Niet te geloven. Dan zul je hem wel erg leuk vinden.'

'Rosemary, dat is genoeg, gedraag je,' zei Dean. Hij wist niet hoeveel schaamteloze opmerkingen hij kon verdragen.

'Zoals ik net al tegen Rosemary zei,' onderbrak Dr. McCarthy hen, 'is haar pols op twee plaatsen gebroken en moet ze hier blijven voor een operatie. Zijn jullie naaste verwanten?' vroeg ze.

'Nee,' zei hij. 'Ik ben haar...' Hij wierp een blik op Rosemary, die rechtop werd gehouden door een paar kussens en een deken over haar benen had liggen. 'Huisbaas, denk ik. En vriend.'

'Oké, dus we willen Rosemary graag hier houden vannacht, dan kunnen we die pols zo snel mogelijk behandelen en een oogje in het zeil houden,' zei de dokter. 'Er zijn geen zichtbare tekenen van hoofdletsel, maar we blijven haar voorlopig in de gaten houden. Rosemary, is er iemand die we kunnen contacteren voor u? Misschien iemand die u een paar dingen van thuis kan brengen – toiletartikelen en een nachtjapon, dat soort dingen?'

'Eh...' zei Rosemary, en Dean kon zien dat ze op het punt stond om weer te zeggen dat ze niemand tot last wilde zijn.

'Ik kan een paar dingen voor je halen,' zei hij. 'Als je dat wilt, natuurlijk.'

Rosemary's mondhoeken trilden een beetje. 'Dank je, schat, dat zou ontzettend lief zijn.' Natuurlijk wendde ze zich meteen met een opgetrokken wenkbrauw naar Lydia. 'Hij is een echte heer, vind je niet? Hemel, als ik niet zo oud was, zou ik zelf achter hem aan zitten.'

De dokter zei dat ze Rosemary op de wachtlijst voor de operatie zou zetten en dat ze prima kon eten en drinken omdat ze alleen een lokale verdoving zou krijgen. Ook ging ze kijken of ze haar naar een rustigere zaal konden verplaatsen, maar tot die tijd konden ze hier blijven zitten. Toen ging ze naar haar volgende patiënt, opgelucht om aan hen te kunnen ontsnappen, vermoedde Dean.

Rosemary richtte haar volle aandacht op Lydia. 'Dat is een mooie jurk die je draagt, schat.'

Lydia's hand vloog naar haar borst. 'O, dank u,' zei ze blij. 'Ik heb hem zelf gemaakt.'

'Is dat zo? Wat goed! Ik hou van de maokraag,' zei Rosemary. Haar ogen gleden opnieuw over Lydia's jurk. 'En de Chinese sluiting is prachtig gedaan. Goeie genade, je hebt er echt talent voor.' Ze wendde zich tot Dean, die slechts de helft van de conversatie had kunnen volgen. 'Ik gaf vroeger les aan het London College of Fashion. Ik ben niet altijd een oud vrouwtje geweest, weet je.'

'Rosemary!' begon Dean. 'Niemand denkt dat.'

'O mijn god,' zei Lydia. 'Meen je dat? Ik had me ingeschreven voor een studie aan die school.'

'Wat, en ze wezen je af? Wat een sukkels.' Rosemary klakte met haar tong. 'Die jurk is echt fantastisch, weet je. En ik ben heel streng als het om kleding gaat. Ik zou het niet zeggen als ik het niet meende.'

'Bedankt. Ze hadden me wel een plek aangeboden, maar... nou ja, het leven liep even anders,' zei Lydia. Ze keek even verdrietig, maar herstelde nog geen seconde later. 'Hoe dan ook, ik kan maar beter gaan. Ik moet Jemima over twintig minuten van haar feestje ophalen. Ik kan een piraat niet laten wachten.'

'Goed om je gezien te hebben,' zei Dean. Zou hij haar een knuffel geven? Nee, ze liep al naar het gordijn. 'Eh, zal ik met je meelopen naar je auto?' vroeg hij.

'Ik ben met de bus,' zei ze. 'Hopelijk voel je je snel weer beter, Rosemary. Dag.'

'Dank je,' zei Rosemary. Lydia had nauwelijks het gordijn dichtgetrokken voordat ze naar Dean toe leunde, haar ogen fel en vastberaden, en zei: 'Wat lief van haar. En trouwens, ik weet zeker dat ze jou ook leuk vindt, Dean.'

'Rosemary!' siste Dean. Hij wierp een blik op het gordijn. Het was niet alsof dat ding geluiddicht was! Rosemary was werkelijk de meest loslippige persoon die hij ooit had ontmoet. 'Zullen we kijken wat we te eten hebben?' zei hij om haar af te leiden, en hij haalde het eten dat Lydia had meegebracht uit de tas. In het aluminiumfoliepakketje zaten vier havermoutkoeken en de geur bracht hem terug naar haar warme keuken. Het leek nu al eeuwen geleden. 'Kaas of ham?' vroeg hij aan Rosemary terwijl hij de broodjes aanbood.

'Dank je,' zei ze, en ze plukte er een uit de plasticfolie.

'En nu we hier toch zitten kun je me maar beter vertellen over deze fantastische carrière van jou,' zei hij tegen haar, en hij nam plaats op de plastic stoel naast het bed. 'Jij, stiekemerd. London College of Fashion, hè? Dat heb je me nooit verteld!'

Hij zag een verre glans in haar ogen. Misschien dacht ze terug aan haar vroegere glorie. 'Nou,' zei ze. 'Als je het echt wilt weten –'

'Wacht,' zei hij. Hij maakte het zichzelf gemakkelijk in de stoel. 'Oké. Ik ben er klaar voor. Vertel me alles.'

Rosemary verslikte zich bijna in haar broodje. 'O, Dean,' zei ze glimlachend. 'Ik ben zo blij dat je er bent.'

Hij glimlachte terug. 'Ik ook.'

27

Het was eerste paasdag en Rebecca had een voicemail achtergelaten op Deans telefoon: *Het spijt mij ook. Sorry voor wat je doormaakt en voor wat ik zei over Patrick. Hij gaf me de volle laag toen we uit elkaar gingen, wist je dat? Ik zeg dit niet om hem weer af te kraken, maar om je eraan te herinneren dat hij van je hield. Weet je nog die toespraak die hij gaf op onze bruiloft? Ik krijg nog steeds kippenvel als ik eraan denk. Hoe dan ook, ik hoop dat je in orde bent en dat Zoë het goed maakt. Zorg goed voor jezelf.*

Haar woorden kwamen zo onverwacht en waren zo mooi dat de tranen in Deans ogen schoten. Hij luisterde maar liefst drie keer naar de voicemail terwijl hij naar het ziekenhuis reed. Patrick had hem nooit verteld over hun conflict – Dean kon het ook moeilijk voor zich zien. Wat zouden ze tegen elkaar hebben gezegd? – maar nu hij ervan wist, gaf het hem wel een goed gevoel. Het was precies het soort geruststelling dat hij nodig had. En dat Rebecca de moeite had genomen om dit berichtje voor hem in te spreken betekende heel veel voor hem. Ze had zijn lelijke woorden aan de kant geschoven en iets aardigs voor hem gedaan. Hij voelde zich… niet per se beter, maar wel alsof hij eindelijk aan het helingsproces kon beginnen.

Nadat hij een opgelapte Rosemary thuis had gebracht, keek hij met hernieuwde interesse rond in haar flat. Haar levensverhaal had veel indruk op hem gemaakt. Het was het verhaal van een arme kleermaker die haar eigen mode begon te ontwerpen. Ze begon in de jaren zestig op Portobello Market met het verkopen van haar kleding, waarna ze onder de hoede werd genomen door een invloedrijke vrouw die al in de mode-industrie werkte. Ze lanceerde vervolgens een reeks kleding in een boetiek in Carnaby Street, stapte toen over naar kostuumontwerp voor het theater en daarna de filmindustrie, en werd uiteindelijk zelfs uitgenodigd om prestigieuze ontwerpcursussen te geven in Londen en New York.

Ze had zich altijd onberispelijk gekleed – dat was hem niet ontgaan – maar nu zag Dean de naaimachine op een tafeltje in de woonkamer, de ontwerpboeken op de planken en de stijlvolle inrichting van het huis. Het paste perfect bij het verhaal dat ze hem had verteld. Het was jammer dat het verhaal geen gelukkiger einde kende. 'Hoezo huur je dan een flat van mijn broer?' vroeg hij de dag ervoor, toen de nieuwsgierigheid de overhand op zijn beleefdheid kreeg. 'Ik bedoel... Sorry, dat kwam er verkeerd uit –'

Ze wuifde de rest van zijn zin weg. 'Dat wordt uit de gratie raken genoemd,' antwoordde ze met een zucht voordat ze verder ging met details over hoe ze een meningsverschil met een paar belangrijke mensen in de industrie had gehad – 'zodra je eruit ligt, lig je eruit, schat, dat is het probleem' – en vervolgens een aantal slechte investeringskeuzes had gemaakt. Voordat ze er erg in had, had ze al haar geld uitgegeven en was haar vangnet verdwenen. 'Geboren met niets en sterven met niets, dat zal mijn verhaal zijn,' zei ze lachend. 'Ik heb nooit een huis gekocht of een pensioen opgebouwd. Ik heb gewoon genoten en een geweldige tijd gehad. En weet je wat? Ik heb er geen seconde spijt van gehad.'

Het was ontnuchterend voor Dean, die zijn beeld van Rosemary volledig moest herschikken om dit kleurrijke levensverhaal erin op te nemen, om te beseffen dat haar leven ooit levendig en opwindend was geweest. In haar jonge jaren was ze een krachtpatser geweest, een oogverblindende vrouw vol creativiteit, om jaren later te worden gereduceerd tot een 'Lastpost' op de telefoon van haar huisbaas. Dean had haar neerbuigend behandeld en was snel geïrriteerd door haar geweest, maar in feite had ze veel meer bereikt met haar leven dan hij – of Patrick – ooit had kunnen dromen.

Nadat hij had beloofd dat hij snel weer langs zou komen om te zien hoe het met haar ging, reed hij naar het huis van zijn ouders, waar zijn moeder een paaslunch organiseerde. 'Over ongeveer twintig minuutjes is het klaar,' zei Liz toen ze hem bij aankomst kuste. Ze had roze wangen en een schort om haar middel. Een heerlijke geur van gebraden lam en munt zweefde uit de keuken en terwijl zijn moeder hem voorging om wat te drinken in te schenken, zag Dean dat het speciale rode tafelkleed, dat alleen met Kerstmis en Pasen werd gebruikt, uit de kast was gehaald. Ook stond er een mooie vaas gele tulpen midden op de gedekte tafel.

'Je ziet er goed uit,' zei Dean terwijl hij de bloemenjurk en het gecoiffeerde haar van zijn moeder in zich opnam.

'Ja.' Ze haalde een beetje onzeker haar schouders op. 'Ik had vandaag de energie om wat meer aandacht aan mijn uiterlijk te schenken. Voor de kerk. En ook voor mezelf, denk ik.'

'Mooi,' zei Dean terwijl hij een fles wijn in de koelkast legde. Het feit dat ze er weer wat meer als haar oude zelf uitzag was zo bemoedigend dat hij er een brok van in zijn keel kreeg. Het was eigenlijk niet meer dan een jurk en geföhnd haar, maar het liet zien dat ze haar kracht, haar moed weer terug begon te krijgen. De wereld leek een tikkeltje normaler nu Liz Sheppard haar lippenstift weer ophad.

'Je oom en tante zitten in de woonkamer als je hallo wilt zeggen,' ging ze verder alsof ze daarmee wilde zeggen dat ze genoeg over haar hadden gepraat. 'Trouwens' – ze zwaaide met een vinger naar hem – 'zet die verdomde foto niet nog een keer op een andere plek, oké? Ik heb je wel door. Elke keer weer!'

'Welke... O.' Betrapt. 'Ik heb een hekel aan die foto,' mompelde hij terwijl hij het meteen weer voor zich zag: Patrick die hem lachend in een wurggreep hield op het strand. De blik van angstige minderwaardigheid in zijn eigen ogen. Hij kon het spottende geschreeuw van de meeuwen in de lucht bijna horen.

'Waarom heb je er een hekel aan?' vroeg ze verbaasd. 'Het is een van mijn favoriete foto's van jullie.'

Dean kon niet geloven dat ze dat nog moest vragen. 'Omdat hij me belachelijk maakt. Hij wurgt me zowat en vindt het blijkbaar hilarisch, alsof het allemaal een groot spel is. Het is gewoon vernederend, dat is alles.' Zijn gezicht voelde heet aan. Weer was hij zichzelf op emotioneel vlak bloot aan het geven. Het was eigenlijk best bevrijdend om jezelf zo openhartig op te stellen, om dingen eindelijk eens hardop uit te spreken. Wie had dat kunnen weten?

'Wat? Welnee,' zei ze hoofdschuddend. 'Dat was helemaal niet wat er gebeurde. Hij had je net gered van een andere jongen, die – ik weet het niet – stenen naar je gooide of zo. Weet je dat niet meer?'

Dean staarde haar sprakeloos aan. Hij had geen idee waar ze het over had. 'Dat is niet hoe ik het me herinner,' zei hij.

'Ik weet het zeker. Vraag het je vader als je me niet gelooft.

We waren die dag naar het strand in Brighton gegaan en jullie renden weg met een heleboel andere kinderen om te spelen terwijl je vader en ik de picknick klaarzetten. Patrick zag dat een jongen je ergens overstuur over had gemaakt en ging naar je toe om je te beschermen. Daarna bracht hij je terug naar waar we zaten, triomfantelijk en blij met zichzelf. Dat was alles wat hij deed, Dean! Dat was de reden waarom jullie vader de foto nam, omdat hij dat moment wilde vastleggen.'

Dean kon een paar seconden niets uitbrengen. Hij kon het niet geloven. Dit verhaal kwam bij lange na niet overeen met zijn eigen herinnering van die dag. Hij had die foto altijd gezien als een toonbeeld van Patricks superioriteit over hem, waarbij Dean altijd de verliezer was. Het was verwarrend om te horen dat zijn moeder een heel ander perspectief had op het verhaal. 'Weet je het zeker?' vroeg hij uiteindelijk.

'Honderd procent! Je vader zal precies hetzelfde zeggen als je het hem vraagt. Patrick was een goede broer voor je, Dean! We waren trots op de manier waarop hij het altijd voor je opnam.' Ze trok de ovendeur open, zwaaide door de grote pluim stoom die vrijkwam en leunde naar voren om de gebakken aardappelen te controleren. 'Dus laat die foto gewoon staan waar hij nu staat en wees dankbaar voor hem, oké?' voegde ze er met een zachtere stem aan toe.

Dean was nog steeds in de war. 'Oké,' zei hij.

De volgende dag besloot Dean zichzelf een dagje vrij te geven. Hij had de afgelopen weken onafgebroken gewerkt en al zijn energie gestoken in het oppakken van zijn broers taken. Vandaag zou hij voor de verandering even alleen aan zichzelf denken. Het plan kon wel een dagje wachten.

Het eerste wat hij deed, geïnspireerd door Mark, was een stuk hardlopen langs de rivier, gevolgd door een warme douche en een heerlijke roerbakschotel. Daarna bracht hij wat tijd door in zijn tuin. Hij maaide het gras en verwijderde de overtollige kamperfoelie. De boom stond er nog steeds, nog altijd hartstikke dood, maar hij hield zijn rug er zoveel mogelijk naartoe. Hij zou er binnenkort toch echt korte metten mee moeten maken.

Sinds hij voor Patricks onroerend goed zorgde, had Dean de gewoonte opgepikt om met een kritisch oog naar een woning te kijken, om te zoeken naar potentiële probleempunten die aandacht nodig hadden. Vandaag deed hij precies hetzelfde met zijn eigen huis. De kozijnen van het keukenraam begonnen te rotten op plekken waar de verf was geschilferd en de goot aan de achterkant van het huis zag er een beetje gammel uit. Een uurtje later had hij een lijstje opgezet van alle dingen die er moesten gebeuren. De aannemer die hij voor de Hossains had opgetrommeld leverde heel mooi werk, had hij gezien. Hij zou hem vragen om ook een offerte op te stellen voor het werk dat hij hier kon doen.

Het was tijdens zijn lunchpauze dat hij opmerkte hoe tevreden hij was met zijn productiviteit van die dag, hoe bevredigend het voelde om alles zo onder controle te hebben. De geheimen die hij sinds Patricks dood bij zich had gedragen waren zwaar en ingewikkeld geweest, maar vandaag voelde hij zich minder belast, alsof hij ze tijdelijk aan de kant had kunnen zetten. Het voelde goed om een keertje op zijn eigen zaken te focussen. Hij had zich niet gerealiseerd hoeveel hij tot nu toe met het leven van anderen bezig was geweest.

Toen ging de deurbel.

Tweede paasdag was een vreemde dag om onverwacht bezoek te ontvangen, dacht hij terwijl hij naar de voordeur liep. Tenzij het een religieuze gek was die hem een pamflet over Jezus wilde geven… Toen Rebecca en hij nog samen waren, kwamen er regelmatig vrienden van haar langs met een fles wijn of iets lekkers van de bakkerij – 'Ik was in de buurt!' – maar dat was allemaal gestopt toen ze uit elkaar gingen. Bijna niemand kwam hem ooit nog spontaan opzoeken, realiseerde hij zich met een schok toen hij de deur bereikte. Wanneer was de laatste keer dat iemand anders dan hijzelf in dit huis was geweest?

'Zoë!' zei hij verrast, toen hij de deur opende.

Ze was rood in het gezicht en stapte zonder iets te zeggen naar binnen en sloot de deur achter zich. 'De kinderen zitten in de auto en ik wil niet dat ze me tegen je zien schreeuwen,' zei ze. Haar handen waren tot vuisten gebald, merkte hij geschrokken op, en hij had haar nog nooit zo woedend zien kijken. 'Wat de fuck, Dean? Wat ging er in godsnaam in je hoofd om dat je dit durft te flikken?'

Hij slikte. O mijn god. Wist ze van Lydia? dacht hij met een flits van paniek. Maar toen herinnerde hij zich Rosemary's reactie toen hij haar had verteld wat hij had gedaan. 'Gaat dit over de keuken?' gokte hij.

'Natuurlijk gaat het over de verdomde keuken,' zei ze. 'Wat haalde je in je hoofd? Het is niet jouw huis! Waarom dacht je in hemelsnaam dat het aan jou was om dit te doen?'

'Omdat...' Zijn hart bonsde in zijn keel. O, shit. Had hij een vreselijke fout gemaakt? 'Ik dacht dat het een leuke verrassing zou zijn?'

'O, het was inderdaad een verrassing. Niet bepaald de verrassing die ik wilde na uren in de auto te hebben gezeten vanuit Wales.' Ze staarde hem aan en vouwde haar armen over haar borst, misschien om te voorkomen dat ze hem zou slaan. 'Patrick was de laatste die de keuken had geverfd,' ging ze verder. 'En dat was prima, omdat het zijn huis was, maar jij –'

'Het spijt me,' mompelde hij. 'Ik dacht dat het zou –'

'Je hebt over onze groeimeter geverfd, wist je dat?' brulde ze. 'We markeren de lengtes van de kinderen al sinds hun geboorte.' Tranen verschenen in haar ogen. 'En daar verf jij gewoon overheen. Het was zo belangrijk voor me. Het was zo ontzettend kostbaar!'

Dean herinnerde zich met een schok dat hij een vreemde reeks lijntjes op de deurpost had gezien, en daar had hij vrolijk overheen geschilderd. Zijn gedachten waren op dat moment volledig in beslag genomen door het telefoontje met Rebecca; hij had er niet eens bij stilgestaan dat het misschien iets belangrijks had kunnen zijn. Geen wonder dat Zoë overstuur was. 'Het spijt me,' zei hij opnieuw. Hij voelde zich ellendig. 'Dat wist ik niet. Maar ik dacht echt dat je blij zou zijn.'

Er viel een korte stilte die Dean duidelijk maakte – alsof hij nog bevestiging nodig had – dat Zoë helemaal niet blij was. Totaal niet. 'Ik weet dat je wilt helpen. En je bent ook heel behulpzaam geweest de afgelopen tijd,' zei ze, hoewel de woorden eerder snauwend dan liefdevol uit haar mond kwamen, 'maar je bent echt te ver gegaan. Hoe zou jij je voelen' – en nu beende ze door de gang naar de keuken – 'als ik hetzelfde in jouw keuken deed?' Hij volgde haar en zijn maag draaide zich om toen hij zich herinnerde dat zijn spreadsheet aan de koelkast hing, elke kolom zorgvuldig ingevuld met zijn prestaties, maar hij kon haar onmogelijk nog tegenhouden. 'Wat als ik deze lelijke jaloezieën van je zou vervangen zonder het eerst te vragen?' Ze tikte er minachtend tegen. 'Wat als ik je waardeloze linoleum eruit trok en een ander neerlegde, zonder zelfs maar te controleren of je het mooi vond?' Ze trapte met haar voet tegen de vloer. 'Wat als ik je kasten eruit haalde? Of je koelkast –' O nee. Ze kwam voor de koelkast tot stilstand. Hij stelde zich voor dat hij haar als een rugbyspeler naar de grond tackelde, maar het was al te laat. 'Hé,' zei ze terwijl ze naar voren leunde om de spreadsheet van dichterbij te bekijken. Haar stem veranderde in iets scherps en kouds. 'Wat is dit in godsnaam? Het Patrickplan?'

Deans knieën voelden alsof ze hem niet langer konden dragen. Zijn hoofd liep over van de verontschuldigingen, maar niets leek echt te gaan helpen. 'Ik –'

'Mevrouw Hendersons ketel gerepareerd. Ethan een lift gegeven naar de beeldhouwclub,' las ze hardop voor. 'Zoë's auto gerepareerd. Wat ís dit? "Lydia ontmoet." Wie is Lydia in godsnaam?'

Dean sloot zijn ogen en wenste vurig dat dit niet gebeurde. Het was net een nachtmerrie, maar dit was levensecht, en het speelde zich hier en nu af.

'Geskateboard met Gabe. Paaseieren gekocht voor de kinderen,' ging Zoë verder met lezen. 'O, hier is het. Zoë's keuken geschilderd.' Ze greep het vel papier van de koelkast en zwaaide ermee in het rond. Als blikken konden doden was Dean er nu geweest. 'Dean. Leg dit onmiddellijk uit. Ik moet weten wat dit allemaal te betekenen heeft.'

O, hemel. En de dag was nog wel zo goed begonnen. 'Ik... Ik probeerde alleen maar te helpen,' zei hij zwak.

'Door jezelf punten toe te kennen voor alles wat je voor ons hebt gedaan? Wat grootmoedig van je.' Zoë bleef staren naar het papier in haar handen. 'Met de kinderen naar de snackbar gegaan – wanneer heb je dát gedaan?'

'Eh... Dat was die eerste avond toen je naar buiten stormde,' bekende hij.

Haar ogen laaiden op. 'Wat? Ik had prima avondeten voor jullie achtergelaten!' herinnerde ze hem boos. 'Dus jij vond dat je dat weg kon gooien en ze in plaats daarvan allemaal vettige rommel voor kon schotelen?'

'Zo is het niet gegaan,' zei hij. 'De worstjes waren verbrand...

Eerlijk gezegd had ik het avondeten een beetje verpest. Niet met opzet, natuurlijk! En ik wilde ze op iets lekkers trakteren, dus –'

'Met andere woorden: je wilde ze omkopen,' snauwde ze, en ze keerde haar aandacht terug naar de lijst. 'De huurders ontmoet, btw-aangifte opgestuurd, bij mam en pap langsgegaan… Jezus, Dean, kun je niet eens bij je eigen ouders langsgaan zonder jezelf een schouderklopje te geven? Ik bedoel, ik dacht dat je deze dingen uit vriendelijkheid deed. Omdat je graag tijd met ons doorbrengt. Wat ben ik toch stom om dat te denken. Ha ha!'

'Ik breng wel graag tijd door met –'

'Maar het ging de hele tijd alleen om jou, of niet soms? Je hebt alles precies zo gespeeld dat het allemaal om jou draaide. O, gelukkig komt Dean ons helpen!' spotte ze.

'Ik wilde gewoon invallen voor Patrick,' zei hij. 'Om het leven wat makkelijker te maken voor jou en de kinderen.'

'Om je geweten te sussen, bedoel je,' zei ze. 'En wie ís die Lydia eigenlijk? Is ze een van de huurders? Ik heb Patrick nog nooit over een Lydia gehoord.'

Er viel een verschrikkelijke stilte. De makkelijkste uitweg lag voor het oprapen. Zoë had Dean als het ware een reddingsboei toegegooid terwijl hij op het punt stond te verdrinken. Hij hoefde alleen maar ja te zeggen, toch? Ja, ze is een huurder. Een leugentje om eigen bestwil.

'Dean?' vroeg ze. 'Wie is ze?'

Hij leunde tegen het aanrecht en staarde naar de vloer, de woorden staken in zijn keel. Hij kon het haar niet aandoen.

'Dean!' schreeuwde ze. 'Wat is er in godsnaam aan de hand? Je maakt me bang. Geef antwoord!'

Deans maag kromp ineen. Moest hij dit wel doen? 'Lydia…' Dit was wel het laatste wat hij wilde, maar Zoë staarde hem zo fel aan dat de woorden toch uit zijn mond vielen. 'Ze vertelde me dat zij en Patrick een affaire hadden,' zei hij ellendig, en de lucht om hen heen leek stil te staan, alsof het hele huis zijn adem inhield. Hij kon nu niet meer terug. 'En ze heeft een dochter. Patricks dochter.'

'Wat?' Zoë kromp ineen alsof hij haar had geslagen en deed een stap terug. Ze knipperde snel met haar ogen en een hand vloog naar haar keel. 'Ik geloof je niet.'

'Zoë –'

'Waarom zou je zoiets verachtelijks tegen me zeggen? Waarom zou je me dit aandoen, Dean?' Ze verkreukelde het papier en gooide het op de grond. 'Jezus, jij hebt wel lef, hoor. Je bent altijd jaloers op hem geweest, of niet soms? Dit is zo zielig van je! Zelfs nu hij dood is, probeer je hem nog verder de grond in te boren door deze walgelijke dingen te zeggen!'

Voorzichtig wierp hij weer een blik op haar. Zoë's gezicht was gevuld met pure woede en haat. 'Luister, ik was net zo geschrokken als jij,' zei hij zwakjes, maar ze was niet meer te stoppen.

'Nou, drie keer raden! Jij bent Patrick niet. Je zult nooit zo'n goeie man zijn als Patrick! En je moet voor de verandering eens een keer je eigen leven gaan leiden in plaats van te proberen in de voetsporen te treden van je dode broer. Mijn dode echtgenoot! Zijn leven, zijn werk, zijn familie toe-eigenen? Hoe durf je? Alsof je daar het recht toe hebt! En nu probeer je ook nog eens dit soort verschrikkelijke leugens over hem te verspreiden? Hoe durf je die dingen over hem te zeggen? Hij was tien keer beter dan jij. Duizend keer!'

'Zoë, ik –'

'Als je ooit iets om mij of de kinderen hebt gegeven, zul je nooit meer een woord spreken over deze vrouw. Niet in mijn bijzijn, of dat van iemand anders, hoor je me?' Daarmee stormde ze de kamer uit en marcheerde ze terug naar de voordeur. 'Blijf bij ons uit de buurt!' waren haar laatste woorden voordat ze de deur achter zich dichtsloeg.

28

De muren leken te echoën door Zoë's vertrek. Dean stond als bevroren in de keuken en probeerde de schok te absorberen. Zijn oog viel op het verfrommelde papier op de vloer, dat stomme stukje papier dat de afgelopen weken het belangrijkste ding in zijn leven was geweest. Hij slaakte een lage kreun van wanhoop. Hoe had hij alles zo verkeerd in kunnen schatten? 'Je moet voor de verandering eens een keer je eigen leven gaan leiden,' had Zoë geschreeuwd. Ze had gelijk en dat maakte de woorden nog veel pijnlijker. Hij had ervan genoten om in Patricks voetsporen te treden als drukke huisbaas en zorgzame vader en echtgenoot. Kijk naar mij, kijk hoe goed ik dit doe, had hij geregeld gedacht terwijl hij de problemen van anderen oploste en hun zijn aandacht gaf. Hij had zich er zelfs een paar keer op betrapt dat hij trots was op hoeveel beter hij sommige situaties had aangepakt dan Patrick. Het gedoe met de Hossains, ja, maar ook toen Ethan uit de kast was gekomen. De grote held! Zei het niet genoeg over hem dat hij zelfs dat moment als een wedstrijd had gezien?

Intussen wees Zoë Dean op zijn gedrag, en volkomen terecht. Hij was te ver gegaan, had een grens overschreden. Het is tenslotte niet echt een eerlijke wedstrijd als je tegenstander dood is. En toen had hij alles nog eens honderd keer erger gemaakt door haar over Lydia te vertellen. Hij grimaste en zag weer voor zich hoe ze van hem was teruggedeinsd, de schok en pijn in haar gezicht. Eindelijk hoefde hij het niet meer geheim voor haar te houden, maar hij voelde zich er niet lichter door. Sterker nog, hij had er alleen maar een misselijk gevoel aan overgehouden omdat hij de waarheid op zo'n onhandige manier aan het licht had gebracht. En wat had het hun opgeleverd? Zoë had zich tegen hem gekeerd en wilde niets meer met hem te maken hebben. Hij bleef maar denken aan de minachting in haar ogen. Hij kon het nauwelijks verdragen.

Hij pakte de spreadsheet van de grond en begon hem in stukken te scheuren. Alsof een stom to-dolijstje ooit het verlies van een dierbare kon compenseren. Al die taakjes en gunsten die Dean met zoveel liefde op zich had genomen... het veranderde niets aan zijn algehele onbekwaamheid. Hoe kon hij dit ooit goedmaken? Hij kon zich niet voorstellen dat Zoë hem dit zomaar zou vergeven.

De muren van zijn huis leken op hem af te komen. Hij had frisse lucht nodig, dus pakte hij zijn sleutels en jas en ging naar buiten. Hij stopte zijn handen in zijn zakken en liep in de richting van de rivier en onder het viaduct waar de auto's vol mensen die terugkwamen van vakantie overheen denderden, en verder naar Lower Mall. Een vliegtuig dat onderweg was naar Heathrow hing in de lucht en Dean wilde op dat moment niets liever dan dat hij toch naar Zuid-Amerika was gegaan. Dan was hij hier nooit mee begonnen. Dan zou hij nooit verstrikt zijn geraakt in Patricks zaken, of de huurders, of het papierwerk, of de zeven uur die hij afgelopen zaterdag in de wachtkamer van het ziekenhuis had doorgebracht. Hij zou heerlijk bruin en gespierd zijn na al die dagen wandelen op de Inca

Trail, zijn Spaans zou tien keer beter zijn, hij zou jungles en rotsen en geweldige stranden hebben verkend en mensen van over de hele wereld hebben ontmoet. Misschien zou hij zelfs onder de uitgestrekte sterrenhemel van de pampa's verliefd zijn geworden. Hij zou geen zorgen hebben. Hij zou een compleet andere man zijn.

Aan de andere kant, als hij naar Zuid-Amerika was gegaan, zou hij Lydia niet hebben ontmoet, zei een klein stemmetje in zijn hoofd. Hij zou zijn neven en nichtje niet beter hebben leren kennen, hij zou niet al die extra tijd met zijn eigen ouders hebben doorgebracht, hij zou niets hebben geleerd over skateboarden, sculpturen of eenhoorns. Was het te cliché om te zeggen dat hij niet zou hebben geleerd op hoeveel verschillende manieren hij van mensen kon houden? Waarschijnlijk, maar dat het cliché was maakte het niet minder waar.

Hij leunde tegen een muurtje en staarde peinzend naar de rivier onder hem. Een meeuwenkolonie pikte op de oevers door de modder en kiezelstenen en even verderop waren een paar mannen in fluorescerende jassen aan het kajakken. Ze peddelden gestaag door het water. Waren het broers? vroeg hij zich af. Of gewoon vrienden? Was het mogelijk om beide te zijn?

Toen ze nog jongens waren had hun vader Dean en Patrick weleens meegenomen naar de modderige rivieroevers om te zoeken naar waardevolle spullen. Eén keer hadden ze een pijp van klei gevonden, wat had geleid tot een verschrikkelijke ruzie. Hij kon zich niet herinneren wie van hen het ding had gevonden, maar ze wilden het allebei hebben. Uiteindelijk liep het zo erg uit de hand dat de pijp was gebroken, en hun geïrriteerde vader had gezegd dat hij ze niet meer mee zou nemen als ze zich als zulke snotneuzen gingen gedragen. Dus ze hadden allebei verloren, tot twee keer toe.

'Hij was tien keer beter dan jij. Duizend keer!' schreeuwde Zoë in zijn hoofd, en Dean kromp opnieuw ineen. O god. Wat had hij gedaan?

Hij liep langs de roeivereniging, de pubs, een huis dat nogal optimistisch 'Strandhuis' heette, en ging op weg naar de pier. Hij bleef even staan om naar alle woonboten te staren die daar aangemeerd lagen, sommige met geweldige tuinen op hun achterdek, andere met emmers, touwen en katrollen. Hij dacht aan zijn eigen, veel minder knusse huis: een plek om te slapen en te ontbijten, om zich terug te trekken tussen de kantooruren in. Hij wilde dat leven niet meer.

'Blijf bij ons uit de buurt,' had Zoë geschreeuwd en hij vroeg zich af in hoeverre ze serieus was toen ze dat zei. Wilde ze dat hij zich niet meer moest bezighouden met Patricks huizen? Dat hij het contact met de huurders aan haar moest overlaten? Of bedoelde ze dat hij de kinderen niet meer zou zien? Ze had er zo gekwetst en boos uitgezien dat het hem niet zou verbazen als ze de kinderen mee naar huis had genomen en tegen hen had gezegd: 'Jullie zullen oom Dean niet meer zien, oké? We zijn beter af zonder hem.' De gedachte was ondraaglijk.

'Het spijt me,' kreunde hij. Naar Patrick, naar Zoë, naar de kinderen. Had hij maar de kans gekregen om het verder uit te leggen, want, oké, misschien was het bijhouden van de spreadsheet begonnen doordat hij zich verplicht had gevoeld om het een en ander goed te maken, als een raamwerk waarbinnen hij zich veilig voelde, maar het was al snel uitgegroeid tot een project dat gebaseerd was op liefde. Had hij maar uit kunnen leggen dat hij het waardeerde om deel uit te maken van hun familie, dat hij er een beter mens door was geworden, dat, ja, hij hen hier en daar een handje had geholpen, maar dat zij hem er zoveel meer voor hadden teruggegeven.

Hij zakte neer op een bankje in Furnivall Gardens en staarde als bevroren voor zich uit terwijl de wereld om hem heen verderging. Fietsers reden voorbij. Een bejaard stel liet een net zo oud ogende poedel uit. Een in lycra geklede vrouw met een roze koptelefoon rende langs en checkte haar fitnesstracker.

Hij wist niet wat hij met zichzelf aan moest. Het was een feestdag en de rest van het land leek zich prima te vermaken, maar hij voelde zich verdoofd, niet in staat om helder na te denken. Zonder zijn spreadsheet om zijn week vorm te geven, wist hij niet waar hij naartoe moest werken. Hij had het gevoel dat het masker dat hij de afgelopen maand had gedragen was weggerukt en een klein, armoedig persoon had onthuld. Als hij niet voorzichtig was, zou hij voor de rest van zijn leven zo kunnen eindigen: alleen en bitter. Zijn gedachten keerden zich naar Rosemary, op de grond na haar val, gewond en ruikend naar pis, met alleen haar huisbaas om haar te helpen. Het was net een waarschuwing, een glimp van een mogelijke toekomst die op hem wachtte. Maar wat moest hij doen om dat te voorkomen?

'Mama.' Bea klauterde op het bed en ging naast Zoë liggen. 'Waarom huil je? Ben je verdrietig om papa?'

Zoë was erin geslaagd haar woede onderweg naar huis tot bedaren te brengen, maar nu ze thuis was en in haar eigen bed lag, waren de sluizen geopend. Elke keer als ze haar ogen sloot zag ze Deans met stomheid geslagen gezicht en, erger nog, zijn spreadsheet waarop hij alle dingen bijhield die hij de afgelopen maand voor haar had gedaan, alsof ze een soort liefdadigheidsproject was. En dan te bedenken dat ze de laatste tijd was begonnen hem weer aardig te vinden, hem weer te vertrouwen. Ze had zelfs haar hart bij hem gelucht, maar blijkbaar was hij er alleen maar om een lijstje op zijn koelkast af te vinken, om zichzelf een beter gevoel te geven over de rol die hij had gespeeld in Patricks dood. Het was zo koud, zo manipulatief. Waarom kon hij geen dingen voor andere mensen doen uit de goedheid van zijn hart? En de onzin die Dean over Patrick had uitgekraamd klopte al helemaal niet. Dean was altijd goedgelovig geweest als het om vrouwen ging – kijk hoe Rebecca hem had behandeld – maar dit had hij al helemaal bij het verkeerde eind gehad. Zoë vond het beledigend dat hij zulke onzin durfde te geloven.

'Ja, schat,' wist ze uit te brengen, en ze trok Bea dichter tegen zich aan. 'Ik ben vandaag een beetje verdrietig over papa.'

'Ik ben ook verdrietig, want het is morgen school. En ik mis opa en oma, en het strand, en oom Niall en Fozzie.' Bea kroop tegen haar aan zodat hun gezichten heel dicht bij elkaar lagen en streelde Zoë's wang. 'We zijn samen verdrietig, toch mama?'

'Dat klopt, lieverd,' zei Zoë, en opnieuw schoten de tranen in haar ogen. 'We zijn samen verdrietig. Laten we elkaar even vasthouden.'

Daar lagen ze, armen om elkaar, Bea's hoofd onder Zoë's kin. Vergeet Dean, zei ze tegen zichzelf, en ze haalde troost en warmte uit de empathie van haar dochter. Vergeet zijn domme plan en zijn verschrikkelijke beschuldigingen. Ze had hem en zijn zogenaamde hulp niet nodig. Ze had familie en vrienden die loyaal aan haar waren, ze had haar kinderen en haar herinneringen aan Patrick om zichzelf sterk te houden. Ze hadden zo'n heerlijke tijd gehad in Penarth. Voor het eerst in lange tijd had ze de kinderen weer zien lachen en ontspannen. Toen ze schreeuwend en gierend van het lachen met de hond over het strand renden, leken ze alle drie totaal andere mensen. Ethan was eindelijk de wallen onder zijn ogen kwijtgeraakt, Gabe had geen enkele keer ruzie gemaakt en Bea had elke nacht in haar eigen bed geslapen. Het warme welkom had een kalmerende betovering over hen allen uitgeworpen, die meteen werd verbroken toen ze thuiskwamen en Zoë zag wat Dean met de keuken had gedaan. Maar ze kon terugkeren naar die rustige plek, herinnerde ze zich. Niet fysiek, maar wel in haar hoofd. Het was een kwestie van diep ademhalen en haar gedachten terugsturen naar de zee en de lichtheid die ze had gevoeld toen ze over het kiezelstrand achter haar kinderen aan rende.

'Je doet het geweldig,' zei haar moeder die ochtend tegen haar tijdens hun afscheid. 'En vergeet niet dat we er altijd voor je zullen zijn wanneer je ons nodig hebt.'

Ze zuchtte en vroeg zich af of haar moeder nog steeds zo trots op haar zou zijn als ze haar net bij Dean had gezien. Had ze overdreven gereageerd op zijn schilderklus? Ze was zo geschrokken toen ze haar huis zo anders had aangetroffen. Het voelde niet langer meer als haar huis. Rationeel gezien wist ze dat Dean het goed had bedoeld, maar het voelde als een inbreuk op haar rouwproces, alsof hij haar en haar rommelige huis veroordeelde en haar te snel werk uit handen probeerde te nemen. Misschien was het kleinzielig, maar ze wilde zich aan alles wat Patrick ooit voor haar had gedaan vasthouden, het zo lang mogelijk bij haar houden in plaats van het uit het zicht te schilderen. Ze wist dat de groeimeter die ze in de loop der jaren hadden gemaakt niet het belangrijkste in de wereld was – het waren gewoon lijntjes op een muur – maar het had iets voor haar betekend, het symboliseerde de jaren van het gezinsleven, van haar opgroeiende kinderen en de tijd die ze met z'n vijfjes hadden doorgebracht.

Ze had waarschijnlijk te fel gereageerd. Dat temperament van haar ook. Ze had iedereen weer in de auto gestopt en was als een gek naar Deans huis gereden. En toen ze die idiote lijst van hem zag, voelde het als een pijl in het hart. Dacht je dat hij dit deed omdat hij jullie mocht? Echt niet!

Haar geheugen bleef de scène telkens opnieuw afspelen en ze trok Bea dichter tegen zich aan toen ze weer bij het meest verschrikkelijke moment kwam: toen hij Patrick ervan beschuldigde dat hij een andere vrouw in zijn leven had gehad. Probeerde hij haar opzettelijk pijn te doen? Hij moest zich vergist hebben. Die Lydia was een of andere oplichter. Dat moest wel.

Wacht. Er kwam iets bij haar op. Lydia. Waar had ze die naam eerder gehoord?

Bea wriemelde zich op dat moment los uit haar armen. 'Te warm, mama.'

'Sorry.' Ze had zich niet gerealiseerd hoe strak ze haar kleine meid had samengedrukt.

Bea bestudeerde haar aandachtig, haar ademhaling luid en warm tegen Zoë's gezicht. 'Weet je wat papa zou zeggen als hij hier was? Kom op, jullie twee, genoeg gepiekerd.'

Zoë slikte, verrast door het beeld voor haar neus. De intonatie van haar dochter leek zo op die van Patrick dat het was alsof hij in de kamer was met hen.

'Je hebt helemaal gelijk,' zei ze terwijl ze grip op haar gevoelens probeerde te krijgen. Genoeg gepiekerd. Ja, dat was precies wat Patrick zou hebben gezegd en hij zou gelijk hebben gehad. Dit was de laatste dag van de schoolvakantie. Ze blokkeerde het vreselijke gesprek met Dean zo goed als ze kon en zette een dapper gezicht op. Dat kon ze tenminste wel. Daar was ze inmiddels een expert in geworden.

Zoë ging rechtop zitten en omhelsde haar dochter in een poging haar verdriet weer te onderdrukken. 'Dank je, Bea' zei ze. 'Dat was precies wat ik wilde horen. Geen gepieker meer.' Ze slikte hard, duwde haar vochtige haar uit haar ogen en rechtte haar schouders. Maar toen zij en Bea samen naar beneden gingen om samen iets leuks te doen, slopen Deans woorden toch weer door haar hoofd: 'Ze vertelde me dat zij en Patrick een affaire hadden. Ze heeft een dochter.' Dat kon toch niet waar zijn? Het kon gewoon niet!

Maar Zoë kon het niet laten. Ze moest erachter zien te komen waar ze onlangs iemand had ontmoet die Lydia heette, want zodra ze het zich herinnerde, zou deze vrouw – deze leugenaar! – spijt hebben.

29

Hoi, nogmaals, het spijt me vreselijk. Ik wilde alleen een goede zwager en oom voor jullie zijn, dat is alles. Het spijt me. Ik vind het meer dan prima om Patricks zaken voor je af te blijven handelen totdat ik weer aan het werk ben, maar als je dat liever niet meer hebt, zal ik al het papierwerk wel langsbrengen. Dean

Weer een dag, weer een verontschuldigend berichtje. Overspoeld door schuldgevoelens had Dean maandagavond contact gezocht met Zoë, maar er werd niet opgenomen en hij durfde niet te opdringerig te zijn. Haatte ze hem? Het had er zeker zo uitgezien toen ze zijn huis uit stormde. Het laatste wat hij wilde was haar pijn doen, maar hij was er vrij zeker van dat hij dat wel had gedaan. Heel erg. Alweer.

Omdat het universum graag spelletjes met hem speelde, kwam er die ochtend een pakketje voor hem binnen: het superheldenkostuum dat hij had besteld voor Gabes feestje komend weekend. Hij had voor Thor gekozen, Gabes favoriet. Het kostuum bestond uit een rode cape, een gewatteerd pantser met een voorgevormde sixpack, een blonde pruik en een kunststof hamer. Wat ironisch. Hij stopte het allemaal terug in de verpakking, niet in staat om ernaar te kijken. Was hij nog welkom op het feestje?

In de winkel viel Lydia's oog op een vrouw die langs het raam liep. Ze had lang bruin haar, zoals dat van haar moeder, en Lydia werd meteen teruggeslingerd naar een van haar favoriete herinneringen. Ze moet ongeveer twaalf zijn geweest toen ze met behulp van haar moeders naaimachine begon met het maken van kussenslopen en eenvoudige tassen, en niet veel later had Eleanor haar voor het eerst meegenomen naar Goldhawk Road om daar met z'n tweetjes door de vele stoffenwinkels te snuffelen.

Eleanor Fox was een fantastische naaister geweest. Ze maakte kleding voor het hele gezin en zelfs haar eigen trouwjurk. Het lage gezoem van de naaimachine was het geluid waarbij Lydia als kind in slaap viel. 'Ik denk dat je klaar bent om echte kledingpatronen te gebruiken,' had Eleanor verrukt gezegd toen ze de eerste winkel binnenliepen, en Lydia's hart had een sprongetje gemaakt toen ze alle rollen van verschillende stoffen op een rij zag staan. Er waren zoveel tinten en patronen! Haar moeder had in Lydia's hand geknepen alsof ze de opwinding van haar dochter deelde. 'Laten we onszelf verwennen.'

Ze kon zich nog herinneren welk naaipatroon ze die dag had gekozen – ze had het waarschijnlijk nog ergens in een doos met naaispullen liggen. Een eenvoudige jurk met ronde hals en een rok waarvan de achterkant langer was dan de voorkant. 'O, mooi,' zei haar moeder goedkeurend. 'Welke stof wil je ervoor gebruiken?'

De jurk zou weliswaar geen prijzen hebben gewonnen – hij leed aan een aantal onhandige naden en de rits aan de achterkant lag nooit helemaal plat – maar hij markeerde de start van haar liefde voor de naald. In de loop der jaren werd het een routine om samen met haar moeder de bus naar Goldhawk Road te nemen om een nieuw patroon te kiezen en stof, knopen en garen te kopen. 'Als je ouder bent – misschien achttien – neem ik je mee naar mijn favoriete naaiatelier in Sydney,' had haar moeder ooit gezegd toen ze na een middag shoppen in een café in de buurt van de bushalte aan een kop warme chocolademelk zaten. 'Zou je dat leuk vinden?'

Sinds die middag had Lydia de smaak van warme chocolademelk altijd geassocieerd met pure blijdschap. 'Echt? Dat zou ik fantastisch vinden,' had ze geantwoord.

Naaien bleef de rest van de tijd die ze samen hadden het belangrijkste communicatiekanaal tussen moeder en dochter. Toen Lydia vijftien was, kocht Eleanor een eigen naaimachine voor haar, en 's avonds zaten ze vaak met z'n tweeën aan de keukentafel, zodat ze samen konden naaien. Ze maakten verjaardags- en kerstcadeaus voor elkaar, zoals een rok, een tas, geborduurde kussenslopen en nog veel meer. 'Ik ben zo jaloers,' zuchtte haar moeder toen Lydia haar de brochure voor het London College of Fashion liet zien. 'Zeg eens, denk je dat ze een oudje als ik zouden toelaten als ik me zou inschrijven? Zou dat niet wat zijn?' Zelfs toen haar moeder ziek werd en haar haar verloor, maakte Lydia lichte chiffon sjaals die ze om haar hoofd kon wikkelen, elke steek een Ik hou van je, elke naad een Word alsjeblieft beter.

De bel boven de winkeldeur rinkelde en Lydia knipperde met haar ogen om zich wakker te schudden uit haar dagdroom. Ze draaide zich om om de klant te begroeten, maar nog voordat ze een woord uit kon brengen, werd ze al luid en boos aangesproken.

'Waar de hel,' begon de vrouw, naar de toonbank benend, 'ben jij verdomme mee bezig?'

Lydia staarde geschokt. Ten eerste omdat ze nog nooit op

deze manier was aangesproken in deze winkel, en ten tweede omdat de vrouw Zoë was, Patricks vrouw, en ze zag witheet van woede. Haar vuisten hield ze gebald langs haar zij, alsof ze op het punt stond Lydia aan te vallen. 'W-Wat?' stotterde ze.

'Jij bent degene op Deans spreadsheet, toch? Lydia. Jij denkt vast dat ik een of andere idioot ben.'

'Ik... Nee,' zei Lydia terwijl ze haar best deed om te begrijpen waar Zoë het over had. 'Deans spreadsheet? Ik weet niet –'

'Je hebt dit plannetje al helemaal uitgedacht, neem ik aan. Je hebt misbruik van me gemaakt. Je hebt uitgezocht wie ik was en ging toen aan de slag met het verspreiden van je leugens.'

'Wat? Nee!' Was ze gek geworden? Deze woede-uitbarsting was precies het tegenovergestelde van hoe Zoë de eerste keer de winkel wankelend van verdriet binnen was gekomen, nauwelijks in staat om haar eigen lichaamsgewicht te dragen en haar gezicht opgezwollen van de tranen. Nu stond ze bijna stijf van woede, haar ogen laaiend en een vinger beschuldigend op Lydia gericht. 'Ik heb geen idee waar dit over gaat,' stamelde Lydia.

'Ja, túúúrlijk.' De woorden dropen van het sarcasme. 'Liegen dat je een kind had met mijn man? Je bent niets meer dan een soort parasiet. Ik walg van je!'

'Is alles goed?' zei Jonathan, die vanuit de personeelskamer tevoorschijn kwam. Hij had twee kopjes koffie vast, een voor Lydia en een voor zichzelf, en zijn geschrokken blik schoot van de ene vrouw naar de andere. Zijn ogen vernauwden zich. 'Kan ik u helpen?' vroeg hij. Zijn stem had een waarschuwende toon.

'Vraag het aan deze psychopaat,' zei Zoë, trillend op haar benen. 'Ik zou je moeten aanklagen voor laster,' ging ze weer verder tegen Lydia. 'Hoe durf je! Azen op een kwetsbare vrouw. Je hebt het zeker gemunt op mijn geld, of niet soms? Nou, vergeet het!' Toen pakte ze zonder waarschuwing het dichtstbijzijnde voorwerp van de plank naast haar – een lange felgekleurde vaas – en gooide het naar Lydia. Lydia dook weg, maar de vaas raakte de muur achter haar en brak in stukken.

'Godverdomme!' schreeuwde Jonathan. Hij zette de kopjes neer en liep met grote passen naar Zoë. 'Ga onmiddellijk mijn winkel uit of ik bel de politie. Lydia, gaat het? Ben je gewond?'

Slikkend en met tranen op haar wangen draaide Zoë zich naar de uitgang. Pas toen ze de deur opendeed, wist Lydia zich genoeg te herstellen. 'Ik lieg niet!' schreeuwde ze. 'Het is de waarheid. Het is de waarheid!'

De deur sloeg met een klap dicht en Lydia's knieën begonnen te trillen. Jonathan haastte zich naar haar toe en sloeg een arm om haar heen. 'Wie was die gek? Gaat het?' vroeg hij. Lydia's hele lichaam beefde en haar hart bonsde in haar keel. 'Waar ging dat in hemelsnaam allemaal over?'

Dean was weer aan het hardlopen, deze keer langs de rivier in Barnes, toen zijn telefoon ging. Hij vertraagde zijn pas. 'Hallo,' zei hij, en hij haalde een paar keer diep adem.

'Je schoonzus is net langs geweest in de winkel,' zei Lydia zonder hem te begroeten. 'Ze was razend van woede. Ze schreeuwde tegen me en gooide een vaas van honderd pond naar mijn hoofd, die hier nu in duizend stukjes ligt. Waarom heb je me niet gewaarschuwd dat ze het wist? Niet dat ze toegaf dat ze iets wist, ze leek volledig in ontkenning te zijn. Ze beschuldigde mij ervan dat ik alles heb verzonnen om geld van haar te krijgen.'

'O, god,' zei Dean. Hij stopte nu helemaal met lopen. Al het bloed stroomde naar zijn hoofd. 'Hoe heeft ze...? Shit.' Toen herinnerde hij zich de verkreukelde spreadsheet. 'Wie is Lydia in godsnaam?' hoorde hij Zoë weer schreeuwen. Hij kreunde. Zoë moest haar hersenen hebben doorgespit om erachter te komen waar ze die naam al eens eerder had gehoord en zich hebben herinnerd hoe hij had gereageerd toen hij dat visitekaartje op haar koelkast had gezien. 'Wacht, ze gooide een váás naar je hóófd?' vroeg hij toen Lydia's woorden tot hem doordrongen. Was Zoë helemaal gek geworden? 'Gaat het wel met je?'

'Ja. Er is niets aan de hand. Afgezien van dat de vaas stuk is. En ik me kapot schaam tegenover Jonathan.'

Dean blies een lange adem uit. 'Het spijt me,' zei hij. 'Zoë en ik hebben gisteren ruzie gekregen. Ze was langsgekomen en... Nou, alles ging fout om heel eerlijk te zijn. Ze is echt heel boos op me. En ja, toen ze je naam zag, heb ik haar over je verteld, dat Jemima Patricks dochter is en zo, maar ze wilde me niet geloven en –'

'Wacht even. Waar heeft ze mijn naam gezien?' vroeg Lydia. 'Ik begrijp het niet. Ze zei iets over een... een spreadsheet?'

Dean sloot zijn ogen. 'Ze... Shit. Ja, eh, ik had een soort van een spreadsheet opgesteld: voor mezelf, met een opsomming van de dingen die ik deed als onderdeel van mijn plan.'

Het was stil aan de andere kant van de lijn en hij stelde zich voor dat Lydia fronste. 'Wat? En ik stond op de spreadsheet?' Ze klonk nu wantrouwig.

'Ja, maar...' Hij vond het lastig om de juiste woorden te vinden. 'Weet je nog dat ik je vertelde over mijn sabbatical? Hoe ik de afgelopen twee maanden heb geprobeerd om Patricks rotzooi op te ruimen? Ik was toch vrij van mijn werk en –'

'Dus ik maakte daar deel van uit?' Het wantrouwen had plaatsgemaakt voor verontwaardiging, hoorde hij. Hij had haar beledigd. 'Jemima en ik, we waren gewoon "rotzooi"?'

'Nee!' Hij wilde dat hij dit gesprek niet op Putney Embankment hoefde te voeren, waar mensen langs hem liepen en hem nieuwsgierige blikken gaven. Hij begon weer te lopen en dempte zijn stem terwijl hij de voorbijgangers probeerde te negeren. 'Nee, natuurlijk niet. Het was meer dat ik probeerde in te vallen voor mijn broer. Ik wilde de dingen doen die hij gedaan zou hebben. Misschien zelfs meer. En –'

'Laat me dit goed begrijpen, want ik ben echt in de war,' onderbrak Lydia hem. 'Aan het eind van de volgende maand, of wanneer je weer aan het werk gaat, dan is de tijd om, dus dan zou je je klusje hebben geklaard? Dan zou je klaar zijn met mij en Jemima en deze spreadsheet?'

'Nee. Helemaal niet!' Zijn hart bonkte. 'Dat wil ik niet. Jij wel?'

Ze gaf geen antwoord. Niet in staat om deze angstaanjagende stilte langer te verdragen, ging Dean door, in een wanhopige poging om de situatie beter uit te leggen. 'Het spijt me,' zei hij opnieuw. 'Het spijt me echt heel erg. Werkelijk. Ik had je in eerste instantie aan de spreadsheet toegevoegd omdat je een mysterie op een bankafschrift was dat ik wilde oplossen. Maar toen ontmoette ik je en leerde ik je kennen en... dingen veranderden. Dat is de waarheid. Ik beloof het. Ik wil je blijven zien, wat er ook gebeurt. Ik wil deel uitmaken van jouw leven. En dat van Jemima.'

Ze zuchtte over de telefoon en zijn hart klemde zich vast aan het geluid. Was dat een goede of slechte reactie? Klonk het verachtend of wantrouwend? 'Oké,' zei Lydia uiteindelijk. 'Luister, ik kan maar beter weer aan het werk gaan. Ik wilde je laten weten wat er was gebeurd. Ik bedoel, ze was echt losgeslagen. En het was een flinke vaas. Als hij me had geraakt...'

'Het spijt me,' zei hij opnieuw, want het leek het enige wat hij nog kon zeggen. 'Ik zal met haar praten,' voegde hij eraan toe, ook al was hij er vrij zeker van dat Zoë niet zou willen luisteren.

Ze zeiden gedag en hij stopte zijn telefoon weg en ging weer rennen in de hoop zijn eerdere ritme op te pakken. Maar het had geen zin. Zijn benen voelden zwaar en zijn gedachten wervelden alle kanten op in een poging de scène in Lydia's winkel voor zich te zien: Zoë die binnenstormde, schreeuwde naar Lydia en een vaas naar haar hoofd gooide... Het leek belachelijk, onmogelijk zelfs. Hij had Zoë nog nooit zo wild en gewelddadig meegemaakt.

Hij had haar dit aangedaan, dacht hij ongelukkig. Hij stampte door een regenplas en merkte nauwelijks dat het modderige water tegen zijn scheenbenen spetterde. Hij was hier verantwoordelijk voor. En wat nog erger was, was het feit dat hij geen idee had hoe hij dit weer recht kon zetten.

30

Enige tijd later, toen Dean hijgend en zonder oplossingen zijn straat in rende, zag hij tot zijn grote verbazing dat er een bekende figuur bij zijn voordeur op de deurbel stond te drukken. 'Mam?' zei hij terwijl hij dichterbij kwam.

Ze draaide zich om en glimlachte opgelucht naar hem. 'Daar ben je! Ik begon te denken dat ik het verkeerde huisnummer had. Hoi, hoi. Ik zal je geen knuffel geven, je ziet er een beetje bezweet uit. Is alles goed?'

Hij was zo verbaasd om haar te zien dat het even duurde voordat hij zijn sleutel in het slot kreeg. Ze kwam normaal nooit op bezoek. Wat als Zoë ook bij zijn ouders was langsgegaan? Het zal toch niet? 'Ja, natuurlijk,' zei hij. 'Hoe gaat het met jou? Is alles goed met papa?'

'Hij is in orde,' antwoordde ze. 'Ik dacht, nou, een paar weken geleden zat ik commentaar te geven op hoe zelden je bij ons op bezoek kwam en opeens realiseerde ik me dat ik jou ook nooit een bezoekje breng. Dus, hier ben ik dan om ook wat beter mijn best te doen. Ik heb trouwens wat rabarber uit de tuin meegenomen.' Ze zwaaide met een tas waar roze stengels rabarber uitstaken. 'Ik dacht dat je er wel een kruimeltaart van kon maken, ik weet nog hoeveel je er als jongen van hield. Wat het echt lekker maakt is een beetje stemgember erbij. Die tip krijg je van mij.'

'Bedankt, mam.' Hij had eindelijk de deur open gekregen en liet haar binnen. 'Kom erin. Ik ga even snel douchen als je het niet erg vindt. Geef me vijf minuten.'

'Goed idee,' zei ze. 'Ik zal dit voor je in de koelkast zetten.'

Een paar minuten later kwam hij weer de badkamer uit, met vochtig haar en een roze gloed over zijn huid van het hete water. Hij trof zijn moeder in de tuin, haar volledige aandacht op de dode esdoorn gericht. 'O,' zei hij terwijl hij naar buiten stapte. 'Ja, ik was van plan daar iets aan te gaan doen.'

'Hij moet in eerste instantie door de wind zijn beschadigd,' analyseerde ze terwijl ze met een vinger langs het ruwe hout ging waar een tak was afgebroken. 'Ik denk dat er schimmel in de boom is gekomen door deze wond, kijk maar, en dat heeft hem gedood. Je moet hem weghalen, Dean, hij zal niet snel weer tot leven komen.'

'Ja, ik weet het.' Hij hield zijn blik op zijn voeten gericht. 'Ik regel het wel, mam.'

Ze staarde met een geoefend oog naar de rest van de tuin en boog zich voorover om wat kikkerkruid dat langs de grens van het grasveld groeide te plukken. 'De tuin staat op het zuiden, toch?' ging ze verder, en ze knikte al voordat hij antwoord kon geven. 'Je zou hier een hele mooie plek van kunnen maken, weet je, als je even je handen uit je mouwen steekt. Deze bloembedden kunnen halverwege de zomer vol kleur en wilde dieren zitten. Die kamperfoelie is er gezond genoeg voor en je zou ook een paar rozen kunnen planten, misschien een mooie pioenroos, en dan kun je de gaten vullen met een aantal eenjarige bloemen. Ik heb een heleboel zaadjes die ik je kan geven.'

Haar gezicht zat weer vol leven. Ze had altijd van planten

gehouden. In hun oude gezinswoning was er geen centimeter verloren gegaan in de kleine achtertuin – zelfs aan het raamkozijn hingen bakken met bloemen – en binnenshuis had ze haar zonen met wisselend succes tuinkers en tuinbonen in potten op de vensterbank laten kweken. Ooit had ze hem verteld dat ze het gelukkigst was wanneer haar handen zwart waren van de aarde.

'Zullen we nu meteen beginnen?' vroeg ze. 'We kunnen deze bedden alvast klaarmaken om de zaadjes te planten. Heb je een paar troffels?'

Op aanwijzing van zijn moeder knielde Dean al snel aan de rand van een bloembed en begon hij wortels van valeriaan, een glansmispel en een plant die blijkbaar groot heksenkruid werd genoemd uit de grond te trekken. Zijn hoofd tolde nog een beetje van Lydia's telefoontje en zijn zorgen over Zoë, maar het was rustgevend om buiten aan het werk te zijn met de zon op zijn schouders. Een dikke roze regenworm kronkelde onder zijn vingers en een vogel tjilpte in een boom. Zijn spanning verdween met de minuut. Hij hoopte dat Zoë snel dezelfde kalmte kon ervaren, waar ze nu ook was. Hij hoopte dat ze niet over het hek zou komen springen om ook dingen naar zijn hoofd te gooien.

'Ik zat trouwens aan die foto te denken,' begon zijn moeder vanaf het andere bloembed. 'En waarom je er zo'n hekel aan had. Ik weet nog dat... Nou, hij heeft een beetje een agressieve fase gehad, je broer. Hij is op de basisschool een paar keer in de problemen gekomen omdat hij ging vechten.'

Dean keek haar aan. 'Echt?' Hij dacht altijd dat Patrick de perfecte leerling was op de basisschool. Iedereen hield van hem.

'Ja. Hij wilde altijd de grenzen opzoeken en liep soms een beetje naast zijn schoenen. Wat ik hiermee wil zeggen is dat ik begrijp waarom je altijd dacht dat hij je pestte op die foto.' Ze gooide een grote bos onkruid over haar schouder, haar hoofd nog steeds over het bloembed gebogen.

'O, oké.' Wauw. Dit was een opvallende verandering van de onverdeelde aanbidding die hij gewend was om te horen als het om Patrick ging.

'Je vader en ik hadden het er gisteravond over, hoe men alleen maar over de goede dingen praat als er iemand sterft. Hoe geweldig, liefdevol, vriendelijk en hardwerkend ze waren. Het is verleidelijk, is het niet, om hen te verheerlijken, hen tot heiligen te maken?' Ze draaide zich naar hem toe met een ongemakkelijke glimlach op haar gezicht. 'Maar we weten allemaal dat dat onzin is. Niemand is perfect. En je broer was dat zeker niet.'

Dean wist niet wat hij moest zeggen. Dit kwam zo onverwachts. 'Nee, dat was hij niet,' stemde hij na een paar seconden in.

'Natuurlijk hielden we allemaal van hem, dat staat buiten kijf, maar Patrick was zeker geen heilige. Hoe bijdehand hij was als jongen... Zo onbetrouwbaar ook. Weet je nog hoe hij was voordat hij zich met Zoë settelde? Soms gingen er maanden voorbij en hoorde ik niets van hem.' Ze rolde met haar ogen. 'Maar niemand is perfect, zoals ik al zei. We doen allemaal ons best. Soms heb je het bij het verkeerde eind, maar zo is het leven.'

'Ja,' zei hij. En toen besefte hij dat dit zijn kans was om wat dingen op te biechten. 'Ik heb het de laatste tijd een paar keer bij het verkeerde eind gehad.'

Ze legde haar troffel neer. 'Is dat zo? Zoals wanneer?'

Hij staarde naar het gras. 'Ik probeerde Zoë te helpen en had een soort stappenplan opgesteld, om alles voor mezelf op een rijtje te zetten.' Het klonk zo stom nu hij het hardop zei. 'Ik wilde meer op Patrick lijken,' flapte hij eruit. 'Ik probeerde de dingen te doen die hij zou hebben gedaan, maar toen ontdekte Zoë het plan en werd ze ontzettend boos.'

'Ze werd boos? Omdat jij probeerde te helpen?'

Dit was niet het moment om over het hele Lydiagedoe te beginnen. 'Ik heb het een beetje onhandig aangepakt, denk ik,' mompelde hij. 'Het Patrickplan?' riep Zoë minachtend in zijn hoofd, tranen in haar ogen. 'Ik denk dat ik haar echt van streek heb gemaakt.'

Zijn moeder legde een hand op zijn arm. 'Weet je, Dean, toen je een paar weken geleden bij ons langskwam en zei dat je Patrick zou vervangen... nou, dat hoef je niet te doen, oké? Niet voor mij, niet voor Zoë, voor niemand. Blijf jezelf, want dat is goed genoeg, hoor je me? Je hoeft niet te proberen om iemand anders te zijn, of op zoek te gaan naar klusjes die je kunt doen, of iets dergelijks. Wees gewoon jezelf. Dat is alles wat ik wil. Wat Zoë betreft... het is niet aan mij om te zeggen wat ze wil, maar ik weet zeker dat dat voor haar ook genoeg zou zijn.'

Ze kon behoorlijk streng worden als ze dat wilde. Om duidelijk te maken dat ze geen weerwoord wilde had ze haar kin vastbesloten in de lucht gestoken. Dean had een brok in zijn keel gekregen. 'Bedankt, mam,' zei hij.

'Ga je nu voor een lunch zorgen na al dat werk, of moet je oude moeder hier alles zelf doen?' vroeg ze dringend.

En zo kwam er een einde aan het serieuze gesprek. 'Goed idee,' zei hij, en hij stond op. Haar liefdevolle woorden waren precies wat hij nodig had gehad. Hij liep naar de keuken en vroeg zich af of hij genoeg eieren had voor een omelet. Je kon veel tijd verspillen door te denken dat je de tweede keuze of het minst favoriete kind bent, en waarvoor? Het was een zinloze vertoning van zelfmedelijden. 'Wees gewoon jezelf,' was wat zijn moeder hem zojuist op het hart had gedrukt en het voelde als een warme omhelzing, als een ware stempel van goedkeuring. Hij zou haar de beste omelet van haar leven voorschotelen, nam hij zich voor, en daarna zou hij gaan nadenken over hoe hij al het andere recht kon zetten.

Ondertussen had Zoë iets wat voelde als een zenuwinzinking. Het borrelde natuurlijk al een tijdje sinds Dean die vreselijke dingen tegen haar had durven zeggen. Dingen die ze niet kon herhalen, niet wilde geloven. Toen ze vandaag eindelijk het verband had gelegd tussen de Lydia van zijn beschuldigingen en de vrouw die ze in de winkel had ontmoet, was de boosheid eruit gekomen als een kokende fontein van woede. Je hoorde weleens verhalen over mensen die hun zinnen hadden gezet op de zwakkere zielen en zichzelf tegoed deden aan hun ellende en spaargeld. O, ze had genoeg van dat soort verhalen in kranten en online gelezen. Dat was duidelijk wat die Lydia ook van plan was geweest. De achterbakse teef moet Zoë hebben zien huilen en zich vrolijk in haar handen hebben gewreven. Ze had waarschijnlijk niet eens heel lang op het internet hoeven zoeken voordat ze zich vast had kunnen klampen aan sukkelige, goedgelovige Dean, die maar al te graag het ergste van zijn broer had willen geloven.

Nadat ze dit had uitgevogeld, was Zoë als een bezeten vrouw geweest. Ze was naar Chiswick gereden, had illegaal geparkeerd bij de dubbele gele strepen – kom maar op met die bekeuring, dat kon er ook nog wel bij – waarna de pure kracht van haar woede haar schreeuwend en met gebalde vuisten naar de winkel had geleid waar ze die vrouw voor het eerst had ontmoet. Die vuile leugenaar.

Zoë was niet trots op wat er daarna was gebeurd. Ze was van plan geweest om naar binnen te gaan, de vrouw recht in haar ogen te kijken en haar koud en krachtig te laten weten dat Zoë wist waar ze mee bezig was en dat het direct moest stoppen. Maar er was iets misgegaan. Haar hersenen hadden zich versmolten met haar bloedhete woede en uiteindelijk had ze gekrijst als een banshee en de trut een dure vaas naar het hoofd gegooid. Ze kon het zelf haast niet geloven. Ze trilde van top tot teen en had nauwelijks terug naar haar auto kunnen lopen omdat haar hele lichaam op het punt stond om in te storten.

'Zoë is wat opvliegend,' had haar lerares op de middelbare school in een van haar rapporten geschreven. 'Zoë is te heethoofdig en moet leren nadenken voordat ze iets zegt!' had weer een andere opgemerkt. Haar moeder vertelde graag verhalen over Zoë's vurige temperament als klein meisje: 'Je was net zo'n meisje in een kinderliedje,' had ze vaak gezegd. 'Wanneer je een goed humeur had, was je het liefste kind van de hele wereld, maar wanneer je een slecht humeur had, was je echt verschrikkelijk!'

Nou, vandaag had ze zich zeker verschrikkelijk gedragen. Ze had compleet haar verstand verloren tegenover een andere vrouw, in het openbaar. Sinds Patricks dood was haar woede te vergelijken met een wild paard: die was niet te stoppen als hij eenmaal begon te galopperen. Onderweg naar huis bonsde haar hart nog steeds van de overvloed aan adrenaline, maar ze voelde zich versuft door wat ze had gedaan, alsof ze van buiten haar lichaam had toegekeken terwijl het zich allemaal had afgespeeld. De klap van de vaas tegen de muur bleef in haar oren rinkelen als een waarschuwingsbel. Ze had de vrouw echt pijn kunnen doen.

Mooi! zeiden de restanten van haar woede binnen in haar. Dat is wat ze had verdiend.

Ja, maar Ethan, Gabe en Bea hadden haar nodig, herinnerde Zoë zich. Stel je voor dat de vrouw zwaargewond was geraakt en Zoë had beschuldigd van mishandeling – of, erger nog, moord. Ze kon nog steeds worden opgepakt voor de schade die ze had aangericht. Een strafblad kon haar carrière ruïneren, haar reputatie, haar hele leven. Wat dácht ze wel niet? Misschien waren haar jongens niet de enigen die woedebeheersingstherapie nodig hadden. Als ze zo doorging, zou ze zichzelf kapotmaken.

Eenmaal thuis liep ze somber en beschaamd door de deur. Ze hoopte dat ze dit nu tenminste achter zich kon laten, dat ze het simpelweg kon beschouwen als een slechte dag, maar haar gedachten bleven Lydia's laatste woorden als een oneindige herhaling in haar hoofd afspelen: 'Ik lieg niet. Het is de waarheid. Het is de waarheid!'

Het kon niet waar zijn, bleef Zoë volhouden, maar toen ze de gekreukte stapels vuile was bij elkaar raapte om de wasmachine aan te zetten trilden haar handen. Ze concentreerde zich op de vuile schoolshirts en pyjama's alsof de kledingstukken het enige waren wat haar nog in beweging hield, maar toen ontsnapte er toch een snik uit haar keel. Alsjeblieft. Laat het niet waar zijn. Ze dacht aan de dag dat ze thuiskwam van school, slechts een paar maanden ouder dan Bea, en erachter kwam dat haar vader hen had verlaten voor Annabel Clarke, de vrouw die in de lokale kantoorboekhandel werkte. Haar moeder had zichzelf drie weken lang elke nacht in slaap gehuild en beiden hadden ze de hoop nooit opgegeven dat hij weer thuis zou komen. Achteraf gezien was dat waarschijnlijk wanneer haar woedeaanvallen waren begonnen, realiseerde ze zich nu terwijl ze Ethans badjas in de wasmand stopte en haar tranen wegslikte.

Toen ging de deurbel. Haar hart begon te bonzen. Het was de politie. Ze kwamen haar halen. Of misschien had Lydia haar opgespoord – met een nog grotere vaas in de hand – om dit voor eens en voor altijd uit te vechten.

Ze deed voorzichtig de deur open, klaar om zichzelf te verdedigen, maar keek toen recht in het gezicht van Mari, van school. 'O,' zei ze. De adrenaline vloeide weg. Ze herinnerde zich vaag dat Mari een paar weken geleden had gevraagd om een keertje samen koffie te drinken en dat Zoë beleefd had geweigerd. Misschien was ze toen niet duidelijk genoeg geweest. 'Hoi,' voegde ze er zonder enig enthousiasme aan toe.

Mari's neus was roze, alsof ze verkouden was, en er was iets zenuwachtigs aan de manier waarop haar ogen steeds naar Zoë en dan weer weg keken. 'Eh... is het goed als ik binnenkom?' vroeg ze. 'Sorry dat ik je stoor. Er is iets wat je moet weten. Ik moet met je praten.'

'Tuurlijk.' Had ze maar niet de deur opengedaan. Het laatste waar ze nu op zat te wachten waren sympathie, medelijden en zo'n vreselijk Hoe gáát het met je?-gesprek. 'Kom binnen,' zei ze bij voorbaat verslagen.

Nadat Mari het aanbod voor een drankje had afgeslagen, gingen ze naar de woonkamer. Mari zag er nerveus uit. Ze zat op de rand van haar stoel met haar schouders naar voren gebogen en haar ogen schoten de kamer rond.

'Hoe gaat het?' vroeg Zoë, in de hoop dat dit niet lang zou duren.

Mari legde haar ene been over het andere. Haar handen hield ze in haar schoot, haar hoofd schuin naar beneden in wat leek op... op een soort boetedoening, dacht Zoë. Ze fronste. Waarom was Mari hier?

'Ik weet niet hoe ik dit moet zeggen,' begon Mari, en eindelijk keek ze Zoë recht in de ogen. Ze zag lijkbleek, alsof al het bloed in haar lichaam was verdwenen. 'Ik kan het gewoon niet langer voor me houden. Ik...' Ze wrong haar handen alsof ze iemand wurgde. Alsof ze een vogel de nek omdraaide. 'Weet je nog dat we elkaar tegenkwamen en ik vroeg of we even konden praten?

Het was omdat...' Ze zag er echt uit alsof ze ging overgeven. 'Zoë, het zit zo, ik had een affaire, met Patrick.'

Zoë knipperde met haar ogen. Ze kon niet geloven wat ze zojuist had gehoord. Wacht, wát? Dit had ze absoluut niet aan zien komen. 'Ik denk het niet,' zei ze zwakjes. Dit kon niet waar zijn, zei ze tegen zichzelf. Ze weigerde het te geloven. 'Nee. Nee, je had geen affaire.'

'En op de dag dat hij stierf...' Mari sloot kort haar ogen. Haar mascara liet spinnenwebachtige strepen achter op haar bleke wangen. 'Ik was er die dag achter gekomen dat ik zwanger was. Van zijn baby.'

'Nee!' riep Zoë wild. Ze stond op en ijsbeerde door de kamer. De spanning en de zenuwen gierden door haar lichaam en ze kon onmogelijk stil blijven zitten. 'Hou op. Heeft Dean je hiertoe aangezet? Of Lydia?'

'Toen je me een paar weken geleden in de wachtkamer van de dokter zag, was ik er omdat...' Weer die wurgende handen. Zoë had zin om ze te slaan. 'Omdat ik een afspraak had voor een abortus.' Tranen druppelden langzaam over haar wangen. 'Het spijt me. Ik weet dat je dit niet wilt horen –'

'Natuurlijk wil ik dit niet horen!' Zoë hapte naar adem. Het voelde alsof alle zuurstof uit de kamer werd gezogen. 'Hoe durf je naar mijn huis te komen en Patrick van zoiets verschrikkelijks te beschuldigen?'

'Omdat het is gebeurd, oké? En ik hield ook van hem.' Ze zag er ellendig uit met de tranen en vlekken mascara op haar wangen en Zoë dacht plotseling terug aan Patricks begrafenis en hoe overdreven Mari's verdriet toen had geleken.

'Ik geloof je niet,' zei Zoë terwijl ze haar uiterste best deed om haar verdediging in stand te houden. Haar hart bonsde hard in haar keel. 'En als je mijn huis nu niet verlaat, dan zou ik iets kunnen doen waar ik spijt van ga krijgen. Wegwezen! Nu!'

'Ik heb een abortus ondergaan. Ik wilde dat ik het niet had gedaan, maar het is al gebeurd.' Ze snikte. 'Ik had Patrick van streek gemaakt op de avond dat hij verdween. We hadden een enorme ruzie aan de telefoon en sindsdien heb ik mezelf de schuld gegeven van wat er met hem is gebeurd. Het spijt me zo. Het spijt –'

'Nee, het spijt je helemaal niet.' Zoë's woede was weer helemaal teruggekeerd. 'Patrick hield van me. Hij zou dat nooit hebben gedaan. Je lult maar wat.'

'Nee, ik probeer je de waarheid te vertellen. Ik kan het bewijzen. Hij had een litteken op zijn elleboog omdat hij als tiener van een rots was gevallen.' Tranen stroomden over haar gezicht. 'Hij heeft een hartvormige moedervlek op zijn heup. Zijn hond, waarmee hij is opgegroeid, heette...' Ze fronste. 'Het ligt op het puntje van mijn tong. Zijn ouders heten Derek en Liz en zijn hond heette –'

'Oké, de tijd is om, je moet nu gaan,' zei Zoë. De kamer leek onder haar te kantelen alsof ze net uit een achtbaan stapte. 'Dit bewijst niets anders dan dat je compleet gestoord bent. Ga mijn huis uit.'

'Brandy! Dat was het. Brandy! En –'

'Ga weg,' zei Zoë, en toen begon ze te schreeuwen. 'Ga weg! Ga weg!'

Mari rende de kamer uit en toen de voordeur dichtsloeg gooide Zoë zichzelf op de bank en greep naar haar hoofd. Het liefst wilde ze schreeuwen totdat haar lichaam het helemaal opgaf. Waarom gebeurde dit? Zoë was met Patrick getrouwd omdat hij loyaal was, omdat hij een goed mens was. Ze kon – wilde – niet geloven dat ze met een man was getrouwd die net zo losbandig was als haar eigen vader. Oké, Patrick flirtte weleens. Hij was vriendelijk tegen mannen én vrouwen, iedereen mocht hem, maar dat betekende niet... Ze slikte hard en het bloed raasde in haar oren. Dat betekende toch niet...?

Ze trok een kussen over haar hoofd. Haar gedachten waren overal en nergens. Het was waar over het litteken op Patricks elleboog en hij had inderdaad een hartvormige moedervlek op zijn heup. Hoe had Mari dát kunnen weten?

Haar maag draaide zich om. Ze zag voor zich hoe een andere vrouw het bed met Patrick deelde en een vinger over zijn naakte lichaam en over die moedervlek liet glijden, hoe ze er een opmerking over maakte, net zoals Zoë al die jaren geleden had gedaan toen ze voor het eerst verkering kregen. Nee. Nee! Het kon gewoon niet waar zijn. Ze weigerde te geloven dat het waar kon zijn. 'Het is niet waar!' riep ze met haar gezicht in de kussens. 'Nee!'

Ze mocht het niet geloven. Ze kon zichzelf geen seconde laten geloven dat er zelfs maar een greintje waarheid achter deze beschuldigingen zat. Want als ze begon te twijfelen aan haar eigen huwelijk, haar eigen man, als ze toestond dat alles wat haar dierbaar was in een leugen zou veranderen, dan... Ze hapte naar adem. Haar hersenen duizelden van de verschrikkelijke mogelijkheden die momenteel door haar gedachten vlogen. Alles waarop ze ooit had vertrouwd en wat ze als veilig had beschouwd voelde op dit moment gevaarlijk wankel aan, alsof de muren die haar leven in stand hielden een luchtspiegeling waren en elk moment in rook op konden gaan. Beelden van Patrick die lachte met haar vriendinnen, van de schoolmoeders die giechelden en met hun wimpers naar hem knipperden bij ouderavonden en kerstconcerten flitsten door haar hoofd. Hij kon soms urenlang verdwijnen zonder zijn telefoon op te pakken, maar hij kwam altijd met een logische reden thuis. Dat was het hem juist: ze geloofde hem elke keer. Maar was het mogelijk dat ze dat deed omdat het alternatief – een leven van twijfel en achterdocht – te verschrikkelijk was om aan toe te geven? Was het mogelijk dat haar vertrouwen in hem al die tijd was gebaseerd op zwakte en ontkenning?

Ze kreunde, sloeg haar armen om zich heen en herinnerde zich hoe ze Mari een paar weken geleden op de begraafplaats had gezien. Zoë had zich geen seconde afgevraagd waarom ze daar eigenlijk was. Ze moest erheen zijn gegaan om te rouwen om Patrick, net als Zoë. De gedachte gaf haar een misselijk gevoel.

Ze sloot haar ogen, maar Mari's gezicht zweefde in haar geest. 'Brandy! Dat was het. Brandy!' riep de vrouw schel en triomfantelijk.

Zoë kon op dit moment wel een brandy gebruiken. Ze wilde alles wat er vandaag was gebeurd uit haar geheugen wissen, en als ze de kinderen straks niet van school moest halen en alle andere ouders onder ogen moest komen, zou ze al halverwege een fles zijn. In plaats daarvan pakte ze haar telefoon.

'Clare,' zei ze toen ze haar beste vriendin aan de lijn kreeg. Geruststelling, dat is wat ze nodig had. 'Ik moet je iets vragen en ik wil dat je me eerlijk antwoordt.'

'Je klinkt heel serieus. Natuurlijk zal ik eerlijk zijn,' zei Clare. 'Wat is er aan de hand?'

Clare was geen leugenaar. Ze was het soort persoon dat je eerlijk maar vriendelijk zou laten weten dat je kont er niet goed uitzag in een nieuwe spijkerbroek, of dat je kapsel niet goed bij je paste en de kapper je alleen maar complimentjes gaf voor de fooi. Zoë was ervan overtuigd dat Clare er niet omheen zou draaien en alle twijfels bij Zoë weg zou kunnen nemen.

'Heb je ooit twijfels gehad over mij en Patrick? Over zijn loyaliteit, bedoel ik. Wees eerlijk.'

Maar in plaats van het onmiddellijke 'Nee! Natuurlijk niet. Schat, waar heb je het over?' dat ze had verwacht, volgde er een lange stilte. Een stilte die Zoë het gevoel gaf dat ze recht over de rand van een afgrond was gelopen. Haar hart leek vast te zitten in haar keel.

'Clare?' fluisterde ze. 'Ben je er nog?'

'Ik ben er.' Zoë had Clare nog nooit zo ongemakkelijk horen klinken. 'Ben je nu thuis? Ik ben vanmiddag vrij, dus ik kom langs. Blijf zitten, oké? Ik ben er over vijf minuten.'

Zoë legde de telefoon neer. Haar mond hing open in een woordeloze schreeuw en er gleed een ijskoude rilling langs haar ruggengraat. Haar hart fladderde in haar borst als een gewonde vogel. Ze had een vreselijk, prikkelend voorgevoel dat haar dag op het punt stond nog veel erger te worden.

31

Deans verontschuldigende berichtje aan Zoë werd beantwoord met een stilte die haar keuze duidelijk maakte: Ik vergeef je niet. En dus stopte hij met een bezwaard hart al het papierwerk van Patricks bedrijf in een doos om het terug te geven. Hij had het geprobeerd, maar het was niet gelukt. Zo ging het al zijn hele leven, bedacht hij. 'Deans kwaliteiten zijn veelbelovend, maar hij slaagt er nooit helemaal in om ze goed toe te passen', is wat zijn leraren al die jaren geleden hadden geschreven. Daar hadden ze dan toch gelijk in gehad.

Hij zette de doos in de auto en besloot onderweg een paar tussenstops te maken. Eerst ging hij naar het huis van de Hossains. In de tien dagen nadat de wasmachine in brand was gevlogen was er veel gebeurd: de ongediertebestrijding was langs geweest om alle ongewenste insecten uit te roeien, er was een nieuwe linoleumvloer in de keuken gelegd, het tapijt van de trap was vervangen en de vochtige plekken in het huis waren aangepakt zodat de schimmel niet meer terug zou komen. Tamal was aan het werk toen Dean aanbelde, maar toen hij zichzelf aan Jana voorstelde, schudde ze hem enthousiast de hand en gaf ze hem een rondleiding door het huis om alle verbeteringen te laten zien. Een pistachecake stond af te koelen op het aanrecht en toen Dean opmerkte hoe lekker het rook, stond ze erop dat hij hem mee naar huis nam, rolde hem in vetvrij papier en stopte hem in een blik. 'Neem hem alsjeblieft mee, als dank voor alles,' zei ze terwijl ze zijn protesten negeerde.

'Vanaf nu zal mijn schoonzus Zoë alles afhandelen als jullie nog meer problemen tegenkomen, maar het telefoonnummer zal hetzelfde blijven,' zei hij, de cake warm in zijn armen. Hij klopte een beetje zelfbewust tegen de deksel. 'Nogmaals bedankt hiervoor. Dat had je niet hoeven doen.'

'Nee, jij bedankt,' zei ze opnieuw. Ze woelde door het haar van een klein meisje met donkere ogen dat op de grond plastic bakjes uit een kast zat te halen. 'Het huis is nu zoveel beter. Toch, Lila?'

Het was bevredigend en tot nederigheid stemmend hoe verheugd Dean zich voelde toen hij weer in zijn auto stapte. Hij had in ieder geval één familie kunnen helpen door van hun huis een mooiere plek te maken om in te wonen. Dat was tenminste iets, zei hij tegen zichzelf.

Volgende halte: Rosemary. Ze zag er een stuk vrolijker uit dan de laatste keer dat hij haar had gezien en genoot er duidelijk van om verontwaardigd te zijn over het feit dat haar huisarts had gesuggereerd dat ze wat hulp kon gebruiken terwijl haar pols in het gips zat. 'Alsof ik compleet nutteloos ben,' snoof ze minachtend.

Het was daarom jammer dat Dean de stemming moest bederven door haar te vertellen dat Zoë vanaf nu het vastgoedbeheer zou overnemen. 'O, nee! Maar ik vind het zo leuk om met je te kletsen wanneer je langskomt,' pruilde ze. Ze zaten samen in de woonkamer. Desmond kneedde ongestoord met zijn enorme poten in haar schoot, een uitstraling van puur genot op zijn dikke, harige gezicht. 'Kun je niet op mijn flat blijven letten en haar de andere laten doen?'

'Waarschijnlijk niet,' zei Dean. 'Over een maand ben ik sowieso weer aan het werk op kantoor. Dit was slechts iets tijdelijks.' Hij merkte dat hij het vooruitzicht om weer dagelijks naar kantoor te gaan nog deprimerender vond dan hij had verwacht.

'Nou, luister,' zei Rosemary, gravend in een enorme met parels versierde portemonnee. 'Laat me je tenminste een kleinigheidje geven. Hier.' Ze haalde drie briefjes van tien pond tevoorschijn. 'Ga een keertje een drankje drinken met dat leuke meisje. Hiermee wil ik je bedanken voor alles wat je hebt gedaan.'

'Rosemary, nee, dat kan ik niet aannemen,' zei hij. Was er vandaag iets treurigs aan zijn gezicht waardoor de huurders zich verplicht voelden om hem cadeautjes te geven? 'Serieus. Ik hoef het niet.'

'Nee, ik sta erop. Je kunt haar ook mijn telefoonnummer geven, als je denkt dat ze een keer wil kletsen over haar naaiwerk. Ik vraag me nog steeds af waarom ze haar studieplek had opgegeven. Ze moet heel goed zijn geweest als het London College of Fashion haar een plek had aangeboden, weet je.'

'Haar moeder stierf in de zomer dat ze eindexamen deed,' zei Dean. 'Ik denk niet dat haar examens een topprioriteit waren.'

'O, dat is heel verdrietig. Maar het is nooit te laat! Zeg dat ze eens langs moet komen en dan kan ik haar wel wat dingetjes leren. Dat zou ik eigenlijk heel leuk vinden. Ze was erg aardig.' Ze gaf Dean een veelbetekenende blik toen hij niet onmiddellijk reageerde. 'Wat? O, Dean. Vertel me niet dat je deze liefdesaffaire nu al hebt verknald?'

'Het is geen liefdesaffaire,' zei hij. 'We zijn gewoon vrienden, maar...' Toen zuchtte hij, want Rosemary was irritant goed in het laten vallen van een lange, afwachtende stilte waardoor je wel verder moest praten. 'Ik heb alles verpest,' mompelde hij. 'Met Lydia, met mijn schoonzus, alles. Ik had me bij mijn rustige, saaie kantoorbaan moeten houden in plaats van mezelf uit te willen dagen.'

Rosemary maakte een spottend geluid. 'Lieve help, je hebt écht medelijden met jezelf,' zei ze. 'Nou, laat het maar horen. Je kunt me nu nog om advies vragen, dus maak er gebruik van.'

Hij liet zich dankbaar in een stoel zakken. Als iemand Dean zes maanden geleden had verteld dat hij zich tijdens een emotionele crisis tot een tachtigjarige vrouw zou wenden, zou hij gedacht hebben dat diegene iets te veel ophad. Maar hier zat hij zijn hart te luchten alsof zijn leven de laatste aflevering van een soap was geworden. Hij eindigde zijn verhaal met de vreselijke wending die zijn plan had genomen toen Zoë de spreadsheet had ontdekt en helemaal door het lint was gegaan.

Ze boog zich voorover en kneep in zijn hand. 'Je bent een goede jongen,' zei ze. 'Een heel aardige jongeman. Maar jemig, ik heb echt medelijden met je schoonzus. Die arme vrouw. Dit is een puinhoop, is het niet?'

'Ja,' gaf hij toe. 'Ik ben eigenlijk op weg naar haar huis om het papierwerk en de sleutels van de huurwoningen af te geven. Het valt nog te bezien of ze de deur zal openen en met me zal willen praten.'

Rosemary fronste. 'Ze is vast erg gekwetst,' zei ze. 'Maar je broer is degene die daar de oorzaak van is, niet jij, en dat zal ze diep vanbinnen weten. Het moet al verschrikkelijk zijn geweest om te horen dat haar man haar heeft bedrogen, maar ze kan hem daar nu niet eens meer mee confronteren. Het is niet echt verrassend dat ze het op jou afreageert.'

Dean dacht hierover na en knikte. 'Dus wat kan ik doen om haar te helpen?'

'Je blijft er voor haar zijn. Je moet je verontschuldigen voor het – sorry, Dean – voor het nogal grove "plan" dat je hebt opgesteld. Wees oprecht en blijf je hulp aanbieden. Ze zal zich op een gegeven moment realiseren dat je haar oprecht wilt helpen.' Rosemary wierp een blik op de klok op de schoorsteenmantel en duwde Desmond van haar knie. 'Goh, waar is de tijd gebleven? Dit is jouw schuld, Dean. Nu kom ik te laat voor mijn kunstles.'

'Je wat?'

'Kunstles. Is er ook iets mis met je oren?' Ze deed haar best om het oranje kattenhaar van haar rok te vegen. 'Desmond, ik zal je een dezer dagen moeten scheren als je erop staat om je mooie vacht overal achter te laten. Oké, ik kan maar beter gaan.'

'Ik wist niet dat je naar lessen ging,' zei Dean met het gevoel alsof hij het huis uit werd gejaagd.

'Dat deed ik eerst ook niet,' antwoordde ze terwijl ze een klein bruin handtasje met een enorme gouden gesp oppakte. 'Maar toen ik was gevallen, besefte ik dat ik een beetje eenzaam ben geworden. Ik had mezelf afgesloten van de wereld en me niet gerealiseerd hoe erg dat was totdat ik daar op het tapijt lag, met niemand om te bellen.'

Dean schraapte zijn keel. 'Afgezien van je zorgzame huisbaas dan.'

'Natuurlijk!' Ze straalde naar hem en dreef hem als een schaap naar de deur. 'Afgezien van jou. Dus ik heb mezelf een beetje een peptalk gegeven en besloot: krijg de klere, ik ben nog niet klaar met het leven. Ik heb meer vrienden nodig om me door de jaren heen te helpen. Vandaar de kunstles vandaag en een koorbijeenkomst morgen. Ik heb ook gehoord dat er in de buurt een naaiclub voor oudere dames is, genaamd – hoe heet het ook alweer? Stitch and bitch, of was het Bitch and stitch? Hoe dan ook, ik ga zeker eens een kijkje nemen om heerlijk de bitch uit te hangen en wat mooie stiksels te leren.' Ze genoot duidelijk van deze nieuwe houding en glimlachte naar zichzelf in de gangspiegel terwijl ze haar lippenstift bijwerkte.

'Rosemary, dat klinkt geweldig,' zei Dean.

'Ja, toch?' antwoordde ze bescheiden. Toen bracht ze haar haar in model en pakte haar sleutels op. 'Ik zal niet lang weg zijn, Desmond,' riep ze. Ze trok de voordeur open en haalde een keurig geëpileerde wenkbrauw op naar Dean. 'Misschien is het ook wel iets voor jou: een hobby,' zei ze. 'Misschien is dat wat je nodig hebt.'

Weer een slapeloze nacht. Nadat Zoë Gabe en Bea op school had afgezet was ze er zo snel mogelijk vandoor gegaan, hoofd gebogen en oogcontact vermijdend, en meteen terug naar huis gegaan en weer in bed gedoken, waar ze door oude filmpjes van Patrick op haar telefoon had liggen scrollen totdat ze er niet meer tegen kon. Zo lag ze nu nog steeds, gevoelloos en geschokt. Ze was alleen maar bewogen om de foto van hun trouwdag die ze op het nachtkastje had staan om te leggen. Haar hart voelde alsof het met elke ademhaling opnieuw brak. Had Patrick ooit van haar gehouden? vroeg ze zich ellendig af. Had hij één woord van hun trouwgeloften gemeend? Zij zou hem nooit bedrogen hebben. Nooit. Het was sinds ze hem had ontmoet niet eens in haar opgekomen om naar een andere man te kijken. Ze had zo ontzettend veel van hem gehouden. Was het voor hem slechts een spelletje geweest?

De vorige avond was het van kwaad tot erger gegaan. Zoë had gehoopt dat Clare haar op zou vrolijken, maar realiseerde zich al snel dat ze zichzelf voor de gek had gehouden.

'Luister, ik zou het je eerder hebben verteld als ik dacht dat het iets uit zou hebben gemaakt, maar... Dat gedoe met Mari? Het komt voor mij helaas niet helemaal als een verrassing,' had Clare gezegd, bot maar droevig, alsof ze liever iets anders had gezegd maar niet kon liegen. Ze had Zoë nauwelijks in de ogen kunnen kijken sinds ze bij haar thuis was aangekomen. Ze zaten samen op de bank en ze nam Zoë's beide handen stevig in de hare. 'Het spijt me echt.'

Het komt voor mij helaas niet helemaal als een verrassing...

Zoë was gestopt met ademen, zo leek het. 'Wat wil je daarmee zeggen?' bracht ze met een verstikte stem uit.

Clare staarde naar haar legging met sterrenprint. Ze was onlangs geobsedeerd geraakt door yogalessen, maar op een irritante, fanatieke manier waarvan Zoë spontaan de behoefte kreeg om nog een familiezak Chilli Sensations open te scheuren en een enorme handvol in haar mond te proppen. 'Weet je nog die benefietavond op school ongeveer een jaar geleden?' zei ze na een korte stilte. 'Jij was eerder naar huis gegaan omdat een van de kinderen ziek was of zo, maar Patrick was gebleven. Iedereen was flink aangeschoten. Op een gegeven moment ging ik naar het toilet en zag Patrick en Mari... Nou, ik zou niet zeggen dat ze elkaar innig omhelsden of zo, maar ze stonden wel heel dicht tegen elkaar aan. Zij stond met haar rug tegen de muur en hij stond praktisch tegen haar aan geplakt. Ze namen natuurlijk snel afstand van elkaar toen ik eraan kwam, maar ik had er een slecht gevoel over.'

Zoë liet haar ingehouden adem ontsnappen. 'Dat is alles? Ze stonden gewoon naast elkaar?' Een slecht gevoel zei helemaal niets. Patrick was een flirterig persoon.

'Eh, dat was nog niet alles.' Clares handen, nog steeds om die van Zoë geklemd, waren warm en een beetje zweterig. 'Ik heb ze ook een andere keer gezien. Ik was in Shepherd's Bush, op weg naar mijn broer, en ik zag Patricks busje geparkeerd staan.'

'Dus? Hij heeft daar huurders. Hij was waarschijnlijk –'

'Mari zat bij hem op de voorbank. Ze hadden allebei een koffie vast en waren min of meer... in elkaars armen genesteld.' Clare slikte. 'Toen boog ze zich naar voren en raakte zijn gezicht aan.'

Zoë sloot haar ogen. Iemands gezicht aanraken was vrij intiem, dat kon ze niet ontkennen. In het begin van hun relatie hadden ze hele avonden op die manier samen doorgebracht. Dan lagen ze in bed en genoten ze ervan om met korte, zachte strelingen elkaars gezicht, lichaam en haar te leren kennen.

'Ik heb toen niets tegen je gezegd, omdat ze misschien eten of een wimper van zijn wang veegde, of zo.' Clare klonk nu defensief, alsof ze half verwachtte dat Zoë met een Waarom heb je het me niet verteld?-beschuldiging zou komen. 'Het was niet alsof ze hartstochtelijk zaten te zoenen, maar...'

Zoë had geen idee wat ze hierop kon zeggen. Ze had het gevoel dat haar hele leven – haar mooie, perfecte leven – voor haar ogen uiteenspatte en er niets was wat ze kon doen om het te stoppen. De man van wie ze hield was niet de persoon die ze al die jaren dacht te kennen. De man van wie ze hield had zich tegen Mari O'Connor aan gedrukt, had samen met haar zitten knuffelen in zijn busje, had haar zijn hartvormige moedervlek laten zien. Erger nog, hij had haar zwanger gemaakt. Betekende dat dat Lydia...?

O god. Zoë trilde over haar hele lichaam. Ze dacht aan de vele keren dat ze Patrick had gevraagd om een teken, een soort boodschap. Nou, hier was het, als een molotovcocktail die door het raam werd gegooid en voor haar ogen ontplofte. Dus als Mari de waarheid had verteld, dan had Lydia dat misschien ook gedaan, dacht ze duizelig. En als Lydia de waarheid sprak, dan was er nog een kind van Patrick: een halfzus van Ethan, Gabe en Bea...

'Ik moet –' ze slikte, worstelde zich los uit Clares greep en rende naar de wc, waar ze keer op keer overgaf. Nee, dacht ze wanhopig. Nee, alsjeblieft, nee. Dit kon niet echt gebeuren. 'Ik kan zo niet verder,' snikte ze toen Clare binnenkwam en haar knielend op de wc-vloer aantrof. 'Als dit waar is, kan ik echt niet meer verder.'

Maar Clares kalmerende hand op haar rug en sympathieke stilte vertelden haar dat ze wel verder moest, of ze dat nu wilde of niet.

De deurbel ging en Zoë kreunde van frustratie. Godverdomme! Ze zat midden in een zenuwinzinking. Waarom kon iedereen haar niet gewoon met rust laten?

Ze overwoog om degene die voor de deur stond te negeren – straks was het Mari of een andere vrouw met wie Patrick haar had bedrogen – maar ze dwong zichzelf uit bed en de trap af, ook al kostte het haar de grootste moeite. Ze wist dat ze het zichzelf alleen maar moeilijker zou maken als het een bezorger was met een cadeau voor Gabes verjaardag. Dan zou ze het vervolgens op moeten halen van het postkantoor.

Dean stond voor de deur met een doos vol spullen. Dezelfde doos met spullen die ze hem een maand eerder had gegeven. Een overweldigende vermoeidheid omhulde Zoë. Als het kon, zou ze de doos in één keer in de vuilnisbak gooien.

'Hoi,' zei Dean. Hij zag er nerveus maar vastberaden uit. 'Eh, oké. Hier is alles weer terug. Laat het me weten als er iets niet duidelijk is, of als ik iets anders voor je kan doen. Ik weet dat ik het verpest heb, Zoë. Ik weet dat je boos op me bent, maar ik hoop dat we dat op een dag achter ons…' Hij pauzeerde. 'Gaat het?'

'Nee,' slikte ze. Ze was zo opgelucht om zijn vriendelijke gezicht te zien dat haar woede plotsklaps verdween. De geschilderde keuken en zijn stomme spreadsheet waren niet belangrijk meer. Ze deed haar best om de opkomende tranen weg te slikken. 'Het spijt me, Dean. Het spijt me echt. Ik…' Ze nam de doos van hem aan, omdat ze niet wist wat ze anders moest zeggen. Haar handen trilden. Een traan viel op de mappen en de laptop. 'O, nee. Sorry.'

'Het geeft niet,' zei hij. Zijn handen balden zich tot vuisten langs zijn zij, alsof hij zich afvroeg of hij haar een knuffel moest geven. Hij moest echter te bang zijn na hun laatste gesprek, want hij bewoog ongemakkelijk van zijn ene naar zijn andere voet en vroeg: 'Wil je erover praten of…?'

Wilde ze praten? Niet echt. Zoë wilde een groot gat graven en zichzelf erin storten zodat ze geen deel meer uit hoefde te maken van de rest van de wereld. Ze wilde haar vingers in haar oren steken zodat ze geen beschuldigingen of roddels meer kon horen. Misschien wilde ze het land verlaten en ergens anders helemaal opnieuw beginnen, ergens waar niemand haar kende. 'Ik weet het niet,' mompelde ze, en ze zette de doos op de vloer en veegde met haar mouw langs haar ogen.

'Heb je iets gegeten?' vroeg hij na een moment. 'Zullen we anders ergens gaan lunchen?' Hij keek haar bezorgd aan. 'Wat dacht je van The Greyhound? Ik ben daar al een tijdje niet geweest. Zin in?'

Ze haalde adem. Ze was stiekem best hongerig en ze herinnerde zich dat ze in The Greyhound ooit de beste *chicken pie* van haar leven had gegeten. Dat was precies wat ze nu nodig had. Ze konden altijd in de tuin gaan zitten als ze weer de behoefte had om te huilen, veronderstelde ze. 'Ja graag,' zei ze met een zwakke stem.

Eindelijk leek er weer eens iets goed te gaan in haar leven want – halleluja – de chicken pie stond nog steeds op het menu en smaakte nog net zo lekker als ze zich herinnerde. Met elke hap bladerdeeg, jus en puree voelde Zoë haar grip op het leven geleidelijk terugkeren, beetje bij beetje, kruimel voor kruimel. Dean hield het gesprek gaande door haar op de hoogte te brengen van de verschillende problemen die zich bij de huurders hadden voorgedaan en welke oplossingen hij had gevonden, maar ze wisten allebei dat er een veel serieuzer gespreksonderwerp nog onbesproken op de loer lag.

Het was tijd om de vinger op de zere plek te leggen, dacht ze na een tijdje, versterkt door het eten. 'Dus,' zei ze toen hij even pauzeerde om adem te halen. 'Misschien moeten we het er toch maar over hebben, over wat je laatst zei over die vrouw, die Lydia.'

Dean verbleekte, maar hij knikte en keek haar recht aan over de tafel, zijn ogen angstig maar vriendelijk. 'Oké.'

'Ik...' Jezus, wat was dit moeilijk. 'Ik wilde je niet geloven,' stamelde Zoë. 'Maar sindsdien is er nog iets anders gebeurd – íémand anders, zou ik moeten zeggen – en nu...' Ze legde haar mes en vork neer en vouwde haar handen over elkaar in haar schoot. 'Nu weet ik het niet meer zo zeker.'

Hij verstijfde halverwege een hap en keek haar niet aan terwijl hij kauwde en slikte. 'Ik weet dat het verschrikkelijk is, maar ik ben er vrij zeker van dat Lydia niet liegt,' zei hij uiteindelijk. 'Haar dochter is een kopie van Patrick.'

De tranen dreigden weer over Zoë's wangen te gaan rollen en ze depte met een servetje langs haar ogen. 'Denk je dat hij echt van me hield, Dean?' vroeg ze. Haar lip trilde. 'Denk je dat hij ooit van mij heeft gehouden?'

Zijn geschokte uitdrukking liet haar tenminste iets beter voelen. 'Natuurlijk! O mijn god, ja. Ja, Zoë. Heel veel. Hij aanbad je.' Hij zou dat nog een miljoen keer moeten zeggen voordat ze het zou geloven, maar ze waardeerde de overtuiging in Deans stem. 'Geloof me. Hij was gek op je. Honderd procent.'

'Maar waarom...?' Ze pakte haar vork weer op en roerde door de aardappelpuree. 'Waarom zou hij vreemdgaan? Als hij zoveel van me hield?'

Er volgde een korte, pijnlijke stilte. 'Ik weet het eerlijk gezegd niet,' antwoordde Dean. 'Dat heb ik me ook al honderd keer afgevraagd. Ik zweer het je, ik was zo geschokt toen ik Lydia's naam in de lijst van uitgaven van de zakelijke rekening zag en ontdekte wie ze was.'

Ze staarde hem aan. 'Hij betáálde haar?'

Te oordelen naar zijn gezichtsuitdrukking, wist hij dat hij iets verkeerd had gezegd. 'Ja,' zei hij ongemakkelijk. 'Er ging maandelijks een vergoeding naar haar uit. Voor Jem, haar dochter. Zo was ik erachter gekomen, via de btw-aangifte.' Hij nam nog een hap. 'Het was niet omdat Patrick en zij nog steeds met elkaar omgingen of zo. Blijkbaar beëindigde hij de relatie toen ze zwanger werd en betaalde hij haar voornamelijk om haar stil en uit zijn buurt te houden.'

Ugh. Hoe meer Zoë te weten kwam over het geheime leven van haar man, hoe erger de situatie werd. En dit moest de reden zijn waarom Dean zich vorige week zo raar gedroeg toen ze over Patricks papierwerk begon. Jezus. Zoveel lagen van bedrog. 'Weet je,' begon ze zuchtend. 'Ik heb er de hele tijd spijt van gehad dat ik niets over Patrick heb gezegd op de begrafenis, dat ik niet een mooie grafrede heb gegeven. Sindsdien schrijf ik er een in mijn hoofd, voor wanneer we zijn as gaan uitstrooien. "Hij was de meest loyale, liefdevolle, geweldige echtgenoot en vader", zoiets.' Ze liet een verschrikkelijke blaf van een lach horen die meer als een snik klonk. 'Maar hoe kan ik dat nu nog zeggen? Hoe kan ik dat nog zeggen en het menen?'

Dean legde zijn bestek neer en hield haar hand in de zijne. 'Patrick heeft domme dingen gedaan. Ontzettend domme dingen die wij niet zullen begrijpen, maar dat betekent niet dat hij niet van jou en de kinderen hield, net zomin als dat het betekent dat jij niet van hem hield. De manier waarop je van hem hield was echt, en dat is nog steeds zo. Wat jullie twee hadden was goed. Hij hield van je. Hij had gewoon een... een zwakte, denk ik, waardoor hij niet tevreden kon zijn met wat hij had.' Hij haalde zijn schouders op. 'Ik snap het ook niet. Maar het betekent niet dat alle goede dingen tussen jullie niet zijn gebeurd.'

Ze wist dat hij haar probeerde te troosten, maar ze was te geschokt en gebroken om zijn woorden te verwerken. Misschien was het tijd om over iets anders te praten, om een lichter, gemakkelijker gespreksonderwerp aan te snijden. Maar aan de andere kant, misschien was dit het perfecte moment om alles op tafel te leggen, om elk detail te horen, hoe grimmig dat ook mocht zijn. Geen geheimen meer. Het ergste was al gebeurd, toch?

'De nacht dat Patrick stierf hadden we ruzie,' begon ze langzaam. 'Een hele domme ruzie over of de kinderen wel of niet naar de universiteit moeten. Als hij de volgende dag terug was gekomen, hadden we het goed gemaakt en vergeten dat het ooit was gebeurd, maar nu denk ik de hele tijd dat hij boos op mij was toen hij doodging. Had hij –' Ze slikte en gaf Dean een gekwelde blik. 'Heeft hij me zitten afzeiken die avond? Ik vroeg me al de hele tijd af of je me daarom niet wil vertellen wat er is gebeurd.'

Dean schudde zijn hoofd. 'Nee. Hij heeft je niet zitten afzeiken.' Hij fronste en dacht hard na. 'Hij... Wat zei hij over jou? Hij zei iets over dat je het goed doet op het werk, denk ik. Dat je een school had gevonden die je echt leuk vond?'

Ze knikte. Daarmee was hun ruzie begonnen.

'Hij heeft je zeker niet af zitten zeiken. Hij leek zelfs heel trots op je.' Haar gezicht vertrok en hij keek haar bezorgd aan. 'Dat is toch goed, of niet?'

Ze had zich tot nu toe niet gerealiseerd hoeveel onzekerheden ze had overgehouden aan die ruzie. 'Ja,' stemde ze zwak in. 'Ja, dat is goed. Ik maakte me er zo druk om.' Emotie overrompelde haar. 'Ken je dat, wanneer je ruzie hebt en het uit de hand loopt, en je dingen zegt die je niet echt meent? Ik heb nooit tegen hem kunnen zeggen dat het me speet. Hij ook niet. En –'

'O, Zoë! Je had veel eerder iets moeten zeggen.' Dean zag eruit alsof hij ook elk moment in huilen uit kon barsten. 'Als hij op iemand boos was, was het wel op mij, niet op jou. Dat verzeker ik je.'

'Hij had ook ruzie met Mari, die andere vrouw,' antwoordde ze ellendig. Haar maag draaide zich weer om bij de gedachte dat Patrick van de ene naar de andere vrouw was gesprongen, keer op keer. Was het uiteindelijk allemaal te veel voor hem geweest? Ondanks alles vond ze het vreselijk om te bedenken dat hij zich die laatste avond in het nauw gedreven en wanhopig had gevoeld. Als hij thuis was gekomen, hadden ze alles samen kunnen oplossen, toch? Ze snoot haar neus en probeerde zich weer te herpakken. 'Wil je me over jullie ruzie vertellen?' vroeg ze met een lage stem. 'Aangezien deze lunch toch in een biechtsessie is veranderd?'

Het was zijn beurt om angstig te kijken en nerveus met zijn vork in de laatste paar erwten te prikken. 'Ik had mezelf beloofd dat ik je dit nooit zou vertellen,' mompelde hij, 'maar... oké. Hij vertelde me dat hij en Rebecca... Nou, dat ze samen vreemd waren gegaan. Daarom was ik zo boos geworden.'

Zoë's mond viel open. Nog een beerput waarvan ze wilde dat ze hem nooit had geopend. Patrick en Deans vrouw? 'Hij vertelde je...' herhaalde ze, niet in staat om de woorden hardop te zeggen. Wat vreselijk! Had Patrick iets van schaamte of een geweten gehad? Elke keer als ze dacht dat ze een dieptepunt had bereikt, bleek ze nog verder te kunnen vallen. Hoeveel andere vrouwen waren er?

'Het was niet waar,' voegde Dean er snel aan toe. 'Ik heb Rebecca gesproken – ze wilde me bijna een kopje kleiner maken omdat ik het zelfs maar durfde te vragen – en ze zijn niet met elkaar naar bed geweest of iets dergelijks. Patrick heeft alles verzonnen.' Hij hief in een verslagen gebaar zijn handpalmen op. 'Ik weet niet waarom. Jij weet nu net zoveel als ik. Misschien was het omdat ik op het punt stond om op reis te gaan en hij...' Hij haalde zijn schouders op. 'Ik weet het niet. Misschien had hij de behoefte om het voor mij te verzieken, zoals broers zo nu en dan wel vaker doen.'

Zoë moest het allemaal nog even laten bezinken. 'O, Dean. Daarom liet je hem niet bij jou slapen.'

'Daarom liet ik hem niet bij mij slapen.'

Het duizelde haar toen ze een flits voelde van alles wat Dean moest hebben doorstaan. En hij had alles voor zichzelf gehouden om haar te beschermen. 'Wat een nachtmerrie,' zei ze. Ze herinnerde zich hoe afschuwelijk hij er op de begrafenis uit had gezien, hoe bleek hij was geweest. En hoe woedend zij op hem was geweest, hoe ze hem de schuld had gegeven van wat er was gebeurd. En ondertussen...

'Ja,' zei hij. 'Nu weet je het dus.'

Ze keken elkaar aan. 'Fuck it,' zei ze. 'Ik heb een drankje nodig. Ik ga Clare vragen om de kinderen van school te halen en Ethan kan deze keer wel de bus nemen naar zijn club. Zullen we ons met z'n tweeën bezatten?'

'Dat is het beste idee dat ik vandaag heb gehoord,' antwoordde hij.

32

Dean had Lydia gewaarschuwd dat ze binnenkort een tweede, heel ander soort bezoek van Zoë kon verwachten na hun zogenaamde Lunch van de Waarheid. 'Ik denk dat ze zich heel slecht voelt over de manier waarop ze zich gedroeg,' is wat hij had gezegd. Desondanks was Lydia misselijk van de zenuwen toen de winkelbel rinkelde en ze Zoë zag binnenkomen. Onbewust bereidde ze zichzelf erop voor dat ze weer zou moeten bukken om een vliegende vaas te ontwijken.

Jonathan herkende Zoë ook en ging onmiddellijk met zijn armen over elkaar geslagen naast Lydia staan. Voor iemand wiens neutrale gezichtsuitdrukking open en vrolijk was, kon hij best streng kijken. 'Ik hoop dat dit niet een herhaling zal zijn van je laatste bezoek,' zei hij met een indrukwekkende bovenmeestersstem. 'Ik ben niet van plan om toe te kijken terwijl je mijn personeel aanvalt. Is dat duidelijk?'

Zoë hield haar ogen op de grond gericht en haar handen ineen geklemd alsof ze zich aan iets moest vastklampen. Ze droeg een wit linnen shirt, een spijkerbroek en exact dezelfde pumps met een luipaardprint van de Zara als Bridget had. Als het leven anders was gelopen, hadden ze misschien vriendinnen kunnen zijn, dacht Lydia.

'Ik kom mijn excuses aanbieden,' zei Zoë, en ze keek Lydia recht aan. 'Het spijt me echt.' Ze beet op haar lip. 'Ik weet dat het geen excuus is, maar ik heb de laatste tijd veel meegemaakt. Ik had me niet zo mogen gedragen. Het spijt me.'

Ze leek tenminste oprecht. Ze leek ook een stuk kleiner en vermoeider dan de laatste keer dat ze hier was. Haar stem was ook veel zachter en Lydia wilde niet staren, maar als ze het goed zag had Zoë haar mascara alleen op haar linkerwimpers gedaan en was die van haar rechteroog vergeten. Was het mogelijk om wrok te koesteren tegenover iemand die het niet eens voor elkaar kreeg om haar make-up goed te doen? 'Oké,' zei ze uiteindelijk.

'Ik betaal natuurlijk voor de vaas.' Zoë rommelde in haar tas en haalde haar portemonnee tevoorschijn. 'Hoeveel ben ik jullie schuldig?'

Lydia en Jonathan wisselden een blik. 'Jon, zouden we even een minuutje voor onszelf mogen hebben?' vroeg Lydia.

Hij gaf Zoë een harde blik. Het was duidelijk dat hij haar niet volledig vertrouwde. Zoë stak haar handen op, haar portemonnee nog in een hand. 'Ik ben hier niet om problemen te veroorzaken,' zei ze. 'Ik beloof het.'

'Beter van niet,' zei Jonathan streng voordat hij zich weer tot Lydia wendde. 'Neem een pauze, als je wilt. Ga koffie halen of zo.'

'Bedankt, Jon,' antwoordde Lydia. 'Zie jij dat ook zitten?' vroeg ze aan Zoë. Haar hart bonkte. Ze had geen idee hoe dit af zou lopen. Haar instinct zei dat alle vechterslust in Zoë was verdwenen, maar je wist het nooit zeker.

'Oké,' zei Zoë. Ze wierp een onzekere blik op Jonathan. 'Moet ik eerst de vaas vergoeden of –'

'Je kunt in plaats daarvan Lydia trakteren op een verdomd goede koffie,' antwoordde hij. 'En wees gewoon aardig tegen haar. Ze heeft niets verkeerd gedaan.' Hij gebaarde met zijn hoofd naar de deur. 'Bel me als je iets nodig hebt,' zei hij tegen Lydia. Ze pakte haar jas en volgde Zoë naar buiten.

Er was een café naast de winkel, maar het personeel kende Lydia en ze kon de gedachte niet van zich afschudden dat iemand hen zou afluisteren tijdens een mogelijk heel intens gesprek, dus stelde ze voor om naar het Italiaanse restaurant aan het einde van de straat te gaan. Ze maakten daar de beste cappuccino's van de buurt en Lydia nam aan dat ze wel wat brandstof nodig zou hebben om dit gesprek te overleven.

Ze bestelden hun drankjes en gingen zitten, geen van beiden in staat om de ander in de ogen te kijken. 'Dus hoe gaan we dit doen?' vroeg Zoë. Ze zag er vreselijk nerveus uit. Afgezien van een zeer rode lippenstift die ze waarschijnlijk had opgedaan om zichzelf wat moed te geven, was alle kleur uit haar gezicht verdwenen. Stiekem was Lydia blij dat ze die ochtend de moeite had genomen om haar make-up te doen – ze had mascara op beide wimpers – en dat ze haar favoriete olijfgroene jumpsuit droeg. Het was het meest flatteuze kledingstuk dat ze had, ook al was het maken ervan een hel geweest.

'Eh...' Lydia bedacht snel hoe ze het beste kon beginnen. De gevolgen van dit gesprek voelden duizelingwekkend groots aan. Ze moest de juiste woorden zien te vinden om dit de gewenste kant op te leiden. 'Wat ik heel graag duidelijk wil maken is dat ik geen idee had dat Patrick getrouwd was toen hij en ik... je weet wel. Ik zweer dat ik het niet wist.'

Zoë knikte. 'Dat zei Dean ook al, maar dank je.' De wallen onder haar ogen waren zo donker dat zelfs een emmer foundation en concealer ze niet had kunnen verbergen. Deze vrouw moest volledig verbrijzeld zijn, dacht Lydia, en ze voelde ondanks de omstandigheden een steek van sympathie. Misschien juist dóór de omstandigheden, als ze eerlijk was. Ze wilde deze gebroken vrouw helpen, haar een soort troost bieden.

'Het was niet de bedoeling dat ik zwanger werd,' ging ze verder, 'maar Patrick koos jou meteen boven mij. Dat was heel duidelijk: zijn loyaliteit lag zeker bij jou.'

Zoë rommelde met het zoutvaatje en een gekwelde zucht ontglipte haar lippen. 'Ik ben er niet zo zeker van dat "loyaal" een geschikt woord is om mijn man te omschrijven,' antwoordde ze. Ze liet een korte stilte vallen. 'Het spijt me dat hij zo'n klootzak tegen je was,' voegde ze er zachtjes aan toe.

Lydia had een brok in haar keel. 'Het spijt mij ook dat hij zo'n klootzak tegen jou was,' zei ze. Ze keken elkaar aan en voor het eerst leek de barrière van wantrouwen zich een fractie te verlagen, vervangen door wat voelde als een dunne stof van wederzijds begrip. Hen beiden was onrecht aangedaan door de dezelfde man. Ze hadden hem ook allebei liefgehad. Ondanks alles was er niemand anders die hun gevoelens zo goed begreep als zij deden.

Er ging een moment voorbij en toen schraapte Zoë haar keel. 'Vertel me over je dochter,' zei ze.

Lydia aarzelde. 'Weet je dat zeker? Zal het niet te pijnlijk zijn?'

Zoë's lichaamstaal was gespannen, alsof ze zich klaar maakte om een klap in haar gezicht te krijgen, maar ze knikte toch. Ze had lef, dat was onmiskenbaar. 'We zullen hier vroeg of laat toch doorheen moeten,' zei ze. 'We kunnen niet doen alsof dit niet is gebeurd.' Haar mond trilde een beetje. 'Ik bedoel, een deel van mij zou dat natuurlijk graag proberen. Ik hoopte echt dat dit allemaal een grote leugen was, maar...' Ze drukte haar lippen op elkaar.

'We zijn volwassen,' maakte Lydia het af voor haar, en haar

eigen woorden overrompelden haar. Had ze zich afgelopen week geen zorgen zitten maken omdat ze niet volwassen genoeg was? Misschien ging het haar toch beter af dan ze had gedacht. 'Je moet goed over dingen nadenken', was altijd het advies van haar moeder geweest, en dat bleek wel weer. 'Maar toch,' ging ze verder toen ze de tranen in Zoë's ogen zag glinsteren, 'we hoeven dit niet meteen te doen. Als je liever even wat tijd wilt nemen om het te laten bezinken, is dat ook prima.'

Zoë schudde haar hoofd. 'Laten we de pleister er in één keer aftrekken,' zei ze. 'Ik kan het wel aan.'

'Nou, in dat geval...' Lydia opende haar telefoon en toonde Zoë de foto op het beginscherm waarop Jemima midden in een radslag was, haar haar alle kanten op vliegend en haar gezicht vertrokken in pure concentratie. 'Dit is Jemima. Ze is zeven jaar oud en ze houdt van sporten en honden. Ze is vriendelijk, dapper en voortdurend op zoek naar iemand met wie ik kan trouwen, zelfs als dat mijn beste vriendin is.'

Dit was een goed begin, dacht Lydia. Een beetje nerveus en terughoudend scrolde ze door haar galerij om meer foto's aan Zoë te laten zien, en langzaam begonnen ze verhalen over elkaars leven uit te wisselen. Zoë liet haar eveneens foto's van haar kinderen zien en Lydia probeerde hun gezichten zo goed als ze kon in zich op te nemen. Jemima's broers en zusje, verwonderde ze zich. Ze wist zeker dat dit niet makkelijk ging zijn voor haar en Zoë, maar het was veelbelovend dat ze er in ieder geval voor openstonden om elkaar te leren kennen. Meer kon ze niet vragen, toch?

Pas toen Lydia haar koffie ophad, besefte ze dat ze al veertig minuten zaten te kletsen en dat ze waarschijnlijk weer aan het werk moest. Jonathans vrijgevigheid had een grens, vooral rond lunchtijd. 'Ik moet ervandoor,' zei ze, 'maar bedankt voor dit gesprek. Dat meen ik echt. Ik weet dat de situatie niet geweldig is, maar bedankt voor... nou ja, bedankt dat je me niet haat.' Ze grimaste. Misschien was het heel naïef om dat te zeggen. Voor zover zij wist, haatte Zoë haar wel en had ze gewoon een heel goede pokerface.

Zoë's gezichtsuitdrukking was op dat moment zeker moeilijk af te lezen. 'Dat heb je aan Dean te danken,' zei ze. Het was even stil. 'Eh, ik weet niet zo goed hoe we nu verder moeten. Wat zou jij hiermee willen bereiken? Als het helemaal aan jou was?'

Lydia slikte. Ze had zich zo druk gemaakt om Zoë dat ze nauwelijks aan haar eigen situatie had gedacht. 'Eh...'

'Ik bedoel niet financieel,' zei Zoë snel, en toen was het haar beurt om een ongemakkelijk gezicht te trekken. 'Hoewel ik veronderstel dat we daar op een gegeven moment ook over moeten praten.' Ze beet op haar lip. 'Jemig, dit is zo vreemd, hè? Ik heb echt geen idee wat ik moet doen of hoe ik me moet voelen.'

'Nee, ik ook niet,' beaamde Lydia. Ze dacht even na. 'Ik denk dat Jemima dolblij zou zijn met een halfzus en halfbroers, maar ik snap het als je niet echt staat te springen om je kinderen over Jemima en mij te vertellen, dus ik denk dat het het beste is als jij aangeeft wanneer je klaar bent voor de volgende stap.'

'Dank je.' Zoë's ogen zagen er weer vochtig uit. 'Ik weet nog niet hoe ik het ze moet vertellen,' bekende ze. 'Bea zou ook hartstikke blij zijn om een zus te hebben. Ze heeft het er altijd over hoe vervelend haar broers zijn.'

Ze glimlachten voorzichtig naar elkaar. Het was een grote puinhoop, maar geen van beiden was bang voor de toekomst. Misschien was dat waar ze nu op konden focussen. 'Trouwens, zou je me Deans adres kunnen geven?' vroeg Lydia. 'Ik heb iets voor hem. Een verrassing.'

Zoë aarzelde een fractie van een seconde – misschien vertrouwde ze Lydia toch niet helemaal – maar gaf haar toen een straatnaam en huisnummer. Ze keek Lydia onderzoekend aan.

'Hoe zit het eigenlijk precies tussen jullie twee?' vroeg ze. 'Hij had gisteren alleen maar aardige dingen over je te zeggen tijdens de lunch, maar we waren dan ook vrij aangeschoten.'

Lydia probeerde haar gezicht neutraal te houden. 'Hij heeft de hersenen, ik heb de looks,' had Patrick al die jaren geleden over Dean gezegd, en ze had toen zachtjes gelachen. 'Ik weet wat mijn voorkeur heeft,' had ze geantwoord voordat ze zichzelf tegen hem aan had gedrukt. Grappig hoe een beetje tijd en afstand je van gedachten kan doen veranderen.

'We zijn gewoon vrienden,' zei ze nu terwijl ze opstond. Haar gecompliceerde gevoelens voor Dean maakten het onmogelijk om in één korte zin eerlijk te antwoorden. Ze vond hem echt leuk – en op Jonathans feestje waren er een paar moeilijke momenten geweest waarop ze niets liever had gewild dan hem kussen – maar ze was zich er ook van bewust dat ze elkaar op afstand hielden, omdat de kans groot was dat de gevolgen mogelijk vreselijk chaotisch en moeilijk zouden zijn. Maar dat hoefde Zoë niet te weten, nog niet in ieder geval. Daarnaast wilde Lydia niet dat ze het verkeerde beeld van haar kreeg. Eerst een affaire met haar man en nu gaat ze achter haar zwager aan... Zo was ze beslist niet.

Een paar minuten later liep Lydia met een veel lichter gevoel terug naar de winkel. Ze was optimistisch over de toekomst. Oké, dus ze had gelogen over haar gevoelens voor Dean, maar ze wist precies wat die gevoelens waren, het was nu gewoon een kwestie van dingen op een rijtje zetten. Er begon zich een plan te vormen in haar hersenen en ze haalde haar telefoon weer tevoorschijn. 'Pap? Kun je me een plezier doen?' vroeg ze. 'Nee, nee, alles is in orde. Ik wil iets lenen en ik hoop dat een van je vrienden me misschien kan helpen...'

33

Pas toen Dean zaterdagmiddag thuiskwam van Gabes verjaardagsfeestje en de auto parkeerde, realiseerde hij zich dat hij nog steeds zijn Thorpruik op had. Hij trok hem van zijn hoofd en lachte. Misschien was dat de reden waarom hij de hele weg terug van het recreatiecentrum gekke blikken van voorbijgangers had gekregen. Toch was het de moeite waard geweest om het kostuum aan te trekken en alle beschamende opmerkingen van de moeders die hun kinderen kwamen brengen te trotseren. Gabe had het ontzettend naar zijn zin gehad. 'Een skateboard, wauw! Dat is zo cool!' had hij geschreeuwd toen hij Deans cadeau opende. Zoë had haar gezicht verborgen achter haar handen, maar dat was misschien te wijten aan de pure vreugde die ze voelde bij het zien van de vrijgevigheid van haar zwager. Dat hoopte hij tenminste.

Het feestje was fantastisch verlopen, ondanks het feit dat het twee van de meest vermoeiende en oorverdovende uren van Deans leven waren. Na die verschrikkelijke confrontatie met Zoë had hij aangenomen dat zijn naam van de gastenlijst was geschrapt, persona non grata, maar hij was na hun bondingsessie in The Greyhound gelukkig weer in ere hersteld. 'Natuurlijk moet je komen,' had Zoë gezegd toen hij ernaar vroeg. 'Zo makkelijk kom je er niet vanaf.' Toen verlaagde ze haar stem. 'De kinderen zijn gek op hun oom Dean. Ze praten de hele tijd over je, over de leuke dingen die je met ze hebt gedaan, maar ook over de belangrijke dingen. Ethan vertelde me dat hij uit de kast was gekomen en dat je hem heel goed had gesteund. Bedankt daarvoor.'

Deans hart was gegroeid van trots. De kinderen zijn gek op hun oom Dean. Het was een van de beste dingen die hij ooit had gehoord. 'Graag gedaan,' had hij geantwoord. 'Daar ben ik heel blij om.'

Terwijl hij de auto op slot deed, stopte er een taxi naast hem. 'Wat een toeval dat we tegelijk aankomen!' riep Lydia uit het raam.

Hij staarde haar verbaasd aan. 'Hé,' zei hij. 'Wat doe jij hier?'

Ze antwoordde niet onmiddellijk. In plaats daarvan betaalde ze de chauffeur, opende de deur om uit te stappen en reikte terug in de auto om iets tevoorschijn te halen. Deans mond viel open van verbazing.

'Ik dacht ik kom even langs met mijn kettingzaag,' zei ze lachend. 'Je zou je gezicht moeten zien. Wat? Is dit je nog nooit eerder overkomen?'

'Dat een vrouw met een kettingzaag bij mij langskomt? Nee, gek genoeg niet. Jij bent de eerste,' zei hij. Toen viel het kwartje. 'O, natuurlijk. Dit gaat om de boom, of niet soms?'

'Dit gaat inderdaad om de boom,' bevestigde ze. Ze bleek niet alleen een kettingzaag bij zich te hebben. Ze had overal aan gedacht: helmen, veiligheidsbrillen en oorbeschermers. Ze zette een doos met spullen op de stoep, sloot de taxideur en bedankte de chauffeur. 'Ben je er klaar voor?' vroeg ze. Ze wierp een blik op de kettingzaag voordat ze terugkeek naar Dean. 'Ik heb dit altijd al een keertje willen doen.'

Hij probeerde nog steeds te verwerken dat ze daadwerkelijk bij hem op de stoep stond. Waar had ze al deze spullen vandaan gehaald? 'Is dit wat je doet in je vrije tijd of zo?' vroeg hij. 'Heb je een bijbaantje als boomchirurg?' Een lach borrelde op uit zijn keel bij het zien van haar opgetogen gezichtsuitdrukking. Ze droeg zelfs wat waarschijnlijk haar boomverwijderaars-outfit was: een donkerrode tuinbroek over een gestreept shirtje en een paar stevige schoenen. Haar haar had ze opgebonden in een paardenstaart. Hij was echt gek op haar, realiseerde hij zich. 'Je lijkt erg tevreden met jezelf, weet je. Sommige mensen zouden je zelfs zelfvoldaan noemen.'

'Tuurlijk ben ik zelfvoldaan en tevreden met mezelf!' antwoordde ze. 'En ik ben blij dat je net thuis bent gekomen. Als je er niet was geweest en ik met al deze spullen aan was gekomen, zou dat best vernederend zijn geweest.' Ze grijnsde naar hem met die ongelooflijk schattige kuiltjes in haar wangen. 'Gaan we naar binnen of niet?'

Hij haalde zijn sleutels uit zijn zak en tilde de doos met spullen op. Hij was loodzwaar. 'Heb ik een keuze? Kom mee, jij.'

Hij was zich plotseling heel bewust van de eenvoudige inrichting van zijn huis, vooral vergeleken met dat van Lydia met alle kleuren en texturen, de herinneringen en verhalen die de muren in haar appartement leken te vertellen. Aan zijn huis was niet te zien wie er woonde. Zelfs zijn moeder had een keer een opmerking gemaakt over hoe zielloos het was, hoe zijn huis geen enkele persoonlijkheid had.

'Ik was van plan om het opnieuw te gaan inrichten,' mompelde hij terwijl hij haar voorging naar de keuken.

'Wauw, het is zo netjes, Dean. Het is alsof je het huis van een seriemoordenaar binnenloopt,' zei ze. 'Grapje,' voegde ze er snel aan toe. 'Maar wauw, zelfs je recycling heb je netjes georganiseerd! Geweldig.'

Hij keek haar aan. Hij vroeg zich af of ze hem voor de gek hield, maar ze leek zich oprecht te verwonderen over zijn afvalsorteersysteem. 'Eh, dank je?' zei hij twijfelend.

'Mooie tuin,' ging ze verder toen ze voor het raam stond. Ze was zo levendig. Dat was wat hij zo leuk vond aan haar: de manier waarop ze leven en energie met zich meebracht, waar ze ook was. Zelfs in zijn ellendige keuken hing er een prettige sfeer nu zij er was. 'Wat ben jij een geluksvogel dat je hier een tuin hebt,' zei ze. 'O, en dat is de boom, zie ik. Die zal er niet lang meer staan! Zullen we deze gaan uitproberen?' Ze zwaaide met de kettingzaag alsof ze op het punt stond dwars door de achterdeur te zagen, en Deans lach kreeg een nerveuze ondertoon. 'Grapje, maak je geen zorgen,' zei ze toen ze zijn gezichtsuitdrukking zag. 'Hoe gaat het eigenlijk met je?' Haar ogen werden plotseling groter. 'Jezus, wat heb je trouwens aan?'

Hij was zo van zijn stuk gebracht toen ze zojuist plotseling voor zijn neus had gestaan, dat hij totaal was vergeten dat hij zijn Thorkostuum nog aanhad. Hij had zonder erbij na te denken zijn jas opengeritst. Daar stond hij dan in zijn gewatteerde nep-pantser en cape. 'Had ik niet gezegd dat ik van cosplay hou?' vroeg hij terwijl hij de pruik uit zijn zak trok en op zijn hoofd zette. 'Dit is mijn standaardoutfit op de zaterdagmiddag.'

Ze barstte in lachen uit. 'Staat je goed,' zei ze. 'En het blonde haar... Ja, het bevalt me wel. Eh, moet ik nu bang zijn? Ik begin wel een beetje bang te worden. Had ik maar afscheid genomen van mijn dochter toen ik haar bij haar opa afzette. Had ik dan toch gelijk over dat seriemoordenaargedoe?'

'Gabes verjaardagsfeestje,' zei hij toen hij de pruik weer aftrok. 'Het enige enge was hoeveel van zijn vrienden me uitdaagden om te vechten en tegen mijn opgeblazen borstspieren probeerden te slaan. O, en hoe raar sommige van de moeders begonnen te giechelen. Hebben deze mensen nog nooit een man in een strakke legging met een maliënkolderpatroon gezien of zo?'

Lydia deed haar best om een lach te onderdrukken terwijl hij voor haar poseerde met een voet op een keukenstoel en aangespannen spieren. 'Die arme vrouwen hadden geen schijn van kans,' plaagde ze. Toen werd ze serieus. 'Over je schoonfamilie gesproken, ik heb Zoë laatst gezien. Het ging… verrassend goed. Bedankt voor wat je over mij had gezegd.'

'Mooi. Ze zei dat jullie elkaar hadden gesproken.'

'En? Wat vond ze ervan?'

'Nou, we hebben niet lang gepraat, want we waren druk met het over een hindernisbaan begeleiden van een groep tienjarige jongens, maar volgens mij dacht zij ook dat het goed was gegaan. Wie had dat gedacht?' Ze lachten naar elkaar. 'Oké. Ik voel me een beetje belachelijk in deze outfit, dus ik ga wat normale kleren aantrekken. Zullen we daarna aan de slag gaan?'

Lydia plukte een veiligheidsbril uit de doos, zette hem op en stak een duim in de lucht. 'Ik ben er klaar voor.'

Toen ze even later een lijst met tips en tricks doornamen van een website voor boomchirurgie die Lydia had geprint, realiseerde Dean zich hoeveel makkelijker en fijner het was om dit soort klusjes met haar af te handelen in plaats van met Patrick, zoals de bedoeling was geweest. Als hij en Patrick er ooit in zouden zijn geslaagd om de dode esdoorn weg te halen, dan zou dat zeker niet zijn gebeurd zonder de nodige ruzie over wie de leiding zou nemen en wie de kettingzaag mocht gebruiken. Vervolgens zouden ze ongetwijfeld een wedstrijd hebben gemaakt van het zagen van het dode hout en het tillen van de zwaarste stukken, waarna de verliezer aan het einde van de middag met het opruimen zou zijn opgezadeld. Daarnaast zou geen van hen zoiets 'vrouwelijks' hebben gedaan als het raadplegen van tips van experts. Toch merkte Dean dat hij zijn broer weer erg miste. Hij wilde dat Patrick er nog steeds was om hem op die broederlijke manier te treiteren. Maar dat zou nooit meer gebeuren. Het leven ging door.

Zodra ze een plan hadden gemaakt en aan de slag waren gegaan, bleek het neerhalen van de boom een fluitje van een cent. Ze verwijderden eerst de takken en zaagden toen telkens een stuk van de boom totdat alleen nog de stronk overbleef. 'Op de website zeiden ze dat je gaten in de stronk kon boren en met epsomzout kon vullen. Dan drogen de wortels uit en is hij makkelijk te verwijderen,' zei Lydia terwijl ze het dode hout naast de schuur opstapelden zodat Dean het later naar de stort kon brengen. Ze bloosde. 'Sorry. Ik vind het heerlijk om me in dit soort dingen te verdiepen, ik heb zelfs een paar YouTube-filmpjes gekeken. Meestal zoek ik alleen op hoe je dingen moet maken, maar dingen slopen vind ik eigenlijk net zo leuk.'

'Ik weet wat je bedoelt,' zei Dean terwijl hij een laatste blok op de stapel gooide. 'Het geeft je een tevreden gevoel.' Hij ging rechtop staan en klopte het zaagsel van zijn spijkerbroek. 'Bedankt trouwens, voor je hulp.' Hij draaide zich om naar de rest van de tuin en nam hem in zich op. Hij leek zoveel leger, zoveel groter. Soms zag je pas nadat een probleem was afgehandeld hoeveel het al het andere in beslag had genomen. 'Het was heel attent van je. Ik heb geen idee wanneer ik er anders aan toe was gekomen.'

'Geen probleem,' zei ze.

Hij aarzelde. Hij vond het leuk om haar hier te hebben en wilde niet dat hun tijd er alweer op zou zitten. 'Dus... heb je nog andere plannen? Ik heb wat biertjes in de koelkast liggen, als je zin hebt. Of wil je koffie? Misschien is een kop koffie wel verstandiger, dan kan ik je straks thuisbrengen met al deze spullen.'

‘Ik lust wel een biertje,’ zei ze, zijn laatste suggestie blijkbaar negerend. ‘En de spullen hebben geen haast. Ik heb alles geleend van een paar vrienden van mijn vader, het is niet alsof ik huur heb betaald of zo.’ Ze trok een raar gezicht. ‘En mijn vader is gisteren gedumpt via een appje, dus hij zei dat hij het geen probleem vond om de rest van de dag met Jem door te brengen. Zorgt voor wat afleiding van zijn gebroken hart.’

‘Wacht,’ zei Dean. Hij kon het ingewikkelde liefdesleven van de man nauwelijks bijhouden. ‘Was dit de vrouw die een paar weken geleden weeën kreeg tijdens het afspraakje?’

‘Nee, dit was een nieuwe. Ze was na het voorgerecht al verdwenen.’ Lydia snoof. ‘Dat krijg je blijkbaar als je op Tinder liegt over je leeftijd.’

‘Dat zal ik onthouden,’ zei Dean. ‘Twee bier komen eraan.’

Lydia moet in de schuur hebben gerommeld terwijl hij in de keuken was, want toen hij terugkwam had ze een paar oude terrasstoelen gevonden die waren achtergelaten door de vorige eigenaren van het huis. Ze had ze uitgevouwen en was bezig alle stof en spinnenwebben weg te vegen. ‘Is dit goed?’ vroeg ze. ‘Het is zo lang geleden dat we zo’n heerlijk zonnetje hebben gehad, daar moeten we van profiteren.’

‘Goed idee,’ zei Dean terwijl hij haar een van de flesjes gaf. Ze proostten en namen allebei een grote slok.

‘Hoe is het met Rosemary?’ vroeg Lydia. ‘Is ze al thuis? Ik was zo blij dat ze mijn jurk mooi vond, weet je.’ Ze had kuiltjes in haar wangen als ze glimlachte, een trotse glinstering in haar ogen. Staarde hij te veel naar haar? Hij kon zijn ogen niet van haar afhouden.

‘Ja, ze is weer thuis en het gaat heel goed met haar,’ zei Dean. ‘Sterker nog, ze vroeg me om tegen je te zeggen dat ze je graag naailes zou geven. Ze zei dat je wel heel goed moest zijn als dat college je een plek had aangeboden.’

Lydia hield het bierflesje een paar seconden als bevroren tegen haar lippen en liet het toen snel zakken. 'Wat zeg je me nu?'

'Ik bedoel, voel je niet verplicht. Het was slechts een idee,' ging Dean verder. 'En Rosemary kan een beetje overweldigend zijn, er is een kans dat ze je niet meer laat gaan zodra je bij haar de drempel over bent, maar –'

'Meen je dit serieus? Ik zou dolgraag naailes van haar hebben. O mijn god!' Lydia's ogen straalden. 'Zei ze dat echt? Je hebt haar toch niet gedwongen of zo?'

'Nee, zeker niet, het was allemaal haar idee. Ze vond je heel leuk. En je jurk natuurlijk ook.'

'Wauw.' Ze glimlachte van oor tot oor. 'Echt, wauw. Dit is echt een droom die uitkomt. Dank je.' Ze staarde naar de hemel. 'Het heeft vijftien jaar geduurd, mam, maar het gebeurt nu echt!'

'Vertel me over je moeder,' zei hij als reactie op haar weemoedigheid. 'Het moet moeilijk zijn geweest om haar op zo'n jonge leeftijd te verliezen.'

'O, ze was prachtig,' zei Lydia meteen. 'Prachtig, Australisch, bohemien, lief. Een van die mensen die je een speciaal gevoel geven, die je begrijpen. Ze wist altijd precies wat ik nodig had en had nooit een oordeel klaar. Ik mis haar nog steeds.'

Ze bewoog haar hand en de zon weerkaatste op de zilveren ring die eruitzag als een kleine Vikinghelm – alleen besefte Dean op dat moment dat het geen Vikinghelm, maar een miniatuur van het Sydney Opera House was. 'Heb je nog familie in Australië?' vroeg hij, en hij herinnerde zich de lijst die op haar keukenmuur hing: 'Favoriete plekken om Lyddie mee naartoe te nemen.' Hij vermoedde dat die was geschreven door haar moeder en voelde een pijnlijke steek in zijn hart voor Lydia.

Lydia schudde haar hoofd. 'Nu niet meer. Mijn moeder was

enig kind en haar ouders hebben het verlies nooit echt goed verwerkt, geloof ik. Ze kwamen hierheen voor de begrafenis en hadden een gigantische ruzie met mijn vader. Ze gaven hem de schuld van alles, zeiden dat hij haar van hen had afgepakt. Pap was natuurlijk flink overstuur en verbrak het contact. Ik ben er vrij zeker van dat ze nu helaas dood zijn.' Ze nam nog een slok van haar bier en stopte haar haar achter haar oor. 'Hoe dan ook, dat is genoeg kommer en kwel voor één dag. Hoe is het met jou? Hoe staat het met je sabbatical? Je hebt nog... wat, een maand te gaan?'

Hij negeerde de vraag omdat er zojuist een briljant idee bij hem was opgekomen. 'Luister, ik heb wat geld,' zei hij voordat hij er verder over na kon denken. 'Ik kan voor de reis betalen zodat je naar Sydney kunt.'

Lydia staarde hem met grote ogen aan. 'Wat? Nee joh, doe niet zo gek.'

'Ik meen het. Patrick heeft ook geld aan mij nagelaten. Het zou genoeg moeten zijn om vliegtickets voor jou en Jem te kopen. Doe het! Volg de voetstappen van je moeder en verken haar geboorteplaats.'

'Ik...' Ze stond met haar mond vol tanden. 'Dean, dat is ongelooflijk aardig, maar –'

'Ik heb het geld niet nodig,' zei hij. 'Het is toch Patricks geld. Bekijk het alsof hij eindelijk iets aardigs voor je doet. Een beetje aan de late kant, maar toch.'

Ze nam weer een slok en zei even niets. Ze keek heel bedenkelijk en schudde toen haar hoofd. 'Nee,' zei ze. 'Dank je, maar... Het is te veel. Ik sla mezelf straks waarschijnlijk voor mijn kop, want ik wil echt gaan, maar als ik je geld aanneem –'

'Patricks geld.'

'Maakt niet uit, ik zou hoe dan ook het gevoel hebben alsof ik bij je in het krijt sta. Ik –' Ze onderbrak zichzelf en er speelde zich een interne strijd af op haar gezicht, maar toen schudde ze haar hoofd nog een keer. 'Bedankt. Het is zo ontzettend aardig van je. Waanzinnig aardig. En ik waardeer het aanbod echt, maar ik denk dat het iets is wat ik voor mezelf moet doen. Ik moet een manier vinden om het mijn reis te maken, als je begrijpt wat ik bedoel.'

Wat dom van hem. Hij was veel te ver gegaan. Natuurlijk wilde ze dat de reis op haar eigen voorwaarden was. Hij begreep dat volkomen. 'Oké,' zei hij. 'Was dat een raar idee? Sorry. Het klonk in mijn hoofd als een goed idee, maar...'

'Het was een goed idee. Het was een mooi idee.' Ze zette haar biertje neer en nam een van zijn handen tussen de hare. 'Je bent echt een lieve man, Dean.'

Hij vergat abrupt hoe hij moest ademhalen. 'Dank je,' zei hij. Zijn hart bonkte in zijn keel. 'Jij bent ook lief. En echt ongelofelijk mooi.' De zon straalde over haar gezicht en ze glimlachte naar hem. Hij wilde haar alleen maar kussen en vasthouden. Was dit het moment? Of zou hij een grens overschrijden? Hij had dit al zo lang niet meer voor een vrouw gevoeld. Zo ontzettend lang. 'Lydia...' zei hij, bijna kreunend, en toen nam zijn lichaam de beslissing voor hem, want hij leunde naar haar toe en legde zijn lippen op de hare. De geur van haar kokosshampoo overrompelde hem terwijl ze kusten, haar mond zacht tegen de zijne. Het bloed raasde door zijn lichaam terwijl hij met zijn handen over haar rug gleed. Lieve hemel. Plotseling waren ze de enige twee mensen in de wereld. Zijn hart ging als een gek tekeer, vuurwerk spatte uiteen in zijn hoofd. Hoe kon hij zijn vergeten hoe goed een eerste kus kon zijn?

Een moment later trokken ze zich terug en keken ze elkaar ademloos aan. Haar pupillen waren enorm. 'Vind je dit oké?' vroeg ze, hun hoofden nog steeds dicht bij elkaar.

'Hoe bedoel je, vanwege –' De passie verdween een beetje,

een vlam binnen in hem werd gedoofd. Vanwege Patrick, dacht hij, maar hij durfde het niet hardop te zeggen. En Zoë. En hoe moeilijk, hoe verwarrend dit alles zou kunnen maken. Het pessimisme begon hem te overmeesteren. 'O. Moeten we dit wel doen?'

Ze antwoordde door naar voren te leunen en hem opnieuw te kussen, dieper en intenser. 'Ja,' mompelde ze tegen zijn lippen, want er leek geen einde te komen aan de kus. 'Ja, dit moeten we zeker doen.'

Lydia en Patrick hadden het niet lang uitgehouden, herinnerde hij zich. Dat was jaren geleden. En hij zou alles anders doen. 'Daar ben ik het helemaal mee eens,' zei hij.

34

Zoë wierp een blik op haar rode, zweterige gezicht in de spiegel terwijl ze de krijgerhouding aannam, en ze realiseerde zich dat ze zich voor het eerst sinds de nacht dat Patrick verdween goed voelde. Of in ieder geval iets beter. Oké, ze moest toegeven dat haar dijen en kont momenteel in brand stonden dankzij de hoeveelheid *bridge*- en plankoefeningen die zij en haar klasgenoten hadden moeten doorstaan en, ja, ze had er spijt van dat ze die ochtend geen deodorant had gebruikt, maar Zoë had toch het gevoel dat haar geest en haar lichaam eindelijk weer op één lijn lagen. Ze was zelfs zo gefocust op de uitdagingen van de hotyogales waar Clare haar mee naartoe had genomen, dat ze helemaal niet aan Patrick, de kinderen of Lydia had gedacht. Ze had de kans niet gehad tussen het concentreren en zweten door. Dit was vooruitgang, besloot ze.

Het was midden mei, haar favoriete maand van het jaar, en ze was die ochtend eindelijk weer eens uit bed gestapt met een gevoel dat ze vaag herkende als optimisme. Ze zou niet beweren dat ze stond te juichen en te springen van plezier, maar ze klemde haar tanden vastberaden op elkaar en spande haar schouders aan met het gevoel dat ze de wereld weer aankon.

Dat ze weer verder kon. Ook dit was vooruitgang.

De afgelopen weken voelden als een enorme sprong voorwaarts in het helingsproces, een opwaartse curve. Bij toeval was ze na het chaotische maar succesvolle feestje voor Gabes verjaardag Felicia Perez tegengekomen op de parkeerplaats van het recreatiecentrum. Felicia was de directeur van een school waar ze eerder had gewerkt en liet haar weten dat ze op zoek waren naar een vervanger voor een lerares in groep drie die met zwangerschapsverlof ging. Had Zoë niet toevallig interesse? Dat had ze zeker. Ze had al een aantal dagen zitten twijfelen of ze weer aan de slag wilde gaan, dus een kans als deze, die zo goed als in haar schoot werd geworpen, was bijna te mooi om waar te zijn. Bovendien was het een ideale manier om weer terug het onderwijs in te gaan: drie dagen per week met een enthousiaste groep kinderen, te beginnen aan het eind van de maand. Perfect. Of ze nu daadwerkelijk werd aangenomen of niet, Zoë had besloten om dit als deadline te stellen om alles op een rijtje te krijgen. Ze wist dat het mogelijk was. Na de lange, donkere maanden die ze had overleefd, had ze eindelijk weer het idee dat ze het leven aankon.

Ze wist ook dat ze realistisch moest zijn. Patricks bedrijf overnemen zou te veel voor haar zijn, had ze zich gerealiseerd, dus had ze geregeld dat een verhuuragent de panden zou beheren en het contact met de huurders zou onderhouden. De huurders hoefden op deze manier niet plotseling hun huizen uit en zij had wat extra inkomsten en goede investeringen voor de toekomst van de kinderen. Op één uitzondering na. Ze had besloten om het leegstaande appartement op Whitecliffe Road te verkopen en de opbrengst rechtstreeks aan Lydia en Jemima te geven. Daarmee wilde ze de maandelijkse betalingen van Patrick stopzetten. Ze had het idee doorgesproken met haar broer, de meest praktische, nuchtere persoon die ze kende, en het leek een eerlijke oplossing. 'Weet je het zeker? Het is heel gul, Zoë, maar het hoeft niet,' had hij haar geadviseerd. 'Het testament is al geverifieerd, toch? Dus Lydia zou op wankele grond staan als ze het probeerde te betwisten.'

Maar Zoë wilde niet moeilijk doen over geld. Ze wilde niet dat Lydia zich tekortgedaan zou voelen en dat ze ruziënd in een rechtbank zouden eindigen, of nog erger, dat het kleine meisje een deel van haar vaders vrij aanzienlijke inkomsten zou worden ontzegd. In tegenstelling tot het ondraaglijke gesprek dat Zoë met Mari had gehad, had het goed gevoeld toen zij en Lydia in dat Italiaanse café eerlijk en open met elkaar hadden gesproken. Lydia was aardig tegen haar geweest. Lydia was altijd aardig geweest, nu ze erover nadacht. 'Ik weet het zeker,' zei Zoë tegen haar broer.

Ze knipperde met haar ogen en realiseerde zich dat iedereen in de klas een driehoekshouding had aangenomen, armen wijd naar beide kanten van het lichaam gestrekt en zijlings naar voren gebogen om met een van de handen de enkel aan te raken. Snel deed Zoë Clare na. Vanuit deze nieuwe positie kon ze door het raam naar buiten kijken, waar ze een merel op de tak van een boom zag zitten, het hoofd een beetje schuin alsof hij naar binnen zat te staren. 'Ogen naar het plafond,' riep de leraar. 'Ontspan je kaak en vergeet niet te ademen.'

Zoë staarde naar het plafond en ademde langzaam in en uit. Een maand geleden zou ze naar die merel hebben gekeken en zich hebben afgevraagd of het misschien een teken van Patrick was. Ze was zo wanhopig geweest – het was bijna een obsessie geworden – om enig teken van hem te ontvangen, om een bericht vanuit het hiernamaals te krijgen dat zei dat hij van haar hield en spijt had van hun ruzie. Maar nu leek ze een compleet ander mens, druipend van het zweet in een hete yogastudio, haar lichaam hard aan het werk, diep ademend en sterk.

Misschien had ze toch geen teken nodig. Misschien wás dit het teken. Langzaam maar zeker kwamen zij en de kinderen uit die ellenlange tunnel van rouw, hand in hand, elkaars steun en toeverlaat.

Het luidkeels zingen in de auto werkte nog steeds heel bevrijdend. Zo heerlijk vond ze het dat ze zich had aangesloten bij een koor dat een van de moeders van school was begonnen. Aanvankelijk was ze daar een beetje angstig naar binnen gelopen, maar inmiddels was zingen als onderdeel van een groep een van haar favoriete bezigheden geworden. De andere leden waren vriendelijk en leuk, en Zoë was er vrij zeker van dat sommigen van hen nog nooit van Patrick hadden gehoord, wat het een stuk makkelijker maakte.

Het allerbelangrijkste – na maanden van ontkenning en besluitloosheid – was dat ze eindelijk door de zure appel heen had gebeten en contact had opgenomen met een therapeut. Met haar hulp begon Zoë vrede te sluiten met wat er was gebeurd, met de man die haar man echt was geweest, en werkte ze eraan om sessie voor sessie alle slechte dingen los te laten.

'Sommige mannen zijn niet geschikt voor het huwelijk,' had haar moeder verdrietig gezegd toen Zoë haar hart had gelucht over de telefoon. 'Je vader was precies hetzelfde. Hij was een geweldige kerel, echt leuk om bij te zijn, maar hij kon de toewijding van het huwelijk en het gezinsleven niet aan. Hij was daar gewoon niet voor gemaakt. Sommige mensen hebben dat. Maar Patrick hield wel van je, schat. Iedereen kon het zien. Hij hield zoveel van jou en de kinderen. Helaas had hij blijkbaar ook zijn demonen.'

Zoë weigerde het om de rest van haar leven boos te zijn op Patrick. Op dit moment was vergiffenis nog geen optie, maar ze had een pact met zichzelf gesloten om zich vast te houden aan haar meest liefdevolle herinneringen aan hem en het verraad los te laten, om die demonen van hem voor nu te negeren. Hij had van haar gehouden. Punt. De rest zou ze in haar eigen tijd verwerken.

Alles ging goed komen, zei ze tegen zichzelf. Eén dag tegelijk. Dat was alles wat ze kon doen, maar het was genoeg.

'Laatste dag van de vrijheid,' zei Lydia terwijl ze aan haar ijsje likte. 'Hoe voelt het?'

Dean staarde naar de horizon en sloeg zijn arm om haar heen. De weken waren voorbijgevlogen en morgenochtend werd hij weer achter zijn bureau verwacht. In een pak. Met een nieuwe openbaarvervoerkaart. Klaar om de kantoorpolitiek te hervatten. 'Ik wil niet dat hier een einde aan komt,' bekende hij. 'Kunnen we niet gewoon hier blijven?'

Hij, Lydia en Jemima waren naar Hayling Island gereden voor een dag aan zee. Lydia's idee. 'Dan kun je tegen je collega's vertellen dat je tenminste ergens bent geweest,' had ze beredeneerd. 'Zuid-Amerika, Zuid-Hampshire... één pot nat.'

Dean had misschien niet ver gereisd, maar de afgelopen drie maanden waren zeker een avontuur geweest. Een avontuur door de hel van verdriet en schuld, met een aantal onverwachte tussenstops. Hij had een reis naar het zuidelijk halfrond gepland om zijn horizon te verbreden, uit zijn comfortzone te stappen en nieuwe dingen te proberen, maar uiteindelijk had hij dat allemaal bereikt zonder het land te verlaten. Hij was gaan skateboarden en gaan dansen, hij was een huisbaas, een superheld, een chauffeur, een eenhoorn, een vertrouweling, een biechtvader, en nog veel meer geweest. Het was levensveranderend geweest om in Patricks voetsporen te treden, maar het belangrijkste wat hij ervan had opgestoken was hoe hij zichzelf moest zijn. Eindelijk had hij geen spreadsheet meer nodig om zijn vooruitgang in kaart te brengen.

'Maar ik kan hier niet blijven,' herinnerde Lydia hem, haar hoofd op zijn schouder. 'Ik heb morgenochtend een afspraakje met Rosemary en haar naaimachine en dat ga ik voor geen goud missen, zelfs niet voor een nacht kamperen met jou, ben ik bang. Ik weet waar mijn prioriteiten liggen.'

Hij kuste haar op haar hoofd. 'Oké, oké,' zei hij. Lydia en Rosemary waren al snel vrienden geworden, bij het gezoem van de naaimachine, en samen hadden ze met het experimenteren met verschillende stoffen en stijlen en het bestuderen van beroemde ontwerpers de tijd van hun leven. Rosemary was heel blij met het gezelschap en was blijkbaar een geduldige en enthousiaste leraar, bemoedigend en behulpzaam, maar ze was ook eerlijk in haar kritiek. Ze had Lydia al verteld over een aantal contacten binnen het vakgebied die wellicht stageplaatsen zouden willen aanbieden zodra haar vaardigheden op een bepaald niveau waren.

'Ik heb het gevoel dat al mijn synapsen oplichten als ik bij haar ben,' had Lydia gezegd toen zij en Dean een paar avonden geleden uit eten waren gegaan. 'Ik leer zo ontzettend veel en dat van telkens maar een paar uur. Mijn hersenen hebben in jaren niet zoveel opwinding gehad.'

'O, echt?' zei hij terwijl hij deed alsof hij beledigd was. Ze had gelachen en hem met een soepstengel in zijn arm geprikt.

'Je weet wat ik bedoel,' zei ze. 'Bij jou zijn is een ander soort opwinding. Er zijn meerdere manieren waarop je kunt genieten van dingen.'

Er zat waarheid in deze woorden en het had een tijdje geduurd voordat dit tot hem door was gedrongen. Rosemary had hem het advies gegeven om ook op zoek te gaan naar een hobby en nu, een aantal weken later, wist hij dat haar advies goud waard was geweest. Zijn voorheen stagnerende leven was de afgelopen maanden ongelooflijk veel rijker geworden doordat hij het vulde met nieuwe mensen en activiteiten, en dat wilde hij ook zo houden als hij eenmaal terug was op kantoor. Het was mogelijk om in elke baan plezier te hebben, zolang de rest van je leven maar leuk en interessant was. Dat was waar hij nu in probeerde te geloven.

Met deze gedachten in zijn achterhoofd had Dean Steves aanbod om zich aan te sluiten bij de roeivereniging eindelijk geaccepteerd en ging hij regelmatig hardlopen met Mark, die in september een halve marathon wilde gaan lopen. Met Lydia's hulp was hij ook begonnen om het saaie hok dat hij zijn huis noemde te transformeren tot een plek waar hij zich daadwerkelijk thuis kon voelen. Tot nu toe had hij de woonkamer een lichtblauwe kleur gegeven die hem deed denken aan de ochtendhemel en had hij een muur volgehangen met ingelijste printjes en foto's, waaronder enkele die Ethan had genomen tijdens hun kunstwandeling. (Zijn neef was opgetogen geweest, vooral toen Dean hem twintig pond had gegeven om de foto's uit te vergroten en af te drukken in de donkere kamer van de school.) Ondertussen had Lydia wat gordijnen voor hem gemaakt met haar naaimachine en was zijn moeder langsgekomen met een doos kamerplanten waarvan ze had gezegd dat het bijna onmogelijk was om ze te vermoorden. 'Planten doen een mens goed,' zei ze terwijl ze de vensterbanken vol zette. Ze had ook een jonge lijsterbes gekocht voor in de achtertuin en die hadden ze samen geplant. Elke keer als hij naar de kleine, geveerde bladeren keek, kreeg hij een gevoel van hoop. Het leven ging door.

En dat was nog niet alles. Na zo hard te hebben gewerkt om nieuwe banden te smeden met Ethan, Gabe en Bea, was Dean niet van plan om zomaar uit hun leven te verdwijnen. Zoë ging binnenkort weer lesgeven, dus Dean zat eraan te denken om de flexibele werktijden van zijn bedrijf te gebruiken om op dinsdagen eerder te stoppen en de twee jongsten van school te halen. Hij stelde voor om Bea mee te nemen naar de kinderboerderij voor ponyrijlessen (dat kwam het dichtst in de buurt van eenhoorns) en om de verantwoordelijkheid om zich te nemen voor Gabes skateboardlessen op zaterdagochtend. Ook was hij van plan op woensdagen thuis te werken zodat hij Ethan naar de beeldhouwclub kon blijven brengen. Tijdens deze autoritjes zorgde hij ervoor dat hij weer op de hoogte was van zowel het leven van zijn neef als zijn eigen muzikale kennis. Afgelopen woensdag had Ethan Dean overrompeld door hem mompelend uit te nodigen voor een workshop die de club binnenkort zou organiseren voor ouders en verzorgers van de leden. 'Mam heeft geen flauw benul van kunst, maar ik dacht dat jij het wel leuk zou vinden? Je valt me altijd lastig over waar we precies aan werken,' zei hij met die grappige mix van bravoure en kwetsbaarheid waar alleen tieners over beschikten. Dean had de uitnodiging meteen geaccepteerd. Het voelde alsof Ethan hem een soort medaille had gegeven en hij droeg hem met trots.

'Hij klinkt geweldig,' had Lydia gezegd toen Dean haar over Ethan vertelde. 'Mijn soort kind. Ik hoop hem snel te mogen ontmoeten. En Jemima zal Gabe geweldig vinden – ze is net begonnen met voetballen op school en praat nergens anders meer over. En volgens mij zou ze dolblij zijn met een zusje om mee te spelen.'

Zoë was nog niet zo ver gekomen om de kinderen over hun halfzus te vertellen – Bea zat in een bijzonder aanhankelijke fase, zei ze, dus het was niet het juiste moment – maar Dean had het nieuws over Lydia en Jemima wel al aan zijn ouders bekendgemaakt. Eenmaal over de schok heen, lieten ze weten dat ze hun nieuwe kleindochter en haar moeder graag wilden leren kennen. 'Ik vind het vreselijk voor Zoë dat Patrick zoiets heeft kunnen doen, maar ik ben zo blij dat er nog een kleinkind is om van te houden,' bekende Liz aan Dean. 'Is dat egoïstisch?'

'Ik denk dat het heel menselijk is om gemengde gevoelens te hebben,' had Dean haar gerustgesteld. 'En Jemima heeft nog nooit een oma gehad. Het zal voor haar ook leuk zijn.'

De grootste verandering in Deans nieuwe postsabbatical leven was dat hij van plan was om veel tijd door te brengen met Lydia. Zoveel mogelijk. Ze had zijn wereld beschilderd met levendige nieuwe kleuren, ze maakte zijn leven helderder en leuker. Tot nu toe had hij niet veel nagedacht over de toekomst, ploeterend was hij elke dag doorgekomen, maar nu wilde hij vooruitkijken, plannen maken. Hij wilde weer dromen. Ze hadden besloten om het rustig aan te doen en te kijken hoe hun relatie zich zou ontwikkelen, maar alleen omdat het te belangrijk voelde om er haast achter te zetten. Patrick zou altijd een gevoelig onderwerp tussen hen zijn, maar Dean probeerde er niet te veel bij stil te staan. Ze zouden in ieder geval een interessant antwoord kunnen geven op de Hoe hebben jullie elkaar ontmoet?-vraag. 'Het is niet belangrijk,' had Lydia hem verzekerd. 'En maak je geen zorgen. Als iemand het vraagt, zal ik duidelijk maken dat jij beter bent dan hij, in elk opzicht. Oké?'

Hij opende zijn mond om te ontkennen dat hij zich dat had afgevraagd, maar Lydia wist al hoe competitief de broers altijd waren geweest. Natuurlijk had hij het zich afgevraagd. 'Goed om te horen,' antwoordde hij in plaats daarvan, zich slechts een klein beetje schaapachtig voelend.

Hij vond haar echt leuk. Dat was het belangrijkste. Lydia was grappig en spontaan, loyaal en vriendelijk. Hij dacht de hele tijd aan haar. Hij wilde haar gelukkig maken. Hij had haar vader en Bridget ontmoet en ze stonden beiden volledig achter hen. Zelfs Zoë had de relatie haar zegen gegeven, hoe lastig dat ook voor haar geweest moest zijn. Ze was ook ongelooflijk gul geweest voor Lydia. De verkoop van het appartement op Whitecliffe Road zou Lydia en Jemima niet alleen stabiliteit geven op financieel vlak, het bood Lydia ook de kans om de reis naar Sydney waar ze altijd van had gedroomd eindelijk te boeken. Hopelijk zou dat de komende winter al gebeuren. 'Wie weet, als jij je kaarten goed speelt is er misschien ook een plekje voor jou in het vliegtuig,' had ze met een opgetrokken wenkbrauw tegen Dean gezegd. Hij wilde niets liever.

Uit het niets had hij onlangs een Facebookbericht van Rebecca gekregen: *Ik zag je een paar dagen geleden hand in hand met een vrouw door Ravenscourt Park lopen,* had ze geschreven. *Je ziet er gelukkig uit, Dean. Ik ben zo blij voor je. Even goede vrienden.*

Even goede vrienden, had hij geantwoord, en tot zijn verbazing realiseerde hij zich dat hij eindelijk zonder wrok aan haar kon denken. Voor het eerst sinds hun scheiding had hij het gevoel dat een pijnlijke wond genezen was. Alsof hij eindelijk weer kon ademhalen zonder die steek in zijn borst te voelen.

Hij kwam ook in het reine met het verlies van zijn broer. Hij zou waarschijnlijk nooit te weten komen waarom Patrick die dingen tegen hem had gezegd op hun laatste avond samen, maar hij wilde het de manier waarop hij dacht over Patrick en hun relatie als broers niet meer laten beïnvloeden. 'Niemand is perfect,' had zijn moeder gezegd. 'We rommelen allemaal maar wat aan en proberen ons best te doen. Soms heb je het mis, maar zo is het leven.' Patrick had het soms mis, en Dean ook, maar het maakte hen geen slechte mensen. Het maakte hen gewoon mensen.

Zoë had hem een week geleden verrast toen zijn ouders, Zoë en de kinderen bij hem waren langsgekomen voor het avondeten. Terwijl Ethan zijn opa een animatie liet zien die hij op zijn telefoon had gemaakt en Liz een oogje in het zeil hield in de tuin, waar Gabe aan het jongleren was en Bea een handstand probeerde te doen, had Zoë Dean een grote bruine envelop gegeven. Ze was eindelijk zo ver gekomen om wat van Patricks oude kleren en spullen door te spitten en de dingen die ze niet wilde houden of doorgeven aan de kinderen weg te gooien. 'En ik vond dit,' zei ze. 'Het zat in een doos met allerlei kostbare dingen: de valentijnskaarten die we elkaar stuurden, de oorlogsmedailles van je overgrootvader, wat vaderdagknutselwerken van de kinderen, dat soort dingen. Ik dacht dat je het wel zou willen hebben.'

Dean had de envelop geopend en een foto van zijn diploma-uitreiking aangetroffen. Patrick had die hele middag niets anders gedaan dan geklaagd over hoelang het duurde, Dean geplaagd over zijn toga en hoed, de universitaire tradities bespot en constant zijn eigen gebrek aan hoger onderwijs benadrukt om aandacht te krijgen – 'Wat weet ik ervan? Ik ben maar een klusjesman, hè?' – totdat Dean hem helemaal zat was geworden en wenste dat Patrick niet de moeite had genomen om te komen. Hij kreeg een onverwacht warm gevoel bij de gedachte dat zijn broer niet alleen foto's had genomen, maar er zelfs een had bewaard in een doos met 'kostbare dingen'.

Waarschijnlijk had Zoë het van zijn gezicht af kunnen lezen, want ze legde een troostende hand op zijn schouder. 'Hij was hartstikke trots op je, Dean. Ik wed dat Patrick je dat nooit heeft verteld, zo was hij niet, maar hij prees je altijd in het bijzijn van de kinderen en zei altijd hoe slim je was.'

Nee, dat had hij inderdaad nooit tegen Dean gezegd, niet één keer. Hij was niet zo'n soort broer geweest. Desondanks deed het Dean goed om dit van Zoë te horen. Hij had zich niet gerealiseerd hoezeer hij die warmte nodig had gehad, en het was fijn. Heel fijn.

Hij gaf Lydia nu nog een knuffel en ze barstten in lachen uit toen Jemima, terug het strand op rennend, in een enorme berg stinkend, glibberig zeewier stapte en schreeuwde van afschuw. 'Ieeuwww!' gilde ze terwijl ze gruwelend de slijmerige strengen van haar blote benen plukte. 'Gatver!'

'Ik ben zo blij,' zei Dean plotseling terwijl ze daar zaten, de zon helder en warm op hun huid, de zee golvend langs het strand. Wat er in het verleden was gebeurd leek hier op dit moment irrelevant, een schaduw die door de zon werd weggeveegd. De toekomst strekte zich voor hen uit tot aan de horizon, flikkerend als zonlicht op het water.

'Ik ook,' zei Lydia, en ze legde haar hoofd op zijn schouder.

EPILOOG

TOEN

Het was bijna middernacht. De Theems kabbelde voort, zwart als teer, rimpelend onder de sterrenhemel. De woonboten waren niet meer dan schaduwen op hun ligplaatsen terwijl de vorst een ijzige laag glitter over de daken spreidde en elke trillende grasspriet zilver kleurde. Hoog aan de hemel glansde een halve maan, haar gloed zo zacht als satijn.

Patrick strompelde langs de rivier, zijn handen diep in zijn zakken gestoken en zijn hoofd voorovergebogen. Zijn wereld leek plotsklaps op zijn kop te staan en hij wist niet zeker hoe hij het weer recht kon zetten. Eerst dat ademloze telefoontje van Mari die middag – 'ik moet je iets vertellen' – waardoor hij het akelige gevoel kreeg dat zijn geluk hem door de vingers glipte, dat de charme waarop hij altijd had vertrouwd dit keer niet genoeg zou zijn om hem uit de brand te helpen. Daarna had hij zich zo erg in het nauw gedreven gevoeld dat hij onnodig uithaalde en de mensen van wie hij hield kwetste met zijn harde woorden: eerst Zoë, met zijn stomme opmerkingen over universiteiten, waarvan hij zelfs tijdens de ruzie wist dat ze onzin waren. Natuurlijk wilde hij dat zijn kinderen het ver schopten – hij zou de meest trotse man op aarde zijn als ze zoveel konden bereiken! – maar hij was op zoek naar ruzie geweest uit een verlangen om haar te straffen, omdat hij wist dat hij eigenlijk zichzelf moest straffen en de waarheid niet onder ogen durfde te zien. Hij was een slecht mens. Een vreselijk mens. En toen had Dean ook nog eens een gevoelige snaar geraakt door zo enthousiast te zijn over zijn reis. Patrick was jaloers. Ja, jaloers op de avonturen van zijn broer, omdat hij hier vastzat met Zoë en de kinderen en nog een kind op komst had. Deze keer kon hij haar niet zomaar wegsturen, zoals hij uit paniek had gedaan met Lydia. Deze keer was het Mari, die drie straten verderop woonde en kinderen had die op dezelfde school zaten als zijn kinderen, wat alles veel ingewikkelder maakte.

Hoe moest hij dit oplossen? Had hij alles verknald? 'Het is jouw baby,' had Mari gehuild. 'John is vorig jaar gesteriliseerd. Hij vermoordt me als hij erachter komt!' Patrick vond het vreselijk voor Mari. Ze had zich zo ellendig gevoeld in haar huwelijk dat hij zichzelf als een soort held was gaan zien, die haar redde door haar weer aan het lachen te maken. Zo voelde hij zich nu niet meer. De tweede keer dat ze belde, toen hij in de pub zat te wachten op Dean, hadden ze slaande ruzie gekregen. Jezus, wat een puinhoop.

Een akelige wind gleed over de rivier en in zijn gezicht. Ergens in de verte krijste een vos, zo hoog en verontrustend als het geschreeuw van een kind. Patrick dook nog wat verder weg in zijn jas. Hij wilde dat hij al thuis was, warm en veilig in bed met de vrouw van wie hij hield, met de voordeur op slot en het zachte klikken en kraken van de afkoelende verwarmingsbuizen op de achtergrond. Maar kon hij het maken om naar huis te gaan, na wat hij had gedaan? Hij was ook voor Mari gevallen, dat was het hem juist. Er was iets breekbaars en moois aan haar waardoor hij voor haar wilde zorgen. Hoe kon hij? Hoe had hij het wéér zo ver kunnen laten komen? Wat was er mis met hem dat hij dit zichzelf bleef aandoen?

Plotseling klonken er schuifelende voetstappen achter hem. Een schreeuw. 'Hé! Maat.'

Hij draaide zich om en keek recht in de ogen van een dakloze man zonder voortanden, waarschijnlijk ongeveer even oud als hijzelf. 'Zou je misschien een paar pond kunnen missen?' vroeg de man. Hij droeg een joggingbroek en een smerig T-shirt, zijn sneakers opengespleten bij de tenen. Hij rook naar zweet en drank: de geur van zware tijden.

Patrick slikte, zich ervan bewust dat hij in dezelfde positie als deze man terecht had kunnen komen als dingen anders waren gelopen. Als hij niet de juiste vrouw had ontmoet en makkelijk geld had verdiend door geluk te hebben en een paar goedkope panden op de kop te tikken. Wie weet was dit een visioen van zijn toekomstige zelf, wanneer Zoë erachter was gekomen dat hij haar had bedrogen en hem het huis uit had geschopt. Alleen, verloren en wanhopig. Patrick haalde zijn portemonnee tevoorschijn en greep al het briefgeld, wat zo'n vijftig pond was. 'Hier, pak alles,' zei hij, en hij drukte het in de vieze handpalm van de andere man en liep verder.

Door deze daad van vrijgevigheid voelde hij zich iets beter, alsof hij misschien niet helemaal slecht was. Hij begon sneller te lopen en dacht aan hoe hij alles goed zou maken. Hij zou zich morgen moeten verontschuldigen tegenover Dean en hem moeten vertellen dat hij die opmerkingen over Rebecca uit jaloezie had gemaakt. Sorry, zou hij zeggen. Ik was een lul. Ik was jaloers, dat is alles. Hij wist dat het moeilijk voor hem zou zijn om zo eerlijk te zijn, maar hij zou het wel doen. Belangrijker nog, hij zou het goedmaken met Zoë door sorry te zeggen voor hun zinloze discussie en haar vanaf nu beter te behandelen. Daarna zou hij Mari zo voorzichtig mogelijk laten weten dat ze elkaar niet meer konden zien, haar meenemen naar een kliniek ver buiten de stad, als dat was wat ze wilde, en haar zo goed mogelijk steunen. Hij kon het absoluut niet riskeren om Zoë te verliezen en dat zou hij Mari spijtig maar vastberaden duidelijk maken. En hij zou zijn inspanningen thuis verdubbelen. Hij had al eens eerder toegegeven aan zijn verlangens, maar vanaf vandaag zou hij het juiste pad bewandelen. Geen spelletjes meer, dat beloofde hij. Hij hield zoveel van Zoë. Hij wilde haar nooit pijn doen. Nooit!

Net toen hij dit dacht, zag hij in het maanlicht een klein bosje wilde narcissen langs de rivieroever groeien. Zoë's lievelingsbloemen! Hij zou ze voor haar plukken, omdat hij van haar hield en van nu af aan de beste en meest dankbare echtgenoot zou zijn. Vanaf nu was zij de enige vrouw in zijn leven. Deze keer meende hij het echt.

Hij gleed onvast de steile oever af in de richting van de narcissen. De grond was erg nat na alle regen die ze onlangs hadden gehad, de modder gevaarlijk glibberig, maar hij wilde dit echt doen, die bloemen voor zijn vrouw plukken. Plotseling verloor hij zijn evenwicht. Zijn voeten gleden recht onder hem uit en hij zwaaide machteloos met zijn armen om te voorkomen dat hij zou vallen, maar zijn momentum was niet meer te stoppen. Hij viel in het water en zijn hoofd stootte hard tegen een rots toen hij verder de rivier in werd getrokken.

Hij was meteen buiten bewustzijn, zijn lichaam onbeweeglijk in de donkere rivier, met zijn gezicht in het water. De narcissen dansten in de wind en een paar bellen stegen op naar het wateroppervlak, glinsterend onder het licht van de maan. Plop. Plop. Plop.

De stroom sleepte Patricks lichaam door de rivier en doordrenkte zijn kleren, schoenen, zakken en longen. Toen slokte de rivier hem op en verdween hij.

NU

Zeven maanden na de dag dat Patrick zijn laatste adem uitblies, liep er een vrouw door een lommerrijke straat in West-Londen, een spoor van parfum achterlatend, bijna te laat voor het trouwdagdiner met haar man. Haar hielen klakten over de stoep terwijl ze het telefoontje van hun oudste dochter in haar hoofd bleef afspelen. Toen ze zich voorstelde hoe ze het nieuws met haar man zou delen zodra ze tegenover hem aan het tafeltje in het restaurant zat, groeide een glimlach op haar gezicht. Zo diep in gedachten was ze dat ze niet doorhad dat de zilveren broche die ze eerder die avond op haar jas had gespeld met elke stap losser begon te zitten, totdat de speld eindelijk van de fluweelachtige stof viel en met een zacht gerinkel op de stoep terechtkwam. De vrouw liep ongestoord verder en de broche bleef achter in de herfstschemering, waar voorbijgangers er onbewust aan voorbijliepen en een spaniël eraan snuffelde tijdens zijn avondwandeling. De indigo schaduwen strekten zich uit en verdwenen in de nacht.

De volgende ochtend liep een andere vrouw haar tuinpad af. Ze was netjes gekleed in een turquoise jurk die speciaal voor haar was gemaakt door de vriendin van haar zwager, met haar favoriete indigo sjaal om haar nek gewikkeld. Haar hoofd zat vol lesplannen voor die dag, totdat ze in de milde septemberzon iets zag glinsteren. Ze hurkte en slaakte een kleine gil toen ze zag dat het een kleine zilveren broche in de vorm van een narcis was. Haar favoriete bloem.

'Wat is dat, mama?' vroeg een klein meisje met roze vlinders in haar haar. (Vlinders waren haar nieuwe ding. Eenhoorns waren zo vorige week.)

'Iemand heeft hem waarschijnlijk laten vallen,' zei de vrouw.

Ze pakte de broche op en wierp een blik door de straat. Haar hart bonkte. Was het mogelijk? dacht ze. Ze kreeg kippenvel. Na al die tijd?

'Wat is er?' vroeg haar jongste zoon, die met zijn fietshelm aan het spelen was. Hij had onlangs toestemming van haar gekregen om naar school te skateboarden, op voorwaarde dat hij geen trucjes zou proberen totdat hij op school was aangekomen en de leraren een oogje in het zeil konden houden. Niemand had er veel vertrouwen in dat hij zich lang aan deze afspraak zou houden, maar tot nu toe ging het in ieder geval goed.

'Waarom staat iedereen hier?' vroeg haar oudste zoon knorrig terwijl hij met zijn fiets naar hen toe liep. 'Ik ga te laat komen. Trouwens, na school ga ik met Jay mee naar zijn huis,' riep hij over een schouder terwijl hij een been over zijn fiets gooide en wegreed. Jay was een nieuwe vriend – misschien wel meer dan een vriend, vermoedde de vrouw, maar of hij dat nu wel of niet was, hij leek haar zoon gelukkig te maken en dat was het enige dat ertoe deed.

'Dag, lieverd, fijne dag,' riep de vrouw hem na. Haar ogen straalden toen ze weer naar de broche in haar hand keek. 'Het is een teken,' zei ze gelukkig. 'Dat weet ik zeker.' En toen, om een reden die onbekend was voor haar kinderen, glimlachte ze en blies ze een kus naar de hemel. 'Dank je,' riep ze, nog steeds omhoog starend. 'Dank je!' Een moment later, toen ze de verwarde uitdrukkingen op hun gezichten zag, woelde ze door het haar van haar dochter en klopte ze zachtjes op de helm van haar zoon. 'Kom, we gaan naar school.'

De jongen fronste. 'Je doet raar, mam,' zei hij, en hij zette zichzelf af op zijn skateboard.

Het meisje stak een hand in de hare. 'Gaat het wel goed, mama?' vroeg ze terwijl ze zoekend naar de lucht keek.

Zoë glimlachte en kneep in Bea's hand. Ze dacht aan de perfect blauwe lucht in Pembrokeshire een maand geleden, toen ze Patricks as hadden uitgestrooid en ze eindelijk de juiste woorden voor haar grafrede had gevonden. Ze dacht aan de zondag een paar weken eerder, toen Dean, Lydia en Jemima voor het eerst waren komen lunchen en – na een paar ongemakkelijk minuten – iedereen het redelijk goed met elkaar had kunnen vinden. Voor het eerst in lange tijd kon ze zeggen dat ze uitkeek naar wat de toekomst hen zou brengen. 'Ja,' zei ze terwijl ze begonnen te lopen. 'Alles gaat goed.'

DANKWOORD

Zoals altijd wil ik mijn superster van een literair agent, Lizzy Kremer, enorm bedanken voor haar briljante redactionele opmerkingen en ondersteuning gedurende het schrijven van dit boek. Ook dank aan de rest van het David Higham-team, met name Maddalena Cavaciuti (voor soortgelijke geweldige opmerkingen!) en Emma Jamison, Alice Howe en Margaux Vialleron… Ik waardeer jullie inzet en alles wat jullie doen.

Mijn dank aan iedereen bij Pan Macmillan: Caroline Hogg, Charlotte Williams, Stuart Dwyer, Rosie Wilson, Kate Bullows, Mel Four, Kate Tolley, Sara Lloyd, Elle Gibbons, Claire Evans en Mandy Greenfield, om er maar enkelen te noemen. Het is een genoegen om met jullie allemaal samen te mogen werken.

Extra dank aan Karen Ball (Speckled Pen) voor haar redactionele expertise en de vele uitstekende suggesties en ideeën. Dankzij jou is dit boek nog beter geworden. Ik ben je zo dankbaar.

Liefde en dank aan al mijn schrijversvrienden, niet alleen voor de lunches en de wijn maar ook voor de lol, de roddels en de solidariteit. Ronnie, Milly, Mimi, Rosie, Cally, Jill, Emma, Kate, Victoria, Kirsty, Harriet, Jo, Anna, Cathy, Linda, Lynne…

wat een geweldige groep vrouwen zijn jullie.

Met dank aan Vicki voor alle peptalks (en de ballonnen!).

Speciale dank aan mijn lieve lezers, wier hartverwarmende woorden mij door de lastigste schrijfdagen hebben geholpen. Elke vriendelijke e-mail of bericht op mijn sociale media wordt zo erg op prijs gesteld – bedankt als jij er een hebt gestuurd!

En last but not least heel veel dank aan mijn familie – Martin, Hannah, Tom en Holly – die er tijdens alle hoogte- en dieptepunten van het schrijversleven altijd waren. Zonder jullie zou ik dit niet kunnen doen!